Auf der Promenade wartet der Tod

Zur Autorin:
Ursula Meyer, geboren im Taunus, aufgewachsen in Köln, Studium in Köln und Wien, lebt mit ihrem Mann und ihren zwei Töchtern in Wien und Münster. Nach ihrer Dissertation über die Gefängnisschriftstellerin Albertine Sarrazin schreibt sie nun Kriminalromane. Mit Hauptkommissarin Sieglinde Züricher sind bisher *Endstation Aasee, Münster – Weimar und zurück* und *Rosen aus Münster* erschienen.

Ursula Meyer

Auf der Promenade wartet der Tod

Sieglinde Zürichers vierter Fall

Waxmann Münster / New York
München / Berlin

Die Deutsche Bibliothek – CIP-Einheitsaufnahme

Meyer, Ursula:
Auf der Promenade wartet der Tod : Sieglinde Zürichers vierter Fall / Ursula Meyer. – Münster ; New York ; München ; Berlin : Waxmann, 2002
(Waxmann schwarze Serie)
ISBN 3-8309-1183-1

ISBN 3-8309-1183-1

Postfach 8603, D-48046 Münster

Katalog: www.waxmann.com
Bestellungen per E-Mail: order@waxmann.com

Umschlaggestaltung: Pleßmann Kommunikationsdesign, Ascheberg

Druck: Runge GmbH, Cloppenburg
Gedruckt auf alterungsbeständigem Papier, DIN 6738

Für Hans-Friedrich

Die Handlung dieses Romans ist frei erfunden. Jede Ähnlichkeit zwischen den Figuren dieses Buches und lebenden oder toten Personen ist Zufall und nicht beabsichtigt.

Prolog

Paderborn, Ende Juni.

Zwei junge Männer, die um viertel nach elf an der Haltestelle Michaelstraße auf die Linie Fünf warteten, waren die letzten, die Hilke Günsch lebend gesehen hatten. Und sie waren es wohl auch, die ihr das beruhigende Gefühl vermittelten, zu so später Stunde nicht allein unterwegs zu sein. Sie entdeckte die Zwei, als sie das Sonnenstudio abschloss. Die Mühlenstraße lag wie ausgestorben, das griechische Restaurant schräg gegenüber hatte montags Ruhetag.

Hilke Günsch hielt ihr „Casablanca" jeden Montag bis 23 Uhr offen, und an diesem letzten Montagabend im Juni hatte eine Stammkundin das Studio gemietet, um ihren runden Geburtstag zu feiern. Kaum war der letzte sonnenhungrige Kunde verschwunden, waren acht knackig gebräunte Damen erschienen und hatten nicht nur gute Laune mitgebracht, sondern reichlich Sekt, Schnittchen und ein Tablett mit fünfzig Mini-Dickmanns, in denen dünne Kerzen steckten. Man hatte die Kabinen offen gelassen und sich beim Bräunen über den Gang hinweg unterhalten, hauptsächlich mit Anzüglichkeiten und Albernheiten. Anfangs ging es nur um „Schwabbelbauch" und „Hängebusen", aber dann wurde der Spaß auch handfester, rutschte unter die Gürtellinie, die Damen schienen angesäuselt, und zum Schluss hatten einige erhebliche Probleme, in ihre Etui-Kleider zurückzufinden. Jetzt war der Budenzauber vorbei, und in der Luft hing das übliche Gebräu aus Schweiß und parfümierter Bodylotion. Hilke Günsch räumte auf und verpasste dabei keine Gelegenheit, einen schnellen Blick in den mannshohen Spiegel neben der Bar zu werfen. Sie war zweiunddreißig und konnte sich weder „Schwabbelbauch" noch „Hängebusen" leisten, dafür wurde man von den Kunden zu sehr aufs Korn genommen. Jeden Freitag trainierte sie im Fitness-Studio und joggte am Wochenende auf dem Gelände „An den Fischteichen".

Sie löschte das Licht in den Kabinen und raffte die Handtücher für den Wäschedienst zusammen. Dann brachte sie die Gläser zur Bar und sammelte Luftschlangen, Sektkorken und bunte Geschenkpapierfetzen auf. Als der langgestreckte Raum mit seinen pastellfarbenen Kabinenrollos wieder sein gewohntes Aussehen hatte, nahm sie die Tageseinnahmen aus der Kasse, schrieb die Summe in eine Kladde und steckte das Geld ins Portemonnaie. Dann hängte sie die Tasche über die Schulter, sah sich kurz um, und als sie alles zu ihrer Zufriedenheit vorfand, knipste sie das Licht aus. Eine erholsame Nacht lag vor ihr, weil nach diesen langen Abenden Reka, die ungarische Studentin, den Frühdienst übernahm.

Sie hatte es nicht weit. Ihr Apartment lag „An den Dielen", in einem der niedrigen Fachwerkhäuser. Wenn sie durch den Geißelschen Garten ging, brauchte sie keine fünf Minuten, und selbst der Umweg am Park entlang dauerte nicht viel länger.

Durch das dichte Gebüsch fiel der Schein der ersten Parklaterne an der Einmündung des schmalen Fußwegs. Ein leichter Wind raschelte in den Zweigen, während sie an den beiden Männern vorbeiging und in die Anlage einbog. Das Licht blinzelte und schwankte, und jetzt konnte sie auch das gleichmäßige Gluckern der Pader hören, die unterhalb des Doms aus mehreren Quellen gespeist wurde. Unvorstellbar, dass Anfang Mai auf dem Gelände hinter der Paderhalle eine Frau umgebracht worden war und eine andere Ende März in der Paderanlage; in dicht bewohntem Gebiet, nur einen Steinwurf von den stark befahrenen Wällen entfernt, die kreisförmig die Innenstadt umschlossen. Die Polizei hatte eine Warnung herausgegeben, man solle die Grünanlagen nach Einbruch der Dunkelheit meiden. Doch jetzt war schon acht Wochen lang nichts mehr passiert, und außerdem waren da diese beiden jungen Männer an der Haltestelle, in Rufweite praktisch. Und überhaupt hatte sie doch nur ein paar Minuten zu gehen, über einen gut beleuchteten Weg.

Hilke Günsch hatte sich von dem Geburtstagskind zu zwei Gläsern Sekt überreden lassen, obwohl sie in der Arbeitszeit nie trank. Erst jetzt spürte sie, dass der Alkohol sie müde gemacht hatte, auch wenn es ein angenehmes Gefühl war, eine entspannte Sorglosigkeit. Die Luft roch warm, fast süß. Sie würde gut schlafen, das wusste sie.

An den drei Mattglas-Kugeln der zweiten Parklampe hatten sich große Motten gesammelt. Ihre papierharten Flügel rieben sich mit einem schabenden Geräusch, das hinter der einsamen Passantin zurückblieb. Oder kam das Geräusch von der nächsten Lampe? Hinter der fünften lag schon die Stadtbücherei und der Weg verbreiterte sich zu einem hell erleuchteten Rondell. An den Rosenrabatten entlang ging es dann nach links, über die steinerne Brücke, an dem Restaurant „Vertiko" vorbei …

Auf der Höhe des Mäuerchens, hinter dem sich die Pader zu einem flachen Tümpel verbreiterte, mischte sich in das Gluckern des Wassers das laute Zirpen einer Grille. Aber da war noch ein anderer Ton, so als ob trockene Zweige zertreten würden. Das Geräusch kam von der Mauer. Ein schmaler Trampelpfad führte an ihr entlang, um dann mit einem scharfen Knick kurz vor dem Rondell wieder in den Hauptweg zu münden. Hilke Günsch sah sich nicht um, sie klemmte nur die Tasche unter den Arm und beschleunigte den Schritt. Auch die beiden überfallenen Frauen waren um die dreißig gewesen und aus beruflichen Gründen regelmäßig spät unterwegs. Der Täter hatte ihnen die Kehle durchgeschnitten. Und war nicht die Rede von einem Ritualmord gewesen? Noch fünfzig Meter bis zur Brücke, vielleicht nur noch vierzig … Wieder das Knacken von Zweigen unter einem, wie es scheint, schweren Tritt … Sie kann das Licht des Rondells schon sehen, mehrere Laternen stehen da, es ist dort heller als im Park. Sie beginnt zu rennen, viel zu langsam und ungeschickt wegen der hochhackigen Schuhe … Ein plötzlicher, harter Schritt hinter ihr, ein kurzes Atmen, das wie ein Stöhnen klingt, und sie fühlt sich derb am linken Oberarm gepackt, während eine Hand in einem Lederhandschuh ihr den Mund verschließt. Sie hört sich gurgeln und wimmern mit einer völlig veränderten Stimme, verfremdet durch die Todesangst, die in ihr hochschießt wie eine scharfe Säure.

Als sie merkt, dass die Person sie zum Gebüsch zerrt, versucht sie zu treten, aber ihre Füße treffen ins Leere, und als es ihr gelingt, den Kopf ein paar Zentimeter zu drehen, wird der Würgegriff noch fester. Ein entfernter Geruch nach Pfeifentabak streift ihre Nase. Ein Mann! denkt sie noch, während wie ein heller Blitz das Licht der Laternen vor der Stadtbücherei durch ihre Augen zuckt. Sie verliert das Gleichgewicht, kippt hintenüber, Zweige zerkratzen ihr die Arme, dann ist, hart und schmerzhaft, der Boden da und der Mann dicht über ihr. Sie versucht, sein Gesicht zu erkennen, aber er presst ihr den Kopf in den Nacken, während sich sein lederner Zeigefinger in ihren Mund drängt. Sie presst die Lippen zusammen, beißt zu, aber das Leder ist hart. Etwas Kaltes berührt ihre Zunge, löst ein scharfes Brennen aus, sie spürt den Drang, an den Mund zu greifen, ihn zu schützen, dann schlägt der Schmerz über ihr zusammen …

Noch etwa fünf Minuten bleibt die Gestalt über sie gebeugt. Um halb zwölf steuert ein Bus der Linie Fünf die Haltestelle Michaelstraße an und nimmt die beiden jungen Männer auf, während zwischen der sechsten und siebten Parklaterne eine Gestalt in kurzem Blouson mit hochgezogenen Hosenbeinen durch die seichte Pader watet. Sie kriecht unter dem dünnen Eisengeländer durch und verschwindet wie ein Schatten über die „Dielen“. Der Busfahrer wird sich später an die beiden Fahrgäste erinnern, die sich so ungezwungen zu ihrer homosexuellen Neigung bekannten. Von dem Mann, der seine Spuren im flachen Flusswasser verwischt hat, wird niemand etwas wissen.

- I -

Münster, drei Monate später.

Zänkisches Katzengekreisch weckte mich aus einem traumlosen Schlaf. Hinter den schmalen Sprossenfenstern dämmerte ein bleigrauer Morgen. Es war kurz vor sechs.

Das Kreischen ging in ein kindisches Greinen über, und ich überlegte, ob Red Butler an der Sache beteiligt sein könnte, aber dann fiel mir ein, dass er noch spät am Abend ins Haus gekommen war, nachdem er vergeblich auf Mäuse gelauert hatte. Die feuchte Luft dieser ersten Herbstnächte zog empfindlich durch seine alten Knochen.

Ich machte die Augen wieder zu, und weil an Einschlafen nicht mehr zu denken war, rechnete ich wieder einmal die Arbeitstage nach, die mir noch bis zum Urlaub blieben. Volle vier Wochen würden Franz und ich in Südfrankreich untertauchen, unerreichbar nicht nur für Hundebesitzer oder Schweinezüchter, sondern auch für die Spurensicherung, den Bereitschaftsdienst und unseren Dezernatsleiter Dr. Gross. Nicht einmal Kollege Lückmann kannte unsere Hoteladressen. Für die Praxis gab es eine Vertretung, für Kerstin eine „grüne" Landschulwoche in der Lüneburger Heide und in der restlichen Zeit ein Gästebett in der geräumigen Wohnung meiner Freundin Marion Vondembusche. Einen so perfekt geregelten Urlaub hatten wir noch nie gehabt.

Zufrieden mit diesem Ergebnis, zog ich mir einen Prospekt der französischen Fremdenverkehrswerbung vors innere Auge: tiefblaues Meer, braungoldene Macchie und rotglühendes Weinlaub, sonnige Terrassen, auf denen man vor dem Abendessen einen Pastis trinken würde oder ein Glas gut gekühlten Listel. Olaf, ein kauziger Studienfreund von Franz, betrieb in Les Saintes-Maries-de-la-Mer eine Beobachtungsstation. Dort waren wir für eine Woche einquartiert, um, unter angeregtem Fachgesimpel der Männer, mit seinem Motorboot die weitläufigen Arme des Rhônedeltas abzuschippern, auf der Suche nach Flamingokolonien oder den kleinen, bulligen Stieren, die für die unblutige provenzalische Corrida gezüchtet wurden. Für den Fall, dass das Gequassel der beiden nervte, hatte ich mir zwei Krimis von Eric Ambler gekauft.

In diesem Augenblick läutete im Arbeitszimmer nebenan das Telefon. Wahrscheinlich hatte sich wieder jemand verwählt, unsere Telefonnummer glich bis auf die vorletzte Ziffer der eines Handorfer Taxiunternehmers. Doch am anderen Ende meldete sich Klinger vom Bereitschaftsdienst des Präsidiums. „Entschuldigen Sie, dass ich Sie wecke …"

„Was ist los?"

„An der Promenade wurde eine Frau gefunden."

„Wo an der Promenade?"

„An der Kreuzschanze."

„Ist schon jemand da?"

„Ich habe eine Streife hingeschickt."

„Ich komme! Ist die Spurensicherung verständigt?"

„Ist bereits unterwegs."

Ich riss ein Blatt von dem Zettelblock neben dem Telefon und kritzelte eine Notiz für Franz. Aber er war längst wach geworden.

„Was gibt's?" knurrte er im offenen Türrahmen.

„Eine Nachricht aus dem Präsidium. Ich ruf dich später vom Büro aus an."

Er nickte brummig.

In der Küche goss ich mir ein Glas Orangensaft ein und krakelte auf ein Post-it, das ich neben sein Frühstücksgedeck klebte, die Nachricht, dass Kerstin unbedingt den Bus um sieben Uhr zwanzig an der Handorfer Straße erwischen müsse. In der ersten Stunde schrieb sie einen Mathematik-Test. Und um zehn kam Frau Hilbich.

Frau Hilbich bringt jeden Dienstagvormittag unsere Wohnung auf Schwung. Sie glaubt an die porentiefe Hochglanzwirkung von „Meister Proper" und an Wiedergeburt. Angeblich war sie früher eine Blume. Sie versteht auch etwas von Traumdeutung. Aber sie macht so manche Schrulligkeit dadurch wieder wett, dass sie jeden Abend nach halb acht mit dem Fahrrad vorbeikommt, um die Praxisräume zu schrubben.

In den Wipfeln des Boniburgwäldchens, wo sich an den Sommermorgen regelmäßig ein ganzes Vogelorchester eingeübt hatte, waren jetzt nur zwei Amseln aktiv, mit einem durchdringenden Alarmgeschrei, das zu meiner Stimmung passte. Aus und vorbei war es mit der Ruhe in Münster! Wenn sich der Fall nicht in den nächsten drei Tagen klärte, konnte er uns Wochen beschäftigen. Ich dachte an die Fotos, die die Kollegen aus Paderborn geschickt hatten; drei Frauen, an verschiedenen Orten gefunden, aber auf dieselbe Art ermordet. Fröstelnd startete ich den älteren unserer beiden Kombis und sah, dass die Nadel der Benzinuhr auf die Reserve abstürzte. Während ich den Wald durchquerte, kämpfte sich eine buttrige Sonne durch den zähen Nebel.

Nicht nur die Grünanlage hinter dem Buddenturm war abgesperrt, auch der Parkplatz davor, auf dem die Autos notorischer Frühaufsteher neben denen trinkfester Nachtschwärmer standen. In dem Gebüsch jenseits der Rasenfläche bewegten sich mehrere Gestalten. Die Kollegen von der Spurensicherung waren schon da.

Der Fundort sah aus, als hätte sich ein durchgeknallter Aktionskünstler in seiner Lieblingsfarbe Rot ausgetobt. Ein Paar fleckige Jeans und ein großflächig besudeltes, gelb-weiß gestreiftes Sweatshirt hingen wie zum Trocknen über den Büschen hinter der Statue der Dichterin Annette von Droste-Hülshoff. Sie selbst sah mit scharf gemeißelten Augen über das bestialische Schauspiel hinweg. Auch an ihrem Sockel waren Blutspritzer.

„Und die Frau?“

Der sehr jung wirkende uniformierte Kollege nickte mit dem Kinn zu einer Stelle hinter den Sträuchern. „Sieht nicht sehr appetitlich aus“, sagte er, während seine Blässe ins Grünliche zu spielen begann. Sein Kollege, möglicherweise noch jünger als er, saß im Auto und telefonierte.

Eine Joggerin hatte sie gefunden. Die rote Farbe am Sockel hatte sie noch für eine böswillige Kleckserei gehalten, aber dann waren ihr ein merkwürdig verdrehter Fuß im Gebüsch aufgefallen und eine blutverschmierte Hand.

Ich zog das Laken weg und prallte zurück. Der Täter hatte seinem Opfer die Kehle durchtrennt und dann den Kopf in den Nacken gedrückt. Auf den ersten Blick wirkte der aufgeklappte Hals wie ein dunkelrotes, weit aufgerissenes Fischmaul. Der freigelegte Kehlkopf war zu sehen, die durchgeschnittene Luft- und Speiseröhre, deren Enden in dem blutigen Brei steckten. Der Schnitt reichte bis zu den Halswirbeln. In einem plötzlichen Brechreiz drehte ich mich zum Gebüsch, aber es war nur ein Schwall Orangensaft, der mir sauer in den Mund zurückschoss. Dann hatte ich mich wieder unter Kontrolle.

Die Frau sah aus wie Mitte zwanzig, hatte gelocktes, ebereschenrot gefärbtes Haar und braune Augen. Die Brüste, von einem dichten Netz bläulicher Blutgefäße durchzogen, hingen schlaff zur Seite, das Brustbein gab an seinem unteren Ende die Reste einer rotbraunen Hautmalerei frei. Am ehesten ähnelte sie einem Seepferdchen, allerdings waren die Umrisse stark verblasst. Die Oberschenkel waren, offenbar mit dem Gürtel der Jeans, gefesselt, dazwischen steckte eine menschliche Zunge; das bestialische, sexistische Markenzeichen des Serienmörders von Paderborn. Schnitt er seinen Opfern die Zunge heraus, bevor er sie ermordete? Diese Frage hatten auch die Paderborner Kollegen nicht beantworten können. Aber es sprach einiges dafür, vor allem das Blut an den Händen der Frauen und die Blutmenge im Mund.

Ich betrachtete das wenige, das an Kleidung geblieben war, Socken, Slip und Schuhe, und den verstümmelten Körper, der in seiner blutigen Nacktheit einen bizarren Kontrast zu den vielen Ringen an den Händen und dem goldenen Armband bildete, dann ließ ich das Laken fallen. Fühlte sich der Täter durch das Szenario einer um ihr Leben wimmernden Frau erregt? Oder wurde er von einer unstillbaren Wut auf alles Weibliche angetrieben, die sich nur mit dem Anblick einer Leiche beherrschen ließ? Ich rief den uniformierten Kollegen. „Gibt es Papiere?“

„Nur das da“, er zeigte auf eine dunkelbraune Handtasche in einem versiegelten Beutel neben dem Gebüsch. In diesem Augenblick kam unser Techniker Ansgar Schüller von einem der Hügel herunter, die der Kreuzschanze ihr charakteristisches Gesicht geben. Er knirschte etwas, das wie „Perverses Schwein!“ klang.

„Habt ihr sie schon identifiziert?“

Er schüttelte den Kopf. In der Handtasche hatten sich nur ein Schlüsselbund und eine Packung Papiertaschentücher befunden, ein Portemonnaie mit ein paar Münzen und eine Telefonkarte.

„Weiß Lückmann schon Bescheid?“

„Bisher noch nicht“, sagte ich, „ich rufe ihn mal an.“

Doch Max meldete sich nicht, woraus ich schloss, dass er gerade unter der Dusche stand oder sich Frühstücksbrötchen besorgte. Als ich es eine halbe Stunde später über sein Funksprechgerät versuchte, meldete er sich immer noch nicht.

In der Zwischenzeit war Dr. Busse vom rechtsmedizinischen Institut eingetroffen. Nach seiner vorläufigen Einschätzung war die Frau sieben bis acht Stunden tot. Noch am Nachmittag würde er die Obduktion vornehmen. „Rufen Sie mich morgen, am frühen Abend, an.“

Nicht nur für mich war der Anblick dieser brutal verstümmelten Frau ein Faustschlag in die Magengrube.

Schüller und seine Assistentin hatten inzwischen die Bekleidung des Opfers in Nylonsäcken verstaut, Heinrich legte einen neuen Film ein.

„Habt ihr auf dem Gelände etwas gefunden?"

„Phhh!" machte Schüller abfällig, „so viel, dass wir einen ganzen Bauchladen damit füllen könnten, Einwegspritzen, abgerauchte Kippen, Kondome. Sonst noch Wünsche?" Er sah auf seine Hände und zog mit angewidertem Blick die erdigen Latexhandschuhe ab.

Bis der Sarg geschickt wurde, blieb erfahrungsgemäß genügend Zeit, um sich das Gelände genauer anzusehen. Ich kannte es flüchtig von Radtouren mit Kerstin, wenn wir am Wochenende die ganze Promenade entlang fuhren, aber wir hatten nie angehalten. Erst jetzt fand ich zu meiner Überraschung heraus, dass die Kreuzschanze von verschlungenen Wegen und Treppen durchfurcht und mit idyllischen Rondells versehen war. Nicht umsonst hieß das Areal „Liebeshügel". Hinter einer Pergola führten Stufen zu einem großen Spielplatz herab, mit einer Lokomotive, einem Kletterturm und einer Rutsche, auf der vielleicht vor zwölf, vierzehn Stunden noch Kinder getobt hatten. Ich musste Schüller fragen, ob er Proben von dem Sand genommen hatte, für den Fall, dass der Täter seinen perversen Energieüberschuss dort abreagiert hatte. Der Bodennebel sorgte für hohe Luftfeuchtigkeit, so dass sich Spuren länger hielten. Ich wollte gerade zurückgehen, als mein Blick die Häuserzeile auf der anderen Straßenseite streifte. Auf einem der Balkons drehte sich ein Mann in einem bräunlichen Morgenrock hastig von der Brüstung weg und verschwand im Wohnungsinnern. Mit ein paar schnellen Schritten überquerte ich den Spielplatz und die Straße und suchte das Klingelbrett ab. Der Balkon befand sich im dritten Stock, und so entschied ich mich für einen Knopf in der obersten Reihe, wo ein gewisser Ulrich Moos wohnte.

Das Haustor sprang auf, aber die Wohnungstür war zu und ich hatte das unangenehme Gefühl, dass mich jemand durch den Spion beobachtete. Ich schellte und im selben Augenblick wurde aufgemacht. Der Mann im Türspalt trug auch jetzt den braunen Bademantel und dazu Birkenstocksandalen an den nackten Füßen.

Im Hintergrund klapperte Geschirr, ein dünner Geruch nach Kaffee drang herüber. „Wer ist es denn, Uli?“ fragte eine junge weibliche Stimme.

Er gab die Frage mit einem wortlosen Blick an mich weiter, und ich hielt ihm meinen Ausweis hin.

„Entschuldigen Sie bitte die frühe Störung, aber offenbar haben Sie unserer Arbeit da drüben schon seit längerem zugesehen.“

Er antwortete mit einer Gegenfrage. „Was ist denn da los?“

„Wir suchen noch“, gab ich knapp zurück. „Ist Ihnen vielleicht etwas Ungewöhnliches aufgefallen?“

Er musterte mich unfreundlich. „‚Ungewöhnlich‘ ist ein sehr weiter Begriff!“

„Vielleicht ein Schrei oder eine Person, die sich verdächtig schnell aus dem Staub gemacht hat?“

Jetzt tauchte auch der weibliche Part der Wohngemeinschaft auf, hellblond, mit einem Frotteeband, das die Locken zurückhielt. Unfertig angezogen, wie sie waren, baten sie mich herein.

„Also, das war so“, begann Herr Moos und klopfte mehrere Sofakissen platt, „wir haben einen alten Dackel, die ‚Mücke‘, und die musste gestern Abend noch mal um den Block. Aber weil ich keine Lust hatte, die ganze Kreuzschanze abzugrasen, bin ich nur bis zum Spielplatz gegangen. Und da …“

„Zum Spielplatz?“ wiederholte ich irritiert und dachte an Schüllers Bodenproben. Wenn das Ergebnis entsprechend ausfiel, war das ein Fall für das städtische Amt für Grünflächen und Naturschutz.

„Sie musste nur Klein“, ergänzte die Frau treuherzig. „Außerdem hatte mein Mann schon seinen Pyjama an und nur eine Jogginghose drübergezogen. Wir waren ja praktisch schon im Bett, als die Mücke noch mal anfing zu winseln. Und wer geht in dieser Aufmachung durch die Anlagen?“

„Und dann?“ fragte ich.

„Die Mücke war gerade fertig, als jemand über den Weg herunter kam.“

„Von der Pergola herunter?“

Er sah mich einen Augenblick verwirrt an und nickte dann.

„Ein Mann oder eine Frau?“

Er warf einen Blick auf seine Partnerin, als suchte er eine Bestätigung, dass er weiterreden durfte. Und jetzt redete sie.

„Also, wir denken mal, dass es ein Mann war, auch wenn er einen blonden Pferdeschwanz trug und einen rosa Trenchcoat."

„Und wieso denken Sie das?"

„Frauen bewegen sich anders, vor allem in den Hüften. Als Uli mir davon erzählte, habe ich jedenfalls sofort gedacht, dass es ein Mann war." Als ich darauf nicht antwortete, fuhr sie fort: „Wir haben eine Tanzschule in der Innenstadt, und da macht man so seine Beobachtungen."

Ein lautes Geblubber in der Küche meldete, dass der Kaffee fertig war. Uli Moos erhob sich und klackerte auf seinen Gesundheitslatschen hinaus.

„Wann hat er Ihnen davon erzählt?" fragte ich die Frau.

„Heute Morgen, als der Lärm da drüben begann."

Eine Weile schwiegen wir, dann kam der Mann mit zwei dampfenden Bechern zurück. „Wollen Sie auch einen?"

„Nein, wirklich nicht!" sagte ich und dankte meinem Magen dafür, dass er den Orangensaft endgültig ruhiggestellt hatte.

„Erinnern Sie sich an die Uhrzeit?"

Auf seiner Stirn legten sich ein paar Dackelfalten quer. „Also die Mücke ist nicht die Schnellste. Als ich wieder hier oben ankam, war das Spiegel-TV schon vorbei. Ich schätze viertel nach zwölf."

„Können Sie das Gesicht des Mannes beschreiben?"

„Also, ehrlich gesagt, habe ich ihn nur sehr kurz gesehen."

„War es ein junger Mann?"

Er überlegte. „Die Kleidung wirkte jung."

„War er groß? Größer als Sie?"

Wieder musste er nachdenken. „Eher klein. So'n bulliger Typ."

„Ist Ihnen an der Kleidung noch irgendetwas aufgefallen?"

„Die Baskenmütze", sagte er, „er trug eine dunkle Baskenmütze, wie gesagt, zu langen, blonden Haaren. Und eben diesen rosafarbenen Mantel. Und er hatte auch einen Hund an der Leine."

„Es war dunkel", wandte ich ein. „Wieso wissen Sie so genau, dass der Mantel rosa war?"

„Im Laternenlicht wirkte er jedenfalls rosa", gab er eigensinnig zurück. „Und der Hund? … Könnte 'n junger Langhaarteckel gewesen sein, aber ein ziemlich überzüchteter. So komisch wie der an der Leine rumzerrte."

„Hat der Mann Sie gesehen?"

„Ganz kurz. Er guckte dann zu dem Hund runter."

„Wirkte er gehetzt?"

Diesmal überlegte er sehr lange. „Ich würde sagen, er ging stramm. Aber wer tut das nicht um diese Zeit? Ich war ja schließlich auch froh, als die Mücke sich endlich ausgepinkelt hatte."

„In welche Richtung ist die Person gegangen?"

„Quer über den Spielplatz, zur Nordstraße."

„Haben Sie Geräusche gehört?"

„Nein, es war alles still. Bis auf die Schritte natürlich, und ein Taxi ist vorbeigefahren. Hier, durch die Kleimannstraße."

Ich holte eine Visitenkarte aus der Tasche. „Kommen Sie doch bitte im Lauf des Vormittags ins Präsidium. Vielleicht reicht Ihre Beobachtung für ein Phantombild. Sagen Sie dem Pförtner, dass Sie zum Erkennungsdienst bestellt sind. Die zuständigen Herren heißen Schüller und Wagner."

„Was ist eigentlich passiert?" fragte die Frau.

Ich antwortete mit einem Lächeln und verschwand aus der Tür. Bevor ich ins Büro fuhr, machte ich einen Abstecher nach Hause. Im Erdgeschoss, wo die Praxisräume lagen, war es still, und als ich ins Obergeschoss kam, fand ich Franz noch im Bett. Ich setzte mich auf die Bettkante und erfuhr, dass Kerstin ihren Bus gerade noch erwischt hatte.

„Und wie war es bei dir? Hat sich die Sache erledigt?"

„Erledigt? Die Arbeit fängt gerade erst an."

„Ein neuer Fall?"

„An der Kreuzschanze lag eine Frau mit durchgeschnittener Kehle. Nach Selbstmord sah das nicht unbedingt aus. Und nach einem Unfall auch nicht."

„Wie in Paderborn", stellte er fest.

„Auf den ersten Blick, ja. Trotzdem kann man das nicht von vornherein annehmen."

„Du meinst, es könnte ein Nachahmungstäter sein?"

„Im Augenblick meine ich noch gar nichts", sagte ich und versuchte vergeblich, mich gegen das ungemütliche Gefühl zu wehren, das in mir hoch kroch. Wenn wir nicht schnell arbeiteten, würde es vielleicht weitere Opfer geben.

„Paderborn liegt ja nun nicht gerade hinter der nächsten Tankstelle“, wandte er ein, „warum geht die Serie ausgerechnet in Münster weiter?“

„Ja, warum?“ Über die perverse Geschichte mit der Zunge gab es in Paderborn eine strenge Nachrichtensperre. Demnach hatten wir die Wahl: Der Täter von der Kreuzschanze war ein „Trittbrettfahrer“ und hatte Zugriff zu unseren Akten oder er war derselbe, der in Paderborn zugeschlagen hatte – dreimal. Egal, an welche Möglichkeit ich dachte, das Unbehagen blieb. Franz hatte sich wieder hingelegt. „Ausgerechnet, wenn wir in Urlaub fahren!“ knurrte er.

„In zehn Tagen haben wir dieses Schwein!“ Jetzt war es nicht Unruhe, die in mir hochkam, sondern Ärger. Weil uns dieser neue Fall tatsächlich den Urlaub verderben konnte, aber auch weil diese Bemerkung ausgerechnet von einem Menschen kam, den ich jahrelang an den Ferienbeginn unserer gemeinsamen Tochter hatte erinnern müssen. Von brauchbaren Urlaubsvorschlägen ganz zu schweigen. Aber dies war kein guter Morgen, um zu streiten. Er hatte schlecht genug begonnen.

Franz hatte sich in seine Decke eingerollt. Jetzt kehrte sein Kopf noch einmal ans Tageslicht zurück. „Woher weißt du eigentlich, dass es ein Mann war?“

„Weil er ihr die Zunge rausgesäbelt und zwischen die Oberschenkel geklemmt hat! Welche Frau tut denn so was?“
Seine Antwort war ein unverständliches Knurren.

Der Kleiderständer im Büro war leer, noch immer keine Spur von Lückmann. Ich suchte mir die Unterlagen über die Paderborner Mordserie heraus. Noch einen Tag vorher hätte ich mit Max darum gewettet, dass wir sie nie mehr zur Hand nehmen würden. Ich blätterte den Ordner durch, fand aber nirgendwo einen Hinweis dafür, dass in der Nähe des Tatorts ein Kinderspielplatz lag, doch das konnte Zufall sein.

Die drei Frauen waren Ende zwanzig bis Anfang dreißig, blond, brünett, schwarzhaarig und von sehr unterschiedlicher Statur. Die erste war zierlich, die zweite hatte eine üppige Oberweite und konnte als vollschlank bezeichnet werden, die letzte hatte eine Durchschnittsfigur. Wenn man die Verwüstungen ausklammerte, die die Tatwaffe angerichtet hatte, konnte man nicht gerade behaupten, dass sie sich einem bestimmten Typ hätten zuordnen lassen. Die Lage, in der man sie gefunden hatte, war allerdings jedes Mal dieselbe und ähnelte auch der der Toten von der Kreuzschanze; der Kopf im Nacken, der Hals weit aufgeklappt, die Arme seitlich weggestreckt. Und dann diese ekelhafte Sache mit der Zunge … Ich verglich die Personalien.

Fall Eins: Karin Wirtz, siebenundzwanzig und ledig. Am Morgen des 30. März tot auf dem Gelände hinter der Paderhalle aufgefunden. Sie betrieb seit drei Jahren am Heierswall eine Praxis als Heilgymnastin. Immer montags hatte sie, speziell für Berufstätige, Extratermine bis 22 Uhr eingerichtet, und für den 29. März war eine Patientin vormerkt, die sich später bei der Polizei gemeldet hatte. Frau Wirtz, so der Wortlaut des Protokolls, habe nicht nervös gewirkt oder beunruhigt, sondern sogar auffallend locker. Sie habe, während man sich an der Praxistür verabschiedete, von ihrer bevorstehenden Urlaubsreise erzählt. Und draußen, vor ihrer Haustür, sei auch alles normal gewesen. Die Frage nach einer Praxishilfe war von der Patientin verneint worden, demnach hatte Frau Wirtz allein gearbeitet oder ihre Helferin montagabends immer nach Hause geschickt.

Zweiter Fall: Gundula Werner, neunundzwanzig und ledig, hatte vor zwei Jahren eine Kneipe an der Neuhäuser Straße aufgemacht. Sie wurde in der Nacht vom 3. auf den 4. Mai im nördlichen Teil der Paderanlagen ermordet, nachdem sie, wie von mehreren Zeugen bestätigt wurde, ihre Gäste kurz nach Mitternacht hinauskomplimentiert hatte. Sie hatte die Tür abgeschlossen, aber das Licht hinter den Fensterläden, so die Aussage eines Pärchens, das in der Nähe auf ein Taxi wartete, hatte noch eine Weile gebrannt.

Fall Drei: Hilke Günsch, zweiunddreißig und geschieden, besaß ein Sonnenstudio an der Mühlenstraße. Todeszeit: zwischen 23 und 24 Uhr am 28. Juni. Auch sie war an einem Montag gestorben. Und auch zu ihrem Fall hatten sich Zeugen gemeldet. Ich las die Aussage der Kundin über die Geburtstagsfeier.

Was die drei Frauen miteinander verband, war die Tatsache, dass sie offensichtlich allein gelebt und selbständig gearbeitet hatten, mit wenigen oder keinen Angestellten. Man hatte die Namen aus den Kundenkarteien der Krankengymnastin und des Sonnenstudios der Stammkundschaft aus Frau Werners Kneipe vorgelegt, aber niemand konnte damit etwas anfangen. Man ging also davon aus, dass der Täter, wenn er zum Kundenkreis gehörte, unter falschem Namen registriert war. Oder er hatte seine Opfer auf der Straße beobachtet und ihren Tagesrhythmus ausspioniert.

Alle drei Frauen hatten in der Nähe ihrer Arbeitsstellen gewohnt, und dass sie auf dem Heimweg den Geißelschen Garten oder die Paderanlagen durchquerten, schien einleuchtend, zumindest solange man das nüchterne Kartenblatt des Stadtplans vor Augen hatte. Erst der Gedanke an den menschenleeren, nächtlichen Park weckte, selbst bei einer Strecke von nur wenigen hundert Metern, ein leises Grauen.

Die wenigen Übereinstimmungen waren nicht unbedingt ein vielversprechender Beginn für die Recherchen zu unserem eigenen Fall. Allerdings stimmte der Mordtag auch bei uns – immer ein Montag, mal der erste, mal der letzte im Monat …

In diesem Augenblick erschien Hilly Türmer, unsere Dezernatssekretärin, im Türrahmen. Als ich ihr Gesicht sah, wusste ich, dass es noch nicht vorbei war mit den schlechten Nachrichten.

„Die Mutter von Max hat gerade angerufen.“ Sie schloss sekundenlang die Augen. „Er hatte heute Nacht einen Autounfall.“

Meine Reaktion war offenbar ein ungläubiges Anstarren, denn sie wiederholte den Satz und ich begriff endlich. „Wo ist er?“

„In der Raphaelsklinik, auf der Intensivstation. Seine Mutter sagt, es ist im Kuhviertel passiert. An der roten Ampel zum Neutor haben die Bremsen gestreikt, und er ist voll in einen …

Ich hörte gar nicht mehr hin, ich hatte nur „Intensivstation“ verstanden. „Ist es so schlimm?“

„Ich weiß nichts Genaueres. Ich dachte nur, ich sag es dir sofort.“ Sie machte eine hilflose Handbewegung. „Wäre es nicht gut, wenn du sie besuchen würdest? Vielleicht erfährst du ja, wie es passiert ist. So am Telefon …“ Wieder die gleiche Geste.

Ich wählte Frau Lückmanns Nummer und erfuhr von ihrer bemitleidenswert heulenden Tochter, dass sie noch im Krankenhaus war. Also machte ich mich auf den Weg. Aller guten Dinge sind drei, dachte ich, während ich an der Ecke zur Klosterstraße mein Fahrrad abschloss, und das ist ja auch in Ordnung. Aber bitte nicht drei schlechte Dinge an einem Tag! Es reicht!

Die automatische Glastür zur Eingangshalle hatte sich hinter mir schon wieder zugeschoben, als mir ein Gedanke durch den Kopf fuhr: Max und defekte Bremsen, das passte nicht! Der fuhr doch schon zur Werkstatt, wenn nur der Scheibenwischer quietschte.

Eine große, kräftige Frau mit grauen Haaren, die aufrecht standen wie ein Reisigbesen, scheuchte mich aus meinen Gedanken. Ich kannte ihre dröhnende Stimme von den Anrufen, mit denen sie regelmäßig unseren Dienstapparat blockierte.

„Gedulden Sie sich bitte!“ hörte ich dann eine Schwester sagen, „der Herr Doktor kommt sofort. Wenn Sie einen Moment Platz nehmen wollen!“

Die Frau wandte sich mit einer Gebärde ab, die ihre Angst, Verzweiflung und Hilflosigkeit besser ausdrückte, als alle Wörter es vermocht hätten.

„Frau Lückmann?“

Jetzt sah sie mich an, während ihre Finger noch immer die Bügel der Handtasche umklammerten, als hielte sie sich daran fest.

„Ich bin die Kollegin von Max. Wollen Sie sich nicht setzen?“ Ich führte sie zu den beiden Sesseln am Fenster, sie kippte auf die Sitzfläche und ich wartete. Manchen half in dieser Situation das Reden.

„Ich weiß gar nichts!“ ächzte sie. „Sie sagen mir nichts!“

„Oft können die Ärzte so schnell gar nichts sagen! Sie können sicher sein, dass alles für ihn getan wird!“

„Aber dieses Warten!“ stöhnte sie.

„Wie ist es passiert?“

Sie begann zu schluchzen. Ich ließ sie eine Weile mit ihren Tränen allein, dann fragte ich: „Wissen Sie, wann der Wagen zum letzten Mal in der Werkstatt war?“

Sie schnäuzte sich energisch. „Jawohl weiß ich das! Letzten Mittwoch hat er ihn weggebracht und erst am Freitagabend war er fertig. Und als wir dann den längst versprochenen Sonntagsausflug machen wollten, da behauptete Max, der Motor müsse erst mal seine Ruhe haben. Und nur deswegen …“

Ein Mann im weißen Kittel verließ die Pflegestation und steuerte auf uns zu, das unterbrach ihren Redestrom. Der Patient, so teilte der Arzt uns mit, sei stabilisiert und außer Lebensgefahr. So schlecht hatte es also um Max gestanden?

„Aber ein paar Tage wird er uns wohl noch Gesellschaft leisten müssen.“

„Ein paar Tage?“ regte sich Frau Lückmann auf. „Das werden doch Wochen! Sie müssen wissen, ich wohne in Berg Fidel. Wenn er frische Wäsche braucht … Ich kann ja nicht jeden Tag …“

Typisch! dachte ich grimmig. Das Grab ist leer, der Held erwacht, und die Mutter stellt Ansprüche!

Ich legte ihr die Hand auf den mühlenartig wedelnden Arm. „Ich arbeite doch ganz in der Nähe, Frau Lückmann. Besuchen Sie Ihren Sohn, wann immer Sie es einrichten können, um alles andere kümmere ich mich, einschließlich der Wäsche."

Sie nickte, als hätte sie es nicht anders erwartet, und dann verlangte sie beinahe herrisch, ihren schwerverletzten Sohn zu sehen. Der Arzt vertröstete sie auf den kommenden Tag.

Auf den Stufen vor dem Krankenhaus dachte ich wieder an Lückmanns „Pagode", diese so liebevoll gewartete, immer auf Hochglanz polierte Luxusflunder! War das jetzt alles zersplittert, eingedrückt, platt gewalzt? Wenig später saß ich am Schreibtisch jener Werkstatt, die die Pagode zur Inspektion gehabt hatte. Der Mechaniker gab sich mehr als spröde. „Herrn Lückmanns Bremsen sollen versagt haben? Oder war es vielleicht seine Aufmerksamkeit?" Er machte eine Bewegung, als kippte er ein Glas an den Mund.

„Hören Sie zu!" sagte ich. „Ich kenne meinen Kollegen seit Jahren. Wenn der nachts noch bis nach Greven muss, trinkt er nur Ginger Ale oder Clausthaler."

„Trotzdem", sagte er, „die Bremsen waren einwandfrei. Mann, das haben wir doch extra überprüft."

„Hatte er vorher Probleme damit?"

„Nee!" Er schüttelte den Kopf. „Der Wagen war wegen einer Routine-Inspektion bei uns. Aber …" er warf einen Blick auf seinen Computer-Monitor, „wenn ich recht sehe, wohnt Herr Lückmann in Greven. Sie kennen das Marder-Problem?"

„Natürlich." Ich hatte lange genug auf dem Land gelebt, um es kennen zu lernen. In den ersten kühlen Herbstnächten krochen diese scharfen Räuber gern unter den noch warmen Wagenboden und knabberten die Schläuche und Kabel an. Oft blieben die Schäden bis zur nächsten Inspektion unbemerkt, aber gelegentlich waren die Bremsen oder der Anlasser betroffen, und die einzige Möglichkeit, sich vor Pannen zu schützen, war eine resolute Bremsprobe vor der Haustür. Der Unfall war im Kuhviertel passiert, die Promenade war nicht weit.

Ich fuhr zurück ins Präsidium und ließ mir beim Verkehrsdienst das Unfallprotokoll geben. Um Null Uhr Zweiunddreißig hatte es Max erwischt. An der Ecke Münzstraße-Neutor hatte die Ampel auf Rot gestanden, und er war mit ungebremster Geschwindigkeit in den leeren Anhänger eines niederländischen Lasters gerast. Das hatte ein Augenzeuge ausgesagt. Der Trucker war mit dem Schrecken davongekommen.

„Gab es weitere Verletzte?“ Ich dachte an Sabine.

Der Kollege schüttelte den Kopf. „Gott sei Dank war die Straße ziemlich leer. Was für ein Fahrertyp ist er denn?“

„Supervorsichtig. Bei dem Auto blieb ihm nichts anderes übrig.“

„Ein Schmuckstück!“ bestätigte er.

„War er allein im Auto?“ Im Kreuzviertel lag das „Knabbelkümpken“, die Stammkneipe der beiden. Der Kollege nickte auf meine Frage. Demnach hatte Sabine ein Taxi genommen oder war zu Fuß nach Hause gegangen. Wenn ich mich richtig erinnerte, wohnte sie am unteren Ende der Aegidiistraße. Aber es passte so gar nicht zu Max, seine Dulcinea mitten in der Nacht sich selbst zu überlassen. Noch dazu in einer Zeit, wo wir fast täglich über Frauenmorde redeten.

„Wird der Wagen untersucht?“

Der Blick des Kollegen wirkte unschlüssig.

„Weil die Bremsen defekt waren!“ drängte ich. „Schließlich arbeitet mein Kollege im Morddezernat!“

Er blieb skeptisch. „Und dann ist jemand unter die Kühlerhaube gekrochen und hat die Bremsschläuche durchgetrennt? Also, wenn Sie’s nicht etwas passender haben, Kollegin …!“

Ich beschloss, in der Mittagspause mit Sabine zu reden. Sie arbeitete in einer Parfümerie in der Innenstadt. Bei der Vorstellung, dass sie von dem Unfall noch gar nichts wusste und ich es war, die ihr die schlimme Nachricht überbringen musste, wurde mir flau.

Dezernatsleiter Dr. Gross, wegen seiner kleinen, rundlichen, stets schwarz gekleideten Figur „Pinguin“ genannt, erwartete mich schon. „Sie kommen spät, liebe Frau Kollegin! Was haben Sie zu berichten? Über Lückmann weiß ich Bescheid. Er ist außer Lebensgefahr.“

Und wenn er was zurückbehält? dachte ich.

„Bis er wieder ins Büro kommen kann, werden Wochen vergehen“, sagte ich statt dessen in dem vollen Bewusstsein, wie gefühllos das wirkte. Aber sonst hätte ich losgeheult. Ich schluckte energisch, um den Kloß in meiner Kehle runterzubringen, und berichtete über den Mord an der Kreuzschanze, während sich der „Pinguin“ lange mit dem Anschneiden seiner Zigarre beschäftigte.

„Tja, was machen wir ohne ihn?“ fragte er, als ich fertig war, viel zu sagen gab es ja nicht. Dabei sah er mich mit einem zweifelnden Ausdruck an, den ich nur zu gut kannte. „Wollten Sie nicht demnächst in Urlaub gehen?“

Mir gelang ein sarkastisches Lächeln. Der „Pinguin“ genehmigte sich nur verlängerte Wochenenden, allenfalls eine halbe Woche, und das Luxuriöseste waren Aufführungen in der Arena von Verona, für die ihm Hilly die Komplettarrangements buchen musste.

Sabine war gerade mit einer anspruchsvollen Kundin beschäftigt, einer von jenen, die noch an den ultimativen Kick in der Fältchenbekämpfung glauben. Ich bekam die Bruchstücke ihres Gesprächs mit, während ich nervös an den Parfumregalen entlang strich und so tat, als suchte ich nach einer neuen Duftnote. Sabines Kolleginnen, die mich in regelmäßigen Abständen daran erinnerten, dass sie mich gern bedienen würden, erzählte ich von einem persönlichen Beratungstermin bei Fräulein Meissner.

Endlich ließ sich die Faltenspezialistin zu einer „wirklich revolutionären Formel“ überreden, und Sabine begleitete sie zur Kasse. Sie hatte mich längst entdeckt und lächelte mir zu. Doch muss in meinem Gesicht etwas anderes zu lesen gewesen sein, denn ihr Lächeln verschwand sofort. „Ist was passiert?“

„Können wir irgendwo ruhig reden?“

Sie nickte und zog mich hinter einen Vorhang an der Schmalseite des Ladens. Hier knüllten sich Mäntel und Schals auf einem Holzstuhl, darunter standen mehrere Paar Stiefel.

„Jetzt red’ doch schon!“

Ich beschloss, mit der besseren Nachricht zu beginnen. „Er ist außer Lebensgefahr, aber …“

„Ein Unfall?“ Es war nicht leicht, ihrem erschrockenen Blick standzuhalten.

„Letzte Nacht“, sagte ich. „Ward ihr vorher noch zusammen?“

Statt einer Antwort schlug sie beide Hände vors Gesicht. „Wo ist er jetzt?“

Ich erzählte ihr alles und vertröstete sie, als sie von Besuchen redete, auf den folgenden Tag, weil das der Oberarzt auch Frau Lückmann geraten hatte. Und als sie zu weinen begann, sagte ich hart: „Sei froh, dass er lebt! Er kommt schon wieder auf die Beine!“ Es fiel mir schwer, so grob zu sein, aber es half es uns beiden, die Kontrolle zu bewahren. „Hattest du schon deine Mittagspause?“

„Ich wollte gerade gehen“, sagte sie. „Aber, ich glaube, ich kann jetzt gar nichts essen.“

Wir gingen ins Otmar auf der Ludgeristraße, und während sie sich in der hintersten Ecke, dicht an der Glaswand zur Stadtsparkasse, für die übrige Stehkundschaft fast unsichtbar machte, besorgte ich Cappuccino und Milchkaffee. Obwohl der Laden wie immer knallvoll war, blieben wir auf rätselhafte Weise erst mal für uns, und sie erzählte mir unter geräuschvollem Schnäuzen, dass sie sich am vergangenen Abend mit Max „total verkracht“ habe.

„Und deshalb bist du allein nach Hause gefahren?“

„Ich bin zu Fuß gegangen. Ich hatte so eine Wut im Bauch … Du kannst dir gar nicht vorstellen, wie stur der manchmal ist!“

Oh doch, das konnte ich.

Sie sah mich in plötzlichem Entsetzen an. „Wenn er mich nach Hause gebracht hätte, wären wir eine andere Strecke gefahren …“

„Dann hätten die Bremsen eben auf dieser anderen Strecke versagt, und du hättest auch etwas abbekommen.“

Ein Typ in einer klebrig wirkenden Lederjacke machte völlig ungerührt unsere Tischrunde komplett und begann, sich eine in Häppchen geschnittene Currywurst reinzuschieben. Sabine zog ihren Kaffeebecher zur Seite und weinte wieder los, lautlos und verzweifelt, und dabei wirkte sie wie ein kleines Mädchen. Der Wurstesser zeigte keinerlei Reaktionen, auch nicht, als ich von meinem Hocker herunterrutschte und sie in die Arme nahm. Wahrscheinlich hielt er uns für Mutter und Tochter. Sabine war fast fünfzehn Jahre jünger als Max, und ich hatte ihr zunächst nicht viel mehr zugetraut als die Rolle des schnuckeligen Betthäschens, bis Lückmanns Worte immer deutlicher erkennen ließen, was für ein prima Kumpel sie war, liebevoll, verlässlich und fair. Und jetzt waren die beiden also verkracht! Ich verkniff mir die Frage, weshalb.

Bei meiner Rückkehr lief mir Schüller über den Weg.

„War Herr Moos schon da?“ fragte ich.

„Du meinst den Mann von der Tanzschule? Der war hier. Aber viel gebracht hat’s nicht. Wir haben ihm alle möglichen Gesichter vorgelegt, er konnte sich nicht entscheiden. Und dann diese alberne Kostümierung!“

„Heißt das, du glaubst ihm nicht?“

„Der will sich doch nur wichtig machen!“ protestierte er. „Wenn wir seine Beschreibung an die Zeitungen weitergeben, kommt garantiert die Frage, ob der Mord nicht vielleicht schon vor acht Monaten passiert ist, mitten im Karneval.“

„Trotzdem!“ sagte ich. „Solange wir nichts Besseres haben!“

- II -

Die Abendmahlzeiten sind in unserem unruhigen Haushalt eine „Heilige Kuh". Kerstin beeilt sich, um bis dahin ihre Schularbeiten fertig zu haben, und auch bei Franz kommt es selten vor, dass er später als halb acht seinen letzten Patienten verabschiedet und das Terrain Frau Hilbichs energischem Wischmopp überlässt. Sie selbst erscheint dann gegen halb neun, um sich in unserer Runde mit einem Gläschen Altbier zu erfrischen und den neuesten Tratsch loszuwerden. Die Tatsache, dass sie „bei einer von der Mordkommission" ein- und ausgeht, wirkt anscheinend beflügelnd auf ihre Anteilnahme an fremden Schicksalen. Ob jemand am Imbissstand vor dem Hauptbahnhof an einer Bratwurst erstickt ist oder sich in Roxel das Genick über seinem Gartenzwerg gebrochen hat, Frau Hilbich ist immer auf dem Laufenden. Sie redet Franz ganz zwanglos mit „Sheriff" an, obwohl er gar nicht bei der Polizei arbeitet, während er, nachdem sie vergeblich versucht hat, ihn vom Pfeiferauchen abzubringen, weil die Gardinen darunter leiden, sie unsere „Zuchtperle" nennt.

An diesem Abend wollte keine Gemütlichkeit aufkommen. Kerstin hatte den Mathe-Test „total versaut", Franz sorgte für Spannung, indem er die sprengstoffhaltige Frage stellte, was denn eigentlich aus unserem Urlaub würde. Ich antwortete mit Schweigen, und so aßen wir eine Weile stumm weiter. Dann bohrte Franz aufs Neue. „Versteh das doch, ich muss das wissen."

„Zwei Wochen vorher?"

„Wenn ich Olaf absagen muss, mache ich das nicht am letzten Tag! Die Besucher rennen ihm zwar die Bude ein, aber wenn er nicht sofort Ersatz für uns bekommt, hat er Einbußen!"

„Dann lassen wir Olaf eben aus dem Spiel", fauchte ich, während mir der Gedanke durch den Kopf ging, dass ich dann auch die beiden schweren Kriminalromane zu Hause lassen konnte.

Darauf erwiderte er nichts, aber ich wusste, dass Olaf und seine provenzalische Fauna der heimliche Höhepunkt unserer Reise waren. Tatsächlich fuhr er fort: „Dann können wir ja gleich zu Hause bleiben."

Wie beim Mikado kam mit dieser Antwort das nächste Stäbchen ins Rutschen. Kerstin schmiss ihre Gabel auf den Teller und heulte: „Ich gehe aber trotzdem zu Marion! Ich bleibe nicht in diesem blöden Haus! Dies' Landleben ist so öde!"

Vor Zuschauern hätte das Szenario wie aus einer der amerikanischen Seifenopern gewirkt, die im Vormittagsprogramm laufen. Es fehlten nur die bestellten Lacher. Aber wir hatten ja Frau Hilbich.

Und da war sie auch schon! „Is watt passiert?"

„Nichts ist passiert! Setzen Sie sich!" Ich stellte die halb leeren Teller zusammen und schenkte ihr ein Glas Bier ein. Franz hatte zur Zeitung gegriffen und Kerstin, wie die Geräusche aus dem Bad mitteilten, war unter der Dusche verschwunden.

Später brachte ich Frau Hilbich zur Haustür. Nebel war aufgekommen und hüllte den Boniburgwald in einen frostigen Dunst. Jetzt noch bis nach Mariendorf?

„Seien Sie vorsichtig!" sagte ich, während sie den Kippständer löste und ihren Pferdehintern umständlich in den Sattel hievte.

Ihre Antwort war ein rostiges Kichern. „Ach, Frau Züricher! Mich bringen de Räuber doch anne ersten Laterne retour!"

Als Franz und ich uns gegen Mitternacht in unserem quietschenden Doppelbett wiederfanden, schlug ich einen versöhnlichen Ton an. „Vielleicht finden wir den Schweinehund in den nächsten zwei Wochen." „Vielleicht!" Er zog sich seinen Anteil der Bettdecke über die Ohren und drehte sich um. Er glaubte auch nicht dran!

Ich heftete den Blick auf die Zimmerdecke und redete weiter. „Du weißt, dass es bei einem ungeklärten Mordfall eine absolute Urlaubssperre gibt?"

„Ich weiß", kam es spröde unter der Decke hervor.

„Dann verstehe ich deine Haltung nicht." Er schwieg.

„Und wenn du allein führest?"

Sein Kopf tauchte abrupt wieder auf. „Nein! Ausgeschlossen! Dann bleibe ich auch hier."

„Und was wird aus deiner Praxisvertretung? Der junge Mann freut sich, dass er endlich mal so eine Gelegenheit kriegt und das Geld kann er auch gut brauchen …"

Schweigen.

„Ich werde bis spät abends im Büro bleiben müssen", sagte ich nach einer Weile. „Auch an den Wochenenden. Jetzt, wo ich allein bin. Bis Lückmann wieder einsatzfähig ist, können Wochen vergehen." Noch immer sagte er nichts.

„Du hast dich auf den Urlaub gefreut.“

„Du etwa nicht?“

Wieder Schweigen.

Dann fing er wieder an. „Du ganz allein hier in dem einsamen Haus, das gefällt mir nicht. Da draußen läuft ein Frauenmörder herum. Er wird bald wissen, wer auf ihn angesetzt ist.“

„Das ist mein Job. Und glaubst du etwa, es würde mir Spaß machen, wenn du mit angefressener Miene in der Praxis sitzt oder deinen Urlaub mit Gartenarbeit verbringst, nur weil ich nicht mitkommen konnte? Franz, wir sind doch keine kleinen Kinder mehr! Du hast eine Polizistin geheiratet. Und wenn du deinen Urlaub streichen müsstest, weil der Parade-Eber vom Bauern XY das große Zipperlein gekriegt hat, dann würde ich, verdammt noch mal, auch ohne dich fahren!“

„Nein, das würdest du nicht!“ widersprach er.

Eine Weile sagte keiner etwas, während der Wecker wieder in unser Schweigen tickte und uns daran erinnerte, dass wir gerade noch sechs Stunden zum Schlafen hatten.

„Du brauchst den Urlaub genauso dringend wie ich!“ fing Franz wieder an.

„Im November macht Marion Urlaub auf Formentera. Ich könnte mit ihr fahren. Sie ist froh, wenn sie Gesellschaft hat.“

„Zusammen mit dieser Quatsche willst du dich erholen? Die redet dich doch platt!“

„Lass Marion aus dem Spiel!“

Er brummte etwas Unverständliches

„Und wenn Rollo bei mir bliebe?“

Er dachte kurz nach. „Das wäre eine Möglichkeit. Ich habe mich ohnehin schon gefragt, wie wir den Burschen im Auto ruhig halten auf einer so langen Fahrt.“

„Na also! Wozu haben wir einen Wachhund?“

Es folgten drei arbeitsreiche Tage. Ich schrieb den Abschlussbericht zu einem Mordfall, der an der Steinfurter Straße passiert war – ein fünfundsechzigjähriger Rentner hatte seine Lebensgefährtin aus Eifersucht erstochen –, erkundigte mich in der Mittagspause vor dem Eingang der Intensiv-Station nach Lückmanns Befinden – noch immer nur Besuchserlaubnis für die engsten Angehörigen! – und suchte nach der Identität der ermordeten Frau. Am Freitagvormittag lag der Obduktionsbefund auf meinem Schreibtisch. Als Todeszeit war die Stunde zwischen dreiundzwanzig Uhr und Mitternacht angegeben. Die Leiche wies Kratzspuren im Schulterbereich sowie Prellungen und Hautabschürfungen an Rücken, Gesäß und der Unterseite der Arme auf. Demnach war sie von hinten überfallen, zu Boden gerissen und ins Gebüsch geschleift worden. Ein Sexualverbrechen, so hatte Dr. Busse geschrieben, sei nicht auszuschließen, allerdings sei kein Sperma gefunden worden. Ich verglich die drei Autopsien aus Paderborn mit seinem Bericht: Das Ergebnis war sehr ähnlich. Vage Hinweise auf eine Vergewaltigung, aber keine nachweisbaren Spuren des Mannes. Doch im Gegensatz zu jenen Fällen fehlte uns jede Angabe über die Tatwaffe. Ich rief das rechtsmedizinische Institut an.

Das Mordinstrument sei natürlich ein Messer gewesen, entgegnete Dr. Busse auf meine Frage, das brauche ja wohl nicht extra betont zu werden. Nur habe der zuständige Kollege das Exemplar noch nicht einwandfrei bestimmen können. „Wenn Sie vielleicht selbst mal mit ihm reden?“ Es klang gereizt, als hätte er sich gerade gehörig über etwas geärgert. Er klickte sich ohne weiteren Kommentar aus der Leitung, statt dessen hatte ich im nächsten Augenblick seinen Mitarbeiter am Apparat. Und beim Hören seiner eigenartig schnarrenden Stimme auch sein Gesicht vor mir, die wie poliert wirkende Halbglatze und den stechenden Blick. „Ein glänzender Kopf, dieser Gersmann!“ hatte Dr. Gross einmal gesagt, wohl ohne sich der Doppeldeutigkeit seiner Worte bewusst zu sein. Obwohl Dr. Guido Gersmann erst seit dem Frühsommer im Institut arbeitete, wusste Hilly, die auf rätselhafte Weise immer mehr Einzelheiten mitbekam als wir, von drei gescheiterten Ehen zu berichten. „Dabei ist er erst achtundvierzig. Und angeblich lag es immer an ihm! Dieser Blaubart!“

Das Empfehlenswerteste, sagte Gersmann, sei wohl, dass ich ins Institut käme, zum Zweck einer, wie er sich ausdrückte, „Vorführung einschlägiger Modelle.“

„Ich kann hier aber nur in der Mittagspause weg. Der Kollege Lückmann …“

„Ich weiß“, unterbrach er mich. „Wie geht es ihm?“

Ich berichtete ihm, was ich wusste, und wir verabredeten uns für halb eins in seinem Büro.

Er erhob sich von seinem Schreibtisch, der nicht nur überladen, sondern chaotisch wirkte, schloss die Tür, kaum dass ich hereingekommen war, und winkte mich weiter zu einer kleinen Sitzecke. Dort begann er, an einem in dünnes, weißes Papier eingewickelten Tablett zu nesteln, dessen Umfang mir für die Mordwaffe an der Kreuzschanze reichlich klein erschien. Aber er löste die Umhüllung nur unvollständig und sprang schon wieder auf. „Mit Milch und Zucker?"

„Wie bitte?" Ich drehte mich um und sah, dass er an einer Teemaschine hantierte.

„Aber greifen Sie doch zu!" forderte er mich aus seiner leicht gebückten Haltung auf. „Thunfisch oder Gurke! Beides sehr empfehlenswert! Die besten von ganz Münster!"

Unter der Papierhülle lagen Tramezzini, das Brot hauchdünn, der Belag fingerdick und saftig. Um jedes Schnittchen war eine Papierserviette drapiert, der ideale Snack für Businessleute, die auch mittags ihre Arbeit nicht gern im Stich lassen. Der Anblick zog meinen hungrigen Magen schmerzhaft zusammen.

Er kam mit der dampfenden Glaskanne und zwei braunen Tonschalen zum Tisch. „Ich bin nicht auf Besucher eingerichtet, auf Damenbesuch schon gar nicht! Aber," er setzte die Kanne ab, „als Sie sagten, Ihnen bliebe nur die Mittagszeit, habe ich mir gedacht, warum nicht gemeinsam essen und sich dann die Waffen ansehen?"

„Ich hätte lieber die Waffen zuerst."

Jetzt wirkte sein Lachen übertrieben. „Sie sind ja eine von den ganz Vorsichtigen! Also, gut!" Er zog eine flache Schublade heraus und entnahm ihr eine große Mappe. Er legte sie auf die winzige Tischplatte, unter der unsere Knie beim Sitzen zwangsläufig auf Tuchfühlung gekommen wären, und sah mich ironisch an. „Wollen Sie nicht doch lieber erst essen, bevor Sie sich mein Messerpanoptikum ansehen? Ich, zum Beispiel, esse grundsätzlich vorher! Bevor ich mir all dies' tranchierte Fleisch ansehen muss."

„Dann lassen Sie sich bitte nicht abhalten!"

Er schlug hasenartige Schneidezähne in das zarte Schnittchen, während ich die Mappe aufblätterte. Sie enthielt in Klarsichthüllen Fotos von Messern, wie sie der Paderborner Täter wahrscheinlich benutzt hatte. Die einander sehr ähnlich sehenden Waffen waren den Mikroskopaufnahmen der entsprechenden Opferkehlen zugeordnet.

„Haben Sie Übereinstimmungen mit unserem Fall gefunden?"

„Dies hier", sein Zeigefinger fuhr dicht an meiner Nase vorbei auf die Kehle des Münsteraner Mordopfers, „war garantiert auch das

Werk jenes Mörders. Moment!“ Er zeigte mir den durchtrennten Hals der Heilpraktikerin. „Obwohl …“ Er spülte die weichgekaute Masse mit Tee herunter, fuhr mit der Zungenspitze über die Schneidezähne und erzeugte dabei ein leise schmatzendes Geräusch.

„Auf den ersten Blick könnte man glauben, die Opfer seien durch ein Messer mit glatter Klinge getötet worden. Aber unter dem Mikroskop weisen die Hautränder Spuren auf, die darauf schließen lassen, dass die Schneide in einigen Abschnitten Zähne hat. Sehr feine Zähne. Ein ganz zarter Wellenschliff.“

„Ein Brot- oder Gemüsemesser“, sagte ich. „Für Fleisch nimmt man keine Säge, um die Fasern nicht zu zerreißen.“

Er nickte zustimmend, blätterte weiter und machte mit zielsicherer Hand bei mehreren Mikroskopaufnahmen halt, über deren Anblick ich die Tramezzini und sogar den Tee vergaß, der in dem Tonschälchen vor mir kalt wurde.

„Hier haben Sie noch einmal das Opfer von der Kreuzschanze. Sehen Sie die unterschiedlichen Hautränder? Hier eine glatte Schnittstelle … und hier diese Fasern? Aber hier“, er tippte auf das Foto der nächsten Seite, „fehlen die Spuren der Zähne schon wieder. Demnach“, ein weiteres Tramezzino fand den Weg zu seinem Mund, „ist seine Messerklinge glatt, hat aber in regelmäßigen Abständen ganz feine Zähne.“

„Könnte nicht auch die Reaktion des Opfers eine Rolle spielen?“ Ich dachte an die Kneipenbesitzerin mit der kräftigen Statur. „Wenn die Frau sich heftig gewehrt hat …“

„Natürlich spielt sie eine Rolle“, nickte er. „Wir müssen davon ausgehen, dass dieser Tätertyp nicht überlegt und aus kalter Berechnung zuschlägt, sondern wie im Tötungsrausch. Jeder Widerstand setzt ihn noch stärker unter Strom, er hat sich gerade noch so weit unter Kontrolle, dass ihm kein gravierender Fehler unterläuft. Wenn ihm das Opfer aber mehr Schwierigkeiten macht als erwartet, verliert er auch diese letzte Selbstbeherrschung. Das könnte sein Verhalten kurzfristig beeinflussen, und wenn es nur der Winkel zwischen Messerklinge und Kehle wäre …“

„An welche Schwierigkeiten denken Sie?“

„An zwei Extreme. Entweder ist die Frau kräftiger, als er geglaubt hat, oder sie wehrt sich überhaupt nicht. In beiden Fällen nimmt ihm das den entscheidenden Kick. Er wird unsicher.“

„Ich weiß", nickte ich. Er musste nichts weiter erklären, ich kannte dieses Phänomen von den Triebtätern, mit denen wir im Münchner Sittendezernat zu tun gehabt hatten. Frauen, die Karate gelernt hatten, die sich mit einem Spray oder dem Pfennigabsatz ihrer Schuhe zur Wehr setzten, machten diesen Männern ebenso einen Strich durch die Rechnung wie jene, die sich steif hielten wie eine Schaufensterpuppe. Der einzige Reiz, der diese Bestien in Stimmung brachte, war das Schreien ihres hilflosen Opfers.

Gersmann unterbrach meinen Gedankengang, indem er mir das halb geleerte Tramezzinitablett noch einmal unter die Nase hielt. Ich lehnte ab. Mein hungriges Innenleben hatte längst kapituliert.

„Allerdings ist die Schnittführung in allen vier Fällen relativ sauber", sagte er und packte den Pappteller ein. „Wenn man geringfügige Abweichungen außer Acht lässt. Man sollte nicht zu viele Gedanken darauf verschwenden. Auch wenn die Überlegung, ob es mehr als einen Täter gibt, nach wie vor aktuell ist. Aber viel Gegenwehr scheint es nicht gegeben zu haben."

„Er überfällt die Frauen aus dem Hinterhalt, und nachdem er ihnen die Zunge abgeschnitten hat, können sie nicht mehr um Hilfe rufen. Gibt es einen Hinweis, womit sie abgeschnitten wurden?"

„Da haben wir es mit einer Rasierklinge zu tun."

„Die Marke?"

Er verlegte die Antwort in ein theatralisches Achselzucken.

Ich nippte an meinem Tee. „Also, eine Rasierklinge Marke Wilkinson oder Gillette oder was immer und ein Allerweltsmesser, wie man es in jedem Haushalt findet."

„Eben nicht", entgegnete er überraschend scharf, „im Fachhandel vermutete man, es handle sich um ein Spezialmesser zum Zerteilen von Tiefkühlware. Die sind äußerst selten. Wenn Sie zufällig mal so etwas sehen …"

„Ich werde die Augen offen halten. Woher stammen die Messer auf den Fotos?"

„Die habe ich mir ausgeliehen. Sie geben nur die wahrscheinliche Länge an," erwiderte er knapp, „und bei den Sägemessern die vermutliche Feinheit der Zähne." Ich verabschiedete mich.

Kaum war ich an den eigenen Schreibtisch zurückgekehrt, läutete das Telefon auf Lückmanns Seite. Gleich daneben stand ein kleiner, in Zellophan verpackter Gugelhupf von Hilly. Für den Fall, dass ich mittags wieder ins Krankenhaus führe. Bis Max ihn essen könnte, wäre er wahrscheinlich trocken.

Am anderen Ende der Leitung meldete sich der Kollege Grundmann vom Bereitschaftsdienst. Es gab eine Vermisstenmeldung, die möglicherweise auf die Ermordete an der Kreuzschanze passte.

„Sie ist die Freundin der Vermissten“, sagte Grundmann. Die junge Frau neben ihm hatte einen dunklen, bis zu den Augenbrauen reichenden Pony, blasse, etwas teigig wirkende Haut und eine Menge großer Pigmentflecken auf Gesicht und Hals.

„Monika Funke“, stellte sie sich vor. „Meine Freundin ist seit Montag oder Dienstag verschwunden. Genau weiß ich das nicht.“

Ich fragte sie nach ihrer Adresse, und sie nannte eine Hausnummer in der Frauenstraße.

„Wie heißt Ihre Freundin?“

„Barbara Freyling.“

„Und wo wohnt sie?“

Ihre Antwort verwunderte mich: „Keine Ahnung.“

„Das wissen Sie nicht?“

„Bis vor drei Wochen hat sie bei mir und meinem Freund gewohnt. Eines Abends waren ihre Sachen weg.“

„Woher wissen Sie, dass Ihre Freundin verschwunden ist?“

„Ihr Chef hat angerufen … dieser Tom vom ‚Kaiser Nero‘.“

„Ist das nicht eine Kneipe im Kuhviertel?“

„Eine Vinothek“, korrigierte sie. „Und als der Besitzer am Mittwochabend aufmachte, kam sie nicht. Er war ganz schön sauer.“

„Dann war sie am Dienstagabend also noch da?“

„Das weiß ich eben nicht. Er hat mich erst gestern angerufen und gesagt, sie sei am Mittwoch nicht gekommen.“

„Darf ich fragen, was Sie machen? Studieren Sie?“

„Pädagogik“, gab sie knapp zurück. „Mit Sport als Wahlfach. Barbara macht Sportwissenschaften. Wir trainieren zusammen am Horstmarer Landweg.“

„Und sie hat Ihnen keine neue Adresse gegeben?“

Sie schüttelte den Kopf. Sie wirkte verärgert, als wäre sie nicht einverstanden mit dem Wohnungswechsel. Natürlich konnte das finanzielle Gründe haben, aber irgendwie roch es auch nach Streit.

„Wenn sie bis vor drei Wochen bei Ihnen gewohnt hat, brauche ich auch die Personalien Ihres Freundes."

„Okay", nickte sie und nannte seinen Namen. Ein Jura-Student.

„Wussten Sie über Frau Freylings Freundschaften Bescheid?"

„Eher vage", antwortete sie. „Sie brachte nie Besuch mit zu uns, aber sie hatte ab und zu Verabredungen, das schon."

„Gab es Telefonanrufe?"

„Gelegentlich war eine Nachricht für sie auf dem Anrufbeantworter. Aber das geht uns ja schließlich nichts an, oder?" Mit einem Mal schien sie in Igelstellung zu gehen, als hätte sie Sorge, mehr auszuplaudern, als ihrer Freundin lieb war.

„Haben Sie bei der Familie nachgefragt?"

„Bei ihren Eltern ist sie nicht, das weiß ich, weil ihre Mutter gestern Abend angerufen hat und sie sprechen wollte. Ich habe ihr gesagt, sie wäre zum Training."

„Und wie verbringt ihre Freundin die Wochenenden?"

„Auch da macht sie viel Sport. Sie trainiert eine Handballmannschaft in einem Gymnasium. Das ist ganz schön lukrativ."

In meinem Hinterkopf klingelte es. Die selbständige Berufstätige mit schwer überprüfbarem Kundenkreis und fixem Terminkalender? Hier allerdings reduziert auf bestimmte Wochentage, vielleicht auf einen einzigen? Schließlich jobbte sie auch noch am Abend. „Trainiert sie in einem Münsteraner Gymnasium?"

„Nein. Das muss außerhalb sein, sie klagte immer, dass sie so lange fahren müsse."

„Wann und wo haben Sie sie zum letzten Mal gesehen?"

„Letzten Freitag, auf dem Sportgelände. Sie war auf dem Weg zu den Duschen. Ich habe sie gefragt, wie es ihr ginge. Sie schien ziemlich in Eile und sagte nur, sie würde demnächst mal bei mir vorbeikommen."

„War sie allein?"

„Ja."

„Kennen Sie diesen Tom? Den Chef Ihrer Freundin?"

„Nein. Sie hat gelegentlich von ihm erzählt. Solange ich sie kenne, hat sie schon diesen Job."

„Und seit wann kennen Sie sie?"

„Seit etwas mehr als einem Jahr. Mein Freund und ich suchten einen dritten Mieter, weil uns die Wohnung zu teuer wurde. Wir machten im Sportzentrum einen Aushang, und sie meldete sich."

„Haben Sie ein Foto mitgebracht?"

Sie nahm es vom Tresen. Es zeigte eine junge Frau im Profil, in einem weit ausgeschnittenen Sommerkleid, auf einer Gartenmauer, unter einer Reihe von Blumenampeln mit Geranien. Ihr Kopf befand sich im Schatten und war deshalb nicht besonders gut zu erkennen. Dennoch gab es eine gewisse Ähnlichkeit mit der Toten, das gleiche brandrote Haar und die ziemlich lange, gerade Nase.

Ich notierte mir die Adresse des Vinothek-Besitzers und eine Personenbeschreibung der Freundin: Sechsundzwanzig, schlank, mittelgroß. Mit einer Narbe am Kinn, etwa einen Zentimeter lang, hell und sichelförmig. Die Ermordete in der Kühlkammer der Pathologie hatte eine solche Narbe. Ich wechselte einen schnellen Blick mit Grundmann, atmete tief durch und sagte: „Frau Funke, ich muss Sie leider bitten, mit mir zur Gerichtsmedizin zu fahren. Wir haben am Dienstagmorgen eine Frau gefunden, auf die Ihre Beschreibung passt. Ich hoffe, dass es nicht Ihre Freundin ist, aber klären müssen wir die Sache auf jeden Fall."

Ich sah, wie panische Angst in ihre Augen trat, dann hatte sie sich wieder unter Kontrolle. „In Ordnung!" nickte sie.

Eine knappe Stunde später saß ich wieder in meinem Büro und füllte fast mechanisch das Formular mit den Personalien des Mordopfers von der Kreuzschanze aus. Monika Funke hatte ihre Freundin identifiziert oder, besser gesagt, sie hatte einen kurzen Blick auf ihr wächsernes Gesicht geworfen, auf die bleichen, fransigen Hautränder an der durchtrennten Kehle und war dann wortlos weggekippt. Man hatte ihr kaltes Wasser gebracht und einen starken Kaffee, aber erst sehr viel später war sie imstande gewesen zu bestätigen, dass die Tote Barbara Freyling war.

Ich heftete das Formular ab, ging ins Vorzimmer des „Pinguins", und da Hilly nicht an ihrem Schreibtisch saß, hinterließ ich ihr die Nachricht, ich sei zu der Vinothek im Kuhviertel gefahren. Ich fand das kleine Lokal in einem der niedrigen, pastellfarbenen Häuser rings um die Traditionsgaststätte „Pinkus Müller". Das „Kaiser Nero" hatte eine weiß-grün gestreifte Tür und weiß-grüne Blendläden. Wie ich befürchtet hatte, waren sie jetzt, um viertel vor fünf, noch geschlossen.

Ich klopfte, und als sich nichts rührte, drückte ich den Klingelknopf zum ersten Stock, wo Tom Zwickel zuhause war.

Als ich nach drei Minuten noch einmal schellte, polterte es auf einer Holztreppe im Innern des Hauses, ein Schlüssel drehte sich in der Tür zur Vinothek und im Spalt erschien ein verknittertes, aber noch ziemlich junges Gesicht mit sandig wirkenden Bartstoppeln und einem verstrubbelten, blonden Haarschopf.

Ich zeigte meinen Dienstausweis. „Herr Zwickel?"

Er nickte, während er an einem Hemdknopf knapp über dem Hosengürtel herumfummelte. Ich hielt ihm Barbara Freylings Foto hin. „Kennen Sie diese Frau?"

„Das ist doch …" Damit ließ er mich herein und machte Licht.

Im Schein der fast heruntergebrannten Kerzen, die ein knappes Dutzend speckig glänzender Holztische dekorierten, mochte der Raum eine schummrige Gemütlichkeit verströmen, in dem funzeligen Licht zweier Glühbirnen, die unter dunklen Metallschirmen von der Decke hingen, wirkte er schäbig. Die linke Wand bestand aus weiß getünchten, fleckigen Ziegeln, die rechte war von oben bis unten mit Zeitungen tapeziert. An der Stirnseite, gegenüber der Eingangstür, stand ein Tresen mit Spülbecken, auf dem sich Gläser und volle Aschenbecher türmten. Über dem Kran hing ein ausgefranstes Fensterleder. Im Hintergrund erkannte ich ein deckenhohes Weinregal. Am linken Ende des Tresens lag ein Stoß Tischsets aus Pergamentpapier mit angesengten Rändern; eine Anspielung auf Neros Pyromanie. Außerdem benutzte Zwickel ein Feuerzeug in Form eines winzigen, leuchtendroten Handlöschers.

„Wo steckt sie?" fragte er fast drohend und ließ, als wollte er damit demonstrieren, wie sehr ihm seine Schankhilfe fehlte, Wasser in die Spüle laufen. Ich machte die paar Schritte von der Tür bis zum Tresen und sagte: „Barbara Freyling ist tot."

Er antwortete mit einer fahrigen Bewegung, das Glas in seiner Hand schlug gegen den Rand der Spüle und zersplitterte. Er kümmerte sich nicht darum, sondern sah mir entsetzt ins Gesicht.

„Was sagen Sie da?"

„Sie ist tot. Am Dienstagmorgen hat man sie an der Kreuzschanze gefunden. Wann haben Sie sie zum letzten Mal gesehen?"

Jetzt sah er herunter auf das zerborstene Glas. Er hatte sich geschnitten, ein dicker Blutstropfen sickerte über seinen Zeigefinger. Mit einer unwirschen Geste zog er den Stöpsel aus dem Becken und ließ Wasser, Blut und Splitter ablaufen.

„Am Montagabend war sie noch hier."

„Wie lange?"

„Sie musste früher weg. Sie kam zum Tresen, und zwar ziemlich aufgeregt, und sagte irgendetwas von einem Unfall, den ihr Freund gehabt hätte. Und dann war sie verschwunden."

„Haben Sie eine Ahnung, wer dieser Freund ist?"

„Nein."

„Hatte sie einen Anruf bekommen?"

Er nickte. „Das nehme ich an. Das Telefon ist draußen, am Durchgang zum Klo. Ich hatte es gar nicht läuten gehört. Aber es war hier drinnen ziemlich voll und laut."

„Erinnern Sie sich noch genau daran, was sie gesagt hat?"

„Nicht viel. Nur, dass er mit seinem Motorrad verunglückt wäre und man sie ins Krankenhaus bestellt hätte."

Er wusste weder, wo der Unfall passiert war, noch welches Krankenhaus gemeint war. „Sie war so schnell weg!"

„Um wie viel Uhr ist sie gegangen?"

Er wickelte das Fensterleder um den Finger. „Um zwei mache ich dicht. Zwei Stunden habe ich hier sicher noch allein geschuftet."

„Und als sie am Dienstag nicht zur Arbeit erschien?"

„Dienstags haben wir geschlossen."

„Und am Mittwoch?"

„Da habe ich erst mal abgewartet, ob sie nicht vielleicht doch noch kommt."

„Und als sie nicht kam?"

„Da habe ich die Freundin angerufen."

„Obwohl sie gar nicht mehr bei ihr wohnte?"

„Ich hatte keine Ahnung, dass sie umgezogen war."

„Ist das nicht ungewöhnlich? Ich meine, dass man die Adresse seiner Mitarbeiter nicht kennt? Oder wenigstens eine Telefonnummer?" Darauf zuckte er die Achseln.

„Seit wann arbeitete sie bei Ihnen?"

Er berichtete, sie habe sich vor etwas mehr als einem Jahr auf ein in mehreren Copyshops ausgehängtes Stellenangebot hin gemeldet. Kurz danach hatte sie die Adresse gewechselt.

„Als sie zu Frau Funke zog, hat sie Ihnen also sofort Bescheid gesagt?“

„Genauso war’s.“

„Und diesmal hat sie es nicht getan?“

„Vielleicht war es nur vorübergehend.“

„Hat sie in letzter Zeit mal von Männerbekanntschaften erzählt?“

Er antwortete mit Kopfschütteln.

„Ist sie in den vergangenen Wochen mal abgeholt worden?“

Er überlegte kurz. „Wenn er draußen auf sie gewartet hat, muss mir das nicht unbedingt aufgefallen sein.“

„Und drinnen?“

„Ich erinnere mich nicht.“

„Auffallend guten Kontakt zu bestimmten Gästen?“

„Davon hab’ ich nichts bemerkt.“

Ich fragte ihn nach Stammkundschaft und er schrieb brummend sieben männliche Vornamen auf. Ich steckte den Zettel ein, während Zwickel noch einmal Wasser in die Spüle laufen ließ und sich wieder an seinen Abwasch machte.

„Hatten Sie am Dienstagmorgen um zwei noch Gäste?“

„Ja“, er beugte sich über seine Gläser. „Es gibt immer welche, die bis zum Schluss bleiben.“

„Vielleicht brauche ich Sie in den nächsten Tagen noch mal.“

„Okay.“ Er begleitete mich zur Tür und schloss ab.

Zurück im Büro, rief ich Ansgar Schüller wegen der Bodenproben an. Er sagte, er sei noch nicht ganz fertig, aber das eine oder andere Ergebnis liege schon vor. „Wenn du ein paar Minuten Zeit hättest …“

„Auf dem Spielplatz“, sagte er und tippte mit der Kugelschreibermiene auf die entsprechende Stelle in einem Plan der Kreuzschanze, „waren mehrere feuchte Stellen. Hier, unter der Lokomotive, und dann ein Stück weiter rechts, neben der Rutsche. Unter der Lokomotive haben wir nur Hundeurin gefunden.“ Ich nickte, ich wusste, von wem er stammte. Ein Fall für das Amt für Grünflächen.

Schüllers Kugelschreiber machte ein paar nervöse Loopings um den Punkt, an dem die Rutsche eingezeichnet war. „Und hier Sperma.“

„Seid ihr ganz sicher?“

Er nickte zufrieden.

- III -

Am nächsten Montag hatte ich gerade Zeit, meinen Mantel aufzuhängen und den nassen Schirm zu entsorgen, als Hilly anrief. „Der Chef wartet schon auf dich!“ Die Verbindungstür zu seinem Büro stand offen, er selbst saß mit grau schwelender Zigarre hinter dem Schreibtisch.

„Meinem Antrag ist stattgegeben worden“, sagte er zur Begrüßung. „Unsere ‚Obere Heeresleitung‘ hat einen Vertreter für Lückmann genehmigt. Dass Sie trotzdem Ihren Urlaub verschieben müssen, ist ja hoffentlich klar.“

„Natürlich“, nickte ich und dachte darüber nach, welche Konsequenzen diese Neuigkeit für mich selbst hatte. Für Dr. Gross war sie in erster Linie ein persönlicher Erfolg. Die Frage war nur, aus welcher Abteilung jemand abgezogen wurde, um uns zur Hand zu gehen. Oder kam dieser jemand vielleicht aus einem anderen Präsidium?

Doch ganz gleich, wie die Lösung aussah, einen Ersatz für Max Lückmann zu finden, würde schwer sein. In den fünf Jahren seit meinem Dienstantritt in Münster hatten wir uns zu einem belastbaren Team zusammengerauft, kannten unsere Stärken und Schwächen wie ein altes Ehepaar und konnten uns selbst harte Brocken an den Kopf werfen, ohne dass es ein tagelanges Schmollen gegeben hätte. Ein Blick, ein Wort genügte und der andere war im Bild.

„Eine Kollegin?“

Der „Pinguin“ lächelte wie ein chinesischer Mandarin. „Nein, ein Mann. Oberinspektor Henning Tietze aus Paderborn, Jahrgang 59. Das LKA hat sich nun doch entschlossen, eine Sonderkommission zusammenzustellen, um die Mordserie in Paderborn endlich zur Aufklärung zu bringen. Trotzdem bietet man uns einen jener Leute, die die Sache von Anfang an bearbeitet haben. Tietze war in allen drei Fällen als erster vor Ort, ich baue auf seine Erfahrungen. Mehr über ihn zu sagen, verbietet mir der Datenschutz. Aber ich denke, wir können uns nichts Besseres wünschen. Allerdings beschleicht mich das Gefühl, dass Sie nicht ganz einverstanden sind.“

„Natürlich bin ich einverstanden. Was sollte ich dagegen haben? Wann fängt Herr Tietze bei uns an?“

„Am Freitag. Vielleicht nehmen Sie sich etwas Zeit und arbeiten ihn in unsere münsterschen Verhältnisse ein.“ Das klang versöhnlich. Ich lehnte mich in seinem Besuchersessel zurück. „Und wenn Max in absehbarer Zeit wieder ins Büro kommt?“

„Wie darf ich Ihre Frage verstehen?“

„So, wie sie gestellt ist.“

Er betrachtete seine Zigarre, an der sich ein hellgrauer Ascheturm gebildet hatte, der zu fallen drohte. „Ich habe heute Morgen mit dem Chefarzt gesprochen. Vorläufig kommt er nicht! Sie schicken ihn noch zur Kur.“ Der letzte Satz klang grimmig.

Er streifte die Asche ab und griff energisch zur Tageszeitung. „Ich nehme zu Ihren Gunsten an, dass Sie über diese Lösung genauso erleichtert sind wie ich. Wir wollen den Fall ja schließlich aufklären, bevor weiteres Unheil geschieht.“

Damit war ich entlassen.

Wie so oft im münsterländischen Frühherbst wurde die Woche kühl und regnerisch. In den Bäumen entlang der Handorfer Straße hockten, eng aneinander gedrückt, die Stare, die im Juni so schamlos unseren Kirschbaum geplündert hatten. Nicht mehr lange, und sie würden sich in dichten Schwärmen über den abgeernteten Feldern sammeln, zum Abflug in den Süden. Ihre Unruhe wirkte ansteckend. Immer häufiger beobachtete ich, wie Franz verstohlen eine Straßenkarte zur Seite legte, wenn ich ins Arbeitszimmer kam. Bedeutend unverhohlener begann er dann, seine Fotoausrüstung durchzuchecken, während ich Abend für Abend eine neue Fuhre für die Waschmaschine aussortierte und die Kleiderliste für Kerstins Landschulwoche abhakte.

Zehn Tage waren seit dem 27. September, dem Tag des Verbrechens an der Kreuzschanze, vergangen, als ich vor der Intensivstation erfuhr, dass man Inspektor Lückmann in die Neurochirurgie verlegt hatte und der Besuch von Freunden erlaubt war.

„Aber nur fünf Minuten!“ sagte die Schwester, eine weitere Inkarnation jenes grimmig aussehenden westfälischen Urgesteins, das überraschend oft in Münsterschen Kliniken anzutreffen ist. Sie hielt mir die Tür auf. „Und nichts, was ihn aufregt!“

Er saß, durch ein festes Kissen gestützt, fast aufrecht im Bett und verzog, als er mich sah, das Gesicht zu einem gequälten Grinsen. Sein Kopf war bandagiert und in dem Revers seiner Pyjamajacke wurde ein elastischer Gurt sichtbar, wie man ihn bei Rippenbrüchen verwendet. Auf dem Rollwagen am Kopfende lag die Münstersche Zeitung und ein Busch tiefroter Rosen, der bestimmt nicht von seiner Mutter stammte.

Er zog sich an dem Haltegriff noch ein bisschen höher. „Sabine war heute Morgen auch schon da."

Ich holte mir den Stuhl aus der Ecke. Siehe da! Auch der Mini-Napfkuchen aus Hillys Küche hatte sich auf die Station gemogelt. Max folgte meinem Blick. „Den Kuchen hat heute früh die Kollegin aus der Telefonzentrale hereingereicht. Übrigens darf ich ab sofort alles essen, was ich will."

Ich zog eine Papiertüte mit Weintrauben aus der Tasche. „Hier, für dich, ganz frisch vom Markt!" Die kleinen, kernlosen aus der Türkei aß Max am liebsten. „Ihr seid alle so nett zu mir!"

„Quatsch! Du fehlst uns! Wir vermissen deinen Grips. Stimmt es, dass sie dich noch zur Kur schicken?"

Er nickte düster. „Es sieht so aus, als ob in meinem Dachstübchen einiges durcheinander geraten wäre. Hoffentlich bleibt da nichts zurück."

„Nun mach mal halblang! Du hattest einen schweren Unfall. Ist es da ein Wunder, dass einiges durcheinander geraten ist? Woran erinnerst du dich eigentlich?"

Er ließ sich zurücksinken, sein Blick richtete sich auf die Decke. „Wir haben uns gestritten, Sabine und ich."

„Und dann?" fragte ich und hoffte, dass es nicht ungeduldig klänge.

„Mitten in unserer Diskussion sprang sie auf und holte ihren Mantel. Ich wollte mich noch von ihr verabschieden, aber sie rannte schon die Schlaunstraße herunter, und dann war sie weg."

„Wo hattest du den Wagen geparkt? Am Buddenturm?"

„Genau da", nickte er. „Wieso?"

„Wann bist du weggefahren?"

„Um halb eins. Punkt halb eins!" Er nickte, offenbar zufrieden darüber, dass sein „Dachstübchen" auf konkrete Fragen ganz exakt antwortete. „Warum fragst du?"

Ich warf einen Blick zur Tür. Eine Minute blieb mir noch. „In dieser Nacht ist an der Kreuzschanze eine Frau ermordet worden."

„Was erzählst du da?“ Natürlich wirkte die Nachricht wie ein Schock. In der Zeitung von heute hatte nichts über den Mord gestanden.

„Es ist an demselben Abend passiert, an dem du deinen Unfall hattest. Max, überleg mal, hast du was gesehen? Ein auffälliges Automodell? Oder ein markantes Kennzeichen? Vielleicht eins aus Paderborn? Du bist doch unser Fachmann in Autofragen!“

Er schüttelte den Kopf.

„Ein Anrainer in der Kleimannstraße hat gegen viertel nach zwölf eine Blondine mit Baskenmütze und hellem Trenchcoat gesehen. Er ist sich sicher, dass es ein Mann war.“

„Es war alles ruhig, kaum Passanten, wenig Verkehr.“ Er regte sich auf. „Verdammt! Sonst hätte ich doch an der Ausfahrt vom Parkplatz gemerkt, dass die Bremsen defekt waren. Ich bin ganz satt in die Münzstraße eingebogen. Außerdem war ich nicht sehr aufmerksam, weil ich mich über Sabine geärgert hatte. Ich bin eingestiegen und weggefahren. Den Rest kennst du ja.“

Die Schwester kam mit einem Krankenblatt herein und ich stand auf. „Irgendwelche Wünsche fürs nächste Mal?“

„Endlich mal wieder Sushi!“

„Vegetarisch?“

„Nein, mit rohem Fisch!“

„Jetzt reicht’s aber wirklich!“ fauchte die Schwester. Ich war schon in der Eingangshalle, als mir einfiel, dass ich Max nichts von seinem Stellvertreter erzählt hatte, aber vielleicht war das auch besser so. „Nichts, was ihn aufregt!“ hatte die Schwester gesagt.

Am Freitagmorgen stopfte ich meinen Schirm in den Garderobenständer und registrierte gleichzeitig ein elegantes Gegenstück mit den Initialen von Yves Saint-Laurent, einen anthrazitfarbenen Nappaledermantel und einen hellgrauen Schal. Auf meiner Schreibtischhälfte lag ein aluminiumfarbener Aktenkoffer und eine Brise von „Cacharel pour l’homme“ hing im Raum, gerade genug, um sich identifizieren zu lassen. Dank der Parfumproben, mit denen Sabine uns regelmäßig belieferte, hatte ich mich zu einem Experten für feine Düfte hochgearbeitet.

Hilly stand an ihrem Bürofenster und feilte sich die Fingernägel über den Topfpflanzen. „Er ist schon über eine halbe Stunde drinnen!“

wisperte sie. War es Einbildung, oder spielten ihre pinkfarben geschminkten Apfelbäckchen plötzlich ins Himbeerrote?

„Wer, ‚er'?"

„Na, eure Verstärkung!"

„Wieso ist der Chef denn schon da?" Normalerweise war mit ihm nicht vor halb neun zu rechnen.

„Weil er im Spätnachmittag nach Hamburg fährt", Hilly zwinkerte nervös. „Seine jüngste Tochter hat das zweite juristische Staatsexamen bestanden. Mit Auszeichnung! Morgen ist die Familienfeier. Habe ich dir das denn nicht gesagt?" Hatte sie nicht, aber unsere „Verstärkung" hatte es offenbar gewusst. Oder war der Mann ein notorischer Frühaufsteher?

In diesem Augenblick ging die Verbindungstür auf und Dr. Gross erschien im Rahmen, was ungewöhnlich war. Seine engsten Mitarbeiter verabschiedete er immer vom Schreibtisch aus … Aber wen hatten wir denn da? Eine Mischung aus Robert Redford und Rock Hudson in ihren jeweils besten Jahren! Das also war der erfahrene Mann aus Paderborn! Hilly hatte die Nagelfeile weggelegt und saß kerzengerade an ihrem Schreibtisch.

Ich erwiderte Tietzes Händedruck, der angenehm fest wirkte. Und nachdem der „Pinguin" an seinen Schreibtisch zurückgekehrt war, verbrachte ich die nächste Stunde damit, den neuen Kollegen durchs Haus zu schleusen; von der Personalabteilung im ersten Stock, wo man ihm seinen Dienstausweis aushändigte, bis zur Kriminaltechnik im fünften, wo sich die komplette Mannschaft schon erwartungsvoll aufgereiht hatte: Schüller, Wagner, Heinrich und die neue Kollegin, Cornelia Hanflang, was ihr sofort den Spitznamen „Halblang" eingebracht hatte, weil sie angeblich nicht die Schnellste war. Sie alle waren neugierig auf den Mann aus Paderborn, der die Mordserie, die sich in Münster anzubahnen drohte, aus der vordersten Linie kannte. Und Tietze genoss das Interesse. Als wir wieder in unserem Büro waren, schien er bester Laune. Ich legte ihm unsere Akte vor und das Material aus Paderborn, das er wahrscheinlich auswendig kannte, und ging zu Hilly. Ihre Apfelbäckchen hatten in ihre normale Farbe zurückgefunden. Ich nahm ihr Angebot einer Tasse Kräutertee an und setzte mich auf die Schreibtischkante.

„So wie der Chef sich aufführt, ist Herrn Tietzes Großvater Polizeipräsident gewesen."

„Abwarten und Teetrinken!“ konterte sie kühl, was ins Beamtendeutsch übersetzt hieß: „Sei froh, dass du Verstärkung bekommen hast!“ Und damit hatte sie auch wieder Recht!

An der Tür rief sie mich zurück. „Ich hole für heute Nachmittag Kuchen. Was möchtest du?“

„Kuchen?“ wunderte ich mich. „Wer hat denn Geburtstag?“

„Niemand. Aber ich dachte mir, zur Begrüßung …“

Hilly! Du könntest seine Mutter sein! Laut sagte ich: „Ist das ein Anlass?“

„Nur weil wir einen Lustmörder suchen, geh’ ich doch nicht auf Hungerkur!“

„Zwischen Hungerkur und Tortenschlacht liegt ein ganzer Kontinent!“

„Also was hol’ ich für dich?“

„Irgendwas mit Obst! Aber ohne Sahne!“

Als ich ins Büro zurückkam, war es leer. Ich schob den aluminiumfarbenen Aktenkoffer auf Lückmanns Seite und gab den beiden Zeitungen einen Schubs in dieselbe Richtung. Unsere Akte und das Material aus Paderborn lagen weit verstreut auf dem Tisch.

Wenig später kam Tietze herein, schloss die Tür, was unüblich war, und begann, wortlos den Inhalt seines Koffers über sämtliche Abstellflächen zu verteilen, die das Zimmer bot; Schreibzeug, ein Schlangenlederetui für seine elegante, randlose Brille und ein Notizblock kamen auf den Tisch, ein Keramikbecher im Schottenkaro, ein Kaffeetütchen, eine Dose Milchpulver und ein Süßstoffspender auf den Teewagen neben der Tür und ein Ding, das einem Maniküreset ähnelte, auf die Fensterbank. Er machte alle Anstrengungen, sich einzuleben. Ich hatte meinen Beitrag schon am Vorabend geleistet, indem ich Lückmanns bescheidene Habe bei mir untergebracht hatte. Während Tietze sich in der freigewordenen Schrankhälfte etablierte, zog ich mir den Freyling-Ordner heran.

„Wer kommt Ihrer Meinung nach als Täter von der Kreuzschanze in Frage? Ein Trittbrettfahrer oder der Mann aus Paderborn?“

„Wie?“ Sein Gesicht drückte Unentschlossenheit aus. „Ich weiß es noch nicht. Wenn er ein Nachahmer ist, hat er Zugang zu unseren Akten.“ Ich nickte, der Nachahmer war jemand, der entweder bei der

Kriminalpolizei arbeitete oder mit einem Polizisten verwandt oder befreundet war, in Münster, Paderborn oder sonst wo.

„Wann möchten Sie Mittagspause machen?“

„Äh“, jetzt sah er mich verdutzt an. „Ich weiß nicht.“

„Die Kantine ist von zwölf bis halb drei geöffnet.“

„Um ehrlich zu sein, ich gehe lieber in der Stadt essen.“

Mir fiel ein, dass es um halb fünf Kuchen und Kaffee bei Hilly gab, und so sagte ich ihm, ich würde über Mittag nur einen kurzen Besuch im Krankenhaus machen.

„Bei Ihrem verunglückten Kollegen?“

Ich nickte.

„Schlimme Sache!“

„Es geht ihm schon besser.“ Sein Interesse für Max irritierte mich, warum, wusste ich selbst nicht.

Um halb fünf, während Dr. Gross in ein Taxi stieg, das ihn zum Bahnhof bringen sollte, schob Hilly ihre Computertastatur zur Seite und packte ein Kuchentablett aus. Wenig später saßen wir zu viert, Fräulein Hanflang hatte sich ebenfalls eingefunden, um ihren Schreibtisch und ein zögerliches Gespräch kam auf. Hilly wollte wissen, ob Tietze jeden Tag von Paderborn herüberkäme, und er verneinte. Er hatte ein günstiges Apartment an der Bahnhofstraße gefunden.

„Da haben Sie aber großes Glück gehabt“, sagte sie, während sie die Kuchenstücke austeilte und Kaffee einschenkte. „Jahrelang hatten wir diese wahnsinnige Wohnungsnot, jetzt gibt es genug Wohnungen, dafür sind die Mieten Wahnsinn! Angeblich wohnen manche Studenten schon in ihren Autos.“

„Ich hatte Glück“, bestätigte Tietze. „Ein früherer Schulfreund hat mir seine Wohnung überlassen.“

„Und Ihre Familie hatte nichts dagegen, dass Sie nach Münster gezogen sind?“ baggerte Hilly weiter.

„Meine Familie hat sich von mir verabschiedet.“

„Oh!“ Jetzt hauchte sie nur noch, „das tut mir aber Leid.“

„Meine Verflossene hat sich sehr schnell wieder getröstet“, Tietze sah sich in unserer Runde um, von einem zum andern. Dabei lächelte er, aber es war kein angenehmes Lächeln. „Sie lebt mit einem Kollegen von mir zusammen. Ist das nicht entzückend?“ Sein Gesicht wurde zur Maske. Offenbar lag die Trennung noch nicht lange zurück und er litt noch darunter.

Eine Weile sagte keiner etwas, nur die Kaffeemaschine fauchte ihren zweiten Aufguss in die Thermoskanne, ab und zu klapperte eine Gabel oder man hörte das Schnurren eines Linienbusses, der die Haltebucht vor dem Präsidium ansteuerte.

„Münster ist schön", begann Cornclia Hanflang dann und Tietze nickte wohlwollend. „Ja, die Stadt gefällt mir, echt!"

„Ohne Mörder wäre sie noch schöner." Hilly stand auf, um die Tassen nachzufüllen. Und ich dachte, was für eine dämliche Idee dieser Kaffeeklatsch doch gewesen war.

Am Samstagnachmittag machten Franz und ich einen Spaziergang durch den Boniburgwald, den letzten für längere Zeit. Franz würde mir ebenso fehlen wie Kerstin, aber ich redete mir ein, dass Tietze und ich bis zu seiner Rückkehr den Promenadentäter gefunden hätten. Wir würden wissen, wie er aussah und ob es wirklich nur einer war, und die Frauen in Münster und Paderborn fühlten sich wieder sicher. Ich sah die Schlagzeilen in den Zeitungen und das zufriedene Gesicht des „Pinguins". Das Unbehagen blieb.

Als könnte er Gedanken lesen, drückte Franz plötzlich meinen Arm und sagte, er sei froh, dass Rollo bei mir bliebe und dass ich Verstärkung bekommen hätte. „Wie heißt er noch, dein neuer Kollege?" Es klang irgendwie gönnerhaft, als hätte er diese Verstärkung organisiert. Und ich gab schärfer als beabsichtigt zurück: „Er ist nicht mein Kollege. Sobald Max wieder auf den Beinen ist, macht er den Fall mit mir weiter."

„Also keine Kur?"

„Ich weiß es nicht." Ich hatte keine Lust, über den Mord, den Unfall und alles, was damit zusammenhing, zu reden, während uns nur noch ein Abend bis zur Abreise blieb. Auf einmal ärgerte es mich, dass ich zugestimmt hatte, Franz solle allein fahren, aber es war zu spät. Olaf hatte ihm kiloweise Prospektmaterial geschickt, zwei Koffer waren gepackt und am Abend würde Georg vorbeikommen, zu einer letzten Absprache über die geschriebenen und ungeschriebenen Gesetze unserer Tierarztpraxis.

Am Sonntagmorgen winkte ich dem neueren von unseren beiden Kombis nach, bis er in der Kurve verschwunden war. Franz würde Kerstin am Busbahnhof im Zentrum Nord absetzen und dann über die

Hansalinie nach Köln weiterfahren. In Beaune war die erste Übernachtung geplant, mit einem Abendbesuch in einem der berühmten Weinkeller. Ein bisschen neidisch war ich schon.

Ich rief Rollo ins Haus und schloss die Tür ab. Meine Antwort auf den egozentrischen Aufbruch von Mann und Kind war ein kuscheliger Lesetag im Erker. Und das Mittagessen würde sich auf Hundefutter für Rollo, Leberwurstbrote für Red Butler und eine Tiefkühl-Baguette mit Salatteller für mich beschränken.

Ich war fest entschlossen, den Tag wie eingemottet im Ohrensessel zu verbringen, doch nur eine Stunde später rief mich unser Nachbar straßenabwärts schon wieder ans Tor. Ein pensionierter städtischer Beamter aus dem gehobenen Dienst, der mit einer ebenfalls leicht angegrauten Floristin liiert war. Der Mann begrüßte mich äußerst kühl und übergab mir eine schriftliche Beschwerde wegen „ununterbrochenen nächtlichen Hundegebells", der nötigenfalls eine Klage durch seinen Anwalt folgen würde. Meinen Protest, dass Rollo nachts grundsätzlich drinnen bliebe und man schon das Hochfrequenzgehör der Fledermäuse besitzen müsse, um über tausend Meter schallschluckenden Ackerlandes hinweg einen Hund im Hausinnern bellen zu hören, wartete er gar nicht erst ab, sondern schlurfte in wortlosem Groll zu seinem Latifundium zurück, während ich den Brief mit spitzen Fingern ins Haus trug und in dem Ständer für die tägliche Post versenkte, den Kerstin aus Sperrholz gebastelt und anschließend hübsch bemalt hatte. Ich sah dem Urheber der Beschwerde in die treuen, goldfarbenen Augen und tätschelte ihm den Rücken. „Gut gebrüllt, Löwe!"

Die neue Woche begann und mit ihr mein erster Arbeitstag mit Henning Tietze. Als es Zeit für die „Lagebesprechung" bei Dr. Gross wurde, erhob er sich von seiner Aktenlektüre und folgte mir.

Ich berichtete Dr. Gross, was ich über die Identität der Ermordeten erfahren hatte. Es sah übrigens ganz so aus, als hätte er seine Hamburger Familienfeier in bester Stimmung verlassen, und ich hoffte, dass sie uns noch ein paar Tage erhalten blieb.

Ich schlug vor, noch einmal die Münsteraner Krankenhausambulanzen nach Motorradunfällen abzufragen. Die erste Umfrage war negativ verlaufen. Aber vielleicht war eine zweite Person in den Unfall verwickelt, hatte Freylings Freund zur Kontrolle in eine Ambulanz gebracht, und man hatte ihn schon bald wieder entlassen?

„Wir haben es mit einem eingeschränkten Personenkreis zu tun. Wenn wir den Mann kennen, sind wir ein ganzes Stück weiter."

Er nickte zögernd, während Tietzes Miene weder Zustimmung noch Ablehnung verriet.

„Da er seine Freundin weder als vermisst gemeldet noch eine Aussage gemacht hat, gehen wir davon aus, dass er seit der Mordnacht nicht mehr zu Hause war."

„Dann liest er keine Zeitung", warf der „Pinguin" trocken ein, und ich dachte an Max, der auf der Intensivstation acht Tage lang abgeschirmter gewesen war als Jacques Cousteau in seiner Taucherglocke. Dr. Gross griff nach den „Westfälischen Nachrichten", die mit aufgeblättertem Sportteil neben ihm lagen, und gab uns damit zu verstehen, dass das Gespräch beendet war.

„Teilen Sie sich die Arbeit, dann geht es schneller." Eine halbe Stunde lang liefen unsere Telefone heiß, dann gingen wir unsere spärlichen Aufzeichnungen durch. An meinem ersten Ergebnis hatte sich nichts geändert. In der Raphaelsklinik, wo ich die Aktion begonnen hatte, waren sie vierzig Minuten lang mit Max beschäftigt gewesen, bevor er in den OP gebracht wurde. Gegen zwei hatte man einen Obdachlosen im Vollrausch eingeliefert, dann einen Taxifahrer, den ein Reifenplatzer gegen eine Vorgartenmauer geschleudert hatte. Tietze steuerte eine gestürzte Radfahrerin bei, einen Koch mit Verbrühungen und einen Mann mit einer Bissverletzung. Noch jemand im Vollrausch, dann ein Kreislaufkollaps, ein Unfallopfer von der Ausfahrt Münster Süd, ein Ehemann, den die Frau verprügelt hatte, eine Gallenkolik, ein Hörsturz … Von einem Motorradfahrer keine Spur.

„Vielleicht hat der Vinothekbesitzer seine Kellnerin falsch verstanden", sagte Tietze.

Ich griff zum Telefonhörer. Es dauerte lange, ehe sich Zwickel meldete. „Ich weiß genau, was Barbara mir gesagt hat", protestierte er auf meine Frage hin. „Kreidebleich war sie vor Schrecken."

„Jemand könnte sie in eine Falle gelockt haben."

Darauf antwortete er nicht.

„Ist Ihnen noch irgendetwas eingefallen?"

„Nein", entgegnete er schroff und legte auf.

„Vorausgesetzt, sie hat die Kreuzschanze als Abkürzung benutzt, weil sie es eilig hatte", nahm Tietze nach kurzem Schweigen den Faden wieder auf. „Welches Krankenhaus liegt am nächsten?"

„Wenn sie zu Fuß gehen wollte, nur das Evangelische, dort habe ich mich erkundigt. Wenn sie zur Raphaelsklinik musste, stimmt die Richtung nicht. Aber wer behauptet, dass der Anruf echt war?“

Darauf gab Tietze keine Antwort. Er richtete seinen Blick auf einen Weberknecht, der gerade langbeinig und elegant über die Tischkante stolzierte. Tietze beobachtete das Tier konzentriert, dann stand plötzlich Ekel in seinen Augen. Er nahm das vor ihm liegende Lineal und ließ es herabsausen.

„Warum machen Sie das? So etwas hätte meine Tochter nicht mal im Kindergartenalter fertiggebracht!“ Tietze verzog den Mund, als müsste er lachen. Ein verlegenes Lachen, in seinen Augen stand weiter Ekel. „Ich hasse Insekten!“

„Ein Weberknecht ist kein Insekt“, gab ich zurück, eine gehörige Spur Verachtung in der Stimme. „Er hat acht Beine und keine Flügel. Er ist völlig harmlos und obendrein noch nützlich.“

„Soll das ein Vortrag über Zoologie werden?“

„Sie scheinen ihn nötig zu haben!“

Darauf stand er auf und ging raus. Ich schüttelte den Kopf. Männer, die keine Kritik vertrugen, wirkten lächerlich!

Er war noch immer nicht zurück, als der Apparat auf seiner Schreibtischseite läutete. Hatte sich Zwickel doch noch erinnert? Doch die Stimme am anderen Ende gehörte einer Frau, auch wenn sie kratzte wie der Drahtschwamm auf dem Topfboden. Außerdem liebte sie das Schnellsprechen. Sie ratterte wie ein Maschinengewehr. Entsprechend schwer war ihr Akzent einzuordnen. Irgendetwas Slawisches. „Hören Sie zu! Es ist wegen dem Promenadenmord! Fragen Sie mal bei Wladimir Brandt nach, wo er in der Nacht zum letzten Dienstag gewesen ist. Brandt, mit dt, Grevener Straße …“ Sie nannte eine dreistellige Hausnummer.

„Ihr Name?“ Anonyme Anrufer waren mir schon immer unsympathisch gewesen. Ihre Antwort war das Besetztzeichen. Ich sah im Telefonbuch nach. Es gab eine ganze Reihe Brandts, aber keinen, der Wladimir hieß. Und an der Grevener Straße wohnten sie auch nicht. Demnach hatte er kein Telefon. Vielleicht war er Spätaussiedler, und jemand hatte etwas gegen „Ausländer“ mit deutschem Pass. In der Mittagspause fuhr ich hin.

Die Hausnummer gehörte zu einer Reihe vierstöckiger Mietshäuser mit straßenseitigen Balkons. Im Erdgeschoss waren ein Zeitungsladen, eine Bäckerei und eine Änderungsschneiderei. Das vergrößerte meine Chance auf Information. Falls bei Brandts niemand zu Hause war, konnte ich bei den Ladenbesitzern fragen.

Ich fand den Namen auf dem Klingelbrett. Doch bevor ich schellte, suchte ich die Balkons nach irgendetwas Auffälligem ab, auf das ich als Polizeibeamtin aufmerksam machen konnte, ohne unfreundlich zu wirken.

Ich läutete, die Tür schnappte auf und ich ging nach oben.

Durch den mit einer Kette verrammelten Türspalt sah mich ein einsames Auge an. Das dunkelbraune, samtige Auge einer Frau. Sein Gegenstück blieb vorsichtshalber im Schutz der Tür.

„Frau Brandt?“ Ich hielt meinen Ausweis vor den Spalt. „Könnte es sein, dass Ihre Balkonbeleuchtung brennt?“

„Ich …“ Sie drehte sich hastig weg, es dauerte eine Weile, dann war sie wieder am Spalt. „Ich habe ausgemacht. Mein Sohn …“

„Wladimir? Ist er da?“ Ich schob so dezent wie möglich meinen Fuß zwischen Tür und Rahmen.

„Er arbeitet“, flüsterte sie.

„Dann muss ich Ihnen meine Fragen stellen. Machen Sie bitte auf.“

„Aber ich …“

„Polizei“, sagte ich eine Spur energischer. „Nun machen Sie schon auf.“

Sie gehorchte und nahm die Kette ab. „Ich nix gut Deutsch“, ihr Tonfall klang plötzlich leidend.

„Für ein paar Fragen wird es schon reichen.“ Damit folgte ich ihr ins Wohnzimmer. Sie blieb vor dem Esstisch stehen, als könnte ihr dieses wuchtige Möbel den Rücken stärken. Mit ihrem recht hübschen, aber stark geschminkten Gesicht und dem wahrscheinlich getönten Haar war sie altersmäßig schwer einzuordnen.

Ich warf einen Blick durch den Raum; nichts Auffälliges. Neben dem massigen Tisch wirkte die restliche Einrichtung dezent, obwohl sie viel Heimatverbundenheit erkennen ließ. Eine Kommode in Schleiflack, darüber ein Wandteppich mit eingewebten roten Rosen und auf dem Tisch ein pink- und grüngemusterter Läufer. In der Mitte stand ein Tablett mit einem geblümten Porzellanservice. Die goldfarbenen Zwiebeltürme der Kreml-Kathedralen bildeten die Deckelgriffe von Teekanne und Zuckerdose.

„Wo arbeitet Ihr Sohn?“

Ob nur diese eine Frage sie so unruhig machte oder mein Besuch ganz allgemein, war schwer zu beantworten. Ihr Blick bekam etwas Kuhäugiges. „Für Großhandel“, flüsterte sie, ihre Augen fest auf mich geheftet.

„Und womit handelt er?“

„Er fährt mit große Lieferwagen. Brave Sohn. Alles Geld an Familie.“

„Wissen Sie, wie die Firma heißt?“

Sie zwinkerte nervös. „Orchidee. Machen gut Seife, gut Kosmetika.“ Sie tätschelte die eigenen Hamsterbacken.

„Und er beliefert die Drogeriemärkte?“

Sie nickte zögernd.

„Hat Ihr Sohn eine Freundin?“

Noch mehr Schwermut trat in ihre Augen. „Neue Freundin! Alte Liebe kaputt!“

„Und seit wann gibt es die neue Liebe?“

Ihre Hand ruderte ins Leere. „Weiß nicht.“

„Wann kommt Ihr Sohn nach Hause?“

Eine neue Variante ihres waidwunden Blicks traf mich. „Mal so, mal so!“

„Ist er jeden Abend weg?“

Sie nickte. „Wegen Kinderchen. Nicht aufwecken mit laute Musik. Und Wladimir“, ganz plötzlich klang soviel Melodie in diesem Namen mit, als wäre von dem jungen Chopin die Rede oder vom kleinen Mozart, „machen Musik, gut Musik, so …“ Sie bewegte die Hände wie ein Akkordeonspieler.

„Ihr Sohn ist Straßenmusikant?“

Sie strahlte, erfreut darüber, dass ich sie verstanden hatte.

„Wo spielt er? Auf der Ludgeristraße?“

„Mal so, mal so.“ Falls das ein Versuch war, mich abzuwimmeln, würde sie damit keinen Erfolg haben. Es gab etliche russische Straßenmusiker, aber die waren schnell überprüft.

Als könnte sie Gedanken lesen, rückte mir Frau Brandt eilig einen der hochlehnigen Stühle zurecht und entfernte sich ins Nachbarzimmer, hinter dessen Tür die barocken Ausmaße eines Küchenbuffets erkennbar wurden. Sie murmelte dabei etwas, das wie „Confiserie“ klang. Ich sah mir die Fotos auf der Kommode an, Männer in Matrosenuniform, junge Frauen mit Säuglingen im Arm, aber auch Aufnahmen aus der Zarenzeit. Man zeigte wieder Flagge. Wie um dies zu bestätigen, standen in der letzten Reihe auch ein paar goldgerahmte Heiligenbilder.

Frau Brandt kam zurück, ein schweres Schraubglas mit rotem Inhalt unter dem Arm, Schälchen und Löffel in der anderen Hand.

„Setzen Sie sich!" Sie schraubte das Glas auf, verteilte klobig wirkende Marmeladebrocken auf die Schälchen und schob mir eins hin.

„Wirklich, Sie sollten sich keine Mühe machen!"

„Essen Sie!" befahl sie mit der Autorität der vielstrapazierten Gastgeberin, und ich schluckte gehorsam. Es schmeckte intensiv nach Kirschen, aber in der Kopfnote auch nach Bittermandel. Instinktiv schob ich das Schüsselchen weg.

„Ihr Sohn hat kleine Kinder?"

„Nicht Wladimir", sie löffelte eifrig. „Kinder gehören Sergej!"

„Noch ein Sohn?" Sie nickte freudig. Ihre Enkel bildeten folglich die nicht ganz unumstrittene fünfte Aussiedler-Generation, die per Erlass nach Deutschland geholt worden war. Noch weniger Deutsch, noch weniger Motivation. Dafür viele Ikonen, viele Fotos aus der Vergangenheit und viel Russisch in den Bussen, die die Grevener Straße bedienten. Frau Brandt lachte mit goldgepflasterten Eckzähnen.

„Und wo arbeitet der?"

„Nix Arbeit!" Jetzt kam auch ihr Schälchen zur Ruhe. „Sergej schlafen nebenan. Immer zu Hause, immer schlafen." Ihre Miene drückte Unzufriedenheit aus.

„Ist er krank?"

Sie schüttelte bekümmert den Kopf. „Nix Arbeit!"

„Aber Kinder! Und Sie? Babuschka?"

Sie lachte wie über einen Witz. „Ja, Babuschka!"

„Aber abends hat er ausgeschlafen. Wohin geht er abends?"

„Weiß nicht."

„Braucht er viel Geld, wenn er weggeht?"

„Wladimir fragen", sagte sie ausweichend. Ich fragte nach Wladimirs Freundin. Sie schüttelte den Kopf. „Noch sehr neu." Die alte Freundin hatte Maja geheißen.

„Und weiter?"

Wieder Kopfschütteln.

„Wo arbeitet sie?"

„Café Moskwá. Aber ich weiß nicht, ob noch dort ist."

„Wann ist Ihr Sohn zu sprechen?"

„Welcher? Der, der arbeitet oder der mit kleine Kinder?" Sie wand sich in ihrer Verlegenheit, die Familie zu schützen, und sie tat mir fast Leid. Dann dachte ich an den anonymen Anruf.

„Wladimir. Heute Abend, um acht, möchte ich mit ihm sprechen. Sagen Sie ihm, er soll zu Hause bleiben." Sie legte die Kette wieder vor, während ich durchs Treppenhaus nach unten ging.

Im Café Moskwá wurde Billard gespielt. Das harte Klicken der Kugeln beherrschte den ganzen Raum. Am Tresen standen ein paar Typen in dunklen Pullovern und Jeans, mit Biergläsern in der Hand, und sahen den beiden Spielern zu. Ich fragte den Wirt nach Maja.

„Was wollen Sie von ihr?"

Der Wirt erinnerte mich an Strelnikov, den bolschewistischen Ehemann der Lara in dem Film „Doktor Schiwago": ein sensibles, fast zartes Gesicht mit harten Augen hinter der Nickelbrille eines Intellektuellen. Der Job am Tresen passte nicht zu ihm.

„Eine Privatangelegenheit", gab ich zurück. „Ist sie da? "Er drehte sich um, rief etwas russisch Klingendes durch die halboffene Küchentür, und kurz darauf erschien eine junge, blonde Frau. Als der Wirt zu mir hinübernickte, sah sie mich erstaunt an, folgte mir aber dann zu einem der Tische am Fenster. Sie setzte sich so, dass sie den Tresen im Blick behielt.

„Es geht um Ihren ehemaligen Freund", sagte ich.

„Um Wladimir?" Als hätte ich es geahnt. Sie antwortete mit der kratzigen Stimme der anonymen Anruferin.

„Wo war er denn in der Nacht vom 27. auf den 28. September?"

Sie lehnte sich leicht zurück und betrachtete mich misstrauisch.

„Sie haben mich heute Morgen angerufen."

„Polizei?" Jetzt dämpfte sie die Stimme zu einem heiseren Flüstern. Ein schneller Blick zum Tresen sagte mir, dass der Wirt uns beobachtete. Auch die Biertrinker musterten uns eingehend.

Maja beugte sich vor und sagte leise, fast ohne die Lippen zu bewegen: „Um acht Uhr habe ich Feierabend. Können wir uns in der Innenstadt treffen? Sagen wir, gegen halb neun?"

„Geht es nicht früher?"

„Vor acht kann ich hier nicht weg. Er hat mir schon gedroht, mich rauszuschmeißen."

„Warum?“

„Weil ich zuviel mit Gästen rede – angeblich!“ Sie blickte nervös zum Tresen. Der Wirt rief ihr etwas zu, und sie sah mich ängstlich an. „Er sagt, ich solle meine Arbeit weitermachen.“

Ich rechnete nach. Für das Gespräch mit Brandt veranschlagte ich eine halbe Stunde, für den Weg zurück in die Innenstadt etwa zehn Minuten. „Treffen wir uns um viertel vor neun?“

Maja nickte. „Und wo?“

„Im Knabbelkümpken. In der Schlaunstraße.“

„Okay“, sie stand auf und zupfte dabei an ihrem abricotfarbenen Nylonpulli. Ich sah, wie der Wirt mit ihr redete und sie die Schultern zuckte, dann zog ich die Tür hinter mir zu.

Zu dumm, dass ich nicht herausbekommen hatte, wer nun wirklich hinter der Trennung steckte, Brandt, weil er eine andere hatte, oder Maja. Möglicherweise war sie eifersüchtig und hatte irgendwelche Geschichten erfunden, um ihm etwas anzuhängen. Von ihm erwartete ich eine ganz andere Version, und ich beschloss, das Gespräch unter vier Augen zu führen. Das würde ihn mitteilungsfreudiger machen, als wenn seine Mutter neben ihm saß.

Sie erwartete mich in der Gesellschaft beider Söhne. Aus der Küche drangen die weinerlichen Stimmen kleiner Kinder und das energische Organ einer weiteren Frau. Demnach lebten sechs Menschen in dieser Dreizimmerwohnung, von der ein Raum den ganzen Tag lang blockiert wurde. Jetzt saß der Dauerschläfer neben seinem Bruder am Tisch und machte einen putzmunteren Eindruck.

Frau Brandt hatte Likör aufgesetzt, ebenfalls kirschrot. Winzige Bleikristallkelche standen bereit, aber ich lehnte ab. „Ich habe nicht viel Zeit, und ich würde Herrn Brandt gern allein sprechen.“

Die Mutter und Sergej wechselten einen Blick und standen auf. Sobald sie verschwunden waren, lockerte Wladimir seine Haltung, indem er seine langen, in Jeans steckenden Beine mit der Anmut eines Nurejew kreuzte und die Arme vor dem Brustkorb verschränkte. Er betrachtete mit gespielter Zerstreutheit einen klobigen, goldfarbenen Siegelring am kleinen Finger der rechten Hand, dann sah er mich herausfordernd an. Er hatte die Samtaugen seiner Mutter geerbt. Sie gaben seinem Gesicht etwas Bärenhaftes, aber aus seinem Machogehabe ging auch hervor, dass dieser Mann ziemlich unangenehm werden konnte.

„Wo waren Sie am Abend des 27. September?“

Er legte den Zeigefinger an die Nase, wie um nachzudenken; eine lächerliche Geste, die Verachtung ausdrückte. Die wird dir noch vergehen! dachte ich.

Er nahm den Finger weg, legte die gespreizten Hände auf die Knie und beugte sich vor. „Hat Maja Sie informiert?“

„Informiert? Worüber?“

„Das weiß ich doch nicht.“

„Wie lange waren Sie miteinander befreundet?“

„Das ist keine Freundschaft,“ gab er grob zurück, „dafür ist sie mir viel zu jung. Außerdem ist sie ziemlich dumm.“

„Wo waren Sie denn nun am 27.?“

„Ich hatte einen Termin als Musiker.“ Das kam ohne langes Überlegen.

„Bis wann genau?“

„Weiß ich nicht mehr. Es war eine Hochzeit auf dem Lande!“

Ich lächelte. „Wie schön für Sie! Wo war das denn?“

„Draußen, in …“, wieder schien er sein Gedächtnis zu strapazieren. Wenn er mir jetzt Märchen erzählte, konnte ich lange suchen, um seine Aussage zu überprüfen.

„Vielleicht weiß Ihre Mutter das.“

„In der Nähe von Mariendorf“, sagte er schnell.

Ich zog meinen Block aus der Tasche und den Kugelschreiber.

„Schreiben Sie bitte die Adresse auf! Wir prüfen das nach.“

Er krakelte ein paar Zeilen auf das Papier.

„Und bis wann haben Sie dort gespielt?“

„Weiß nicht. Keine feste Arbeitszeit bei guten Freunde. Gute Bezahlung, gute Arbeit!“

„Sie wissen nicht, wann Sie nach Hause gekommen sind?“

„Ich habe bei Aglaja übernachtet“, sagte er knapp.

„Aglaja? Und weiter?“

„Weiß nicht. Vorname genügt mir.“

Er nannte eine Adresse am Coesfelder Kreuz und begleitete mich zum Ausgang. Wieder rasselte die Türkette durchs Treppenhaus.

Maja saß im „Knabbelkümpken“. „Waren Sie bei Wladimir?“

„Wie kommen Sie denn darauf?“

„Als Sie mich fragten, ob Sie nicht früher mit mir reden könnten, habe ich mir gedacht, dass Sie zu ihm wollen. Sonst wäre es doch egal gewesen, wann wir uns treffen." Ihr Blick wirkte müde.

Fein beobachtet! dachte ich anerkennend. Laut sagte ich: „Ich war bei Herrn Brandt. Er behauptet, er hätte an dem fraglichen Abend auf einer Hochzeit gespielt."

Sie zuckte die Achseln. „Was wollen Sie von mir?"

„Warum haben Sie mich angerufen?"

„Sie wissen, für wen er arbeitet?"

„Das hat mir seine Mutter erzählt. Er liefert Kosmetika aus."

„Ja! Und wenn er gute Ware hat, schafft er einen Teil zur Seite. In der Firma erzählt er dann, die Hecktür sei kaputt, und bei einem scharfen Bremsmanöver … verstehen Sie?"

„Was macht er mit den Sachen?"

„Verkaufen, verschenken! Mir hat er Parfum geschenkt, aber …"

„Aber, was?"

Sie betrachtete ihre akkurat lackierten Fingernägel. „Er wollte natürlich etwas dafür."

Ich wartete.

„Ich mache das nicht mehr. Das Parfum ist sowieso gestohlen."

„Trauen Sie ihm einen Mord zu?"

„In der Zeitung stand, dass es kein Raubmord war. Die Frau wurde einfach umgebracht. Und ich dachte, jemand, der Frauen so demütigt wie Wladimir, der geht auch weiter."

„Hat er vielleicht Potenzprobleme?"

Sie wurde rot. „Nur am Anfang. Wenn er dann …" Als ich keine Fragen stellte, redete sie schließlich weiter. „Man muss einen Body anziehen und sich hinlegen, dann trennt er mit der Rasierklinge die Nähte auf. Seine Messerwerfer-Nummer! Wenn man Angst hat, lacht er, aber es ist kein gutes Lachen. Überhaupt mag ich sein Gesicht nicht, wenn er so etwas tut."

Eine Rasierklinge also! „Hat er Sie mal verletzt?"

„Nein, er ist sehr geschickt, aber man darf sich nicht bewegen."

„Und danach ist er nicht mehr impotent?"

Sie nickte hastig.

„Warum haben Sie mich angerufen? Gibt es einen konkreten Verdacht? Oder sind Sie nur sauer auf ihn?"

Sie betrachtete ihr Colaglas und nahm einen Schluck.

„Kennen Sie seine neue Freundin?“ fragte ich.

„Man kennt sie als Aglaja. Im Moskwá reden sie manchmal über sie. Sie ist ein Callgirl.“ Mit ihrem harten Akzent klang das englische Wort wie „kallgöll“. „Wladimir hatte ihre Telefonnummer schon, als wir noch zusammen waren.“

Ich sah ihr nach, wie sie ihre Umhängetasche über die Schulter zog und die Kneipe verließ.

- IV -

Am folgenden Morgen musste ich lange auf Tietze warten, offenbar hatte er verschlafen. Zeit zum Frühstücken war ihm jedenfalls nicht geblieben, denn er packte, nachdem er die Tageszeitungen zu sich herangezogen hatte, ein Käsebrötchen aus und biss krachend hinein. Ich berichtete ihm von meinen Gesprächen mit Wladimir und seiner Ex-Freundin. Seine Reaktion auf die Messerstecher-Nummer waren ein amüsiertes Lächeln und die Bemerkung „Schmierenartist!"

„Und bei seiner neuen Freundin waren Sie auch?"

Jetzt lächelte ich. „Was hätte mir das wohl genützt? Sie hätte mir ihren Terminkalender vor die Nase gehalten und auf die Eintragung ‚Wladimir von zwölf bis halb eins' getippt, oder wie lange solch ein Date eben dauert. Genauso gut hätte sie mir zwei Hunderter zeigen können, mit der Behauptung, die habe er für ihre Gefälligkeiten gezahlt."

„Zwei Hunderter?" Tietze prustete Krümel über den Tisch. „Dafür machen die es ja nicht mal mehr auf der Autorückbank."

„Sie scheinen sich ja gut auszukennen!"

Statt einer Antwort knüllte er die Brötchentüte in den Papierkorb, nahm sein Maniküretui von der Fensterbank und verließ das Zimmer. Ich zog mir den Mantel an, um zum Krottmanns-Hof zu fahren, wo Wladimir Brandt in der Mordnacht zur Hochzeit aufgespielt hatte. Noch im Flur hörte ich das Telefon läuten und kehrte um. Ich erschrak, als ich Marions Stimme hörte. Im Dienst hatte sie mich noch nie angerufen. „Ist was passiert?"

„Nein, das heißt, ja!" Sie kam mir etwas verwirrt vor. „Du weißt, dass ich dich nicht gern bei der Arbeit störe …"

„Jetzt sag' doch schon!"

„Also, das ist so", begann sie umständlich, „Frau Zumdeich, das ist die Nachbarin, die immer mittwochs nachmittags mit mir nach Lauheide fährt, hat sich gestern Abend den Fuß verstaucht und jetzt kann sie nicht gehen …" Sie brach ab, aber im Grunde brauchte sie gar nicht weiterzureden.

„Ich fahre dich nach Lauheide, Marion, gar kein Problem."

„Ich will dir wirklich keine Scherereien machen“, protestierte sie sanft. „Aber die Winterheide, die aufs Grab soll, steht jetzt schon seit Samstag auf der Fensterbank. Ich kaufe immer bei demselben Stand am Markt. Die Sachen, die er hat, sind gut, aber allmählich gehen mir die Töpfe auf die Nerven. Zwei Fensterbänke voll! Und für die Eisbegonien wird es auch höchste Zeit, dass sie aus der Erde kommen. Die waren letztes Mal schon ganz braun …“

„Ich fahre mit dir, Marion! Versprochen!“

„Ich würde ja allein fahren. Die Zwei hält genau am Tor, aber alltags ist dort kein Mensch und bis zu Friedrichs Grab ist es so weit.“

„Allein solltest du grundsätzlich nicht über den Friedhof gehen“, bestärkte ich sie.

„Du weißt, dass ich nicht ängstlich bin.“

„Du bist nicht ängstlich!“

„Kannst du denn so einfach vom Dienst weg?“

„Ich nehme mir den Nachmittag frei.“

Wir verabredeten uns für halb drei vor dem Stadttheater. Sie verabschiedete sich überschwänglich, und ich wurde das Gefühl nicht los, dass sie am Ende glaubte, mir einen Gefallen zu tun. Schließlich hatte sie mir zu einem freien Nachmittag verholfen.

Kurz hinter Mariendorf zweigte von der Straße nach Sudmühle ein ziemlich holpriger, von Kopfweiden gesäumter Weg ab. Eine Papptafel warb für „Echten Imkerhonig“ in neunhundert Metern Entfernung. Ich folgte dem Weg und kam zu einem flach geduckten Gebäudekomplex aus altersgeschwärztem Backstein mit grünen Hoftoren. Rechts vom Wohnhaus erstreckte sich bis zu einem größeren Waldstück am Horizont das Krottmannsche Weideland. Unmittelbar an den Weg angrenzend, der mich hergeführt hatte, war ein Wiesenquadrat durch eine Doppelreihe aus Stacheldraht und Schwachstromleitungen abgeteilt; ein großzügiges Areal für den mächtigen schwarzen Eber, der dort stand, das Hinterteil dem Weg zugewandt und so reglos wie die kuriosen „Osborne“-Stiere, die an den spanischen Fernstraßen Werbung für Brandy machen. Doch von Franz wusste ich, dass diese Burschen bei aller vordergründigen Verträumtheit eine unglaubliche Behändigkeit besaßen, von der Stoßkraft ihrer Hauer ganz zu schweigen.

Im Wohnhaus öffnete eine ältere Frau. Krauses, graumeliertes Haar, eine schwarze Cordhose zur buntgestreiften Strickjacke. „Mein Mann?

Der ist drinnen, in der Küche. Was möchten Sie denn?“ Sie nahm meinen Dienstausweis und betrachtete ihn aufmerksam. „Kommen Sie rein.“

Man war gerade beim zweiten Frühstück: Rühreier mit Schinken, Klappschnitten aus hellem Stuten, Pumpernickel und Butter, dazu Kaffee. Bauer Krottmann wischte sich den Mund ab und reichte mir, halb aufgerichtet, seine kernige Rechte.

„Lassen Sie sich bitte nicht stören! Ich mach' es kurz!“

„Ein Tässchen Kaffee werden Sie doch nicht ablehnen, Frau …“

„Züricher.“ Ich setzte mich auf den angebotenen Hocker. „Sie hatten am 27. September eine Hochzeit?“

„Am 27.?“ Frau Krottmann hatte mit dem Einschenken einer Tasse begonnen, jetzt hielt sie inne. „Nein, das war doch am 25.! Wer heiratet denn an einem Montag?“

„Wir haben drei Tage lang gefeiert, Maria, die Dame meint den letzten Tag“, sagte Krottmann, und zu mir gewandt, fuhr er fort: „Meine Tochter hat geheiratet, einen Computerfachmann aus Warendorf. Und hier, auf dem Land, ist das eben so. Die Verwandtschaft kommt von weit her, da feiert man länger.“

„In meiner bayrischen Heimat ist es üblich, dass Musikanten bestellt werden. Ist das hier auch so?“

„Wir hatten einen Russen hier“, gab Krottmann knapp zurück.

„Auch am 27.?“

Er nickte. „Einen Akkordeonspieler.“

„Und bis wann an diesem Abend war er bei Ihnen?“

Frau Krottmann stellte mir die Tasse hin und wandte sich wieder ihrer Kaffeemaschine zu. „Ich hab' dir gleich gesagt, dass das Ärger gibt, Anton!“

Ihr Mann gab sich gelassen und griff wieder nach seiner Gabel. „Ich verstehe Ihre Frage nicht. Er hat an allen drei Tagen gespielt, aber am Montagabend war um elf Uhr Schluss, ich meine, mit Musik und Tanz, das hatten wir ausgemacht. Wir haben zwar keine Nachbarn, aber unsere Verwandten wollten am nächsten Morgen zeitig los. Und die Leute, die aus der Umgebung gekommen waren, müssen auch früh aus den Federn.“

„Wie hieß der Mann?“

„Brandt“, murmelte Krottmann zwischen zwei Bissen.

„Wann hat Herr Brandt Ihren Hof verlassen?“

Jetzt schob er seinen halbvollen Teller zurück. „Warum muss die Polizei das wissen?"

„Bitte beantworten Sie meine Frage. Wann ist er gegangen?"

Er rieb sich das Kinn. „Aufgehört hat er, wie gesagt, um Punkt elf. Dann hat er noch ein, zwei Bier getrunken, wir haben ein bisschen geredet …"

„Ein bisschen geredet, ist gut!" Seine Frau wandte sich von der Spüle ab, an der sie gerade die Eierpfanne sauber schrubbte.

Krottmann wurde wütend. „Jetzt hör doch endlich auf! Das war doch alles geklärt, Teufel noch mal!" Er sprang auf und schmiss seine Gabel auf den Teller. Ich wartete schweigend.

„Also gut!" Er fiel auf seinen Hocker zurück, und ich sah, wie seine Kiefermuskulatur zu arbeiten begann. „Brandt und ich, wir hatten ursprünglich hundertfünfzig Mark ausgemacht. Aber er hat seine Arbeit nicht ordentlich getan, also fühlte ich mich auch nicht verpflichtet, ihm den vollen Preis zu zahlen."

„Und was war seine Arbeit?"

„Na, was schon? Er sollte spielen, Mann! Musik machen! Aber was hat er getan? Um die Mädchen ist er herumscharwenzelt, sogar um unsere Tochter, und alle fünf Minuten hatte er Pause gemacht. Fünf Minuten Musik, fünf Minuten Pause, das ist doch keine Leistung!"

„Wie viel haben Sie ihm gegeben?"

„Hundert", sagte Frau Krottmann leise, „da wurde er frech und sagte, das wäre Betrug, er würde sich das nicht gefallen lassen und wiederkommen. Na ja, er war ziemlich betrunken", das klang wie eine Entschuldigung.

„Und was passierte dann?"

„Mein Mann hat ihm mit der Polizei gedroht, da hat er sich getrollt."

„War er mit dem Auto da?"

„Nein, mit dem Fahrrad." Krottmanns Blick fiel auf einen Punkt links von mir, wo die Tür zur Diele offen stand. Im Rahmen wurde ein karierter Hemdsärmel sichtbar.

„Was stehst du da und glotzt?" Die Stimme des Bauern klang wie ein Peitschenhieb. „Geh an deine Arbeit!" Der Ärmel verschwand.

„Deshalb musst du den Jungen nicht so hart anfassen", sagte Frau Krottmann und stellte mit lautem Poltern die gusseiserne Pfanne zurück in den Schrank. Ich stand auf, ich wollte endlich eine Antwort auf meine Frage.

„Wie lange hat Ihr Streit mit Wladimir Brandt gedauert?"

„Das war kein Streit", wehrte Krottmann verdrossen ab, „höchstens eine Meinungsverschiedenheit. Im Grunde wusste er selbst, dass er nicht mehr Geld verlangen konnte."

Seine Frau ging mit mir zur Tür. „Sie müssen seine Hitzigkeit entschuldigen", sagte sie leise, „er hat Herzprobleme. Er regt sich immer gleich so auf."

„Schon gut. Aber jetzt sagen Sie mir endlich, wann Herr Brandt nach Hause gegangen ist!"

Sie überlegte kurz. „Das muss gegen Mitternacht gewesen sein. Mein Mann und ich, wir waren um halb eins im Bett."

„Ist er wiedergekommen?"

„Nein. So einer kommt auch nicht wieder." Das hörte sich wie eine Drohung an.

„Ein freier Nachmittag?" Die Stimme des „Pinguins" klang ungehalten. Die morgendliche Lagebesprechung war zu Ende, jetzt hielt er meinen Urlaubszettel in der Hand.

„Wollen Sie mir etwa auch noch auf und davon laufen!"

„Wieso auch? Tietze ist doch da!"

„Der Kollege Tietze", er nickte zur Tür, durch die jener gerade kommentarlos verschwunden war, „hat heute Nachmittag einen dringenden Zahnarzttermin."

Meine Mimik schaltete auf Konfrontation.

„Und was ist bei Ihnen so dringend?" wollte er wissen.

Da Dr. Gross nicht nur angeblich, sondern auch nachweislich für erfolgreich restaurierte ältere Damen schwärmte, erzählte ich ihm die herzerweichende Geschichte von Frau Zumdeichs verstauchtem Fuß und der so teuer bezahlten Winterheide, die nicht rechtzeitig in die Friedhofserde kam, wenn ich nicht einsprang. Das ließ er sich eine Weile durch den Kopf gehen, dann brummte er: „Diese … äh, Friedhofsangelegenheit wird ja nicht den ganzen Nachmittag dauern. Erledigen Sie das gleich im Anschluss an die Mittagspause und sehen Sie zu, dass Sie um halb fünf wieder hier sind. Das habe ich auch dem Kollegen Tietze gesagt. Um halb fünf zurück! Schließlich ist man ja froh, wenn man diesen Menschenklempnern nicht stundenlang ausgeliefert ist, hehe!“ Er bleckte sein bräunliches Pferdegebiss. Die Zigarren hatten viel Anhänglichkeit bewiesen.

„Um Punkt halb fünf“, insistierte er weiter, „hätte ich Sie beide gerne hier zu einer Extrarunde. Wir müssen uns endlich was einfallen lassen. Der Oberstaatsanwalt hat gestern wieder urgiert, uns fehlten die Konzepte! Und Konzepte“, er wedelte ungeduldig mit seiner Zigarre, „möchte ich von Ihnen haben. Also, wenn Sie sich an unsere Abmachung halten, dann habe ich diesen Urlaubszettel nie gesehen.“ Damit zerriss er das Blättchen vor meinen Augen.

„In Ordnung, Herr Dr. Gross! Und vielen Dank!“

Marion stand, wie abgesprochen, an der Ecke zur Neubrückenstraße, in jeder Hand zwei große Karstadt-Tüten. In drei von ihnen zeichneten sich die Umrisse von Blumentöpfen und Grablichtern ab, aus der vierten ragten zusätzlich die Griffe von Gartenschaufel und Handfeger. Da die einzige freie Stelle, an der ich sie aufgabeln konnte, im Halteverbot lag, zwängte sie sich mitsamt ihrem voluminösen Gepäck auf den Beifahrersitz, knuffte die Tüten auf die Gummimatte zu ihren Füßen und schnaufte erleichtert. „Du ahnst ja gar nicht, was für einen Gefallen du mir tust!“

Ich schätzte die Zahl der Heidetöpfchen auf wenigstens ein Dutzend, rechnete pro Pflanze mit fünf Minuten Arbeit und seufzte stumm. Marions Grabschmuck würde mehr Zeit in Anspruch nehmen als geplant.

Der Friedhofsparkplatz war fast leer, ich parkte unseren Kombi gleich beim Eingangstor. Unterwegs erzählte Marion lang und breit, wie Frau Zumdeichs Unfall passiert war. Ein Telefonanruf hatte sie beim Bügeln aufgeschreckt, sie war über die eingestöpselte Schnur gestolpert und hatte sich zusätzlich eine Brandblase am linken Arm zugezogen. Das alles hörte ich nur mit halbem Ohr, weil ich daran dachte, wie quirlig Marion in ihrer Galerie wirkte, umringt von Künstlern, Käufern oder Journalisten, vielleicht aufgeputscht durch Leistungsdruck und Adrenalinschübe, auf jeden Fall aber vital. Hier, zwischen der weitgehend verblühten Friedhofsvegetation und beschäftigt mit ihrer weitschweifigen Berichterstattung über eine Altersgefährtin, die es offenbar auf den Augen hatte, war sie nur noch die achtundsechzigjährige Witwe auf dem Weg zum Grab ihres Mannes. Tante Trudchen, ihr großes Vorbild, was körperliche Resistenz und geistige Renitenz anging, war im Frühjahr ebenfalls gestorben. Mein Blick wanderte noch einmal zu dem prallen Blumentopfsortiment. Musste auch noch das Grab der Tante versorgt werden? Mir wurde ungemütlich, als ich an den „Pinguin“ dachte. Er würde toben!

Irgendwann lenkte Marion ihren zügigen Schritt in eine der Seitenreihen. Noch etwa fünfzig Meter, und wir standen vor Friedrichs Grab. Ein eng befreundeter Kollege hatte erst vor kurzem, zum Fünfundsiebzigsten des früh verstorbenen Bildhauers, einen neuen Stein gestaltet und auch den Plan für die Bepflanzung vorgegeben. Der alte Findling hatte Platz machen müssen für dunkelblauen Granit, weiße Buchstaben, Pflanzen in Weiß, intensivem Rot und Dunkelgrün. Auch das hatte Marion mir auf dem Weg erzählt. Doch als sie jetzt mit ihrer Gärtnerarbeit begann, korrigierte ich schleunigst mein Urteil über ihre Senilität. Als wüsste sie über meine Terminprobleme genau Bescheid, zog sie emsig ein Heidetöpfchen nach dem anderen aus den Tragetaschen, acht insgesamt und dem Farbdiktat des Freundes entsprechend in Weiß gehalten. Sie baute sie rechts und links vom Grab auf und befreite sie aus ihren Gefäßen, wobei sie die sandigen Ballen energisch abschüttelte und die leeren Töpfe ineinander stapelte. Mir fuhr der Gedanke durch den Kopf, dass sie und Frau Zumdeich, „meine gute Luise“, wie sie sie nannte, wahrscheinlich immer in diesem Tempo arbeiteten, um das Gelände möglichst schnell wieder verlassen zu können. Der Friedhof war weitläufig, und was konnten zwei ältere, offensichtlich gut betuchte Damen schon ausrichten, wenn sie überfallen wurden? Ich hatte Marion, so gut es ging, assistiert, indem ich ihr die jungen Pflänzchen anreichte, dafür Altes, Verbrauchtes entgegennahm und in einer extra dafür bestimmten fünften Karstadt-Tüte entsorgte. Irgendwann war sie zufrieden, puschelte den blanken Grabstein liebevoll mit dem Handfeger und verharrte dann in einem kurzen, kosmischen Gruß an ihren verstorbenen Friedrich. Danach entzündete sie eine der Grabkerzen, während ich das Gepäck zusammenraffte. Alle weißen Winterheiden waren verbraucht, was war mit dem restlichen halben Dutzend, dunkelviolett, also nicht ins Grabkonzept passend? War noch eine Fortsetzung an Tante Trudchens Grab geplant? Doch der Weg, den Marion zielsicher und ohne viel zu reden einschlug, führte in Richtung Ausgang, daher verzichtete ich vorläufig auf Fragen. Es war kurz vor vier, noch stimmte mein Zeitplan. Wir hatten schon die Höhe des Verwaltungsgebäudes erreicht, als sie an einem Seitenweg stoppte.

„Hättest du gerade noch ein Viertelstündchen?“

Ich nickte mit einem stummen Seufzer. Über Tante Trudchens letzter Ruhestätte würden weitere dreißig Minuten vergehen, die ich eigentlich gar nicht mehr hatte. Aber dann stand das alte Tantchen wieder so lebhaft vor mir, mit seinen lupenscharfen Augen und dem wachen Gehör, dass ich weich wurde.

Aber es war nicht ihr Grab, an das Marion mich führte.

„Als ich meiner guten Luise erzählte, dass du mich zum Friedhof fährst, hat sie mir eine Kleinigkeit für ihren Mann mitgegeben. Du hast ja gesagt, du hast es nicht eilig, oder?“

Nein, auf einmal hatte ich es nicht mehr eilig. Mir war eingefallen, dass ganz in der Nähe das Grab von Barbara Freyling lag. Ich war zur Beerdigung gegangen, allerdings ohne dabei auf den geringsten Täterhinweis zu stoßen …

Marion und ich waren inzwischen ein so gut eingespieltes Team, dass das Einsetzen der violetten Heide sehr schnell ging. Während Marion eine Kerze anzündete und auch Herrn Zumdeichs Findling einen sanften Strich mit dem Handfeger zukommen ließ, ging ich zu dem Grab der Ermordeten. Ein Mann stand davor, den Rücken zum Weg und mit gesenktem Kopf. Also blieb ich in diskreter Entfernung stehen. Der Berg aus Kränzen wirkte noch sehr frisch, in der kalten Herbstluft hielten sich die Blumen lange.

Jetzt kam auch Marion. „Ist das nicht das Grab von der Frau?“

„Pscht! Es ist jemand da!“

Obwohl der Mann uns gehört haben musste, wandte er sich nicht um, sondern drehte nur ganz kurz den Kopf zur Seite und ging dann hastig in die Hocke, wie um eine Schleife zu ordnen. Aber ich hatte sein Profil mit den randlosen Brillengläsern erkannt, und ein merkwürdiges Gefühl durchfuhr mich, eine Mischung aus Ungläubigkeit und Erschrecken. Verwirrt starrte ich auf den anthrazitfarbenen Ledermantel und das helle Haar. Sogar den grauen Wollschal und den Stockschirm hatte er mitgenommen.

Als er keine Anstalten machte, seine unbequeme Hockstellung zu verlassen, kam mir eine Idee. Wir gingen zum Auto und ich wählte seine Handynummer. Niemand nahm ab.

„Ich bin gleich wieder da!“ sagte ich zu Marion und stieg aus.

„Stimmt etwas nicht?“

Ich gab ihr keine Antwort, sondern lief zurück zu Barbara Freylings Grab. Der Mann war verschwunden und quer über dem Drunter und Drüber aus wuchtigen Kränzen lag eine langstielige Rose, dunkelrot, mit fast schwarzen Blütenrändern. Das Stielende sah hellgrün aus, wie frisch angeschnitten.

Noch einmal ließ ich Marion warten. Ich vermied jeden Blickkontakt, als ich am Auto vorbei zu dem Blumenladen auf der anderen Straßenseite ging. Nach einigem Suchen entdeckte ich die dunkelroten Rosen. Die meisten Rosenzüchtungen riechen ja nicht mehr, aber diese verströmten einen fast animalischen Geruch. Nie zuvor war mir aufgefallen, wie erotisch Blumen wirken können. Die fleischfressenden Pflanzen vielleicht ausgenommen … Die prallen, weit geöffneten Blüten dicht vor mir lösten beinahe Wollust aus, trotz des lapidaren Plastikeimers, in den man sie gestellt hatte. Eine von ihnen lag auf dem Grab des Mordopfers.

„Haben Sie solch eine Rose heute Nachmittag verkauft?“

Die Floristin, eine junge, sehr blasse Blondine, stutzte. „Ja. Da war ein Mann … Vor einer guten Stunde.“

„Jung? Alt?“

„Ich würde ihn auf Anfang Vierzig schätzen.“

„Wie sah er aus?“

Sie überlegte. „Er trug einen sehr eleganten Ledermantel.“

„Wildleder?“

„Dunkelgraues Nappa! Und dann ist mir seine Brille aufgefallen. Randlose Gläser … Sehr schick! Ist was nicht in Ordnung?“

„Er hat an einem Grab etwas liegen lassen.“ Ich schrieb ihr die Nummer meines Bürotelefons auf. „Würden Sie mir Bescheid sagen, wenn er wiederkommt?“

„Warum geben Sie den Fund nicht bei uns ab?“

„Mir wäre es so lieber!“ Damit war ich aus der Tür.

Es war kurz vor fünf, als ich ins Chef-Büro platzte. Der „Pinguin“ registrierte meine Verspätung, indem er mit hochgezogenen Brauen auf die Armbanduhr sah. Aber er sagte nichts, und ich setzte mich mit unschuldiger Miene neben Tietze, der mir einen knappen Seitenblick schenkte. Ich hatte die beiden mitten im angeregten Gespräch unterbrochen, jetzt redete er mit ruhigen, überlegten Worten weiter über die

Paderborner Ermittlungen, die Überwachung des Geißelschen Gartens und der Paderanlage in den fraglichen Nächten, die so gar nichts gebracht hätte. Weshalb er auch von einer Streife auf der Promenade in den – jetzt sprach er von kritischen – Nächten abriet, zumal die Strecke fast sechs Kilometer lang sei!

Ich hatte Mühe, mich zu konzentrieren. Seit wann war er zurück? Hatte er mich auf Lauheide erkannt? Oder hatte ich ihn doch mit jemandem verwechselt? Wenn er tatsächlich das stramme Pensum von Zahnarzt- und Friedhofsbesuch geschafft hatte, war er ein Terminwunder! Der „Pinguin" wollte wissen, ob er selbst die Überwachung geleitet habe, und Tietze nickte. „Ich war immer an den neuralgischen Punkten."

„Sie waren auch immer als erster am Tatort, stimmt's?"

Jetzt sah er mir voll ins Gesicht. „Sehen Sie darin einen Widerspruch?" Als ich nicht antwortete, fuhr er fort: „Meine Schicht ging mit Sonnenaufgang zu Ende. Alle drei Leichen wurden erst später gefunden. Man benachrichtigte das Präsidium, die schickten eine Funkstreife und verständigten mich zu Hause."

„Und Sie haben nichts gehört? Keinen Schrei oder das Knacken von Zweigen?" Dr. Gross paffte Rauchwolken gegen die Decke.

Tietze schüttelte den Kopf. „Wir haben das auch nicht begreifen können. Der Täter hieß im Morddezernat nur ‚das Phantom'. Er muss blitzschnell zugeschlagen haben und völlig lautlos."

Blitzschnell? Der Täter hatte die Zungen herausgetrennt, seine Opfer halb ausgezogen und gefesselt. So was brauchte Zeit.

„Waren Sie allein auf Schicht?" wollte Dr. Gross wissen.

„Wie es sich gerade einrichten ließ. Wie Sie sich vorstellen können, waren wir nicht gerade überbesetzt. Vor allem, als der erste Mord passierte. Das ist besser geworden, seitdem es die Sonderkommission gibt. Aber so manche Schicht habe ich allein machen müssen, und meist in der Umgebung des Geißelschen Gartens. Meine Kollegen haben die Paderanlage überwacht oder den Riemekepark. Schließlich mussten wir damit rechnen, dass sich diese Bestie auch andere Tatorte sucht."

„Der Typ des Opfers ist wichtiger als die Route des Täters."

Er drehte sich zu mir. „Wie darf ich das verstehen?"

„Ganz einfach. Sämtliche Frauen, Ihre drei in Paderborn und die eine hier bei uns, waren mehr oder weniger selbständig, hatten keine Mitarbeiter und waren regelmäßig spät unterwegs."

„Ja!" Sein Blick signalisierte, dass er diesen Aspekt für den unwesentlichsten von allen hielt.

„Das ist die einzige Gemeinsamkeit zwischen allen vieren!"

„Machen Sie das später unter sich aus", raunzte der „Pinguin", gerade so, als ginge es darum, die Mittagspause zu regeln oder einen Stammtisch nach Dienstschluss zu organisieren. Seine Miene drückte Zufriedenheit bis an die Grenze zur Selbstgefälligkeit aus: Die angeforderte Verstärkung aus Paderborn würde uns wesentlich voranbringen, das hatte er ja sofort gewusst!

Um kurz vor sechs war die Besprechung vorbei, und ich packte meine Sachen, um nach Hause zu fahren. Mit Tietze allein im Büro hätte ich mich an diesem Abend nicht wohl gefühlt.

Zwei Stunden später waren der alte Krottmann und sein Zuchteber tot. Ich fand den Bericht über den „mysteriösen Unfall" und ein Foto in der Freitagsausgabe der WN. Das Tier, ein finsteres Gebirge aus Fleisch und Haut, lag vor dem Gattertor, das zu seinem Gehege führte. Das Tor stand weit offen.

Ein Gewehrschuss hatte den Eber in den Kopf getroffen, aber die Blutlache, in der er schwamm, stammte hauptsächlich von seinem Besitzer. Die Hauer hatten sich durch Krottmanns Hose in den linken Oberschenkel gebohrt und die Arterie aufgerissen. Vergeblich hatte der Notarzt versucht, die Blutung zu stoppen, der Riss reichte tief. Krottmann war gestorben, noch während er an Bluttransfusionen angeschlossen wurde. Man hatte ihn ins Haus gebracht und auf die Bank in der Diele gelegt, bis der Leichenwagen kam. Den Eber ließ man dort, wo der Schuss ihn niedergestreckt hatte.

Ich schob die aufgeschlagene Zeitungsseite wortlos zu Tietze rüber und wählte die Nummer des Polizeireviers Südost in Mauritz. „Können Sie jemanden an den Apparat holen, der mir Auskunft über den Fall Krottmann geben kann?"

„Die kann ich Ihnen geben", sagte der Kollege. „Um was geht's?"

„Wie sicher sind Sie, dass das ein Unfall war?"

„Wir sind gleich vor Ort gewesen. Aber es hatte zu regnen begonnen, und die Spuren, na ja, viel haben wir nicht gefunden. Das Gewehr wurde beschlagnahmt, aber laut Aussage der Frau …"

„Was hat sie gesagt?"

„Dass ihr Mann fahrlässig gewesen sei im Umgang mit dem Tier. Und dass das Gatter morsch war. Übrigens hat der junge Krottmann geschossen. Als er aus dem Haus kam und sah, was der Eber mit seinem Vater angestellt hatte, hat er die Flinte geholt."

Ich dankte ihm und legte auf. „Am Dienstag war ich bei Krottmanns", sagte ich zu Tietze, der das Gespräch mitgehört hatte. „Es ging um die Aussage des Russen. Wenn der Chef einverstanden ist, fahre ich noch mal hin und stelle ihnen ein paar Fragen."

Aber es wurde Nachmittag, bis ich wieder bei Krottmanns in der Küche saß. Es hatte einiges Reden gekostet, um den „Pinguin" davon zu überzeugen, dass etwas faul sei am Tod des Bauern. „Dieser Streit mit dem Musiker", sagte ich, „und dann die Art, wie er den Sohn behandelt hat. Mir scheint, da hat jemand dem Eber gehörig Beine gemacht."

Er hatte seine Zigarre betrachtet und dann gemeint, ich solle mein Glück versuchen. „Aber unterschätzen Sie die Dickköpfigkeit der Westfalen nicht. Wenn die nicht reden wollen!"

„Wie ist es passiert?"

Frau Krottmann antwortete nicht, sondern starrte weiter auf einen undefinierbaren Punkt an der bunttapezierten Küchenwand. Ich wiederholte meine Frage. Wieder Schweigen.

„Wo ist Ihr Sohn?"

„Ich wusste, dass das so enden würde", sagte sie leise. „Er war immer so unvorsichtig. Ständig musste ich ihn daran erinnern, das Gatter ordentlich zu schließen. Und wie oft habe ich ihn gebeten, endlich den Zaun zu reparieren."

„Ist der Eber früher schon mal ausgebrochen?"

„Nein!" entgegnete sie überraschend heftig.

„Und wie ist es nun passiert?"

Sie atmete hörbar aus. „Wir haben zu Abend gegessen."

„Wann war das?"

Wieder seufzte sie. „Um halb acht."

„Und wer war dabei?"

„Mein … Mann, der Hans und ich. Wir … Jemand hat am Tor geschellt, und mein Mann ist rausgegangen, um nachzusehen."

„Passiert das öfter, dass jemand abends am Tor schellt?"

Darauf antwortete sie nicht, sondern fuhr fort: „Der Junge und ich, wir haben uns gewundert, dass er überhaupt nicht wiederkam. Das Essen wurde kalt, da habe ich den Hans losgeschickt. Er sollte nachsehen. Und dann fiel der Schuss."

„Was haben Sie gemacht?"

„Ich bin auch rausgelaufen. Da stand der Junge mit dem Gewehr am Gatter. Und mein Mann …" Der Rest war Schluchzen.

Das Gewehr? Das hatte ihr Mann im Kleiderschrank aufbewahrt, verschlossen, wie es Vorschrift war. Und der Schlüssel war selbstverständlich gut versteckt. Im Schlafzimmer.

„Haben Sie Angestellte?"

„Nein. Wir hatten zwei Hilfskräfte während der Erntezeit, die haben Ende August aufgehört."

„Wissen Sie, wer am Tor geläutet hat?"

Sie schüttelte den Kopf.

„Wo ist Ihr Sohn?"

Wieder Kopfschütteln. Ich fand ihn in einem der Schweineställe. Er hockte auf der Bretterwand, die die Boxen abteilte, und fuhr den Tieren über den Rücken, immer wieder.

„Wo war Ihr Vater, als Sie aus dem Haus kamen?"

Es dauerte eine Weile, eher er antwortete. Seine Stimme war nur schwer zu verstehen zwischen dem Grunzen und Quieken. „Er lag auf dem Boden, und diese Bestie war über ihm."

„Stimmt es, dass der Zaun nicht in Ordnung war?"

„Ich … das weiß ich nicht." Eine Weile herrschte Schweigen, während ich mir das Bild des Ebers ins Gedächtnis zurückrief, wie er auf seiner weitläufigen Wiese gestanden hatte, mit gesenktem Kopf, in trügerischer Ruhe. Irgendetwas musste das Tier aufgeschreckt haben.

Auf dem Weg zurück ins Präsidium fiel mir eine Möglichkeit ein, mehr darüber zu erfahren, wie Krottmann und sein Eber miteinander umgegangen waren. Allerdings musste ich bis zum Abend warten; bis Olaf und Franz von ihrer Bootstour zurück waren.

In unseren Praxisräumen brannte Licht. Ich öffnete die Tür zum Wartezimmer, um Frau Hilbich Guten Abend zu sagen, aber statt unserer resoluten „Perle“ fand ich dort zwei Klienten, dem Aussehen nach Großmutter und Enkelin, mit einem Korb, in dem ein Jungtier maunzte. Das Mädchen steckte einen Finger durch das Türgitter. „Sei still, Mirko!“ Ich ging ins Behandlungszimmer.

„Lassen Sie sich bitte nicht stören“, sagte ich zu Georg, der mit Tanja, unserer Sprechstundenhilfe, über ein Meerschweinchen gebeugt stand. „Ich brauche nur schnell eine Akte aus der Kundenkartei, ich bin gleich wieder draußen.“

„Wie viele sind denn noch im Wartezimmer?“ Tanja klang nervös. Sie kam aus Beelen und hatte einen weiten Heimweg.

„Nur ein Kater, ein ganz kleiner“, tröstete ich sie, während ich den Rollwagen neben dem Computertisch herauszog und unter dem Buchstaben K zu suchen begann. Krottmann war als Kunde vermerkt. Ich steckte die Karte zurück. Während meiner Stippvisite war das Meerschweinchen verarztet und das Katerchen hereingeholt worden; das übliche Programm: Erstuntersuchung, Entwurmung, Impfung.

Frau Hilbich wartete oben in der Küche. „Oh, Chottochott, Frau Züricher! Gezz hat's den Krottmann erwischt! Am Montag ist die Beerdigung. Wie die Frau eimm' Leid tun kann!“

„Was erzählt man sich denn so in Mariendorf?“

Sie warf einen Blick ins Treppenhaus, aber wir hatten keine Zuhörer. Daraufhin berichtete sie, dass am vergangenen Abend, am Tresen ihres Schwagers, merkwürdige Gerüchte aufgekommen seien. „Also, ich sägg' Ihnen, wenn diese Mannslüe erst mal bien supen sin! Dat is doch alls dumm Tüg!“

„Was für Gerüchte?“

„Gezz is auf eimma von zwei Schüssen die Rede.“

„Direkt nacheinander?“ Vielleicht hatte der junge Krottmann wenig Übung mit dem Gewehr, das machte ihn nur sympathischer!

„Nee, nee! Dazwischen war 'ne chanze Zeit Pause! Und gleich nach dem ersten Schuss ist der alte Krottmann rausgekommen.“

„Wer behauptet denn das?“

„Einer, der nicht beim Namen chenannt werden möchte.“ So, wie sich das anhörte, hatte sie dafür großes Verständnis. „Mein Schwager weiß, wer's is, aber die Sache is chanz verschwiegen.“

„Sie wissen auch davon“, stellte ich fest.

„Ach, ich bin doch die Schwägerin. Ich sägg' doch nix!“ Offenbar fühlte sich meine „Perle“ wie das neue James Bond-Girl.

Unter dem Erkerfenster röhrte Georgs schweres Motorrad auf. „Die Praxisräume sind frei. Kommen Sie später noch rauf?“

„Wenn's Ihnen nix ausmacht? Es is immer so chemütlich mit dem Bier und so …“

„Dann sehen wir uns also noch!“

Während im Erdgeschoss Tupfer und anderer medizinischer Abfall entsorgt wurde und der Wischmopp zum Einsatz kam, um Straßendreck und Grasplacken von unserem strapazierten Rasen zu beseitigen, den die Kundschaft gern als Abkürzung nimmt, machte ich meine Runde mit Rollo. Das Laub raschelte unter Füßen und Pfoten und die kühle Luft, die den Boniburgwald durchwehte, frischte mich nach dem langen Bürotag wieder auf. Blätterrascheln und Holzkohlengeruch weckten Erinnerungen an den Herbst in Altötting.

Später, nachdem ich Frau Hilbich an der Haustür verabschiedet hatte, griff ich zum Telefonhörer. Am anderen Ende meldete sich eine Frau. „Allo?“ Ich fragte nach Franz.

„Ah! Frau Züricher!“ Ihre Stimme verriet echte Begeisterung. „Sie wollen Ihren Mann sprechen? Ich hole ihn! Ne quittez pas!“

Klick-klack-klick, entfernten sich ihre Schritte wie durch eine weitläufige Halle. Wahrscheinlich saß die Gruppe gerade bei einem Menu mit erlesenen Weinen. Sekunden später war Franz am Apparat. Demnach aßen sie eher in einer kleinen Wohnküche: Dunkle Eichenbalken und handgemalte Kacheln, die Vorhänge und das Tischtuch aus den farbenprächtigen provenzalischen Stoffen.

„Ist was passiert?“

„Nicht in der Familie!“ Gerade an diesem Morgen war eine Karte von Kerstin gekommen. Heidschnucken, um einen Schäfer versammelt, der weitaus blöder guckte als seine Tiere. Ich berichtete Franz von dem Unfall auf dem Krottmann-Hof.

„Der alte Krottmann und fahrlässig? Niemals!“

„Seine Witwe behauptet das.“

„Hör zu!“ Im Hintergrund klapperte Besteck, wurden wahrscheinlich die Gläser nachgefüllt und der Käse herumgereicht. „Ich bin noch im Mai bei Krottmann gewesen. Das müsste auch in der Kartei vermerkt sein. Es ging genau um diesen Eber! Hat er sich vor dem Unfall ungewöhnlich aufgeführt?“

„Wie führt sich ein Eber für gewöhnlich auf?“

„Dieser hatte jedenfalls sein Areal, sein Kraftfutter und zu gegebener Zeit seine Sauen."

„Weswegen wurdest du zu ihm gerufen?" fragte ich.

„Das weiß ich nicht mehr. Aber ich erinnere mich, dass der alte Krottmann einen Heidenrespekt vor dem Burschen hatte. Wir haben ihn von draußen betäubt, bevor wir die Weide betraten. Und beim Weggehen hat er das Vorhängeschloss x-mal überprüft."

Ich fragte ihn, ob er es für wahrscheinlich hielte, dass ein Besucher am Hoftor den Eber rebellisch gemacht habe.

„Im Dunkeln? Nein, das glaube ich nicht. Schweine sehen nicht gut. Wenn er nicht durch ein Geräusch aufgeschreckt wurde."

„Durch einen Schuss, zum Beispiel?"

Natürlich schreckte ein Schuss ihn auf, aber wenn er hinter dem Gatter war … Und das hatte im Mai nicht morscher gewirkt als andere auch. Wir redeten noch eine Weile, er wollte wissen, wie weit wir in unserem Mordfall gekommen seien, und da es nicht viel Neues gab, schwärmte er von seinen fantastischen Tieraufnahmen. Stundenlang lägen sie jeden Tag auf der Pirsch. Wir versicherten einander, dass wir uns unendlich vermissten und wie viel schöner ein gemeinsamer Urlaub sei. Dann war das Gespräch zu Ende und hinterließ das typische beklemmende Gefühl, das jeder Trennungsschmerz auslöst. Ich kam mir plötzlich einsam vor in dem leeren Haus, daran änderte auch Rollos feuchte Schnauze nichts, die mir die Füße wärmte.

Ich versuchte mich abzulenken, indem ich noch einmal die Angaben durchging, die Franz über Krottmann gemacht hatte, verglich sie mit den Aussagen der Witwe und mengte unter dieses widersprüchliche Ragout eine kräftige Prise des Mariendorfer Gerüchts, dass es zwei Gewehrschüsse gegeben habe, einen vor und einen nach dem Auftauchen des alten Krottmann. Der Tonfall, in dem der Bauer den eigenen Sohn zurechtgewiesen hatte, verriet Verachtung, und auch die Frau hatte ihre Verärgerung über den Ehemann nur mühsam zurückgehalten. Und was, wenn sie und ihr Sohn ein Komplott ausgebrütet hatten? Plötzlich hatte ich wieder das Gläserklirren und Besteckklappern im Ohr, das mein Gespräch mit Franz untermalt hatte. Wenn es stimmte, dass zweimal geschossen worden war, musste ich dringend den Kollegen sprechen, der den Unfall zu Protokoll genommen hatte. Welchen Beweis gab es, dass der junge Krottmann mit seinen Eltern gegessen hatte? Und wenn er draußen gewesen war? Ich seufzte. Während ich über diesen Hypothesen grübelte, plante der Promenadentäter vielleicht den nächsten Anschlag!

Damit war mein Trübsinn weg. Tu deinen Job! sagte ich mir. Während du hier sitzt und die Ohren hängen lässt, hat er wieder eine Frau im Visier, spioniert ihr nach, lernt ihre Gewohnheiten auswendig und geilt sich an dem Gedanken auf, sie in Todesangst wimmern zu hören. Trotzdem musste ich zuerst herausbekommen, wo der junge Krottmann gewesen war und welche Rolle Brandt bei der Sache spielte. Ich rief die Dienststelle in Mauritz an. „Morddezernat, Züricher. Es geht um den Kollegen, der Mittwochabend den Unfall in Mariendorf aufgenommen hat."

„Sie meinen den Schäffer. Heute hat er frei, aber morgen übernimmt er die Frühschicht. Wenn Sie vielleicht ein paar Minuten vorher da sein könnten?"

Ich schaffte es tatsächlich, am Samstag um sieben in der Gutenbergstraße zu sein, rechtzeitig bevor der Bereitschaftsdienst mit seinen vielseitigen Anforderungen auf volle Touren gekommen war.

Der junge Mann im Wachzimmer ließ gerade den Vorspann seiner Computerfestplatte durchlaufen, während er mich mit einem knappen Seitenblick zur Kenntnis nahm. „Moin, Moin! Mein Kollege hat mich schon informiert." Er schwang sich auf seinem Drehstuhl herum, und ich fragte ihn, wo er an dem Unfallabend mit der Witwe gesprochen habe, draußen oder im Haus. Als Zeit war im Protokoll neun Uhr angegeben. Eineinhalb Stunden, nachdem sich Krottmanns zum Abendessen gesetzt hatten.

„In der Küche waren wir."

„Wie viele Gedecke standen auf dem Tisch?"

Er dachte kurz nach. „Der Tisch? Der war leer."

„Hat trotzdem irgendetwas darauf hingedeutet, dass Krottmanns kurz vorher beim Essen gewesen waren?"

„Es roch nach Essen. Und auf dem Herd stand eine Pfanne …"

„Aber der Tisch war abgeräumt?"

„Ja", nickte er.

„Fänden Sie das nicht auch seltsam, wenn eine Frau, deren Mann gerade ums Leben gekommen ist, sich in die Küche stellt und das Geschirr abwäscht?"

„Hm“, er fuhr sich durch das kurze, hellblonde Haar, „meine Frau steckt alles in die Spülmaschine, was wir beim Essen benutzen.“

„Nach einem Todesfall würde man auch nicht den Tisch abräumen!“

„Warum diese Fragen?“

„Weil sie Ihnen erzählt hat, sie wären beim Abendessen zu dritt gewesen. Oder stimmt das vielleicht nicht?“

Darauf antwortete er nicht.

„Wenn sie gesagt hätte, sie und ihr Mann wären allein in der Küche gewesen, hätten Sie doch wissen wollen, wo der Sohn steckte.“

„Natürlich!“ nickte er.

„Erinnern Sie sich an die Anordnung der Hocker?“

„Also wirklich …“ Meine Fragerei nervte ihn, aber ich ließ nicht locker.

„Versuchen Sie’s bitte!“ Ich zeichnete die Küche im Grundriss auf, das Buffet rechts neben der Dielentür, die Spüle und den Herd links vom Fenster, den Tisch in der Mitte. Dann griff Schäffer zögernd nach dem Stift und malte ein X an die Tischseite vor dem Fenster, von der man die Dielentür im Blick hatte. „Dieser Hocker war zur Seite geschoben … Und der auch …“ Das war am Dienstag der Platz von Frau Krottmann gewesen.

„Die beiden anderen standen unter der Tischplatte.“

„Sind Sie ganz sicher?“

„Absolut. Die Frau hat mir diesen Hocker“, er tippte auf die Stelle, an der ich gesessen hatte, „hingeschoben und dann den zweiten herausgezogen. Auf den hat sie sich selbst gesetzt.“

Ich steckte die Zeichnung ein. „Gehen wir mal davon aus, dass alle Familienmitglieder ihre festen Plätze haben. Dann war der Sohn beim Abendessen nicht dabei. Oder können Sie sich vorstellen, dass jemand rausgeschickt wird, um nach seinem Vater zu sehen, und vorher seinen Hocker ordentlich unter die Tischplatte schiebt?“

„Nee!“

Ich erzählte ihm von den Gerüchten, die in Mariendorf aufgekommen waren. „Wenn wir herausbekämen, wer am Hoftor geschellt hat. Und ob überhaupt jemand geschellt hat …“

Seine Antwort war ein gequältes Lächeln. „Ja, wenn überhaupt!“

- V -

Am Busbahnhof Nord ballte sich um fünf Uhr ein Pulk ungeduldiger Eltern. Man vertrieb sich das Warten mit einem energischen Meinungsaustausch über die „viel zu jungen Lehrer“, die den heutigen Nachwuchs überhaupt nicht mehr im Griff hätten. Das seien ja selbst noch Kinder. Nur Marion, die „Leihmutter“, stand abseits. Sie hielt einen Strauß bunter Astern.

„Bist du verrückt!“ überfiel ich sie, „das Kind so zu verwöhnen!“

„Aber die sind doch für dich!“ Sie wirkte verlegen, was selten bei ihr vorkam. „Weil du mir Kerstin drei Wochen überlässt, jetzt, wo du doch zu Hause geblieben bist.“

Wie hätte ich ihr, ohne den Anschein der Rabenmutter zu wecken, erklären sollen, wie froh ich über diese Lösung war? Froh, ohne schlechtes Gewissen abends länger im Büro bleiben und am Wochenende hinfahren zu können. Oder im Arbeitszimmer angestrengt nachzudenken, ohne dass mich ein auf volle Power hochgejagter Robbie Williams aus dem Konzept brachte.

„Ich stelle mir das schrecklich vor“, sagte Marion in meine Gedanken hinein, „allein in ein großes, leeres Haus zurückzukommen. Wenn es dann draußen schon dunkel ist.“

„Ich werde Kerstin vermissen! Andererseits ist meine Lage im Augenblick nicht gerade rosig. Schließlich suchen wir einen Frauenmörder. Sobald der weiß, dass eine Frau auf ihn angesetzt ist … Und wozu das Kind unnötig in Gefahr bringen?“

In diesem Augenblick tauchte der rosa und violett gestreifte Reisebus aus der Lüneburger Heide auf. Er hielt vor dem Trüppchen herumfuchtelnder Eltern und spuckte, als erst einmal die Türen offen waren, ein Trüppchen noch aufgeregterer Schüler aus. Natürlich war Kerstin wieder die letzte. Sie ließ sich umarmen und verströmte dabei einen Geruch, wie ich ihn vage aus dem einen oder anderen Münchner Bordell in Erinnerung hatte, wenn wir eine Razzia vornahmen und die Mädchen unter ihrer Puderschicht vor Nervosität zu schwitzen begannen. Ihr Gesicht zeigte eine Kriegsbemalung, als hätte der Bus abgefärbt; rosa Wangen, lila Lidschatten. Wir warteten auf den Seesack mit der Schmutzwäsche und den verschrammten Koffer, der noch mehr Macken bekommen hatte, und hievten beides ins Auto.

„War's schön?" fragte ich, den Blick im Rückspiegel.

„Oh ja, verdammt!" nickte Kerstin. „Echt cool! Richtig heftig!"

„Danke für die Karte!" Damit startete ich den Motor und spürte gleichzeitig Marions Hand auf meinem rechten Arm. Ganz ruhig bleiben, Mädchen! hieß das. Alles weitere besorge ich! Besser hätte sie gar nicht reagieren können.

Kerstin unterbrach meine Gedanken. „Für wen sind die Blumen?"

„Seit wann schminkst du dich?" fragte ich zurück.

Statt einer Antwort kicherte sie und war mir damit wieder so vertraut wie früher, bei ihren kindlichen Versteck- und Abenteuerspielen. „Ach, das haben wir nur mal so ausprobiert. Die Tante von der Silke, das ist die, die in Englisch neben mir sitzt, ist Kosmetikerin. Sie hat ihr einen ganzen Malkasten geschenkt, und als wir heute Morgen nichts zu tun hatten, haben wir uns halt geschminkt."

„Wolltet ihr es den Heidschnucken nachmachen?" stichelte ich. „Die haben einen Farbklecks auf dem Po, damit der Schäfer sie wiedererkennt."

Marion stupste noch einmal. Jetzt gib schon auf! hieß das, und ich gehorchte. Es gab Tage, an denen mir sogar der Bürokram näher stand als der eigene Nachwuchs.

Wir hatten die Stiftsherrenstraße erreicht, in der Marion wohnte. Während ich den Wagen in die einzige Parklücke weit und breit orgelte, kramte Kerstin in ihrem Rucksack und drückte mir ein zerknülltes Papiertütchen in die Hand. Ich stellte den Koffer aufs Trottoir und griff nach dem Seesack, aber Marion war schneller.

„Kommt überhaupt nicht in Frage, dass du die Wäsche mitnimmst! Du fährst nach Hause, in dein Dracula-Schloss, und suchst weiter nach deinem Serienmörder!" Damit ließen sie mich stehen.

In dem Tütchen steckte ein zum Schlüsselanhänger umfunktioniertes Heidschnuckenschaf. Laut Etikett war die Wolle echt. So was verkaufte sich gut in Touristikzentren. Ich betrachtete es gerührt. Zu Hause angekommen, verkniff ich mir einen Anruf zum Dankeschönsagen. Sie hätten es als Kontrolle missverstanden. Es war ausgemacht, dass ich mich in ihren Zweierhaushalt nicht einmischte. Ich ging früh schlafen und erlaubte Red Butler ausnahmsweise, die Nacht auf dem Fußende zu verbringen. Nicht nur er fand es kalt im Haus.

Kerstin hockte neben einer Heidschnucke, die lila war wie eine „Milka-Kuh", strich ihr übers Fell und sagte immer wieder: „Sei still,

Mirko!“ Das Tier blökte lauter, und es klang wie ein Telefon. Endlich wurde ich von meiner eigenen Stimme wach, die Kerstin und der Schnucke schon seit längerem befahl, den Hörer abzunehmen. Das stereotype Streicheln erinnerte mich an den jungen Krottmann.

Es war kurz vor acht. Draußen leuchtete ein blassblauer Morgen, der kalt aussah, und im Nachbarzimmer klingelte das Telefon. Ich rappelte mich hoch, dabei fiel mir ein, dass wir Sonntag hatten. War Franz etwas Wichtiges über Krottmann eingefallen, bevor er und Olaf wieder ins Motorboot stiegen? Doch was ich hörte, war Tietzes Stimme. Sie klang spöttisch. „Habe ich Sie geweckt?“

„Ich bin schon lange auf“, gab ich knapp zurück. Nur ungern hätte ich ihm den Eindruck gegönnt, dass er mich aus dem Bett geschellt hatte. Gleichzeitig ertappte ich mich dabei, wie ich an mir runtersah. Den rosa Morgenrock hatte ich mal bei Eduscho gekauft, und die Pantoffel mit weißem Plüschbesatz nannte Franz in Anspielung auf mein früheres Arbeitsfeld im Sittendezernat gern „die Puffpatschen“. Ich fuhr mir durch die Mähne – Haarewaschen war angesagt – während ich mir mein unausgeschlafenes Gesicht erst gar nicht vorzustellen versuchte. Aber warum schickte man Mann und Tochter in den wohlverdienten Urlaub, wenn nicht einmal der geringste Bequemlichkeitsbonus dabei herauskam?

Tietze unterbrach meine Gedanken. „Als Sie gar nicht an den Apparat kamen, dachte ich schon, Sie wären beim Joggen.“

„Ich gehe nicht joggen. Hat man bei der Polizei nicht Bewegung genug? Was gibt’s?“

„Ich wollte Sie zum Essen einladen.“

„Zum Frühstück?“

Er gab ein angenehmes, jungenhaftes Lachen von sich. „*Ich* habe schon gefrühstückt. Aber wie wär’s mit Abendessen!“

„Tut mir Leid! Abends muss ich immer eine Stunde mit dem Hund raus!“ Das stimmte zwar nur zur Hälfte, weil Rollo und ich für gewöhnlich schon nach dreißig Minuten genug hatten. Aber es hörte sich besser an. Seine Vermutung, ich würde sonntagmorgens joggen, wurmte mich irgendwie.

„Also dann mittags. Ich wüsste ein gutes Restaurant.“

„Aber …“ begann ich. Ich sah ihn wieder an Barbara Freylings Grab, dachte an seinen geschwätzigen Bericht über die Bewachung der Paderborner Parks und hatte keine Lust, essen zu gehen.

„Sie können den Hund mitbringen! Der Wirt hat nichts dagegen, das weiß ich. Und anschließend machen wir einen Spaziergang. Dann müssen Sie abends nicht noch mal los."

Seine Stimme drängte. Ich hatte mir vom Wochenmarkt auf dem Domplatz einen Hokkaido-Kürbis und Teltower Rübchen mitgebracht. Ich hätte ihn zu mir eingeladen, aber für Männer war dieser „Gemüsekram" nichts, das wusste ich von Franz. „Schmeckt wie aus der Waschmaschine", behauptete er jedes Mal.

„Ich hole Sie um zwölf Uhr ab!"

Himmel, war dieser Mensch hartnäckig! „Gut. Wenn Sie wirklich kein anderes Opfer finden, dann holen Sie mich ab."

Er schellte am Gartentor und sah sich beim Betreten des Hauses verblüfft um, während Rollo sich auffallend für seine Hosenbeine zu interessieren begann.

„Das ist ja fantastisch!" Sein Blick wanderte über den alten Terracottaboden im Erdgeschoss und die Eichentreppe mit ihrem gedrechselten Geländer. „Wer vermietet so was?"

„Vielleicht hatten wir ganz einfach Glück! Wir haben lange gesucht." Ich kam zu ihm herunter und zerrte den wie narkotisiert schnüffelnden Hund am Halsband zurück. „Aus, Rollo!" Aber er war nicht von der Hose wegzubringen.

„Haben Sie vielleicht selbst einen Hund?"

„Ich? Nein!" Genauso gut hätte ich ihn fragen können, ob er einen Alligator hielt.

„Auch keine Katze?"

„Auch nicht!" Er lachte nervös. „Ich habe was gegen Haustiere, weil man nie in Ruhe verreisen kann."

Irgendwas störte mich an ihm. Ich ließ mein Unbehagen an dem armen Rollo aus, indem ich ihn ins Wartezimmer sperrte. „Ich weiß", spottete ich dabei, „Sie haben auch etwas gegen Insekten!"

„Vielleicht mag er mein Rasierwasser nicht?"

„Wenn Sie sich das Zeug über die Hose schütten!"

Bei dieser Vorstellung mussten wir beide lachen, und ich führte ihn, da er nun einmal so begeistert war, durchs ganze Haus, zeigte ihm das Arbeitszimmer im oberen Teil des zweistöckigen Erkers, dessen rautenförmige, bleiverglaste Scheiben ihn ganz besonders begeisterten, und die Mansarde im zweiten Stock, die als Gästezimmer vorgesehen war, bis Kerstin sie für sich beanspruchte. Ein Freund von ihm, so erzählte Tietze unterwegs, sei Architekt und an der Revitalisierung alter Bausubstanz interessiert. „Wenn der hier mal einen Rundgang machen könnte …“

Wir aßen im „Ulmenhof“. Rollo kauerte zwischen unseren Füßen, während wir auf die Spareribs warteten, für die der Küchenchef, nach Tietzes Auskunft, „ein ganz besonderes Händchen“ hatte, und über die großen Plastiklätzchen lachten, die uns die Bedienung umhängte, bevor sie die süßsauer glasierten Rippchen servierte. Wir prosteten uns mit einem spritzigen Frankenwein zu, der, auch das wusste Tietze, direkt von einem Winzer in der Würzburger Gegend bezogen wurde. Er fragte mehrmals, ob es mir schmecke, dann wurde er dienstlich. Ich hatte damit gerechnet, dass die Einladung nicht nur seiner Spendierfreudigkeit entsprungen war, sondern auch einer gehörigen Portion Neugier. Doch er lenkte das Gespräch weder auf Dr. Gross noch auf Hilly oder den Ermittlungsdienst. Sein Interesse galt Max.

„Wie lange braucht Ihr Kollege noch, um entlassen zu werden?“

Einen Augenblick lang war ich baff. „Wollen Sie schon so schnell wieder nach Paderborn zurück?“ „Nein, nein!“ wehrte er ab. „Ich bleibe, bis der Fall abgeschlossen ist, so steht es in meinem Dienstvertrag. Aber sind Sie denn nicht auch der Meinung, dass wir zu dritt effektiver wären?“

„Das ist gar keine Frage. Aber das letzte Wort haben die Ärzte.“

Er ließ nicht locker. „Sie besuchen ihn doch regelmäßig. Also wissen Sie doch, ob er Fortschritte macht. Was glauben Sie?“

Ich legte das köstlich gewürzte Knöchelchen, an dem ich zu knabbern begonnen hatte, zurück und wischte mir, um Zeit zu gewinnen, die Hände an der großen Stoffserviette ab. Natürlich lag die Antwort nahe, dass ich Max besuchte, um ihm die Zeit zu vertreiben und weil ich ihn gern mochte. Der Beweggrund, den Tietze gerade genannt hatte, erschien mir eigenartig und von einem Grad an Pragmatismus bestimmt, der mir fremd war. Max war schwer verletzt gewesen, brauchte Schonung, eine Kur, und Tietze redete von Effizienz und Arbeitseinsatz. Wer hatte mir erzählt, er hätte sich sofort für Münster gemeldet? Hilly? Der „Pinguin“? Sollte ich ihm sagen, dass Max noch zur Kur geschickt wurde? Oder war es besser, den Eindruck zu wecken, er käme schon bald wieder ins Büro? Ich legte die Serviette weg und entschied mich für eine Art Mittelweg. „Alles, was ich weiß, ist, dass es dem Kollegen Lückmann wieder besser geht. Möglich, dass er demnächst nach Hause darf. Ob er dann sofort wieder arbeiten kann, weiß ich nicht."

Darauf sagte er nichts, sondern tunkte mit undurchdringlicher Miene die Grillsauce auf, und ich spießte die letzten Salatblätter auf die Gabel, während mir plötzlich der Gedanke durch den Kopf ging, dass Tietze vielleicht gar nicht an Max' schneller Rückkehr interessiert war, sondern, im Gegenteil, an längerer Abwesenheit. Aber warum? Um sich zu profilieren? Das war absurd. Und wozu überhaupt diese Fragen? Befürchtete er, dass ich ihm etwas verschwieg? Wir waren doch Kollegen! Zwangsweise zwar und durch besonders üble Umstände zusammengewürfelt, aber wer konnte sich seine Kollegen schon aussuchen? Wer hatte schon einen Kumpel wie Max, diesen ausgesprochenen Glücksgriff? Oh ja, falls Tietze eifersüchtig auf ihn war, hatte er allen Anlass dazu.

Er unterbrach meine Gedanken mit der Frage, wie ich den Stand unserer Ermittlungen einschätzte. Das klang nach Management, wie es in den USA üblich ist: self-appraisal; man versucht, die eigene Leistung einzuschätzen, benotet sich gewissermaßen selbst.

„Die Sache mit Krottmann", sagte ich und legte den Knochen an den Tellerrand, „hat unsere Arbeit aufgehalten. Andererseits können wir Wladimir Brandt aus der Verdächtigenliste streichen."

Er nickte. „Wenn er den Hof erst um zwölf verlassen hat, kann er wohl kaum zur selben Zeit an der Kreuzschanze eine Frau umgebracht haben."

„Richtig. Aber da wir bisher keine Hinweise aus der Bevölkerung haben, tappen wir trotzdem ziemlich im Dunkeln. Es sei denn …"

„… es geschieht ein neuer Mord? Und er macht einen Fehler?" Ein neuer Mord? Ich hätte eher an die Mitarbeit der Münsteraner gedacht. Das konnte Tietze doch im Ernst nicht wollen! War das ein makabrer Spaß? Aber sein Gesicht blieb ernst.

Ich nahm das nächste Knöchelchen auf. „Das darf auf keinen Fall passieren! Noch ein Opfer? Denken Sie doch an die menschliche Tragödie. Und wie ständen wir vor der Öffentlichkeit da?"

Er trank einen Schluck Wein, sah mich dabei an, und seine Augen wurden schmal. „Wer sich in Gefahr begibt, kommt darin um."

„Was wollen Sie denn damit sagen?"

„Dass die Frauen vorsichtiger sein sollten! Wenn sie sich um die Warnungen der Polizei nicht scheren …"

„Ach, Sie wissen doch, wie das ist! So etwas geschieht immer nur anderen. Im Grunde denke ich auch so."

„Das sollten Sie aber nicht! Sie sollten auf sich aufpassen!"

„In Paderborn sind drei Frauen umgekommen, ohne dass der Täter einen Fehler gemacht hätte. Sehen Sie überhaupt Parallelen zwischen den beiden Tatorten?" Der Spielplatz! fuhr es mir durch den Kopf. Ich fragte ihn, ob es im Geißelschen Garten oder in der Paderanlage eine Sandkiste oder Turngeräte gebe.

Er wich meiner Frage aus. „Es gibt einen Spielplatz am Abdinghof. Mit einem Schiff, in dem man herumklettern kann."

„Und in den Paderanlagen?"

„Ich kenne nur diesen."

Also welche Parallelen dann? Die Paderborner Opfer waren Unternehmerinnen mit einem kontrollierbaren Arbeitsrhythmus, aber einer nur beschränkt überprüfbaren Kundschaft. Wann Barbara Freyling ihr Training gab, hatte ich zwar bisher nicht herausbekommen, weil das betreffende Gymnasium nicht in Münster lag, aber abends hatte sie zu geregelten Zeiten gearbeitet. Allerdings war sie nicht zur gewohnten Zeit nach Hause gegangen, sondern durch einen mysteriösen Anruf weggerufen worden. Ich dachte kurz an das Taxi, das Uli Moos gesehen hatte, aber um diese Zeit war sie wahrscheinlich schon tot gewesen. Der Gedanke, dass sie jemand in eine Falle gelockt hatte, wurde immer plausibler. Man hätte an zwei verschiedene Täter glauben können, wäre nicht die obszöne Geschichte mit der Zunge gewesen. Gegen die Vorstellung, dass gleich zwei Männer diesen perversen Einfall gehabt hatten, wehrte ich mich noch immer.

„Also ein Trittbrettfahrer, der Zugang zu Polizeiakten hat?"

Diesmal wischte Tietze sich die Finger an der Serviette ab. Ein eigenartiger Glanz war in seine Augen getreten. Vielleicht hatte er zuviel getrunken. Die Flasche war jedenfalls leer. Der Wirt kam zum Tisch und fragte, ob wir zufrieden seien, und als er sich abwandte, war auch der Glanz aus Tietzes Augen verschwunden.

„Und wie erklären Sie sich die undichte Stelle?" fragte ich.

„Das ist Ihr Problem. Gibt es unter Ihren Kollegen jemanden, dem Sie das zutrauen würden?"

„Ich wüsste nicht, wen."

Wir beendeten die Mahlzeit mit einem Espresso. Tietze schlug den Weg zur Pleistermühle vor und entlockte mir damit ein spontanes

Kompliment für seine ausgezeichnete Ortskenntnis. Dafür, dass er noch keine zwei Wochen in Münster wohnte! Er wehrte bescheiden ab. „Der Freund, der mir die Wohnung vermietet, hat mir eine Wanderkarte auf den Nachttisch gelegt."

Wir waren schon eine Weile in Richtung Warendorfer Straße unterwegs, der Hund immer ein Stück voraus, als er sagte: „Erzählen Sie von sich!" Es klang fast wie ein Befehl, und ich antwortete ihm, da sei nicht viel zu erzählen. Außerdem gebe es Leute, die nicht gern über sich redeten, und zu denen gehörte ich.

Als er daraufhin schwieg, fuhr ich fort: „Ich habe ein paar Jahre von meinem Mann getrennt gelebt. Falls Sie das tröstet."

„Wieso sollte mich das trösten? Jede Trennung hat ihre eigene Dramatik."

„Da haben Sie Recht."

„Warum haben Sie sich getrennt?"

„Aus beruflichen Gründen. Um in meiner Laufbahn weiter zu kommen, musste ich nach München ziehen. Aber mein Mann ist eine typische Landpflanze. Der Großstadtbetrieb macht ihn krank."

Ein kurzer Seitenblick traf mich, das Gefühl, ausgefragt zu werden, verschärfte sich. Ich beschloss, vorsichtig zu sein.

„Stimmt es, dass Sie in München bei der Sitte gearbeitet haben?"

„Das ist richtig."

„Das wäre der letzte Posten für mich!" Er schüttelte den Kopf, und in seinen Worten lag eine Überheblichkeit, die mich im Grunde nicht überraschte und trotzdem ärgerte.

„Erstens hat man nicht immer die Wahl, wenn man in einer bestimmten Stadt arbeiten will. Und zweitens habe ich im Umgang mit dem Rotlichtmilieu einiges gelernt."

„Was, zum Beispiel?"

Dass nicht alle Mädchen aus freien Stücken am Rinnstein stehen! dachte ich wütend. Wie viele kamen von ihren Zuhältern nicht mehr frei? Auf wie viele wartete ein gewalttätiger Ehemann? Wie wenige fanden den Weg zur Polizei, blau und grün geprügelt, weil sie nicht genug Geld reinbrachten, mit Aids infiziert oder schwanger waren? Tietze würde ich damit nicht beeindrucken. Aber was konnte ihn beeindrucken? Er nahm mir die Antwort ab.

„Vielleicht den neuesten Farbtrend der Nuttenwäsche?“ spottete er. „Oder dass Seepferdchen-Tattoos der letzte Schrei sind?“ Eine eigenartige Aggression beherrschte seine Stimme, und ich sagte, ohne meine Empörung zu verbergen: „Vielleicht sollten Sie sich daran erinnern, dass die Sitte nicht nur mit leichten Mädchen zu tun hat, sondern auch mit Opfern von Vergewaltigung und Misshandlung; mit Leuten also, die Hilfe dringend nötig haben.“

Darauf sagte er nichts. Wir gingen eine ganze Weile nebeneinander her, während Rollo, auf der Suche nach Karnickeln oder Wühlmäusen, an der Leine zerrte. Irgendwann tauchte die Pleistermühle auf. Das hohe Gebäude mit seinem kontrastreich geschichteten Profil aus weißem Sockel, rotem Backsteingemäuer und dunkelbraunem Giebel erinnerte an Fürst-Pückler-Eis. Sein gekräuseltes Abbild spiegelte sich malerisch in der Werse, bis ein Entenpärchen vorbeipaddelte und das Postkartenidyll in ein buntscheckiges Puzzle auflöste. Mein Blick wanderte über die Seerosen am Ufer und dabei fiel mir ein Mordfall ein, der zwei Jahre zurücklag. Die Leiche hatte sich in den Blättern verheddert. Tietze, mit einer Unbekümmertheit, als hätte er vergessen, dass wir uns vor zehn Minuten fast gestritten hätten, unterbrach meine Gedanken mit der Bemerkung, dass er, wäre er Krimiautor, hier seinen ersten Fall ansiedeln würde.

„Eine Wasserleiche?“

„Nein, lieber eine Leiche in einem Boot. Erschossen.“

„Eine weibliche? Unbekleidet?“

„Ein Mann im Nadelstreif“, korrigierte er. „Und zwar ein richtiges Ekel, korrupter Banker, Kunstfälscher, Geldwäscher …“

„Den Roman würde ich lesen. Aber wozu all die erfundenen Verbrechen, wenn es genug Kriminalität in der Wirklichkeit gibt?“

„In jedem Krimileser ruht eine schlafende Bestie“, behauptete er, „sonst würde er sich nicht so für dieses Genre interessieren. Der Roman hilft, sie unter Kontrolle zu halten. Das hat mal ein kluger Literaturwissenschaftler herausgefunden.“

„Und der heimliche Privatdetektiv, der angeblich in jedem Krimifan schlummert?“ fragte ich spöttisch.

„Der repräsentiert die zweite Seite der menschlichen Seele. Die Lust am Mörderischen ist die eine, die Suche nach Ordnung und Gerechtigkeit die andere. Wir sind doch alle zwiespältige Wesen.“

Während ich mir das durch den Kopf gehen ließ, fuhr er fort: „Wenn Sie Kriminalromane für überflüssig halten, weil die Wirklichkeit mörderisch genug ist, wozu dann all die erfundene Liebesdramatik, wenn es genug verkorkste Ehen gibt?"

„Es muss ja nicht immer schief gehen. Haben Sie Kinder?"

„Zwei. Die Tochter ist sieben, der Sohn vier. Ab und zu sehe ich sie. Aber es wird immer schwieriger, seitdem meine Ex-Frau wieder geheiratet hat."

Darauf gab es nicht viel zu erwidern. Wir machten uns auf den Rückweg. Ich hatte mir noch einen Besuch bei Max vorgenommen.

„Nehmen Sie den Hund mit ins Krankenhaus?" fragte Tietze.

„Nein, Rollo muss das Haus hüten."

Er lachte. „Gut gebrüllt, Löwe!" Das kam mir bekannt vor.

Max legte die Zeitung weg. Er trug eine Brille, die ich an ihm noch nicht kannte, und hatte inzwischen einen Zimmernachbarn bekommen; einen Jugendlichen mit Nasenring und Irokesenkamm, der sich mit geschlossenen Augen und einem Diskman gegen die weißen Wände und das keimfreie Krankenhauszubehör abschottete. Das gedämpfte „Wum-wum" seiner CD wirkte einschläfernd. Der Spaziergang hatte mich müde gemacht. Oder war es das Gespräch mit Tietze? Lückmann rieb sich die Augen. „Mann! Ist mir langweilig! Obwohl mir nach drei Zeitungsseiten immer noch schwindelig wird."

„Langeweile ist ein gutes Zeichen! Und die Brille steht dir!" Ich setzte mich, und da wenig Gefahr bestand, dass unser Gespräch mitgehört würde, redeten wir leise über den Fall Freyling und natürlich auch über Tietze, von dessen Existenz Max längst durch Hilly erfahren hatte. Ich wunderte mich über meine plötzliche schlechte Stimmung. Oder war es die Ernüchterung über unsere schleppenden Recherchen? Der Urlaub im Eimer und trotzdem keine Erfolgsmeldungen? Das unbehagliche Gefühl war einfach da!

„Der Chef ist ja ganz weg vor Begeisterung über diesen westfälischen Sherlock Holmes", sagte Lückmann spitz, „behauptet Hilly."

„Trotzdem kommen die Ermittlungen nicht einen Schritt weiter."

„So'n richtiger Eierkopf braucht Zeit zum Platzen."

„Jetzt hör' schon auf!"

„Hat er denn gar keine Einfälle?" Diesmal war er eifersüchtig, gar keine Frage.

„Doch! Vor allem den Einfall, dass es keine Parallelen zu Paderborn gibt. Er glaubt an einen Nachahmer aus unseren Reihen."

„Ist das nicht ziemlich voreilig?"

Ich zuckte die Schultern. „Außerdem …", ich überlegte, was ich von dem Gespräch erzählen sollte, und ob überhaupt. „Er hat ein gestörtes Verhältnis zu Spinnen und zu Prostituierten."

Max pfiff durch die Zähne. „Was für eine eigenartige Kombination!" Sein Zimmernachbar, der offenbar an einen Fehler auf seiner CD glaubte, öffnete überrascht die Augen.

„Und warum keine Parallelen zu den Fällen in Paderborn? Die liegen doch offen auf der Hand."

„So offen auch wieder nicht! Das Alter der Frauen stimmt, der Mordtag, die Todesursache und diese ekelhafte Geschichte mit der Zunge. Mehr haben wir nicht. Wir wissen weder, wer Freyling ins Krankenhaus bestellt hat noch wie ihr Freund heißt."

Da das Gesprächsthema uns beiden nicht gefiel und wir auch kein neues hatten, verabschiedete ich mich. Außerdem wurde das Abendessen für Max und seinen Nachbarn serviert, der sich beim Anblick des appetitlich aussehenden Tabletts die Stöpsel aus den Ohren holte. Ich zog mir gerade den Mantel an, als Lückmann sein Besteck wieder hinlegte und sagte: „Mach doch mal die Schranktür auf." Ich gehorchte, weil ich dachte, er wollte mir vielleicht Wäsche mitgeben. Jetzt, wo Kerstins Seesack bei Marion gelandet war, hatte ich Zeit und Platz zum Aufhängen und Bügeln.

Doch was ich in Augenhöhe vor mir fand, waren ganze Stapel penibel gefalteter Pyjamas, Stofftaschentücher und Handtücher.

„Nee, ganz oben!" Lückmann neigte sich weit über die Bettkante. Wie auf einem Flying Dutchman an der Wendetonne.

„Ach, du lieber Himmel!" entfuhr es mir amüsiert, als ich entdeckte, was sich auf dem obersten Brett des schmalen Spindes angesammelt hatte: Apfelkuchen in allen Variationen, gedeckt und glasiert, überstreuselt und gestürzt, der ganze Spind roch danach.

„Und jeden Tag kommt was dazu!" stöhnte Max. „Welcher Idiot hat denn in die Welt gesetzt, ich äße gerne Apfelkuchen? Tu mir den Gefallen, nimm was mit nach Hause. Deine Tochter ist doch da!"

Ich zögerte, aber er stöhnte weiter. „Dieser ganze süße Kram! Du weißt doch, meine Mutter backt jedes Wochenende. Sabine hat sich extra ein Rezeptbuch gekauft, und Hilly … Wenn ich statt dessen doch mal wieder ein ordentliches Sushi essen könnte!“

Ich musste lachen. „Sushi im Krankenhaus? Ich kann deine ausgefallenen Neigungen ja an der Pforte melden, aber verlass dich nicht allzu sehr darauf!“

Sein Gesicht blieb finster. „Wäre ich doch erst wieder zu Hause.“

„Warum fragst du nicht, ob du Ausgang bekommst? Du darfst doch wieder alles essen. Wenn ich mitgehe, haben sie sicher nichts gegen einen Spaziergang zum Otmar. Es müsste aber mittags sein.“

In seinen Augen flammte etwas auf, das ich dort vermisste, seitdem ich ihn zum ersten Mal in diesen weißen Wänden gesehen hatte. Optimismus, Lebensfreude oder, ganz einfach, die Aussicht auf ein knackig-klebriges Maki mit takuwan und wasabi, ein Sushi mit surimi und Lachsrogen oder was immer ihm vorschwebte.

„Ich frag’ gleich morgen, ob das geht!“ nickte er. „Ein bisschen frische Luft kann schließlich auch nicht schaden.“ Mit diesen rosigen Aussichten verabschiedeten wir uns endgültig.

Die Laterne neben unserer Haustür gab den Geist auf. Das Licht zuckte über die Rasenfläche und warf dunkle Schatten auf das Backsteinfachwerk des Erkers, in dem die bleiverglasten Fenster nur noch stumpfe, dunkle Romben bildeten. Während ich die Tür aufschloss, überlegte ich, wo wir unsere Ersatzbirnen aufbewahrten. Dies ist wirklich nicht mein Tag! dachte ich und spürte im selben Augenblick einen Windzug in der Diele, als stände ein Fenster offen. Ein Klirren folgte und sofort danach das klagende Maunzen von Red Butler. Und wo war Rollo? Ich zog meine Hand vom Lichtschalter zurück und horchte ins Halbdunkel. Ich hatte die Tür zum Wartezimmer nicht zugemacht, als ich den Hund aus seinem Stubenarrest befreite, und das nervöse Flackern der Gartenlampe fiel bis in die Diele.

Ich stand noch immer, horchte in die Dunkelheit der oberen Etagen und wusste, dass dieses Benehmen allen Empfehlungen der Kollegen vom Sicherheitsbüro widersprach, in denen es hieß: Licht machen, Lärm schlagen, Nachbarn alarmieren. Aber unser nächster Nachbar war die Werse, und die übernächsten wohnten einen Kilometer entfernt; eine schwerhörige alte Frau zur Linken und zur Rechten das Rentnerpärchen, das sich über unseren Hund beschwert hatte. Da half

Lärm schlagen wenig! Aber wozu hatten wir den Hund und eine Alarmanlage? Von beiden fühlte ich mich im Stich gelassen.

„Tap, tap, tap", meldeten sich auf der Treppe leise Geräusche, vor denen ich erschrocken zurückfuhr. Aber auch sie zögerten. „Tap, tap", kam es jetzt direkt auf mich zu. Dann huschte der Kater an mir vorbei und verschwand mit einem klagenden Laut durch die noch immer offenstehende Haustür in den Vorgarten.

Ganz ruhig! sagte ich mir. Vielleicht hat er in der Küche etwas umgestoßen und jetzt plagt ihn das schlechte Gewissen. Obwohl Red Butler nie etwas zerdepperte, sondern mit Samtpfoten darüber stieg, so zerbrechlich es sein mochte. War vom Frühstück etwas stehen geblieben? Die Butter hatte ich am Morgen verbraucht, Leberwurst aß ich nicht, und um Milch machte er einen Bogen. Wieder streifte mich ein Windzug. Ich schloss die Tür, der Windzug blieb.

Jetzt wurde es mir zu dumm. Ich zog die Schuhe aus und schlich nach oben, wobei ich den Stufenrand benutzte, wo das Holz nicht knarrte. Meine Pistole lag in der Nachttischschublade neben der Taschenlampe. Wenn ich beides hätte, würde ich mich besser fühlen.

Auf dem Treppenabsatz blieb ich stehen. „Klirr, Klirr", das Geräusch kam von weiter her. Die Schlafzimmerfenster warfen nichts als Tintenschwärze herein, es dauerte, bis sich meine Augen an die völlige Dunkelheit gewöhnt hatten. Ich schloss die Nachttischschublade auf, was ein leichtes Knirschen verursachte, dann fühlte ich das kühle Metall der Waffe und den wärmeren Kunststoffgriff der Taschenlampe. Ich entsicherte die Pistole und zuckte bei dem lauten Klicken zusammen, das die ganze Etage zu erfüllen schien. Im gleichen Moment erhob sich eine dunkle Masse vom Bett und eine raue, sehr vertraute Zunge fuhr mir durchs Gesicht.

„Rollo! Du Miststück!" Ich machte Licht. Der Hund, das verriet die unordentliche Kuhle, hatte den Abend auf unserem Bett verbracht; ein Platz, von dem er immer wieder mit unnachgiebiger Härte vertrieben werden musste. Neid und Eifersucht auf den alten Kater, der die Nacht vorher dort hatte liegen dürfen? Während ich meinen Kontrollgang durchs Haus beendete, blieb Rollo jedenfalls dicht an meiner Seite und sah mir mit ernster Miene zu, wie ich Lichter an- und wieder ausknipste und noch immer nach der Ursache des unerklärlichen Geräusches suchte. Erst auf dem Weg ins zweite Stockwerk kam ich drauf. Ich hatte, als ich Tietze die Mansarde zeigte, die Tür aufgelassen. Das

Oberlicht stand offen, die Gardine bauschte sich im Wind und unter der Deckenlampe schwankte das Mobile aus Tiffanyglas, das Marion für Kerstin von irgendeiner Auslandsreise mitgebracht hatte. „Klirr, klirr!“ Die großen, bleigefassten Glasplatten funkelten mich höhnisch an. Ich machte das Licht wieder aus und verriegelte die Tür.

In der Küche schloss ich das zweite Fenster, das den Durchzug verursacht hatte, legte die beiden Apfelkuchenstücke auf einen Teller und beschloss, ein Glas kellerkalten Cidre zu trinken. Wieder folgte Rollo mir schwanzwedelnd, als ich den Apfelwein aus dem Vorratsraum holte und natürlich auch eine Glühbirne. Ich wollte am nächsten Abend anständiges Licht im Garten haben.

Ich knabberte an dem Kuchen und rekapitulierte dabei mein Gespräch mit Tietze, dem „westfälischen Sherlock Holmes“. Wie böse Lückmann ausgesehen hatte, als er ihn so nannte. Aber war es nicht verständlich, dass er allmählich miesepetrig wurde, weil er auf unbestimmte Zeit ans Bett gefesselt blieb, während ein Paderborner Kollege unseren Fall zu lösen versuchte? Umso genialer schien mir jetzt meine Idee, ihn an einem der nächsten Mittage in einen warmen Mantel zu packen und ins Otmar zu bringen, wo er sich über den großen Sushi-Teller hermachen würde. Der asiatische Koch an der Sushi-Bar würde den Stammgast wiedererkennen und entsprechend begrüßen, und Max bekäme den Eindruck, dass es aufwärts ging. Ich fuhr aus meiner, ach so menschenfreundlichen, Gefühlsduselei auf, als ich wieder an Tietze dachte. Was für ein merkwürdiger, widersprüchlicher Mensch! Was war dran an dem dringenden Zahnarzttermin? Wie schnell kam man als Schmerzpatient an die Reihe? Und wozu dieses beinahe sexistische Rosenopfer auf Barbara Freylings Grab? Kannte er sie? Woher diese Verachtung für Prostituierte! Steckten persönliche Erfahrungen dahinter oder Verurteile? Was wussten wir überhaupt von ihm?

Plötzlich durchfuhr mich ein Gedanke, bei dem mir heiß und sofort wieder kalt wurde. *Was* hatte Tietze gesagt? Der letzte Schrei seien Seepferdchen-Tattoos? Wusste er, dass Barbara Freyling so etwas getragen hatte? Konnte er das überhaupt wissen, wenn er nicht am Tatort gewesen war? Wie verbreitet war dieses Motiv? Tietze verachtete Prostituierte, der Mörder, den wir suchten, brachte die Frauen wahrscheinlich um, weil er Angst vor ihnen hatte, sie hasste oder verachtete. Ich schob den Teller weg. Wurde die Tätowierung in den Protokollen erwähnt? In dem vorläufigen Bericht der Funkstreife? In dem endgültigen der Pathologen? Aber die Farbe war schon am Tatort so blass gewesen, dass man sie kaum erkannte.

Die einzige Möglichkeit, das zu klären, bestand darin, ins Büro zu fahren und nachzusehen. Jetzt gleich! Eine Weile saß ich am Tisch, im Zwiespalt zwischen meiner angeborenen Trägheit, die mir vorrechnete, wie spät es schon war und dass Tietze seine Bemerkung zufällig gemacht hatte, und meiner inneren Unruhe, die mir befahl, sofort zu klären, ob er mehr wusste, als er wissen konnte. Ein schneller Blick, und ich würde sicher sein, dass er diese Tattoo-Geschichte aus den Unterlagen kannte. Fünf Minuten später hatte ich vor meiner wachsenden Nervosität kapituliert.

Inzwischen war es fast elf, und das „Hochhaus“ des Präsidiums lag im Dunkeln. Licht brannte nur in dem flachen linken Gebäudeteil, wo die Kollegen vom Wachzimmer ihren Dienst taten. Zu so später Stunde war es üblich, dass man sich anmeldete, und so schellte ich an der Glastür. Wachtmeister Uwe Hölters öffnete, und als ich sein frisches, pausbäckiges Gesicht mit den stahlblauen Augen sah, war mir schon ein bisschen wohler. Immer wenn ich mit ihm zu tun hatte, wurde ich an ein Gedicht von Otto Ernst aus meiner Schulzeit erinnert, in dem wackere Küstenwachen – „hohes, hartes Friesengewächs“ – einen Matrosen aus Seenot retten. Die letzte Zeile lautet: „Sagt Mutter, ’s ist Uwe“.

Wir begrüßten uns gutgelaunt. In einer Viertelstunde würde ich Bescheid wissen und mich ähnlich fühlen wie jemand, der endlich aus einem schlechten Traum aufgewacht ist.

Im Büro knipste ich den Schalter an, wartete, bis die nervös flackernden Neonröhren störungsfreies Licht gaben, und zog den Aktenordner heraus. Das Protokoll der Funkstreife war gleich vorn abgeheftet, ich überflog den Text und fand kein Wort von einem Tattoo. Der Laborbericht befand sich im ersten Drittel, der Autopsiebefund etwa in der Mitte des inzwischen fingerbreiten Papierstapels, und auch hier … Ich blätterte weiter, auf der Suche nach anderen Aufzeichnungen über den Zustand der Leiche, in denen die Tätowierung vorkommen konnte. Auch jetzt fand ich nichts.

Ein feines, metallisches Schnurren schlich sich in meine Lektüre, dann hielt die Aufzugskabine mit leichtem Ruck auf unserem Stockwerk. Es folgten das gewohnte Geräusch der aufschnappenden Tür und Schritte über den Korridor. Es schien mir eine Ewigkeit, bis Tietze im offenen Türrahmen stand. Er lächelte.

„Hallo! Noch so spät bei der Arbeit?“ Sekundenlang hatte ich das Gefühl, in die kalten Augen eines Reptils zu blicken, dann bemerkte ich, dass er auf den Ordner runtersah. Ich klappte ihn zu, und als ich dann Tietzes Lächeln erwiderte, hatte ich wieder sein harmloses, äußerst wohlgestaltetes Gesicht vor mir.

„Ich vermisste plötzlich mein Halstuch“, sagte ich so locker wie möglich, während ich die Akte zurück in den Schrank schob. „Laura Biagiotti! Ich hänge sehr dran. Und ich hatte schon Sorge, dass ich es verloren hätte. Ja, und bei dieser Gelegenheit habe ich noch schnell eine Kleinigkeit nachgesehen.“ Klapp! Der Aktenschrank war zu. „Und was führt Sie hierher?“

„Ich war im Kino.“ Eine Erklärung, was er im Büro suchte, folgte nicht. Ich fragte ob er auch etwas vermisst habe.

„Nein!“ Wieder dieser Reptilblick. „Ich fuhr zufällig vorbei und sah Licht im Büro. Ich dachte, die Putzfrau hätte es angelassen.“

Zufällig? „Sie sind wohl einer von den ganz Gründlichen!“ Ich hatte nur noch einen Wunsch, weg aus diesem Zimmer.

„Gute Nacht!“ sagte ich, nahm den Lift, trug mich bei Hölters aus dem „Logbuch“ aus und fuhr nach Hause.

Im Lauf des Montagvormittags erreichten uns, als hätte halb Münster übers Wochenende düstere Alpträume oder hellsichtige Visionen gehabt, eine ganze Reihe von Hinweisen. Das heißt, ich bekam sie, denn nachdem Tietze bis kurz vor neun nicht im Büro erschienen war und ich den täglichen Gedankenaustausch mit Dr. Gross allein hinter mich gebracht hatte, kam Hilly mit der Nachricht, er säße wieder beim Zahnarzt.

Die Hinweise richteten sich gegen einen Mathematik-Nachhilfelehrer, der angeblich kleine Mädchen begrapschte, einen Briefträger, der Einschreibesendungen nur hinter der Wohnungstür aushändigte, einen Gasableser, der immer eine halbe Stunde brauchte, um die Uhr der attraktiven Nachbarin zu überprüfen, einen Hauslieferanten für Tiefkühlkost, der der schmächtigen alleinerziehenden Mutter von nebenan die kiloschweren und höllisch kalten Zehnerpacks bis in die weitabgelegene Kühltruhe schleppte. Und so weiter und so fort. Natürlich gaben auch der rosafarbene Trenchcoat, die blonden Haare der männlich aussehenden Frau und die Baskenmütze Anlass zu mehreren Anrufen, immer anonym und hauptsächlich von Frauen. Und man hörte unwillkürlich, während sie ihre Beobachtungen vom Stapel ließen, im Hintergrund die frisch gestärkten Gardinen rascheln, durch deren feinmaschiges Netz sie das unfeine Treiben nebenan oder gegenüber kontrollierten. Rosa Trenchcoats hatte es im Frühsommer bei Leffers im Sonderangebot gegeben, ob wir uns nicht mal bei den zuständigen Verkäuferinnen umhören wollten? Baskenmützen wurden bekanntlich gern von Franzosen getragen. Und was Männer mit blonden Pferdeschwänzen betraf … Obwohl es sich mit Sicherheit um eine Perücke handelte, weil sich der Täter ja sonst bei Tageslicht verdächtig gemacht hätte. Aber warum fragten wir nicht mal in einschlägigen Friseurläden oder Haarstudios? Geduldig notierte ich die Namen und Adressen dubioser Mitbürger, versprach, dass man der Sache nachgehen würde, dankte für die Hilfsbereitschaft und legte ernüchtert den Hörer zurück. Keine dieser Personen war als aktenkundig bekannt. Solange wir kein Phantombild veröffentlichten, bestand wenig Aussicht, dass Hinweise wie diese ins Schwarze trafen.

Wieder klingelte das Telefon, zur Abwechslung war es Max.

„Alles okay“, posaunte er unternehmungslustig in die Muschel, und ich musste ihn, nach der Hektik, die unser Büro in der letzten Stunde überschwemmt hatte, fragen, was denn nun so okay sei.

Das Sushi-Essen war genehmigt! Allerdings erst für Dienstag, weil an diesem Montag ein weiteres Elektroenzephalogramm eingeplant war. Ich freute mich aufrichtig mit ihm, und wir verabredeten uns für zwölf Uhr in der Eingangshalle der Klinik.

Kurz vor der Mittagspause, nachdem Tietze mit tupfergepolsterter Backe zur Tür reingeschneit war, machte ich mich auf zu meinem Termin bei unserer neuen Hauspsychologin, Frau Dr. Hoppe. Es ging um das vorläufige Profil des Promenadentäters.

Sie suchte eine ganze Weile auf ihrem vollgepackten Schreibtisch herum und schlug dann einen dünnen, roten Schnellhefter auf. Frisch promoviert, war sie von der Uni gleich zu uns gekommen; eine hochgewachsene, dunkelhaarige Frau mit leichtem Oberlippenflaum und Augenbrauen wie Ausrufungszeichen. Als „Flintenweib“ hatte Dr. Gross sie angeblich bezeichnet. Aus seinem Mund konnte das eigentlich nur als Kompliment gemeint sein.

Sie forderte mich auf, Platz zu nehmen. „Möchten Sie Kaffee?“

„Nein, danke!“

Das Gebräu, das sie daraufhin in die eigene Tasse goss, wirkte mörderisch schwarz. Sie schüttete zwei Löffel Zucker dazu.

„Nachdem ein zufriedenstellendes Phantombild bisher nicht zustande gekommen ist, gehen wir mal ganz generell von einem männlichen Täter aus.“

Ich nickte geduldig.

„Ein Mann, der massive Probleme mit Frauen hat.“ Auch das war keine Neuigkeit. Ich fragte nach seinem Alter. Sie tippte mit ihrem Bleistift auf einen Punkt ihres Arbeitspapiers. „Die obere Grenze setze ich bei Fünfundvierzig an.“

„Älter nicht?“

„Nein“, sagte sie streng. „Es handelt sich eher um einen verspielten Typ, der mental ein Kind geblieben ist.“

Wegen der herausgetrennten Zunge, die er auf so obszöne Weise einklemmt? hätte ich am liebsten gefragt. Statt dessen wandte ich ein: „Verspieltheit ist keine Eigenart von Kindern. Und wenn es sich um eine abartige Verspieltheit handelt, würden mich die Details interessieren.“

„Die Art, wie er die Kleidung des Opfers drapiert. Solche Drapierungen werden vor allem von Kindern geliebt. Haben Sie früher nie unter einem mit Decken verhängten Tisch gehockt? Oder in einem selbstgebastelten Zelt? Das ist sehr romantisch, aber diese Romantik verleitet auch zu unerlaubten Berührungen. Zu den sogenannten Doktorspielen, vor allem, wenn keine harmlosen Kinder dahinterstecken, sondern infantil gebliebene Kriminelle.“

Ich fragte nach der unteren Altersgrenze.

„Schwer zu sagen“, wieder klopfte der Bleistift. „Aber kaum jünger als achtzehn.“

Also eine beträchtliche Spanne. „Wie würden Sie seine gesellschaftliche Situation einschätzen?“

„Vermutlich Junggeselle.“ Ich konnte mir nicht helfen, aber irgendwie erinnerte mich diese Frau an die böse Fee aus einem alten Zeichentrickfilm. Wahrscheinlich hatte die Fee genauso mit ihrem Zauberstab herumgeklopft.

Ein Junggeselle also! Das war Lückmann auch.

„Oder geschieden. Oder getrennt lebend.“

„Okay“, nickte ich.

Aber dann rückte sie mit einem Punkt heraus, der mich hellhörig machte: „Dieser Mann liebt Raubtiere.“

„Ich nehme an, Sie denken nicht an Sodomie!“

Ihr Blick strafte mich für diese vorlaute Bemerkung. „Er ist fasziniert von ihnen“, korrigierte sie mich. „Er beobachtet sie und liest alles, was er zu diesem Thema bekommen kann.“

Ich lehnte mich zurück und überlegte. „Ein interessanter Ansatzpunkt. Wie sind Sie darauf gekommen?“

„Ich habe mir den Rücken der Opfer angesehen. Schrammen wie von einer Klaue! Er springt sie von hinten an, wie ein Raubtier. Haben Sie mal einen Löwen beobachtet, der eine Gazelle überfällt?“

Ich wollte einwenden, dass der Täter nach Schüllers Angaben Handschuhe trug und der Angriff aus dem Hinterhalt wahrscheinlich verhindern sollte, dass die Opfer sein Gesicht sahen. Für den Fall, dass das Verbrechen im letzten Augenblick verhindert wurde. Doch sie redete schon weiter.

„Wenn ich Ihnen einen Tipp geben darf, gehen Sie in den Zoo und achten Sie vor den Raubtierkäfigen auf einen Mann im angegebenen Alter, der sich die Tiere ungewöhnlich lange ansieht, vielleicht sogar Fotos macht. Es kann durchaus sein, dass er in Begleitung von Kindern ist, um nicht aufzufallen.“

„Ich werde sehen, was ich einrichten kann“, stimmte ich zu. „Glauben Sie an Probleme in der Kindheit? An Phobien?“

„Die gibt es sicher“, nickte sie. „Entweder hatte er eine überstarke Mutter oder eine, die in allem versagte. Das heißt, eine, die prügelte und strafte, oder eine, die sich selbst alles gefallen ließ. Die Angst oder Verachtung, die er für sie empfand, überträgt er heute auf fremde Frauen, deshalb quält und ermordet er sie.“ Das klang stark nach Fallstudien aus Universitätsseminaren.

„Haben Sie einen solchen Fall in der Realität erlebt?“

Zu meiner Überraschung nickte sie. „Bei den Recherchen für meine Doktorarbeit habe ich drei Monate in einer Anstalt für psychisch gestörte Rechtsbrecher hospitiert. Da gab es mehrere Fälle. Sie hatten alle das gleiche Problem. Das gestörte Verhältnis zur Mutter übertrug sich auf die Freundin oder Ehefrau, und als auch diese Beziehung kaputt war, mussten zufällige Passantinnen herhalten.“

„Ist Ihnen das Interesse für Raubtiere auch dort aufgefallen?“

„Bei einem Insassen“, antwortete sie. „Er zeichnete sehr gut, aber immer nur Raubtiere, in allen möglichen Positionen.“

„Gab es äußere Übereinstimmungen zwischen den Männern?“

„Nein. Und ihr Verhalten war absolut unauffällig.“

„In welcher Beziehung?“

„Ihr Verhalten gegenüber den übrigen Insassen. Sie waren freundlich, hilfsbereit, sorgfältig gekleidet und manche ausgesprochen intelligent. Das galt auch für ihren Umgang mit Nachbarn oder Kollegen, als sie noch auf freiem Fuß waren. Die Bestie in ihnen kam nur von Zeit zu Zeit zum Vorschein.“

„Ja“, sagte ich, „genau diese Unauffälligkeit macht unsere Suche so mühsam. Und so selten erfolgreich.“

- VI -

In dieser Nacht schlief ich traumlos, bis mich kurz vor sieben das Telefon aus dem Schlaf schellte. Der Himmel draußen konnte sich mal wieder nicht zwischen anthrazit und hellgrau entscheiden, zwischen hartnäckigem Hochnebel also und Dauerregen. Das war eine Spezialität des Nordens, an die ich mich auch nach fünf Jahren nicht gewöhnt hatte. In München gab es den Föhn, den spürte man tagelang vorher, er kam termingerecht, fiel wieder zusammen und machte die Wetterfühligen kratzbürstig und gereizt. Und wenn es regnete, dann gleich eine ganze Woche. Aber dass man abends ins Bett ging und nicht einmal wusste, was einen meteorologisch am nächsten Morgen erwartete …

Ich griff zum Hörer und hörte Hölters Stimme. „Entschuldigen Sie, Frau Züricher, aber …"

Verdammt, wir hatten es also nicht geschafft! Die Bestie hatte das Rennen gegen uns gewonnen. Und sie hatte ihr Konzept geändert; ein Montag mitten im Monat! „Wo?"

„Wieder auf der Promenade. Gleich beim Zwinger."

„Ich brauche eine halbe Stunde. Ist schon jemand da?"

„Die Kollegen von der Nachtstreife. Und die Spurensicherung ist unterwegs."

Ich parkte an der Justizvollzugsanstalt und bedauerte, kein telepathisches Talent zu besitzen, um dieses Ungeheuer mit einem Schlag hinter eins der vergitterten Fenster zu verwünschen. Dabei wusste ich nicht einmal, wie es aussah. Oder vielleicht doch? Ich schob den unbehaglichen Gedanken weg und ging durch buntes, raschelndes Laub am Aa-Ufer entlang zum Zwinger.

Das frühbarocke ehemalige Stadtgefängnis, ein im Krieg zerstörter, runder Backsteintorso, der mit seinen teils zugemauerten, teils offenen Fensterhöhlen gedrungen und unproportioniert wirkte, hatte nach jahrzehntelanger Vernachlässigung mit einer spektakulären Ton- und Lichtinstallation von Rebecca Horn – nasal dröhnende Hämmerchen und blaue Lichterzungen – den Weg zurück ins Repertoire der Münsteraner Sehenswürdigkeiten gefunden. Das war zwei Jahre her. Im Sommer war eine medienwirksame Dichterlesung um den Massenmörder Fritz Haarmann gegeben worden. Doch all diese Events hatten die zwielichtige Patina des Geländes eher verstärkt. Es blieb ein düsteres Zeugnis der Zerstörung. Und es war wohl kein Zufall, dass man keine Anstalten für eine Wiederinstandsetzung machte. Obwohl die Gegend, als markanter Abschnitt der stadtumschließenden Promenade, von Joggern und Radfahrern gern genutzt wurde, die angrenzenden Wohnbezirke als angenehm, wenn nicht sogar begehrt galten und das benachbarte Schulgebäude für zusätzliche Lebendigkeit sorgte.

Ein Streifenwagen sicherte das Gelände an der Neubrückenstraße ab, ein zweiter versperrte nach Norden hin die Ecke Kanal- und Zeppelinstraße. An der Rückseite des Zwingers lehnte Heinrich und legte einen neuen Film ein. Als er mich sah, nickte er wortlos zu dem dichten Gebüsch, das über eine hohe Mauer hinabwucherte zu dem schmalen Betonbett der Aa. Weiße, nummerierte Papptafeln markierten die Position der Leiche. Einsam lag sie dort. Ich ging in die Hocke und zog das Laken weg. Und obwohl ich ziemlich genau wusste, was ich vorfinden würde, war es auch diesmal ein unerwarteter Schock. Nicht wegen der durchschnittenen Kehle und des aufgeklappten, mit angetrocknetem Blut verklebten Halses. Die verrieten dieselbe Brutalität wie in unserem ersten Fall. Oder den Paderborner Fällen. Es war das Gesicht. Jemand hatte sie so verprügelt, dass die Unterlippe aufgeplatzt war und sich das linke Auge unter einem bereits ins Schwärzliche übergehenden Bluterguss völlig geschlossen hatte. Das rechte Auge war in blankem Entsetzen geöffnet. Seine sehr dunkle Iris und die leichte Gelbfärbung des Augapfels ließen ebenso auf eine Südländerin schließen wie das schwarze Haar. Und trotz der Misshandlungen sah man ihrem Gesicht an, dass sie sehr jung war, höchstens siebzehn, vielleicht auch erst vierzehn. Mein Blick wanderte über die zerfetzte Kleidung, und mich durchfuhr ein neuer Schrecken. Es gab keine eingeklemmte Zunge. Die schlanken Beine in den aufgerissenen Jeans waren leicht gespreizt … und völlig steif. Das Mädchen war mindestens acht Stunden tot, also seit ein Uhr. Vielleicht auch länger. Ich deckte die Leiche wieder zu.

Im gleichen Augenblick schob sich in meinen linken Blickwinkel ein weißer Überschuh, wie sie die Kollegen von der Spurensicherung am Tatort tragen. Ich hob den Blick. Schüller!

„Moin, Sieglinde!“

Ich löste mich aus der unbequemen Hocke. „Morgen! Das Wort ‚gut‘ erübrigt sich wohl. Habt ihr schon etwas gefunden?“

„Wieder dasselbe! Der Täter hatte Handschuhe. Und es gibt auch keine Fußabdrücke. Als wenn der Kerl auf den Händen liefe!“

Ich sah auf das Laken, auf die menschliche Tragödie, die sich unter diesen Buckeln und Vertiefungen abzeichnete. „Ansgar! Dies ist nicht unser Täter!“

Er fuhr sich über sein unrasiertes Kinn, die Meldung hatte ihn genauso aus dem Bett geholt wie mich. Dann nickte er zögernd.

„Er hat sie verprügelt, und die Sache mit der Zunge fehlt. Außerdem ist das Mädchen sehr jung. Was macht so eine mitten in der Nacht auf der Straße? Wer hat sie gefunden?“

„Er sitzt drinnen.“ Sein Blick streifte das Schulgebäude links von uns. „Der Hausmeister. Er wohnt im Erdgeschoss. Als er um sechs die Mülleimer an die Straße stellte, hat er im Gebüsch einen nackten Fuß entdeckt. War ganz schön fertig, der Kumpel!“

Der Mann, ein kleiner, sehniger Endfünfziger saß auf der Treppe im Schuleingang und rauchte. Ich setzte mich zu ihm.

„Ich nehme an, Sie haben meinem Kollegen schon alles erzählt.“ Er nickte dumpf. „Ist Ihnen inzwischen noch was eingefallen?“

„Nee!“ Er drückte die Kippe auf dem Terrazzoboden aus. „Aber so eine Brutalität ist mir noch nicht untergekommen. Nicht im schlimmsten Fernsehen.“

„Kannten Sie das Opfer?“

Jetzt hob er den Kopf. „Hätt’ ich das nicht längst gesagt? Wollen Sie mich für dumm verkaufen?“

„Natürlich nicht!“ Ich kannte diese Variante der Aggression. Der Schock war vorbei, jetzt waren die Bullen dran, die solche Verbrechen nicht verhinderten.

„Es hätte ja sein können. Eine Schülerin, zum Beispiel.“

„Ich hab’ sie noch nie gesehen.“

„Wann haben Sie gestern Abend Feierabend gemacht?“

„Das alles habe ich Ihrem Kollegen schon gesagt!“

„Fangen Sie immer so früh an zu arbeiten?“

Er schüttelte den Kopf. „Gestern hatten wir zum ersten Mal die Heizung an, aber in einigen Heizkörpern hatte sich Luft gesammelt. Bis zum Abend konnte ich nicht mehr alle entlüften. Also musste ich heute Morgen weitermachen.“

„Wann haben Sie denn nun Schluss gemacht?“

„Um halb acht“, das kam ohne langes Überlegen. „Ich wollte mir wenigstens die Nachrichten in Ruhe angucken.“

„Waren Sie später noch mal weg?“

„Ich gehe immer in meine Stammkneipe. Ich bin nicht verheiratet, wozu also abends alleine rumsitzen?“

„Wo liegt Ihre Kneipe?“

„In der Schlachthausstraße.“ Demnach hatte er die Promenade ziemlich bald verlassen. Trotzdem ließ ich nicht locker. Möglicherweise war er unser einziger Zeuge.

„Waren noch viele Leute unterwegs?“

„Ein paar sind um diese Zeit immer unterwegs.“

„Ist Ihnen vielleicht ein Pärchen aufgefallen?“

„Bin ich vielleicht ’n Spanner?“ Er griff wieder nach seiner Zigarettenschachtel.

Ich stand auf. „Danke! Könnte sein, dass wir Sie später noch mal brauchen.“ Damit ließ ich die Eingangstür hinter mir zufallen und kehrte zu den Kollegen zurück. Ich sah mir noch einmal das Gebüsch an und versuchte, mich an den besudelten Sockel der Droste-Hülshoff-Statue zu erinnern, an die beschmierten Kleidungsstücke. Ein paar der zugemauerten Fensteröffnungen trugen tintenblaue Graffiti. Rot war nirgendwo zu sehen.

„Habt ihr Papiere gefunden?“

Heinrich nickte. „Ansgar? Der Ausweis von dem Mädchen!“

Schüller hatte sich an einem der Simse hochgezogen und sah über den Rand der darüber liegenden Fensterhöhle ins Innere des Torsos. Jetzt wandte er sich um und zeigte auf eine versiegelte Klarsichthülle, die auf einem Mauervorsprung lag. Drinnen steckte eine Monatskarte der Stadtwerke Münster, ausgestellt auf den Namen Meral Remizgil. Als Adresse war eine der nach norddeutschen Städten benannten Straßen angegeben, in die der Hinterausgang des Hauptbahnhofs mündet.

Wir warteten, bis Dr. Robbing eintraf, um die Leiche zu untersuchen. Er hatte sich, wie immer, das Szenario eine ganze Weile aus größerer Entfernung angesehen und entfernte jetzt behutsam die Kleidung des Mädchens. Eine halbe Stunde später, als man sie in einem Zinksarg abtransportierte, fuhr ich ins Büro. Erst jetzt fiel mir auf, dass Tietze nicht vor Ort gewesen war. In Paderborn hatte man ihn immer als ersten informiert.

Seine bernsteinfarbenen Augen sahen mir schon vorwurfsvoll entgegen. „Ich habe von Frau Türmer erfahren, was passiert ist. Warum bin ich nicht verständigt worden?“

„Waren Sie vielleicht beim Joggen?“

Sekundenlang kämpften unsere Blicke miteinander. Offenbar spürte er, dass ich ihm misstraute. Wusste er auch weshalb?

Als er schwieg, fuhr ich ungerührt fort: „Außerdem ist es sinnvoller, wenn nur einer zum Tatort fährt und der andere im Büro das Telefon überwacht. Lückmann und ich haben das immer so gehandhabt. Die ersten, spontanen Anrufe sind manchmal sehr aufschlussreich, aber das muss ich Ihnen ja nicht erzählen.“

Seine Augen wurden schmal. „Trotzdem hätten die Kollegen von der Bereitschaft mich informieren müssen!“

„Sie haben es bestimmt versucht. Oder sie wussten, dass Sie gestern wegen starker Zahnschmerzen nach Hause gegangen sind.“

„Soll das ein Vorwurf sein?“ fragte er scharf.

„Nein, eine Feststellung! Unsere Freunde vom Wachzimmer sind sehr rücksichtsvoll. Das weiß ich aus eigener Erfahrung.“

„Dann sagen Sie mir“, er unterdrückte seinen Ärger nur mit Mühe, „wie ich mich, nach Ihrer Meinung, jetzt nützlich machen kann.“ Ich zog den Zettel mit Namen und Adresse der Toten aus der Tasche. „Könnten Sie bitte diese Personalien überprüfen?“

Er warf einen kurzen Blick darauf. „Das Opfer?“

„Ein junges Mädchen“, sagte ich schon in der offenen Tür, „zuerst brutal zusammengeschlagen und dann ermordet. Ich gehe kurz in den Waschraum und mache mich etwas zurecht. Der Anruf hat mich direkt aus dem Bett geholt. Ich hatte gerade Zeit zum Duschen.“

In der Damentoilette legte ich Make-up auf und dachte über Tietze nach. Ich rechnete ihn zu jenen Männern, die Frauen mit einem einzigen Blick ausziehen und im selben Atemzug behaupten, von ihnen provoziert worden zu sein. Ich kannte dieses Kaliber aus dem Gerichtssaal, von Verhandlungen über Sexualdelikte. So mancher Gutachter oder Anwalt vertrat völlig hemmungslos die Meinung, die belästigten Frauen hätten es nicht besser verdient. „Warum malen die sich so an?“ hatte allen Ernstes mal ein Verteidiger gefragt und damit für große Heiterkeit gesorgt. „In der Natur sind die Weibchen doch auch viel unscheinbarer als die Männchen?“ Ich streckte meinem Spiegelbild die Zunge raus, packte die Schminksachen zusammen und ging rauf ins Labor. Heinrich hängte gerade die frisch entwickelten Fotos zum Trocknen auf.

„Irgendwelche Ergebnisse?“

„Wahrscheinlich hast du Recht“, sagte er, ohne seine Arbeit zu unterbrechen. „Wir haben es mit einem neuen Täter zu tun. Aber Sicherheit kriegen wir erst, wenn der Autopsiebefund fertig ist.“

Ich nickte. „Am wichtigsten scheint mir die Todeszeit. Aber ich rechne auch mit Abweichungen bei der Schnittwunde.“

Ich sah mir die Nahaufnahmen der Kehle an. Feinere Abweichungen würde mir erst Dr. Gersmann zeigen können. Und wenn nicht? Wenn auch dieses Opfer mit einer Messerklinge getötet worden war, die sowohl glatt als auch gezähnt war? In diesem Moment fiel mir meine Begegnung mit Tietze am Sonntagabend im Büro ein.

„Könnt ihr euch bei der Toten von der Kreuzschanze an eine Hautmalerei unterhalb des Busens erinnern?“

Heinrich und Schüller schienen überrascht. „Meinst du Tattoos?“ Nein, sie hatten beide nichts bemerkt. „Warum fragst du?“

„Sie hatte eins, aber ich bin mir nicht mehr sicher, was. Irgendein Meerestier; Delphin, Seestern oder Seepferdchen.“

„Ist es wichtig?“ wollte Heinrich wissen.

Ich zögerte. Nein, ich würde ihnen nichts über Tietze erzählen. Er besuchte ein Mordopfer auf dem Friedhof? „Na und?“ hätten die beiden gefragt, „du warst ja auch bei der Beerdigung.“ Er redete von dem Tattoo, das die Ermordete getragen hatte? Wie häufig war dieses Motiv? Und wenn es nur selten vorkam, konnte es sich immer noch um einen Zufall handeln.

„Nein, es ist nicht wichtig“, sagte ich. „Wann bekommen wir euren Bericht?“ Jawohl, wir: Tietze und ich! Gemeinsam würden wir ihn lesen und gemeinsam eine Strategie entwickeln, die von einem neuen Täter ausging. Ich zwang mich, nur noch an sein angenehmes Gesicht zu denken, seine sympathische Stimme und seine Einsatzbereitschaft. Und jetzt war ich wieder ganz ruhig.

Schüller zuckte die Achseln. „Zwei, drei Tage wird es wohl dauern. Aber du brauchst nicht extra nachzufragen. Wir legen euch alle Unterlagen auf den Schreibtisch.“

Wenige Meter vor unserer Bürotür sah ich Tietze aus der Herrentoilette neben dem Lift kommen. Ging mich das etwas an? Er bemerkte mich nicht, betrat wenige Sekunden nach mir den Raum und schob hastig einen Gegenstand in seine Schrankhälfte.

„Das Fax vom Einwohnermeldeamt liegt auf dem Tisch."

„Danke!" Ich sah ihm ins Gesicht, er erwiderte meinen Blick und dabei hatte er absolut nichts Reptilartiges. Ich las das Fax. Zum Haushalt der Remizgils gehörten fünf Personen. Allerdings hätte ich mich in der türkischen Kultur besser auskennen müssen, um männliche und weibliche Namen unterscheiden zu können. Ich vermutete die Eltern und außer Meral zwei weitere Kinder.

Wieder wanderte mein Blick zu Tietze. „Okay, dann fahre ich mal hin. Eine Vermisstenmeldung ist ja offensichtlich nicht gekommen. Oder?" Tietze verneinte.

Ich stand auf, griff nach meiner Tasche und zögerte. „Wenn die Eltern dieses Mädchens noch gar nicht wissen, was passiert ist …" Ich hatte Tragödien dieser Art oft genug erlebt, dieses fassungslose Entsetzen, diese hartnäckige Weigerung zu glauben, was man ihnen so schonend wie möglich mitzuteilen versuchte.

„Wenn Sie möchten, dass ich das übernehme …" Tietzes Gesicht wirkte plötzlich weich.

„Nein, das ist in Ordnung, ich mach' das schon." Ich sah auf die Uhr, viertel nach elf. Wahrscheinlich war Frau Remizgil mit den Vorbereitungen fürs Mittagessen beschäftigt, der Mann bei der Arbeit, die Kinder in der Schule. War es unfair, dass sie die Nachricht allein erfuhr, ohne Beistand von Verwandten? Aber wir mussten schnell sein. Die Familienverhältnisse, der Freundeskreis, der Arbeits- oder Schulplatz waren wichtige Anhaltspunkte. „Falls Dr. Gross nach mir fragt, sagen Sie ihm bitte, dass ich in etwa einer Stunde zurück bin." Tietze nickte.

Die Suche nach der Familie Remizgil endete auf dem dritten Treppenabsatz eines Mietshauses aus den Sechzigern, das von den verschiedensten Gerüchen erfüllt wurde: Kochdünste, Waschmaschinenlauge, Kohlenheizung. Drei identische Wohnungstüren, ein Kinderwagen vor der linken, eine Kokosmatte mit eingearbeitetem Scotchterrierbild vor der rechten, nichts vor der mittleren, hinter der Merals Familie wohnte. Ich läutete und die Stimme einer Frau fragte: „Wer ist denn da?" Sie öffnete, noch bevor ich antworten konnte. Wahrscheinlich hatte sie mich durch den Spion gesehen, und Frauen begegnete man meistens weniger misstrauisch.

„Frau Remizgil?“

Sie war klein, rundlich und sah wahrscheinlich bedeutend älter aus als sie war. Ihr kurzes, krauses Haar war jedenfalls von einem frischen Kastanienbraun. In ihre gleichfarbigen Augen war ein erwartungsvoller Ausdruck getreten, als rechnete sie mit einem erfreulichen Angebot, einer kostenlosen Probe oder einem bedeutenden Gewinn im letzten Preisausschreiben. Wenn es doch so gewesen wäre! Ich zog meinen Dienstausweis heraus, und der Schimmer in ihren Augen erlosch schlagartig. „Ja?“

„Kann ich Sie drinnen sprechen?“ Hinter der Tür mit der Kokosmatte wurde ein schabendes Geräusch laut. Entweder horchte dort jemand oder machte sich gerade zum Weggehen fertig. Bevor Frau Remizgil ihre eigene Tür hinter uns schloss, merkte ich mir die Namen neben den Klingelknöpfen. So skeptisch ich die telefonischen Hinweise aus der Bevölkerung entgegengenommen hatte, Beobachtungen aus der unmittelbaren Nachbarschaft konnten nützlich sein.

In der Diele blieben wir stehen. „Haben Sie eine Tochter, die Meral heißt?“

Sie nickte hastig. Ich fragte nach dem Alter.

„Siebzehn! Aber warum …?“

Statt einer Antwort gab ich ihr den Ausweis der Toten. „Ist das Ihre Tochter?“

„Ja! Woher haben Sie den?“

„Wir …“ begann ich und versuchte, ihren Augen standzuhalten, in denen Bestürzung aufflackerte. „Wir haben Ihre Tochter heute Morgen gefunden. Sie …“

„Nein!“ Ihre kleinen, rundlichen Hände fuhren zum Mund, wie um einen Schrei zurückzuhalten. „Aber sie ist nicht …“

„Doch, Frau Remizgil! Es tut mir sehr Leid, Ihre Tochter ist tot.“

Die Frau kippte so schnell weg, dass ich sie nicht halten konnte. Sie sackte auf die niedrige Holztruhe, die als Ablage diente. Ihr Kopf fiel gegen den Spiegel darüber und baumelte dann zur Seite. „Frau Remizgil, hören Sie mich?

Nur eins ihrer Augen öffnete sich, starrte mich an und erinnerte mich auf quälende Weise an ein anderes offenstehendes Auge, das ich an diesem Morgen gesehen hatte.

Sie zog sich mühsam in die Höhe, lehnte den Kopf wieder an den Spiegel und antwortete mit einem Ächzen, das nicht aus ihrem Brustkorb zu kommen schien, sondern von viel weiter her.

Die Küchentür stand offen. Ich holte ein Glas Wasser, das sie schluckweise und immer wieder von Stöhnen unterbrochen trank.

„Wie kann ich Ihren Mann erreichen?"

Sie murmelte etwas, das türkisch klang, offenbar war sie völlig durcheinander.

„Wann haben Sie Meral zum letzten Mal gesehen?"

Wieder Stöhnen. Ihr Kopf pendelte hin und her, und endlich öffnete sie auch das zweite Auge. „Gestern … Abend."

„Ist sie noch fortgegangen?"

„Sie wollte … zu ihrer Freundin … Dort schlafen …"

„Wo finde ich Ihren Mann? Ich hole ihn her." In diesem Augenblick läutete es. „Soll ich aufmachen?"

Sie nickte wie in Trance. Draußen stand ein älterer Mann in Hosenträgern und einem bunt karierten Hemd.

„Kann ich Frau Remizgil helfen? Ist was passiert?" Sein misstrauischer Blick wanderte an mir herab.

„Ich bin von der Polizei. Ich habe eine schlimme Nachricht für Remizgils. Wo kann ich den Mann erreichen?"

Er traute mir nicht, und ich musste ihm in seiner Vorsicht Recht geben. Das nächste Mal würde ich darauf bestehen, dass ein uniformierter Kollege mit mir ging. Wie oft schon hatten Lückmann und ich darüber geredet. Und dass es noch hilfreicher wäre, einen extra geschulten Psychologen mitzunehmen. Allerdings hoffte ich, dass es so schnell kein nächstes Mal geben würde.

„Er hat den Schnellimbiss an der Ecke", sagte der Mann.

Merals Vater legte das lange, schmale Messer, mit dem er gerade Döner-Burger für einen ganzen Pulk heimkehrender Schüler fertig machte, weg, als er hörte, dass er dringend zu Hause gebraucht wurde. Er riss sich die weiße Schürze herunter und kam mit. In der offenen Tür rief er dem jungen Mann, der mit ihm arbeitete, etwas zu, das ich nicht verstand.

„Ihr Sohn?" fragte ich, während wir im Eilschritt zur Wohnung zurückkehrten. Er verneinte.

Unterdessen hatte der Nachbar Frau Remizgil zu einem Sofa im Wohnzimmer gebracht. Als wir hereinkamen, entfernte er sich unauffällig, während die Frau ihren Mann mit einer Flut geschluchzter und geschrieener Worte überhäufte. Er setzte sich hastig und begann ihren Arm zu tätscheln, während sich auf seinem Gesicht der Ausdruck tiefsten Kummers ausbreitete. Aber es war auch Trotz dabei, als wollte er sagen: Ich kann doch nichts dafür.

Irgendwann sank Frau Remizgil erschöpft zurück, sie stöhnte und ächzte, und ihr Mann hörte nicht auf, ihren Arm zu streicheln, als wollte er seine Entschuldigung für diesen furchtbaren Vorfall einmassieren. Bisher hatte er noch kein einziges Wort gesagt.

„Was hatte Ihre Tochter gestern Abend vor?"

Er sah zu mir hoch. „Sie wollte zu ihrer Freundin."

„Wo wohnt diese Freundin?"

Er nannte ihren Namen und eine Hausnummer in der Windhorst-Straße. Von da bis zum Zwinger …?

„Geht Ihre Tochter ins Gymnasium?"

Nein, er korrigierte meinen Fehler nicht, statt dessen fand er selbst in die Vergangenheitsform, mühsam, aber konsequent.

„Sie … ging zur Berufsschule. Sie war Lehrling in einem Friseursalon." Der Salon lag an der Hammer Straße und ihre Berufsschule war die am Zwinger. Ich notierte mir die Namen, Adressen, Arbeits- und Unterrichtszeiten. Doch was in anderen Berufen Arbeitserleichterung sein mochte, wuchs sich in Mordfällen oft zur quälenden Routine aus. Weil man bei der Überprüfung der Daten häufig auf überraschende Gleichgültigkeit stieß, auf ein Achselzucken, das, wenn es nicht misstrauisch machte, doch nachdenklich stimmte. Sogar bei den nächsten Verwandten des Opfers konnte einem das blühen. Wer sich in Gefahr begibt, kommt darin um! Ich dachte an den jungen Mann in dem Schnellimbiss. „Sie haben noch mehr Kinder?"

„Zwei Söhne." Ein schneller Blick traf seine Frau, die mit geschlossenen Augen auf dem Sofa lag. „Sie sind in der Türkei, bei meinen Eltern. Erntearbeiten, Sie verstehen?"

„Seit wann sind sie dort?"

„Seit einer Woche", das kam ohne langes Nachdenken.

„Seit wann genau?"

„Seit Sonntag. Morgens um sechs sind sie abgefahren."

„Wie alt sind Ihre Söhne?"

Diesmal klang seine Antwort unwillig. „Zwanzig und zweiundzwanzig. Warum müssen Sie das wissen?"

„Ihre Tochter ist ermordet worden, Herr Remizgil. Sie werden sich noch einige Fragen gefallen lassen müssen. Sie wollen doch, dass wir den Täter finden!“

„Was möchten Sie wissen?“ Sichtlich eingeschüchtert streifte sein Blick wieder die Frau auf dem Sofa.

Seine Eltern lebten in der Nähe von Izmir. Er schrieb mir die Adresse und die Telefonnummer auf, während seine Frau wieder zu schluchzen begann.

„Hat Merals Chef heute Morgen nicht bei Ihnen nachgefragt, warum sie nicht zur Arbeit gekommen ist?“

„Ihr Chef ist eine Frau“, entgegnete Remizgil. „Und sie hat nicht angerufen. Vielleicht hat sie bei der Freundin nachgefragt?“

Eine Schulfreundin? Nein, das glaubte er nicht. Möglich, dass die beiden sich über die Lehrstelle kennen gelernt hatten.

„Heißt das, Sie haben keine Ahnung, wer sie ist?

Jetzt sah er mich überrascht an. „Wir haben uns immer auf unsere Tochter verlassen …“ Er brach ab und wich meinem Blick aus.

„Hat sie etwas von Kino oder Diskothek gesagt?“ Kopfschütteln. „Wann ist sie gestern Abend weggegangen?“

Er gab die Frage auf türkisch an seine Frau weiter und übersetzte ihre Antwort: „Gegen halb acht.“

Ich stand auf. „Ich muss das Zimmer Ihrer Tochter versiegeln. Das Klebeband dürfen Sie nicht entfernen. Ich komme morgen noch mal vorbei.“ Er nickte.

Auf dem Rückweg zum Präsidium vor die Wahl gestellt, entschied ich mich gegen den Friseursalon und für die Wohnung von Merals Freundin. Die meisten Friseure halten ihren Laden montags geschlossen, die Freundin war vielleicht die Letzte, die Meral lebend gesehen hatte.

Herr Remizgil hatte nicht nur die Hausnummer, sondern auch eine Wohnungsnummer genannt. Auf dem Klingelbrett des eleganten, aber steril wirkenden Hauses standen nur Zahlen, wie bei amerikanischen Apartmenthäusern. Ich läutete mehrfach, aber es machte niemand auf, auch in den angrenzenden Wohnungen nicht, was für eine berufstätige Hausgemeinschaft sprach. In meinem Drang, an diesem deprimierenden Tag doch noch irgendetwas in Erfahrung zu bringen, machte ich den kleinen Umweg zu Sabines Parfümerie. Die Sache mit den Seepferdchen-Tattoos war weiterhin ungeklärt.

Sabine, so erfuhr ich, machte gerade Mittagspause, was ins Konkrete übersetzt hieß, dass sie bei Max auf der Bettkante saß. Aber ihre Kollegin hatte Zeit für mich.

„Tattoos?“ Ihre perfekt gezupften Augenbrauen zogen sich in die Höhe. „So etwas führen wir nicht. Wir haben nur dies da!“ Sie griff nach einer offenen Pappschachtel, in der jene schmalen, dehnbaren Plastikbänder aufgereiht waren, von denen mir Kerstin mal eins abgeschwatzt hatte, nachdem Franz bei ihrer Ankündigung, sich tätowieren zu lassen, total ausgerastet war. Man trug sie um den Hals, ums Hand- oder Fußgelenk, für Bauch oder Brust gab es nichts.

„Das meine ich nicht! Kennen Sie sich in Hautmalereien aus?“

Sabines Kollegin schob die Schachtel zurück. „Versuchen Sie es mal in einem Tätowierungsstudio.“

Nach diesem letzten Feedback-Versuch blieb mir eigentlich nur noch die Raphaelsklinik. Dort saß Sabine, den Arm um Max’ Schulter. Würzige Wirsing- und Hackfleischschwaden hingen im Raum, trotzdem legte sich mir der Geruch auf den Magen. Sabines Blick kreuzte meinen mit erkennbarem Wohlwollen, Max wirkte kühl.

„Schade, dass du um zwölf nicht gekommen bist!“ Er zog sich an seinem Haltegriff etwas höher.

„Oh verflixt! Unsere Verabredung! Die habe ich ganz vergessen! Wir hatten heute Morgen den zweiten Fall.“

Er schluckte krampfhaft. „Wieder an der Promenade?“

„Am Zwinger“, bestätigte ich.

„Wieder nach dem Paderborner Muster?“

Ich sah hinüber zu dem Bett des jungen Mannes mit dem Irokesenkamm, es war leer. Aber auch Sabine durfte nicht alles hören. „Das kann ich noch nicht genau sagen.“ Lückmann begriff.

„Dass ich unsere Verabredung verschwitzt habe“, begann ich wieder. „Aber ich war fast dauernd unterwegs.“

„Jetzt lass doch!“ Er beugte sich vor, und wie bei einem alten Ehepaar klopfte Sabine ihm das Kissen auf. Die trotzige Einmütigkeit ihrer Bewegungen führte mir meine Vergesslichkeit umso drastischer vor Augen. Max hatte sich auf das Sushi-Essen gefreut, ich hätte wenigstens anrufen können! Doch er redete schon weiter. „Es gab Wirsingrouladen! Die kann eigentlich keiner so gut machen wie meine Mutter. Aber diese hier …“

Mein Blick streifte noch einmal das Nachbarbett. „Was ist mit ihm? Nach Hause gegangen?“

„Nach Hause?“ Aus Lückmanns Miene sprach stumme Verzweiflung. „Der ist gerade unterm Messer. War fix und fertig, der Junge.“ Darauf schwiegen wir alle, dann stand Sabine auf. „Ich muss los.“ Während sie ihren Mantel anzog, fragte ich sie nach der Häufigkeit von Seepferdchen-Tattoos. Obwohl mir die Angelegenheit allmählich auf den Wecker ging, wollte ich eine Antwort.

Auf Sabines Gesicht machte sich Ratlosigkeit breit, dann kam die Auskunft, die ich befürchtet hatte. „Also, ich habe ja schon viel gesehen, Herzchen, Anker. Aber ein Seepferdchen? Scheint mir ziemlich extravagant. Will deine Tochter sich so was zulegen?“ Als sie fort war, berichtete ich Max von den ersten Recherchen und versprach ihm, nach Dienstschluss mit mehr Details vorbeizukommen. Sein Abendessen wurde um sechs serviert und die Stunden bis zur gewohnten Schlafenszeit zogen sich wie Gummi.

Ins Büro zurückgekehrt, bat ich Tietze, den Weg zu Merals Friseursalon zu übernehmen. Dann packte ich zwei Tramezzini aus, die „Besten von ganz Münster“, Gersmann hatte mir die Quelle verraten, und während ich hungrig kaute, gab ich die spärlichen Ergebnisse dieses ersten Ermittlungstages in den Computer. Dann rief ich Marion an: Es würde später mit unserem Abendessen.

„Aber warum denn?“ fragte sie hörbar enttäuscht. „Gibt es Probleme mit deiner ‚Perle‘? Dann bring Rollo doch einfach mit.“ Meine „Perle“ hatte sich angeboten, den abendlichen Verdauungsspaziergang mit ihm zu übernehmen, wann immer es nötig war.

„Mit Frau Hilbich gibt es keine Probleme, aber es gibt einen neuen Mordfall.“

Sie zog den Atem so scharf ein, dass ich es durchs Telefon hören konnte. „Wieder eine Frau?“

„Ja.“

„An der Promenade?“ Sie war kein ängstlicher Typ, das wusste ich. Wenn meine Nachricht schon auf sie so bestürzend wirkte, wie reagierten dann erst weniger nervenstarke Münsteranerinnen, wenn sie am nächsten Morgen die Zeitung lasen?

„Aber du kommst heute Abend, ja?" Marion hatte sich wieder unter Kontrolle. „Ich habe extra ein Bett für dich bezogen. Und noch eins, du versprichst mir, dass du auf dich aufpasst."

Die Aussagen, die Tietze aus dem Friseursalon mitbrachte, waren unspektakulär, wenn man von der tiefen Bestürzung absah, die der Mord dort ausgelöst hatte. Das Mädchen war im letzten Ausbildungsjahr und galt als zuverlässig und motiviert. Umso mehr hatte man sich gewundert, als sie nicht zur Arbeit kam, allerdings keine Zeit gehabt, nach ihr zu fragen. Jetzt mussten wir alles tun, um die Freundin zu finden. Meral hatte bei ihr übernachten wollen. Da sie aber, nach Dr. Robbings vorläufiger Schätzung, zwischen acht und zehn Uhr abends ermordet worden war, hatten die beiden Mädchen ihre Pläne offenbar geändert. Aber warum war Meral zum Zwinger gegangen? Mit dieser Frage kam mir eine beunruhigende Idee. Ich stand auf. „Ich gehe noch mal kurz ins Labor." Tietze nickte, ohne von seiner Computertastatur aufzusehen. Um vier Uhr stand ihm eine weitere Zahnbehandlung bevor. Mir war noch immer nicht klar, ob ich ihn bedauern sollte.

Die Aufnahmen vom Tatort lagen auf Wagners Schreibtisch. Auf einer von ihnen war auch der Spielplatz am Neutor zu sehen.

„Habt ihr den Untergrund untersucht?"

Wagner nickte. „Wir haben nichts gefunden."

„Das heißt, der Sand war sauber?"

Seine Antwort war ein Grinsen, als stände er vor der Theke eines dubiosen Fischladens.

„Welche Anhaltspunkte haben wir dann eigentlich dafür, dass das Mädchen am Zwinger ermordet wurde? An der Kreuzschanze gab es Blutschmierereien und besudelte Kleidung."

„Die gab es hier nicht. Aber sind wir uns nicht darüber einig, dass wir es mit einem anderen Täter zu tun haben?"

„Vielleicht haben wir es auch mit einem anderen Tatort zu tun." Ich erzählte ihm von Antje Tüning, Merals Freundin. „Mal angenommen, Meral ist abends dort nicht erschienen, weil sie ihrem Mörder schon über den Weg gelaufen war. Hätte die Freundin nicht bei den Eltern nachgefragt, wo sie bleibt? Das hat sie nicht gemacht. Was ist dann überhaupt richtig an der Verabredung? Stimmt die Aussage, dass die Freundin an der Windhorststraße wohnt? Außer der Adresse wussten Remizgils wenig über sie."

„Damit wissen wir aber noch längst nicht, wo es passiert ist."

„Nein!" Ich sammelte die Fotos wieder ein. „Wir müssen die Freundin finden. Auf dem Heimweg läute ich noch mal bei ihr."

Diesmal, es war kurz vor sieben, öffnete wenigstens die Nachbarin. Sie reagierte ziemlich verwundert auf mein Vorhaben, mit jemandem von nebenan zu reden.

„Aber da wohnt niemand!" Die Frau, auch sie in der Trendfarbe Ebereschenrot getönt, zog intensiv an ihrem Zigarillo. „Na, irgendwem wird sie schon gehören. Aber rein- und rausgehen tut eigentlich nie jemand."

„Auch niemand, der gelegentlich saubermacht?"

„Keine Ahnung. Ich arbeite tagsüber. Worum geht's denn?"

„Angeblich hat gestern Abend hier ein junges Mädchen bei seiner Freundin übernachtet. Heute Morgen wurde sie tot an der Promenade gefunden. Und jetzt suchen wir die Freundin."

Ihre Gegenfrage hörte sich kühl an. „Sind Sie von der Polizei?" Ich zeigte ihr meinen Ausweis.

„Wie heißt die Freundin?" Ich nannte den Namen.

„Nie gehört. Die soll hier wohnen?" Heute hatte ich es nur mit sich hebenden Augenbrauen zu tun. „Wie alt war die andere?"

„Die Tote? Siebzehn, Lehrling im letzten Ausbildungsjahr."

Ihr in knackigen Jeans steckendes Hinterteil wippte gegen das Türblatt. „Wer hat Ihnen das mit der Freundin erzählt?"

Darauf antwortete ich nicht.

„Na, sehen Sie. Wahrscheinlich war's gar keine Freundin, sondern ein Kerl, mit dem sie zusammen war."

„Wie kommen Sie darauf?"

„Ist doch logisch, oder? Die Eltern durften nichts von der Sache wissen. Sie werden sehen, die Freundin, die Sie suchen, gibt es gar nicht." Damit ließ sie mich auf dem Treppenabsatz stehen.

Lückmanns Zimmernachbar lag noch im Aufwachraum. Trotzdem gingen wir auf den Flur. „An die frische Luft!" wie Max bemerkte. Angesichts der gedämpften Beleuchtung hätte er genauso gut von „Sonnenschein" reden können. Am ersten Fenster machten wir halt und sahen auf das dezent erhellte Mutterhaus der Clemens-

Schwestern. Ich erzählte Max alles, was ich wusste. Auch dass wir bei diesem zweiten Fall von einem neuen Täter ausgingen.

Er sah mich scharf an. „Und was sagt unser Kollege dazu?“ War dies der Moment, um mir Luft über Tietze zu machen? Wenn ich nicht endlich mit meinem Verdacht gegen ihn herausrückte, würde ich meine Unruhe niemals los. Ich ging die Argumente noch einmal durch. Hass auf Frauen? Auf die eigene Ex-Frau ganz bestimmt, aber welcher geschiedene Mann war schon gut auf seine Verflossene zu sprechen? Und wie begründet war diese Wut? Vielleicht hatte sie ihn betrogen.

Der Besuch am Grab? Die dunkelrote Rose? Und wenn Barbara Freyling ihn an jemanden erinnerte, den er gern gehabt hatte?

Und sonst? Da war nichts, absolut nichts! Ich versuchte mir auszumalen, wie sich dieses Gespräch mit dem „Pinguin“ abgewickelt hätte, stellte mir seinen zunehmend skeptischeren Blick vor, seine schnell schwindende Aufmerksamkeit, die er mehr und mehr seiner Zigarre zugute kommen ließ, weil er meine Vermutungen für unbegründet hielt, für unprofessionell, für schwachsinnig …

Eine junge Nonne kam den Gang herunter. Auf gleicher Höhe sah sie kurz herüber, setzte ihren Weg aber fort.

„Der Tietze“, begann ich, „also irgendwie …“

Die Nonne hatte schon die Schwingtür zur Nachbarstation erreicht, als sie plötzlich zu stutzen schien, sich umdrehte und direkt auf uns zusteuerte. „Herr Lückmann?“ Max nickte.

„Würden Sie bitte aufs Zimmer gehen? Professor Brenner Bussmann ist noch im Haus und möchte gern mit Ihnen reden, in etwa zehn Minuten.“ Damit drehte sie ab, und wir waren wieder allein auf dem Flur, nur die Pendeltür wippte noch eine Weile ins Leere. Lückmanns Blick flackerte.

„Was will der Professor denn jetzt noch von mir? Der war doch heute Morgen schon zur Visite da. Da stimmt was nicht!“

„Vielleicht sind sie zu dem Ergebnis gekommen, dass sie dich in den nächsten Tagen nach Hause schicken können“, schlug ich vor.

„Nee, nee“, wehrte er ab. „Wahrscheinlich war das letzte EEG nicht in Ordnung. Der Brenner kommt doch nicht extra abends noch mal vorbei, um mir zu sagen, dass alles okay ist.“ Er wurde immer flatteriger. Ich begleitete ihn zur Zimmertür, holte meinen Mantel und versprach, ihn gleich am nächsten Morgen anzurufen. „Du wirst sehen, die Sache ist ganz harmlos."

„Im Krankenhaus ist grundsätzlich nichts harmlos", knurrte er.

- VII -

Auf dem ersten Absatz von Marions Treppenhaus roch es intensiv nach Knoblauch, ein Beweis, dass schwere Aromen nach unten sinken. Eine Etage höher stiegen mir fruchtige Orangen in die Nase und direkt vor ihrer Wohnung? Diese Entscheidung wurde mir abgenommen, weil sie mir die Tür aufmachten, bevor ich schellen konnte. Juhu! Die Hexe und ihr Zauberlehrling! An normalen Abenden wäre mir dieser Ringelpiez albern vorgekommen, aber dieser Tag hatte mich restlos verbraucht, ich war empfänglich für jeden Hokuspokus. Wie ein erwartungsvolles Kind am Heiligen Abend registrierte ich die glitterige Tischdekoration, das gedimmte Licht und die Gerüche, die aus der Küche hereinstrichen. Ich hatte meinen beiden Mittags-Tramezzini nichts mehr hinterhergeschickt.

Ich muss hungrig ausgesehen haben, denn wir setzten uns gleich zum Essen, und Marion entzündete feierlich die tomatenroten Schwimmkerzen, die in der Tischmitte standen, farblich passend nicht nur zur Decke, sondern auch zur Suppe. Sie hatte ihre schön gravierten Art Déco-Gläser aus dem Schrank geholt und das alte Besteck mit Monogramm, das ihrer Schwiegermutter gehört hatte. Marion liebte das Besondere, den „kleinen Aufwand", wie sie es nannte. Und so hieß der Raum, in dem wir saßen, auch nicht „Esszimmer" wie bei anderen Leuten, sofern sie über ein extra Esszimmer verfügten, sondern „Museumszimmer". Vor allem wegen der Arbeiten von Marions Mann: Pralle, rund polierte, eckige oder bizarr gezackte Gebilde aus Holz, Bronze oder Marmor, ein paar auf witzige Weise erotisch, die meisten aber so abstrakt, dass sie der Phantasie reichlich Nahrung gaben. Und jedes hatte seinen nach Licht und Perspektive sorgfältig ausgesuchten Platz. Außerdem probierte Marion hier Aquarelle aus. Sie wechselte regelmäßig, auch wenn das eine oder andere Stück nie den Weg in ihren Laden fand, weil sie sich „hineinverguckt" hatte. Sie musste nicht vom Bilderverkauf leben, sondern betrieb ihr Geschäft, um unter Menschen zu sein. Sie erzählte gern von ihrer Arbeit, aber ohne Wichtigtuerei, hatte oft sogar einen leisen Spott in der Stimme, als nähme sie sich selbst nicht ganz ernst. Deshalb kam man gut mit ihr aus. Sie war seit sieben Jahren Witwe und hatte ohne Verbitterung und Verknöcherung ihr Leben allein in den Griff bekommen. „Ich habe immer das machen dürfen, was mir gefiel", hatte sie einmal gesagt, „dafür muss man dankbar sein. Auch wenn ich keine Kinder habe und meinen Mann auch nicht mehr."

Sie war meinem Blick gefolgt und lächelte. „Wenn du willst, zeige ich dir nachher meine Neuerwerbung. Sie hängt im Atelier, wo Kerstin schläft. Bevor sie zu Bett geht, schauen wir es uns an."

Damit stand sie auf, wir sammelten die Suppentassen ein, und sie trug ihr berühmtes „Huhn in Orangensud" mit Pistazienreis auf, dessen Rezept sie hartnäckig unter Verschluss hielt. Alles was ich wusste war, dass der den Hühnerbrüstchen zugegossene Saft samt feingehackter Orangenschale bis zu einer fast krustigen Konsistenz eingekocht und dann mit Weißwein abgelöscht wurde. Aber die Kräuter, die das knisternde Aufleben der Soße begleiteten, verriet die Köchin nicht. Und während ich mich noch über das unvergleichliche Aroma beugte, Koriander, Zitronengras und Undefinierbares schnupperte, entkorkte sie den südfranzösischen Rosé.

„Damit du noch ein bisschen neidischer auf deinen Mann wirst", sagte sie mit gespielter Häme. „Wie geht's ihm denn so? Hast du Nachricht von ihm?"

„Am Freitagabend haben wir zum letzten Mal telefoniert. Er ist jeden Tag mit seinem Freund unterwegs und fotografiert. Hauptsächlich Flamingo-Kolonien, Wildpferde und Corrida-Stiere."

„Gott, wie langweilig!" stöhnte sie. „Komm doch im November mit nach Formentera. Da gibt es Malerkolonien, ein Komponist ist auch dabei, und es gibt jede Menge Spaß. Was wir nicht bieten können, sind durchschlafene Nächte. Da wird bis spät gequatscht und geklimpert." Ich versprach, mir die Sache zu überlegen.

Während wir aßen, berichtete sie, dass sie ihre Galerie am Nachmittag geschlossen hatte, um mit Kerstin in der Küche zu werkeln. Darüber waren die Hausaufgaben nicht fertig geworden. Der Deutschaufsatz fehlte noch. „Mein schönstes Erlebnis in der Landschulwoche!" Kerstin zog eine theaterreife Schnute.

„Na, irgendwas wird dir doch einfallen."

„Aber wenn wir doch gar nichts erlebt haben! Dass die Jungs im Nachbarzimmer die ganze Nacht Randale gemacht haben, darüber schreibe ich doch nicht. Das wäre ja hirnrissig!"

Ich sah ihre aufgebrachte Miene, hörte ihre maulende Stimme und hatte gleichzeitig Merals verprügeltes Gesicht vor mir, das halboffene rechte Auge, das zugeschwollene linke, den durchtrennten Hals, die zerrissene Kleidung … Wie mochten sich ihre Eltern an diesem Abend fühlen? Hatten sie Großeltern und Söhne in dem türkischen Dorf benachrichtigt? Ich empfand Mitleid, aber mit dem Nachdenken kam auch das Misstrauen. Warum hatten sie keine Fragen gestellt? Nach einem Tatverdächtigen? Und wo und wie die Tochter ums Leben gekommen war? Lag es nicht nahe, dass man danach fragte? Sie hatten sich verhalten wie Personen in einer antiken Tragödie, hatten rollengerecht ihr hartes Schicksal akzeptiert, als hätten sie es geahnt. Vielleicht wusste die Nachbarin in der Windhorststraße mehr, als sie sagte? Ein streng erzogenes türkisches Mädchen, das sich heimlich mit seinem Freund traf? Vielleicht auch noch mit einem nichtmuslimischen? In meinem Kopf bahnte sich etwas an, das wenig mit griechischen Tragödien zu tun hatte, dafür umso mehr mit einem handfesten modernen Drama. Als Nächstes würde ich die Identität von Antje Tüning überprüfen, die weitläufigeren Familienverhältnisse der Remizgils und den genauen Abfahrtstermin von Merals Brüdern.

„Ich hoffe, alle halten sich an unsere Abmachung, dass wir streiken.“ Kerstins trotzige Stimme unterbrach meine Gedanken.

„Ihr streikt?“ Ich sah, wie Marion in ihre Serviette prustete. „Wer hatte denn diese grandiose Idee?“

„Ich!“ Jetzt klang Kerstin selbstbewusst. „Sie haben mich zur Vorsitzenden des Streikkommittes gewählt. Weil ich finde, dass wir Schüler von unseren Lehrern sinnvolle Aufgaben verlangen können, statt irgendwelchen debilen Schrott. Die machen es sich leicht, und wir können uns mit ihren blödsinnigen Einfällen herumplagen.“ Sie redete sich in Fahrt. „Wenn es über ein Aufsatzthema nichts zu schreiben gibt, dann gibt es eben auch keine Aufsätze.“

„Da sieht ja nach einer richtigen Rebellion aus!“ sagte ich. „Aber was macht ihr, wenn es Streikbrecher gibt?“

„Das weiß ich auch nicht“, maulte sie. „Aber wenn alle geschlossen mitmachen, können sie uns nicht bestrafen.“

Wir räumten ab, Marion stellte Käse auf den Tisch und Kerstin verzog sich ins Bad. Ihr stand ein kämpferischer Tag bevor.

Nachdem Marion mir noch schnell ihr neues Objekt im Atelier gezeigt hatte – ein Portrait der Droste-Hülshoff, im Stil von Arcimboldo aus Früchten zusammengesetzt –, knabberten wir eine Weile an Käse und Trauben, dann brachte sie eine Flasche Grappa.

„Erzähl von deinem neuen Fall. Oder darfst du nicht reden?"

„Natürlich darf ich nicht reden! Aber ich weiß, dass ich mich auf dich verlassen kann." War dies endlich der Moment, um über Tietze zu sprechen? Marion besaß viel Menschenkenntnis und ein ausgewogenes Urteilsvermögen, war vertrauenswürdig und verschwiegen. Sie war eine Frau, und wir suchten einen Frauenmörder. Ich wehrte ab, als sie mir Grappa nachschenken wollte.

„Du musst doch nicht mehr nach Hause!" insistierte sie.

„Aber ich muss früh ins Büro!"

Sie setzte die Flasche zur Seite. „Also, kannst du nun über den neuen Fall reden oder nicht?"

„Es sieht nicht nach dem Serientäter aus."

„Also zwei Mörder?"

Ich stützte den Kopf in die Hände. „Ich habe eine schreckliche Ahnung."

„In der Zeitung haben sie bei dem ersten Fall vermutet, es könnte jemand sein, der Zugang zu Polizeiakten hat."

Ich nickte. Der Artikel hatte im Präsidium für erheblichen Wirbel gesorgt. Man befürchtete, dass jemand seine Schweigepflicht verletzt hatte. Fragte sich nur, wer. Ich lehnte mich zurück und sah Marion fest an: „Ich habe meinen Kollegen in Verdacht! Ich glaube, dass er einen der beiden Mörder kennt, wenn er nicht sogar …"

In ihre Augen trat ein so ungläubiges Staunen, dass ich meinen Irrtum bemerkte und schnell hinzufügte: „Doch nicht Lückmann! Du lieber Himmel, nein! Ich rede von seinem Stellvertreter."

Das Staunen wich der Angst. „Hast du Beweise?"

„Ich weiß nicht, wie ich es nennen soll", gab ich zu. „Wenn ich mir vorstelle, dass ich dieses Gespräch mit meinem Chef führen müsste! Er würde mich auslachen, weil er keine Beweise sieht."

„Was ist es dann?"

Ich zögerte. Immer, wenn ich allein darüber nachgedacht hatte, abends im dunklen Haus, tagsüber in unseren nüchternen vier Bürowänden, hatten sich die Verdachtsmomente so zwingend aufgedrängt. Jetzt, wo ich sie erklären sollte, erschienen sie banal.

„Er hat ein gestörtes Verhältnis zu Frauen", begann ich.

„Etwa auch zu dir?"

„Nur zu bestimmten Gruppen, dem Straßenstrich zum Beispiel."

„Ach ja!" Marion schien Verständnis für Tietze zu haben. „Könnte es sein, dass du in diesem Bereich hypersensibel reagierst? Weil du mit diesen Mädchen zu tun hattest? Für dich ist dieses Milieu selbstverständlicher als für den Normalbürger."

Als ich nicht antwortete, fuhr sie fort: „Es mag Psychologen geben, die die Prostitution für gerechtfertigt halten, sogar für notwendig. Aber wenn ich meinen Kundenkreis durchgehe, fallen mir einige ein, die anderer Meinung sein dürften. Und was nennst du ‚gestört'? Wird er nervös, wenn er mit Frauen zu tun hat?"

„Absolut nicht! Aber der Mann, den wir am Grab des Mordopfers gesehen haben, das war … er."

Sie sagte nichts, sah mich nur erschrocken an. Dann entspannte sich ihr Gesicht. „Vielleicht hat er sie gekannt?"

„Möglich. Aber warum sagt er unserem Chef nicht, dass er nach Lauheide fährt? Warum erzählt er, er hätte einen Zahnarzttermin? Und warum fährt er nicht in der Mittagspause?"

„Bist du deshalb noch mal zurückgelaufen?"

„Ja. Er war weg. Und auf dem Grab lag eine Rose. Es war fast ein Schock. Als wollte er sich lustig machen!"

„Sieglinde! Das siehst du wieder mal viel zu feministisch! Wenn sie hübsch war, hat sie ihm wahrscheinlich Leid getan. So brutal abgeschlachtet zu werden! Nimm die Sache doch mal von einer ganz anderen Seite: Dein Kollege hat Mitleid mit ihr!"

Diese Variante war mir nicht ganz fremd, sie gehörte zu meinen Selbstgesprächen im leeren Handorfer Haus, im sterilen Büro, in der Anonymität der quirligen Innenstadt.

„Mein Verdacht ist durch eine Bemerkung von ihm aufgekommen. Ich muss es der Reihe nach erklären. Es ist kompliziert, und im Grunde bin ich mir gar nicht sicher, ob ich Recht habe."

Sie nippte an ihrem Grappa, und ich begann. „Misstrauisch geworden bin ich, weil er ein Detail von der Leiche kennt, das er nicht kennen kann. Auf den Fotos ist es nicht zu sehen."

Ich rechnete mit einer Gegenfrage, aber sie sah mich nur erwartungsvoll an. „Er kam in unser Team, nachdem der Mord an der Kreuzschanze passiert war. Als Ersatz für Lückmann. Die Leiche", ich überlegte, was ich von Barbara Freyling erzählen durfte, ohne mich in Schwierigkeiten zu bringen. „Sie hatte in der Magengegend eine

Hautmalerei in der Form eines Seepferdchens. Allerdings sehr blass. Der Spurensicherung war sie nicht aufgefallen."

„Und?"

„Am letzten Sonntag lud Tietze mich zum Mittagessen ein. Er rief aus heiterem Himmel an und ich sagte zu, obwohl ich keine besondere Lust hatte. Später sind wir spazieren gegangen und da fing er an, mich auszuhorchen, zumindest hatte ich das Gefühl."

„Auszuhorchen?" unterbrach sie mich. „Worüber denn?"

„Über Lückmann. Irgendwann ging es auch um meine Arbeit in München, und da begann er, so aggressiv über Prostituierte zu reden, dass man sich unwillkürlich fragt, ob nur die üblichen Vorurteile dahinter stecken oder persönliche Erfahrungen. Wenn man allerdings bedenkt, dass er nie bei der Sitte gearbeitet hat …"

„Weißt du das so genau?"

„Hilly wusste es. Sie hatte seinen Personalbogen auf dem Chefschreibtisch liegen sehen und …" Jetzt war die Überlegung dran, wie viel ich über Hilly erzählen durfte, ohne sie in Schwierigkeiten zu bringen. „Sie interessiert sich für ihn." Marion grinste, aber dann wurde sie wieder ernst.

„Gut, dieser Tietze hat was gegen Nutten. Wie kommst du darauf, dass er mit dem Mord zu tun haben könnte? Oder war diese … wie heißt sie?"

„Sie arbeitete in einer Vinothek. Und dass sie auf den Strich ging, glaube ich nicht. Das Merkwürdige ist, dass Tietze im Zusammenhang mit Prostituierten ihr Tattoo erwähnt hat. Verstehst du?"

„Nein!" Marion schenkte sich Grappa nach.

„Er hatte ein solches Tattoo gesehen, er fand es ordinär oder abstoßend. Jedenfalls ordnete er es in unserem Gespräch dem Rotlichtmilieu zu, verstehst du jetzt? Ich hatte meine Arbeit im Sittendezernat damit gerechtfertigt, was immer es da zu rechtfertigen gibt, dass ich einiges gelernt hätte, und da wurde er aggressiv und fragte, was man dort schon lernen könne außer, dass das Seepferdchen derzeit das Lieblingstattoo der Nutten sei?"

Obwohl ich mich immer für trinkfest gehalten hatte – der Fingerhut voll Grappa wirkte. Ich sehnte mich nach meinem Bett in Marions Bügelzimmer. Aber Marion wirkte kein bisschen müde.

„Und dann?"

„Wahrscheinlich hat er die Hautmalerei nicht an einem dieser Mädchen gesehen, sondern an der Leiche. Aber in seinem Hass auf Frauen konnte er das nicht mehr so genau trennen."

Sie nickte zögernd. „Vielleicht solltest du tatsächlich mal nachprüfen, ob er die Frau gekannt hat."

„Hätte er uns das nicht gesagt? Aber ich könnte den Vinothekbesitzer fragen, ob er bei ihm war. Allerdings brauche ich ein Foto."

„Geh mit ihm hin! Lade ihn ein."

„Nein, das würde ihn nur misstrauisch machen. Er darf auf keinen Fall wissen, dass ich ihn verdächtige!"

„Hat er Familie?"

Ich berichtete von den Kindern und der Scheidung.

„Das alles hat er dir erzählt?"

„Gleich am ersten Tag und nicht nur mir. Hilly war dabei und eine Mitarbeiterin aus dem Labor."

„Und wenn du mal mit seiner Ex-Frau redest?"

„Daran habe ich auch schon gedacht, aber ich weiß nicht, ob mich das weiterbringt. So feindselig wie er über sie gesprochen hat, herrscht zwischen den beiden Kalter Krieg. Ich glaube nicht, dass sie über ihre frühere Ehe ausgefragt werden möchte."

„Wieso? Er hat doch auch über sie gesprochen."

„Und wenn sie nicht reden will, weil sie Angst vor ihm hat?"

„Manche Paare", widersprach Marion, „trennen sich und bleiben trotzdem Freunde."

„In einem solchen Fall würde sie erst recht nichts sagen, was ihm schaden könnte. Aber du hast Recht, ich sollte mich mit ihr in Verbindung setzen." Ich überlegte. Ein Anruf bei den Kollegen in Paderborn konnte mir weiterhelfen, und das dortige Telefonbuch. Und von der Art, wie sie reagierte, würde ich es abhängig machen, ob ich ihr Fragen stellte, die meinen Verdacht erhärten konnten, oder nur so tat, als suchten wir für ihn ein Abschiedsgeschenk.

„Dieses Seepferdchenmotiv", begann Marion wieder, „ist vielleicht gerade aktuell? Dann könnte die Sache Zufall sein."

„Bisher hat mir das niemand bestätigen können. Und die Motive wechseln doch schnell, oder?"

Sie zuckte die Schultern. „Soll ich meine Kunden fragen?"

„Auf keinen Fall! Die Sache bleibt unter uns!"

„Natürlich, klar! Aber was deinen Verdacht angeht …"

„Warum bringt er im Zusammenhang mit Prostituierten etwas ins Spiel, das mit Mord zu tun hat? Möglich, dass es reiner Zufall ist. Möglich, dass er den Täter kennt. Aber wenn er selbst ...?“ Ich dachte daran, wie gut Tietze sich in Münster zurechtfand, er hatte einen Freund in der Bahnhofstraße, kannte den Wirt vom „Ulmenhof“. Er war nicht das erste Mal hier.

Jetzt wirkte der Grappa auch bei Marion. Oder war es ihre angeregte Phantasie? Sie zog sich fröstelnd zusammen.

„Wir sollten schlafen gehen!“ mahnte ich.

„Und der Unfall deines Kollegen?“ fragte sie, während wir Grappa und Gläser in die Küche brachten. „Wisst ihr schon mehr?“ Das erinnerte mich an mein Versprechen, am nächsten Morgen bei Max anzurufen. Stand sein Wagen noch in der Polizeiwerkstatt oder schon auf dem Schrottplatz? Obwohl ich ein eher zweckmäßiges Verhältnis zu Autos hatte, empfand ich bei diesem Gedanken eine Wehmut, die mich selbst erstaunte.

Ich lag schon unter Marions apart gestreifter Bettwäsche, als ich wieder die Szene im Treppenhaus vor Augen hatte: Rollos aufgeregte Nase auf Tietzes Hose und Tietzes theatralischer Protest, als ich ihn fragte, ob er ein Haustier hielt. In der Werkstatt hatte man an einen Marder geglaubt. Ein Biologietest von Kerstin über die Marder- und Wieselartigen fiel mir ein. Sie hatte sich darüber gewundert, dass Frettchen, die domestizierte Albinoform des Iltis, in Stadthäusern gehalten wurden, um Mäuse zu vertreiben. „Die stinken doch!“ hatte sie protestiert. „Deshalb verarbeitet man ihre Felle auch nicht. Das hat uns die Frau Müller erzählt. Würden die auch im Geschäft noch stinken? Als Pelzmantel?“ Ich beschloss, Frau Dr. Hoppes Rat zu folgen und mir nicht nur die Großen Katzen anzusehen, sondern auch die Kleinen Räuber. Und mit etwas Glück würde ich einen kompetenten Pfleger finden.

Tietze saß schon am Schreibtisch, als ich zur Tür reinkam. Er hatte vorgeschlagen, die Stunden, die durch seine Zahnbehandlung verloren gingen, morgens früh nachzuholen. Und ich war spät dran; ein typischer Fehler, wenn man es nicht weit zum Dienst hat.

„Ihr Kollege hat gerade angerufen.“ Er sah mich nicht an, während er redete. „Der aus dem Krankenhaus.“

Ich griff zum Hörer, Lückmann war sofort in der Leitung. Ich beschloss, ihm das Reden zu überlassen. Falls er nach Hause durfte, musste Tietze das nicht unbedingt mitbekommen.

„Du hattest Recht." Die Stimme von Max klang aufgekratzt. „Am Freitag werde ich entlassen. Der Brenner ist tatsächlich deswegen vorbeigekommen. Ich musste ihm versprechen, dass ich die nächsten Wochen unter familiärer Bewachung bleibe."

„Also bei deiner Mutter?"

„Nehee!" Er lachte so hemmungslos, dass ich daraus schloss, er sei allein im Zimmer. „Das wäre der direkte Weg hierher zurück! Oder besser gleich nach Mariental! Was meine Mutter hier so alles aufgeführt hat! Am liebsten wäre sie in die Küche gerannt und hätte erzählt, was ich gern esse."

„Sie hat es gut gemeint."

„Kann sein", lenkte er ein. „Aber ich ziehe doch lieber zu Sabine. Außerdem macht sie den besseren Kaffee."

Darauf sagte ich nichts und prompt verstand Lückmann mein Schweigen falsch. „Aber ins Büro komme ich vorläufig nicht. Ich bin noch krank geschrieben."

„Schon gut, Max! Wir schaffen das, und ich halte dich auf dem Laufenden." Ich legte auf, weil es Zeit für unseren Termin beim „Pinguin" wurde. Tietze machte keine Anstalten mitzugehen. Wie beiläufig fragte er: „Wird Ihr Kollege entlassen?"

„Erst mal freut er sich über sein unauffälliges EEG. Und dann sehen die Ärzte weiter." Damit wollte ich gehen, aber er hielt mich mit der Neuigkeit zurück, dass die Wohnung in der Windhorststraße einem türkischen Teppichhändler namens Kerim Hermamet gehörte. Er besaß den großen Laden an der Neubrückenstraße. Auf dem Weg zum Zahnarzt war Tietze zum Amtsgericht gegangen und hatte im Grundbuch nachgesehen. Und dann im Einwohnermeldeamt nach Antje Tüning gefragt, leider erfolglos. Aber was war überhaupt noch richtig an diesem Wirrwarr von Namen und Adressen?

Als ich vom Lagebericht zurück war, blätterte ich im Telefonbuch und fand den Teppichhändler mit einer Anschrift in St. Mauritz. Die Wohnung an der Windhorststraße war nicht vermerkt. Plötzlich hatte ich die Stimme der Nachbarin im Ohr: Wahrscheinlich war's ein Kerl, mit dem sie zusammen war! Remizgils zu fragen, hatte wenig Zweck.

Ich traute ihnen nicht zu, dass sie die Unwahrheit sagten. Aber sagten sie auch alles, was sie wussten?

„Die Frau in der Nachbarwohnung meinte, die Ermordete hätte sich mit ihrem Freund getroffen und diese Antje Tüning erfunden, um ihre Eltern hinters Licht zu führen."

Tietzes Antwort war ein nachdenkliches Nicken. „Früher sprach man von konspirativen Wohnungen. Damit war zwar ein Unterschlupf der Roten Armee Fraktion gemeint, aber das bringt mich auf eine Idee. Vielleicht steckt bei dieser Türkin gar keine sexuelle Geschichte dahinter, sondern etwas Politisches? In dem Sinne, dass sie die Wohnung als Kontaktadresse benutzte."

Wumm! Das saß! Der Mann mit den langjährigen Erfahrungen! Auf eine Verbindung zu dem Kurdenproblem war ich bisher nicht gekommen! Ein Nachahmungstäter, der sich unseren Promenadenmord zunutze gemacht hatte, um eine persönliche politische Rechnung zu begleichen? Das lag im Bereich des Möglichen. Vor allem, da die obszöne Note fehlte und damit auch ein Zugriff auf unsere Akten unwahrscheinlich schien.

„Wenn die Obduktion schon gelaufen ist, wäre es wichtig zu wissen, ob sie Sperma gefunden haben." Tietze griff zum Hörer und ließ sich zu Dr. Busse durchstellen. Es gab einen kurzen Wortwechsel, dann legte er auf und sagte: „Sie sind gerade dabei. Im Spätnachmittag erfahren wir mehr."

Wir legten uns einen Plan für den Vormittag zurecht. Und da Tietze und sein Zahnarzt weiter an der Wurzelvereiterung herumlaborierten, übernahm ich die Fahrt zum Teppichhaus „Hermamet". Das war eine günstige Gelegenheit, bei den Kollegen von der Verkehrspolizei noch einmal das Protokoll über Lückmanns Unfall zu lesen und zu fragen, wo sich das Wrack inzwischen befand.

Das Teppichgeschäft gehörte nicht zu jenen Etablissements, die den Kunden durch einen permanenten Räumungsverkauf mit „fast geschenkter" Ware zu unüberlegten Käufen verleitete. Die Schaufenster waren frei von marktschreierischen Parolen und die Preise bewegten sich in realistischen Größenordnungen.

Ein junger, orientalisch aussehender Mann in blauem Maßanzug öffnete mir die Glastür. Ich fragte nach dem Inhaber.

„Der Chef ist heute nicht im Haus. Worum geht es denn?"

„Dann hätte ich gern seine Frau gesprochen“ sagte ich und ließ ihm fünf Sekunden Zeit, sich meinen Dienstausweis anzusehen. Sein Gesicht blieb cool. „Wenn Sie bitte mitkommen wollen!“

Er führte mich, unter einer langen Reihe schön ziselierter Messingampeln, an Wunderwerken menschlicher Knüpfkunst vorbei, die als Solitäre oder nachlässig übereinandergeworfen lagen. Kleine, leise diskutierende Gruppen umstanden oder umhockten sie, den Flor der Oberseite, die Dichte des Untergewebes prüfend. Ein Verkäufer trug gerade ein weiteres Exemplar heran und rollte es behände aus, in der offensichtlichen Überzeugung, dass auch dieses Stück seine Bewunderer finden würde.

Unser Weg endete in einem fensterlosen Räumchen, das nach dem riesigen Laden umso enger wirkte. Eine schwarzhaarige Frau um die Vierzig saß an einem schmalen Schreibtisch.

„Ich habe es heute Morgen in der Zeitung gelesen. Das arme Mädchen …! Was kann ich für Sie tun?“ Sie war keine Türkin, ihr Deutsch verriet einwandfrei die Münsterländerin.

„Woher wissen Sie, weshalb ich gekommen bin?“

Darauf gab sie keine Antwort.

„Kannten Sie die Tote?“

„Und woraus schließen Sie, dass ich sie kannte?“

„Sie haben eine Wohnung in der Windhorststraße?“

„Allerdings.“

„Meral Remizgil war in der Mordnacht dort mit einer Freundin verabredet.“

„Wie kommen Sie darauf?“

„Kennen Sie ein Mädchen, das Antje Tüning heißt?“

„Nie gehört.“

„Aber Sie kannten Meral.“

„So gut, wie man einen Friseurlehrling kennt“, gab sie achselzuckend zurück. „Sie hat mir die Haare gewaschen, die Hände manikürt, die Augenbrauen gezupft. Was soll diese Fragerei?“

„Sie hatte Ihre Adresse. Und an dem Abend vor dem Mord hat sie ihren Eltern gesagt, sie wolle bei einer Freundin übernachten. Und als Adresse Ihre Wohnung genannt.“

Sie lehnte sich zurück, begann mit dem Feuerzeug zu spielen, das auf dem Schreibtisch lag, und musterte mich spöttisch.

„Natürlich hatte sie meine Adresse. Sie steht in der Kundenkartei des Friseursalons."

„Obwohl Sie dort nicht wohnen?"

„Wir benutzen die Wohnung in erster Linie für Geschäftsfreunde oder Familienbesuch. Wie sollte das Mädchen dort übernachten, wenn es keinen Schlüssel hatte?"

„Und wenn Sie ihr den Schlüssel gegeben hätten?"

„Habe ich aber nicht!"

„Was für ein Mädchen war Meral?"

„Wie meinen Sie das?" Sie legte das Feuerzeug weg.

„War sie eher verschlossen oder ein Mensch, der viel redet, auf die Leute zugeht und schnell Kontakt findet?"

„*Ich* bin ein Mensch, der nicht viel redet", gab sie energisch zurück. „Wenn ich zum Friseur gehe, will ich gut bedient werden. Auf das übliche Bla-Bla über Urlaub, Wetter und den ganzen Tratsch kann ich verzichten. Fräulein Remizgil hielt sich daran."

„Hat sie mal von einem Freund erzählt?"

„Ich sagte Ihnen schon, ich wollte, dass sie ihre Arbeit ordentlich machte."

„Würden Sie mir bitte den Schlüssel zu dieser Wohnung geben?"

„Aber warum denn?"

„Weil wir überprüfen müssen, ob sie vor dem Mord dort gewesen ist. War Ihre Putzfrau inzwischen da?"

„Nein, sie kommt erst am Freitag. Aber …"

„Es tut mir Leid, und ich verstehe, dass Ihnen die Sache unangenehm ist, aber wir haben nun mal die Aussage von Merals Eltern."

Sie wollte etwas erwidern, aber ich fuhr schnell fort: „Wir rühren nichts an, wenn wir es nicht müssen. Wir nehmen nur Fingerabdrücke. Falls wir mit einem Durchsuchungsbefehl kämen, wäre das sehr viel unangenehmer für Sie."

Sie schüttelte den Kopf. „In was für eine Geschichte bin ich da geraten? Nur weil mein Friseurlehrling meine Adresse missbraucht, stehe ich unter Verdacht …"

„Niemand redet von Verdacht. Es geht darum, wo die Ermordete den letzten Abend verbracht hat."

Sie zog die Schreibtischschublade auf und gab mir ein Etui mit zwei Schlüsseln. „Wann bekomme ich sie wieder?"

„Wenn ich kurz telefonieren kann, sage ich es Ihnen."

Ich rief Schüller an und verabredete mich mit ihm an der Windhorststraße. Es war nicht die einzige Wohnungsüberprüfung dieses Tages. Am Nachmittag waren wir bei Remizgils angemeldet.

Die Wohnung, die Tietze „konspirativ" nannte, hatte auf den ersten Blick wenig Mysteriöses zu bieten, dafür war sie viel zu spärlich möbliert. Ein Allzweckraum mit einer Garderobenleiste auf der linken Seite und einer kahl wirkenden Küchenzeile auf der rechten. Ein halbhohes Metallregal mit einem bescheidenen Sortiment an Ess- und Kochgeschirr und ein kleiner, runder Tisch, den drei Klappstühle umstanden, machten sie komplett. Spüle und Herd waren unbenutzt, Kühlschrank und Abfalleimer leer, nirgendwo fanden wir auch nur eine Spur von Übernachtung oder Frühstück. Es gab ein kleines Bad, in dem ein trockener Duschvorhang und ein Stapel Handtücher auf Benutzer warteten, es gab einen Raum mit einem reich bestückten Bücherschrank, einer Kommode und einem Regal, in dem irgendwelcher Nippes abgestellt war. Es gab ein Sofa, einen Deckenfluter, einen Sessel.

Auch hier wirkte nichts benutzt, alles schien glattgezogen, zugedeckt, wie auf längere Abwesenheit eingerichtet. Und Tietzes Einfall, die Wohnung werde für politische Mitteilungen benutzt, wirkte eher unwahrscheinlich. Ich machte einen Schritt zurück, um die Decke des Bücherschranks zu inspizieren, und fuhr erschrocken herum. Ich war auf etwas Weiches getreten. Hinter mir wurde schmerzerfülltes Jaulen laut.

„Was machst du denn hier?"

Angelockt durch den Türspalt und die Menschenstimmen, hatte sich eine Siamkatze hereingeschlichen, ein mageres, ungepflegt wirkendes Tier, ein Opfer der allgemeinen Berufstätigkeit im Haus. Sie leckte sich die in Mitleidenschaft gezogene Pfote und begann dann, lautlos durch die Räume zu streichen, während Schüller weiter nach Fingerabdrücken suchte und ich die Kommodenschubladen herauszog. Unser Ergebnis blieb eindeutig, hier hatte sich seit Wochen niemand aufgehalten.

„Ein Bett scheint es sowieso nicht zu geben", knurrte Ansgar. „Wahrscheinlich sind die Geschäftsfreunde Japaner, die ihre Schlafmatten mitbringen."

„Vielleicht kann man auf dem Sofa schlafen", gab ich zurück. Das fehlende Bett störte mich wenig, da war eher die Zeit ein Problem, die wir mit unserem nutzlosen Stöbern verloren hatten.

„Bevor wir gehen, müssen wir die Katze rausschaffen, sonst gibt es Ärger", sagte ich, als Schüller anfing, seine Instrumente einzupacken. Ich fand das Tier vor dem Nippesregal. Es saß hoch aufgerichtet und unbeweglich wie Bastet, die ägyptische Katzengöttin, mit gerecktem Kopf und vibrierenden Nasenflügeln, als witterte sie etwas. Eine Maus? Aber eine lebendige hätte sie kreuz und quer durchs Zimmer gejagt und eine tote interessiert Katzen für gewöhnlich nicht mehr. Ich schnupperte ebenfalls, die Luft roch nach nichts, allenfalls etwas metallisch. Jetzt sah die Katze zu mir hoch und ihre eisblauen Augen verengten sich bis auf schmale Schlitze, wie bei Red Butler, wenn er in der Küche um Leckerbissen bettelte. Rohen Fisch oder frisches Fleisch! Ich streckte die Hand aus, und sie duckte sich und antwortete mit kämpferischem Fauchen, als ginge es darum, eine Beute zu verteidigen.

Der Gedanke durchfuhr mich wie ein Blitz. Mit einem Schritt war ich am Regal. Am Rahmen befanden sich kleine Eisenhaken, die in einem Schlitz einrasteten. Endlich löste sich der obere, schließlich auch der untere Haken und zwischen Rahmen und Rückwand bildete sich ein schmaler Spalt. Offenbar ließ sich das Möbel herausziehen oder um die eigene Achse drehen.

„Ansgar?" rief ich, „kommst du mal?"

Gemeinsam räumten wir den Nippes aus den Fächern, und als wir das Regal dann drehten, kam ein Lattenrost zum Vorschein. Wir klappten ihn nach unten, und was wir dann zu sehen bekamen, verschlug uns für ein paar Sekunden den Atem. Unter einer sorgfältig festgestopften, durchsichtigen Plane, lag eine mit großen, dunklen Flecken besudelte Matratze. Die Katze in ihrem Blutrausch machte einen Satz und begann, wie wild das Plastik abzuschnüffeln, während Schüller noch einmal die Latexhandschuhe hervorholte. Die Flecken hatten auf die Plane abgefärbt, demnach war die Matratze noch in feuchtem Zustand eingepackt worden. Vorsichtig zogen wir die Folie an einem Zipfel zurück, und jetzt schlug uns auch der metallisch-süßliche Geruch entgegen, den die Katze mit ihrer feinen Witterung sofort wahrgenommen hatte.

„Hast du Klebeband für die Wohnungstür dabei?"

Schüller nickte. Ich packte die fauchende Katze, was mir ein paar blutige Kratzer einbrachte, setzte sie auf die Fensterbank im Treppenhaus, und wir fuhren zu Frau Hermamet. Sie reagierte erfreut: „Ah, die Schlüssel!“ War sie wirklich so ahnungslos?

„Ich muss Sie leider bitten mitzukommen.“

Die Katze hockte wieder vor der Wohnung und jaulte, als wäre der größte Jagderfolg ihres entbehrungsreichen Daseins zu verteidigen. Kaum hatten wir aufgeschlossen, flitzte sie zum Schauplatz ihrer Eroberung. Frau Hermamet, so schien es zumindest, war bedeutend schlechter vorbereitet. Sie schlug die Hände vor den Mund. „Oh Gott! Was ist hier passiert?“

„Das wissen Sie wirklich nicht? Eine einzige Blutprobe, und wir können Ihnen sagen, was sich in diesem Zimmer abgespielt hat. Aber es wäre besser, die Information käme von Ihnen!“

Sie begann zu schluchzen. „Aber woher soll ich das denn wissen? Erklären Sie mir doch bitte …“

Schüller war in der Tür stehen geblieben, ich wartete neben der fleckigen Matratze, während Frau Hermamet sich weinend in den Sessel warf. „Sagen Sie mir doch endlich, was passiert ist.“

„Nein, die Antwort hätten wir gern von Ihnen: Ein Mord? Vielleicht eine Abtreibung? Oder beides? Und wenn nicht an Meral Remizgil, an wem dann? Die Wohnung gehört doch Ihnen!“ Ich wurde laut gegenüber dieser Frau in ihrem hübschen Chanel-Kostüm und der akkuraten Frisur, die angeblich keine Ahnung hatte. „Wer hat Zugang zu Ihrer Wohnung?“

Glücklicherweise kam sie nicht auf die Idee, ihren Anwalt anzurufen. Doch selbst dann hätte ich sie in dieser Wohnung eingeschlossen, bis er da war, oder ins Präsidium verfrachtet.

Sie richtete sich auf. „Ich weiß wirklich nichts!“

Ich warf einen Blick auf Schüller, auf die noch immer wie unter Drogeneinwirkung schnüffelnde Katze und verschränkte die Arme, um klar zu machen, dass wir viel Zeit hatten.

„Also gut“, begann Frau Hermamet schließlich, „Ende August, gleich nach unserem Urlaub, hatte ich einen Termin. Fräulein Remizgil wusch der Kundin nebenan die Haare und sagte plötzlich: ‚Ich lass das Shampoo kurz einwirken‘. Damit verschwand sie und ließ die Frau mit nassem Kopf sitzen, mitten im Durchzug und mit dem

Schnupfen, den sie offensichtlich hatte. Erst nach zwanzig Minuten kam sie zurück und begreiflicherweise beschwerte sich die Kundin, weil das ungewöhnlich und schädlich ist. Und bei einer Erkältung erst recht nicht angebracht. Aber Fräulein Remizgil beugte sich zu ihr und flüsterte: ‚Bitte sagen Sie der Chefin nichts! Ich habe mir den Magen verdorben, mir ist schlecht.'"

„War sie schwanger?"

Sie zögerte. „Ich hatte sie längere Zeit nicht gesehen. Sie kam mir fülliger vor. Sie wirkte insgesamt so verändert."

„Können Sie das genauer erklären?"

„Vor allem war sie überempfindlich. Als ich an der Kasse bezahlte, gab es noch mal Ärger. Jemand schimpfte, und sie brach in Tränen aus. Ich habe es gesehen, als ich ihr das Trinkgeld in die Kitteltasche steckte."

Eine Weile sagte niemand etwas, dann begann sie wieder: „Wenn sie schwanger war, verstehe ich nicht, warum sie sich mir nicht anvertrauen wollte. Ich hätte ihr helfen können."

„Und wie hätte diese Hilfe ausgesehen?"

„Nicht so, wie Sie glauben", entgegnete sie scharf. „Aber mein Mann ist auch Türke, allerdings sehr westlich orientiert und aufgeklärt. Wenn ich dagegen an seine Verwandtschaft zu Hause denke, und daran, dass Merals Eltern vielleicht auch so streng sind. Aber die jungen Leute haben doch ein Recht auf ihre Gefühle."

„Natürlich. Aber manche Muslime bleiben auch hier bei uns streng, vor allem wenn sie Töchter haben. Woraus schließen Sie, dass Merals Eltern streng sind? Musste sie auf der Straße ein Kopftuch tragen?"

„Nein, das glaube ich nicht. Aber eine sexuelle Beziehung zu einem jungen Mann hätten sie sicher nicht geduldet."

„Hat das Mädchen mal durchblicken lassen, dass sie und ihre Mutter in der Familie nicht viel zu sagen hätten?"

„Ach, das ist doch überall so. In der Türkei, meine ich."

„Wann waren Sie zum letzten Mal hier, in der Wohnung?"

„Das weiß ich nicht mehr. Vor unserem Urlaub."

„Haben Sie inzwischen hier Gäste untergebracht?"

„Anfang September hat uns ein Geschäftsfreund aus Istanbul besucht. Die Vorbereitungen hat meine Putzfrau erledigt."

„Hat sie ständig einen Schlüssel?"

„Ja, natürlich."

„Glauben Sie, dass Meral einen festen Freund hatte?“

„Keine Ahnung.“

Ich dachte an die Wohnungsdurchsuchung bei Remizgils. Vielleicht befand sich unter den Sachen des Mädchens ein Adressbuch oder so etwas wie ein Terminkalender, Briefe oder ein Tagebuch.

„Tut mir Leid, aber vorläufig muss die Wohnung verschlossen bleiben.“

Sie stand auf. „Hauptsache, ich habe damit nichts zu tun.“

Schüller und ich falteten die blutige Plane vorsichtig zusammen, verbannten die sich wild gebärdende Katze wieder ins Treppenhaus und versiegelten die Wohnung aufs neue.

Herr Remizgil ließ uns wortlos herein und zog sich dann ins Wohnzimmer zurück. Sein Gesicht hatte wie versteinert gewirkt. Seine Frau huschte aus der Küche herbei.

„Haben Sie Ihre Verwandten in der Türkei schon erreicht?“

Für einen Augenblick hatte ich den Eindruck, sie hätte mich nicht verstanden, aber sie antwortete hastig: „Ja, ja! Wir haben telefoniert! Sie sind alle sehr erschrocken.“

„Kommen Ihre Söhne zurück?“

„Wie meinen Sie?“ Sie schien noch immer verwirrt.

„Ich meine, kommen sie zur Beerdigung? Oder findet die Beerdigung in der Türkei statt?“

„Nein“, was immer das heißen mochte. Diese Frau in ihrer verhärmten, hilflosen Verzweiflung tat mir Leid, aber ihre Antworten waren wichtig. Die Art, wie engste Angehörige auf einen Mord reagierten, konnte ein entscheidender Anhaltspunkt sein. Nicht nur Interesselosigkeit und Gefühlsarmut schlugen einem da gelegentlich entgegen, sondern unerklärliche Berührungsängste und eine nur schwer nachvollziehbare Variante der Trauerarbeit.

„Sie … ja doch, sie kommen …“

„Wissen Sie schon, wann?“

„Morgen!“ Jetzt hatte sie sich offenbar wieder gefasst. „Ja, morgen, im Lauf des Tages.“ Es klang beinahe gebieterisch, als wäre sie selbst gerade zu diesem Beschluss gekommen.

„Was machen Ihre Söhne beruflich?“

„Wie?“

Schon wieder holte ich sie offenbar aus dem Alptraum zurück, der diese Frau seit dem Mord an ihrer Tochter verfolgte.

„Meine Söhne arbeiten in einem Reisebüro."

„Hier, in Münster?"

„Nein, in der Nähe von Osnabrück."

„Kommen die Großeltern auch?"

„Nein, die bleiben zu Hause. Die lange Fahrt, wissen Sie?"

Also waren die Söhne mit dem Auto gefahren. Zwei Reisekaufleute, die an der Quelle für Billigflüge saßen! Ich redete mir ein, dass die Großeltern einen ganzen Rattenschwanz an Naturalien, Elektroartikeln, Möbelstücken in Auftrag gegeben hatten, die nur im Auto transportiert werden konnten; das Misstrauen blieb.

Sie stellte sich in den offenen Türrahmen.

„Bitte, Frau Remizgil! Es wäre mir lieber, wenn Sie uns allein ließen!" Sie wollte einen Einwand machen, und ich fuhr fort: „Wir sehen uns nur das an, was von Interesse sein könnte." Da verschwand sie wie ein Schatten.

Merals Zimmer war klein, ein Schlauch mit einem einzigen Fenster zum Innenhof. Oder war das Wort Lichtschacht treffender? In dem engen Häuserkarree befanden sich viele schmutzig-staubige Glasquadrate mit derselben Aussicht: Weder Himmel noch Erde, sondern grauer Rauputz, rostige Regenrinnen, Fensterbretter, auf denen sich Taubenkot sammelte.

Schüller begann am Schreibtisch, ich an Bett und Nachttisch. Unter der Tagesdecke, einem bunt geblümten Stoffrest, verbargen sich poppig gemustertes Bettzeug und ein rosa Nachthemd, das sauber zusammengefaltet unter dem Kopfkissen vergeblich auf die nächste Nacht wartete. Unter der Matratze lagen ein Schonbezug und der Lattenrost. Nach diesem eher biederen Outfit erinnerten mich die Nachttischladen an jene extrem schmucklosen, aber exquisit sortierten Boutiquen, die ich nur aufsuchte, wenn Designerwäsche zu Schnäppchen-Preisen zu haben war.

Hier hatte ich so ziemlich alles vor mir, was ich mir selbst aus Kostengründen meist verkniff. Die Etikette kamen mir bekannt vor: Joop!, Cacharel, Passionata. Tief ausgeschnittene Bustiers, knappe BHs, spitzenbesetzte Slips und Tangas, Strumpfgürtel und Strümpfe, seidig-schwarz oder extravagant gemustert. Ziemlich gewagt für eine junge Muslimin, die mit familiärer Kontrolle rechnen musste. Da die

Sachen offen in der Lade lagen, wusste die Mutter wahrscheinlich davon und tolerierte es stillschweigend. „Mauerten“ sie und die Tochter gegen männliche Autorität? Ruinierte Meral sich, um ihrem Freund zu gefallen, oder warb da jemand mit Luxusgeschenken um ihre Zuneigung?

Im gleichen Augenblick wurde mir bewusst, dass wir schon wieder den rätselhaften Freund eines ermordeten Mädchens suchten. Ich war mir ziemlich sicher gewesen, dass es zwischen Barbara und Meral keine Verbindung gab, aber da hatte ich noch nichts von der Möglichkeit einer sexuellen Beziehung der jungen Türkin gewusst. Ob sie schwanger war, würde die Autopsie klären.

Unterdessen inspizierte Schüller den Kleiderschrank, in dem wieder normalbürgerlicher Alltag herrschte: Jeans und Blusen, Sweatshirts und Pullis, die erschwinglich aussahen. Ein weiterer Hinweis darauf, dass ihr die Dessous wahrscheinlich geschenkt worden waren, und zwar von jemandem, der sie gern darin betrachtete. Ich dachte an Wladimir Brandts Raubkosmetik und seine Messerwerfernummer. Die Person, die Meral beschenkt hatte, musste nicht unbedingt wohlhabend sein. Sie konnte sich, wie Wladimir, die Sachen ergaunert oder mit Schwarzgeld finanziert haben.

Gemeinsam blätterten wir die auf der Fensterbank gestapelten Modezeitschriften durch, dann eine Reihe von Taschenbüchern, nur um festzustellen, dass sich die Tote, wie viele ihres Alters, für Spielfilme interessiert und die Plots nachgelesen hatte. Sie besaß viele Schauspieler-Biographien und Sound-Track-CDs, die in einem Schuhkarton untergebracht waren. Ich sah die Hüllen durch, in der Hoffnung, dass das Mädchen dort ein Foto versteckt hatte, einen Brief, irgendetwas, das uns weiterbrachte. Erst bei der vorletzten hatte ich Erfolg; statt einer CD enthielt sie eine runde Folie mit rosafarbenen Pillen, einundzwanzig Stück, von denen etwa die Hälfte verbraucht war. Der Name des Medikaments klang nach Hormonen, vielleicht gegen Zyklusbeschwerden, unter denen immer mehr Mädchen litten. Aber warum hatte sie die Tabletten versteckt? Hatte sie die „Pille“ genommen? Und war trotzdem schwanger geworden? Ich steckte die Folie ein.

Schüller hatte alles aufgelistet. Jetzt sah er mich fragend an. „Das wär’s?“ Ich las, was er über den Schreibtischinhalt notiert hatte: Ein Taschenkalender der Stadtsparkasse Münster und ein Adressbuch, die wir mitnehmen würden, Schreibzeug, Briefpapier und ein Zeichenblock mit Frisur-Entwürfen, die Phantasie und Talent verrieten.

Unter der Schreibplatte befand sich eine Lade, die Schüllers Liste durch einen Diskman vervollständigte, eine Aktentasche und eine Schachtel mit Bürokrimskrams. Erst jetzt sah ich den Sammelrahmen an der Wand. Hinter den Aussparungen waren Fotos eingeklemmt: Die Eltern, zwei ähnlich aussehende junge Männer, in denen ich die Brüder vermutete, ein Mädchen und, in Nahaufnahme, das pralle Gesicht einer dicken, alten Frau neben dem stark zerfurchten, runzligen eines vergleichsweise schmächtig wirkenden Mannes, wahrscheinlich die Großeltern aus Izmir. Falls Meral ein Foto des Wäschesponsors besaß, mussten wir woanders suchen. Ich versuchte, mich an versteckte Fotos zu erinnern, die uns in Mordfällen weitergeholfen hatten, und dabei fiel mir eine Gerichtsvorladung ein, die in einem Bilderrahmen eingeklemmt gewesen war. Ich löste die Klammern des Sammelrahmens, die Fotos segelten auf den Schreibtisch, und dann war tatsächlich ein neues dazwischen. Es hatte nur Passbildgröße und zeigte einen noch sehr jungen Mann mit blonden Haaren und der Andeutung eines Kinnbärtchens. Die Rückseite war unbeschriftet.

„Sagst du drinnen Bescheid, dass wir fertig sind?“ Schüller schloss seinen Instrumentenkoffer und wartete im Flur.

Frau Remizgil saß am Esstisch, die Hände im Schoß, den Blick zum Fenster gerichtet. Ihr Mann war nirgendwo zu sehen. Ich zeigte ihr das Passbild. „Wer ist das?“

Sie reagierte verwundert: „Das weiß ich nicht. Den kenne ich nicht. Woher haben Sie das?“

„Wahrscheinlich ein harmloser Flirt.“

Darauf sagte sie nichts. Ich steckte das Foto ein und zog das Adressbuch heraus. Wir gingen die Namen durch, aber zu keinem konnte sie etwas sagen; Kolleginnen, Freundinnen … Sie zuckte die Schultern. Keine Antje Tüning, kein männlicher Bekannter.

„Wie verbrachte sie ihre Freizeit?“

„Sie hatte nicht viel Zeit. Der Beruf, die Schule …“

„Aber sie hat doch nicht jeden Abend zu Hause gesessen!“

„Nein“ entgegnete sie müde, „gelegentlich ging sie weg.“ Ihr offenkundiges Nichtwissen, oder war es Nichtwissen-Wollen?, passte nicht zu Frau Hermamets Bemerkung über die strengen Eltern. Aber es passte zum Inhalt der Nachttischladen.

„Ihre Tochter gab viel Geld für Wäsche aus."

„Ja", sagte sie, „das war mir gar nicht recht."

„Bekam sie vielleicht auch Sachen geschenkt?"

Jetzt sah sie mich an. „Sie hat immer behauptet, sie gekauft zu haben, Sonderangebote." Ich wusste, was selbst die noch kosteten. An der Tür drehte ich mich um. „War Meral mal beim Gynäkologen?"

Frau Remizgil hatte den Kopf in die Hände gestützt, jetzt fuhr sie hoch. „Warum sollte sie? Sie war doch noch so jung."

„Brauchte sie Tabletten gegen Zyklusstörungen?"

Sie sah zum Fenster und sagte schroff: „Ich weiß nicht, was die Polizei *das* angeht. Aber Meral hatte keine Zyklusstörungen."

„Ist Ihnen inzwischen ein Verdacht gekommen?"

„Nein!"

„Haben Sie Feinde? Hier, oder in der Türkei? Sind Sie mal bedroht worden?" Ich dachte wieder an Tietzes Vermutung, die Wohnung in der Windhorststraße werde für konspirative Zwecke gebraucht. Doch dann hätten wir Fingerabdrücke finden müssen. Am Türknauf, auf den Möbeln. Frau Remizgil schüttelte den Kopf.

Ich zog eine Visitenkarte heraus. „Wenn Ihnen noch etwas einfällt, rufen Sie mich bitte an!"

Während Schüller ins Labor fuhr, machte ich mich mit dem Passbild auf den Weg zum Friseursalon. Als ich an einer Apotheke vorbeikam, zeigte ich der jungen Frau hinter der Theke die Tabletten aus Merals Zimmer. „Können Sie mir sagen, was das ist?"

„Eine Antibabypille."

„Wird sie auch gegen Zyklusstörungen verschrieben?"

„Eine ‚Pille' und ein Mittel gegen Zyklusstörungen sind zwei verschiedene Dinge. Sie sind in der Zusammensetzung manchmal ähnlich. Beliebig austauschbar sind sie deshalb nicht."

„Dies hier soll also eine Schwangerschaft verhüten?"

„Genau." Sie legte die Tabletten wieder hin.

- VIII -

Die Inhaberin des Friseursalons „Marlene“ war eine große, sehr dünne Frau um die Fünfzig mit hellblond gefärbtem Kurzhaar. Sie warf einen knappen Blick auf das Passbild und erklärte, den jungen Mann noch nie gesehen zu haben.

„Wurde Fräulein Remizgil abends mal abgeholt?“

„Das kann ich Ihnen nicht sagen.“

„Bekam sie häufig Telefonanrufe?“

„Nein. Ich mache meinen Auszubildenden von Anfang an klar, dass Privates und Berufliches sauber zu trennen ist. Für das Privatleben ist der Feierabend da und das Wochenende.“ Ich sah mich kurz um, unter den Angestellten waren auch zwei junge Männer.

Die Friseuse warf wieder einen Blick auf das Foto. „Also, den habe ich hier ganz bestimmt noch nicht gesehen. Aber vom Alter her könnte es ein Jahrgangskollege von Meral sein. Warum fragen Sie nicht mal in der Berufsschule nach?“

Der junge Mann, so erfuhr ich kurz darauf im Schulsekretariat am Zwinger, hieß Frank Ballauf, war im gleichen Jahrgang wie Meral und Auszubildender in einer Tischlerei an der Kanalstraße. Antje Tüning hatte zum nächsthöheren Jahrgang gehört und die Schule Ende Juni abgeschlossen. Man gab mir eine Adresse in Dülmen. Aber ob sie dort noch wohnte? „Dies’ junge Volk muss ja so was von flexibel sein!“ Die ziemlich mollige Sekretärin zupfte an einem Laura-Biagiotti-Tuch, wie ich es am vergangenen Sonntag gern vermisst und wiedergefunden hätte, und beteuerte, wie entsetzt die Schulleitung über den Mord sei. „Sie finden die Bestie?“

„Dazu sind wir da!“

Eine halbe Stunde später saß ich Ballauf in seiner Werkstatt gegenüber. Er hatte von dem Mord in der Zeitung gelesen.

„Tut mir Leid, dass ich Ihnen ein paar Fragen stellen muss. Sie waren mit ihr befreundet?“

Soviel Mitgefühl hatte er offensichtlich nicht erwartet.

„Kommt drauf an, was Sie darunter verstehen.“

„Muss ich Ihnen das wirklich erklären?“

„Eigentlich war es vorbei zwischen uns. Und auch vorher …“

Dass er nicht schockierter auf den bestialischen Mord an seiner Mitschülerin reagierte, wunderte mich. Die Hiobsbotschaften über die verrohte deutsche Schuljugend hatte ich immer als übertrieben empfunden, solange man sie mit der US-amerikanischen verglich. Oder mit der Jugend in den französischen Vorstädten. Also gut, wenn er kein Mitgefühl wollte!

„Und wer von Ihnen hat Schluss gemacht? Sie oder Meral?"

„Ich glaube eher, ihre Eltern waren schuld. Andererseits …" Es dauerte, bis er weiterredete: „Man wusste bei ihr nie ganz genau, woran man war. Mal machte sie einen so richtig an, am nächsten Abend schlug sie einem auf die Finger. Und dann behauptete sie, ihre Eltern seien so streng." Er wippte nervös mit seiner linken Schuhspitze und sah an mir vorbei auf die Wand.

„Am Anfang dachte ich, sie wollte keine feste Freundschaft. Kino, Disko, Popkonzerte, das war okay, verstehen Sie? Aber dann kriegte ich den Eindruck, dass ihre Alten immer zopfiger wurden. Zuerst musste sie um zehn zu Hause sein, dann durfte sie überhaupt nicht mehr weg. Und schließlich machten die angeblich schon Terror, wenn ich nur vor ihrer Haustür auftauchte."

„Musste sie ein Kopftuch tragen?"

„Keine Ahnung. In der Schule hatte sie keins."

„Hat sie Ihnen erzählt, dass ihre Eltern streng wären?"

Er nickte. „Aber da war mir die Sache inzwischen schon zu blöd geworden. Sie abzuholen und wieder nach Hause zu bringen, für Karten Schlange zu stehen, nur um mir dann 'ne zickige Abfuhr zu holen, nee, also! Ich weiß, jetzt wo sie tot ist, sollte man nicht so von ihr reden. Aber ich war manchmal ganz schön sauer auf sie."

„Seit wann waren Sie miteinander befreundet?"

„Was heißt befreundet!", widersprach er gereizt.

„Also gut, nennen Sie es, wie Sie wollen."

„Seit dem Frühjahr."

„Und wenn hinter all dem gar nicht ihre Eltern steckten, sondern sie selbst?" Ich dachte wieder an die Wäsche im Nachttisch.

Er zuckte die Schultern. „Angeblich hatte ihr Vater damit gedroht, sie in die Türkei zu schicken und dort zu verheiraten. Aber ich glaube, das stimmt gar nicht." Wieder wippte die Schuhspitze. „Der Grund war, dass sie einen Typen kennen gelernt hatte."

„Wie kommen Sie darauf?"

„Sie war so anders, behandelte mich wie Luft, aber gegenüber den anderen Jungen war sie so … anmacherisch."

„Könnte dieser Typ jemand aus der Schule gewesen sein?"

Er schüttelte den Kopf. „Einmal habe ich gesehen, wie sie einer Freundin einen Kettenanhänger gezeigt hat."

„Was ist daran so ungewöhnlich?"

„Sie machte so ein Getue darum. Dabei war es nichts Besonderes."

„Können Sie das so genau beurteilen?"

„Von weitem sah es jedenfalls nach Klunker aus, aber wahrscheinlich war's trotzdem sehr teuer."

„Vielleicht ein Geschenk von der Verwandtschaft?"

„Und warum trug sie das Ding dann heimlich? Nachdem die Freundin es gesehen hatte, schob sie es zurück unter ihre Bluse."

„Was wäre denn Ihre Erklärung?"

„Sie hatte es von ihrem Lover bekommen."

„Wie heißt die Freundin, der sie es gezeigt hat?"

„Also, ich …" Er warf mir einen scheuen Blick zu.

„Hören Sie zu, das Mädchen hat das Recht, die Aussage zu verweigern, wenn es Angst hat. Sie können mir den Namen ruhig nennen. Wir zwingen niemanden zu reden." Als er noch immer zögerte, fuhr ich fort: „Sie wollen doch, dass der Mord aufgeklärt wird." Sein Gesichtsausdruck wurde hart.

„Wie heißt sie?"

„Antje Tüning. Aber sie ist fertig mit der Schule."

„Wann haben Sie wieder Unterricht?"

„Am Freitag." Aus seiner Miene sprach Misstrauen, und ich gab auf. Ich kannte diesen Gesichtsausdruck und wusste, dass ich Ballauf zu keiner weiteren Aussage bringen konnte.

„Danke. Und machen Sie sich keine Sorgen. Sie haben mir nichts gesagt, was nicht jeder andere auch erzählt hätte."

Lückmanns Wagen stand noch in der Präsidiumswerkstatt. Beim Anblick der verbeulten Karosserie und der zersplitterten Fensterscheiben zog sich mir die Kehle zusammen. Die Fahrerseite war völlig weggedrückt. Max hatte Glück gehabt. Aber mit Sicherheit war er auch zu schnell unterwegs gewesen. Bei den vorgeschriebenen fünfzig Stundenkilometern hätte das Wrack anders ausgesehen. Wut und Ärger waren noch nie gute Reisegefährten gewesen!

„Hat Ihre Überprüfung etwas Konkretes ergeben?"

Der Kollege kratzte sich am Kopf. „Na ja, Sie sehen ja selbst."

„Und die Bremsschläuche?"

„… waren durchtrennt. Ganz eindeutig."

„Glatt, wie ein Schnitt? Oder eher wie bei einem Biss?"

„Wie bei einem Biss."

„Morgen kommt Lückmann aus dem Krankenhaus", sagte ich. „Er kümmert sich dann um alles Weitere."

„Na dann, tschüss." Er zögerte und fuhr fort: „Wenn dieses Luder wenigstens das Zündkabel durchgebissen hätte … Dann wäre so etwas nicht passiert!"

Tietze war vom Zahnarzt zurück. „Die Sekretärin vom Busse hat angerufen. Vor etwa einer Stunde. Der Befund ist fertig, er möchte ihn gern mit uns durchsprechen. Ich habe gesagt, Sie wären noch unterwegs und es könnte später werden. War das in Ordnung?"

„Natürlich!" Ich setzte mich und spürte Dankbarkeit. Tietze hätte meine Abwesenheit ausnutzen und allein zur Gerichtsmedizin fahren können. Den Befund „absahnen", wie Lückmann das nannte. Die Zeit drängte, jede Information und war sie noch so klein, konnte uns den Durchbruch bringen. Aber Tietze hatte auf mich gewartet und dafür einen langen Büroabend in Kauf genommen.

„Also fahren wir. Oder braucht Schüller uns noch?"

„Der war auch kurz hier. Aber als er hörte, dass der Busse mit seiner Arbeit fertig ist, fand er es besser, morgen zu reden. Nur eins hat er schon gesagt: Die Flecken auf der Matratze waren auch beim zweiten Test identisch mit der Blutgruppe der Toten."

„Und welche Gruppe ist es?"

„Eine von den selteneren. Null negativ. Und nach dem Kell-System wurde ein Antigen k festgestellt."

Auf dem Weg zum Hof, wo die Dienstwagen standen, berichtete ich ihm von dem Passbild und meinem Gespräch mit Frank Ballauf. Und er teilte meine Meinung, dass der Mitschüler nur die Rolle eines „Strohmannes" gespielt habe, damit die junge Türkin ihren tatsächlichen Freund besser verheimlichen konnte.

Er öffnete die Beifahrertür. „Fahren Sie bitte! Ich habe ein starkes Schmerzmittel genommen."

„Wie haben Sie eigentlich so schnell einen Zahnarzt gefunden?" fragte ich, während wir auf den Friesenring einbogen.

„Mein Freund hat mir nicht nur Wanderkarten dagelassen, sondern auch ein großes Ärzteangebot. Leider war nur ein einziger Zahnarzt darunter."

„Sind Sie nicht zufrieden?"

„Absolut nicht! Er laboriert mir schon viel zu lange an dieser Wurzelgeschichte herum. Diese ewigen Nadelbehandlungen!"

„Warum wechseln Sie nicht?"

„Jetzt bin ich schon so lange dort."

„Aber empfehlen würden Sie ihn nicht?"

„Auf keinen Fall."

Ich überlegte. Wenn ich jetzt weiter nachhakte, würde es nach Kontrolle klingen. So, als ob ich ihm diese Behandlung gar nicht abnähme, und das durfte nicht sein. Also versuchte ich es anders.

„Was hat Ihren Freund eigentlich nach Münster verschlagen? Er ist auch aus Paderborn, nehme ich an?"

„Ein Schulfreund. Hat sich in Münster zum Heilpraktiker ausbilden lassen, eine Weile hier gearbeitet und ist im Frühjahr in eine Gemeinschaftspraxis im Ruhrgebiet eingestiegen."

Darauf fror unser Gespräch vorübergehend ein. Ich hätte ihn gern nach seiner Ex-Frau ausgefragt, aber da die Sache mit dem untalentierten Zahnarzt ihn nicht gerade in Feierabendstimmung gebracht hatte, musste ich vorsichtig sein.

„Heute Nachmittag ist der Send eröffnet worden. Wäre das nicht etwas für Ihre Kinder?"

„Die Tochter muss zur Schule", gab er zurück. „Da lohnt es sich von Köln aus nicht."

Also in Köln lebte seine Familie. Das war eine brauchbare Auskunft. Wenn seine Ex-Frau wieder einen Polizisten geheiratet hatte, konnte Frieder Lenz mir weiterhelfen. Er war seit fünf Jahren Erster Hauptkommissar im Kölner Morddezernat.

„Und am Wochenende?"

„An diesem Wochenende ist meine Verflossene an der Reihe. Wir wechseln uns ab mit der Kinderbetreuung."

„Wie heißen Ihre Kinder?" bohrte ich weiter, obwohl ich spürte, wie sein Widerwille an Form gewann. Aber noch antwortete er.

„Markus und Melanie."

„Und Ihre Frau?"

„Das habe ich vergessen!“ Er fragte nach weiteren Ergebnissen des Tages, wir redeten, bis wir auf den Parkplatz der Rechtsmedizin einbogen.

Das Gespräch in Dr. Busses Büro brachte zunächst wenig Überraschungen. Dabei glaubte er natürlich, uns eine Sensation aufzutischen, als er sagte: „Die Tote war im vierten Monat schwanger.“ Als wir darauf etwa so gelassen reagierten, als hätte er uns eröffnet, die Erde sei keine Scheibe, fuhr er fort: „Der Tod ist zwischen acht und neun Uhr abends eingetreten. Die augenfälligste Ursache war die Durchtrennung der Kehle. Aber …“ er machte eine kurze Pause, „da war sie schon bewusstlos, vielleicht sogar tot. Daher der relativ große Spielraum bei der Todeszeit und der geringe Blutverlust.“

„Sie starb an den Verletzungen im Gesicht?“

Er schüttelte den Kopf. „Die Prellungen sind nicht so stark, dass sie allein zur Bewusstlosigkeit führen konnten, schon gar nicht zum Tod. Der linke Augapfel war zerstört, außerdem hat sie wohl nicht mehr schreien können. Aber das Gehirn hatte keinen Schaden erlitten, zumindest was die spontanen Reflexe anging … Oder sagen wir mal…“, er stockte wieder, die Sache schien ihm wirklich nahe zu gehen. Und nicht nur ihm. Selten war mir ein Fall deprimierender und ermüdender erschienen als die Geschichte dieser schwangeren und ermordeten Siebzehnjährigen. Das Wort „Feierabend“ verströmte einen magischen Reiz, aber Busse redete weiter. „Das Mädchen wurde betäubt und erstickt.“

„Womit?“ Auch Tietzes Stimme klang bestürzt.

„Mit Teppichschaum. Dieses Zeug, das sich aufsprühen und dann wieder wegsaugen lässt.“ Dr. Busses Handbewegung verriet, dass bei ihm so etwas nicht ins Haus kam. „Rein äußerlich konnten wir davon nichts sicherstellen, alle Reste wurden sorgfältig abgewischt. Aber die Nebenhöhlen, die Bronchien und die Lunge waren voll. Wahrscheinlich war sie tot, als das Messer zum Einsatz kam.“ Darauf schwiegen wir alle drei, und als ich an das miterstickte Ungeborene dachte, schämte ich mich über die Ungeduld, mit der ich das Gespräch hatte vorantreiben wollen. Ein vier Monate alter Embryo konnte schlucken und den Daumen in den Mund stecken. Er hatte Wimpern und Nägel, winzig klein, aber funktionsfähig.

„Hat Dr. Gersmann schon Angaben über die Tatwaffe gemacht?“

„Wie?“ Das müde Lid eines Krokodilauges schob sich über Busses Blick. Ich war nicht die einzige, die einen anstrengenden Tag hinter sich hatte. „Steht alles in der Akte.“ Seine Fingerknöchel pochten dumpf auf den Deckel. „Falls Ihre Techniker zu einem ähnlichen Ergebnis gekommen sind, wäre das sehr gut.“

Ich berichtete kurz, was ich zu der Sache wusste. „Wenn sich nun herausstellt, dass es keine Zeichen von Gegenwehr gibt …“

„Nein!“ Jetzt drückte auch Busses Miene Ungeduld aus. „Weder Haut- noch Stofffasern unter den Nägeln und auch keine Erde.“

Ich überlegte kurz, ob es bei Barbara Freyling Abwehrspuren gegeben hatte. Ich erinnerte mich deutlich an Erdpartikel, nicht aber an Stofffasern, und auch die drei Paderbornerinnen hatten nur Humusproben mit in den Tod genommen. Der Täter trug offenbar Leder- oder Gummikleidung, wenn er seinen Opfern auflauerte.

„Wir haben Seife unter den Nägeln entdeckt“, begann Dr. Busse wieder, „und Chemikalien. War die Tote nicht Friseuse? Wenn man bedenkt, mit was für scharfen Mitteln diese Mädchen zu tun haben!“

„Sie nehmen also an, dass die Tat nicht im Freien verübt wurde?“ fragte Tietze. Dr. Busse nickte. Da die Flecken auf der Matratze mit der Blutgruppe der Toten übereinstimmten, war sie wohl in Hermamets Wohnung begangen worden.

„Wo wir schon beim Thema Flecken sind, haben Sie Hinweise darauf, dass das Mädchen kurz vorher Sexualverkehr hatte?“

Busse schüttelte den Kopf. „Darin ähnelt die Sache den Paderborner Fällen. Auch da gab es nur vage Andeutungen für eine Vergewaltigung und …“ Tietzes prustendes Lachen unterbrach ihn. „Wissen Sie was, Doktor? Das Schwein hat nicht auf seine Opfer onaniert, sondern nebenan auf den Spielplatz. Sein Zeug war ihm zu schade für diese Weiber!“ Sein Grinsen geriet zur Maske.

Dr. Busses Miene, die gerade noch Mitgefühl signalisiert hatte, wirkte wie versteinert. Wortlos schob er uns die Akte zu, mit dem vorläufigen Ergebnis, dass Meral Remizgil in Frau Hermamets Wohnung zusammengeschlagen und erstickt worden war. Der Schnitt durch die Kehle hatte Alibifunktion, um die Tat als Fortsetzung des Serienmords erscheinen zu lassen.

Dann standen Tietze und ich wieder in der kalten Herbstluft. Der Atem vor seinem Mund dampfte, als er fragte: „Gehen wir noch was trinken? Oder wartet Ihr Hund schon wieder sehnsüchtig?“

Ich zögerte. Ich war wütend über sein rüpelhaftes Benehmen und gleichzeitig verunsichert. Steckte mehr dahinter als unreife Albernheit? Und selbst die passte zu einem pubertierenden Lümmel, aber nicht zu einem Mann, der mit Lobeshymnen zu uns geschickt worden war! Eine Weile schwankte ich zwischen meiner Verärgerung und einem hinterhältigen Gedanken, der mir bei seinem Vorschlag prompt gekommen war. Dann sagte ich: „Gut! Gehen wir zum ‚Kaiser Nero'!"

Ich erwartete, dass er ablehnen würde, weil er nach meiner Berechnung einigen Grund hatte, die Vinothek zu meiden, doch er nickte gleichmütig. „Einverstanden!"

Ich legte den Autopsiebefund auf den Rücksitz, und wir fuhren zum Parkplatz am Buddenturm. Doch schon auf dem Weg kamen mir Zweifel. Nach meiner Einschätzung war Tietze viel zu gerissen, um sich eine Blöße zu geben. Und ich war wahrscheinlich zu müde, um Ungereimtheiten und Widersprüche zu erkennen. Wenn Zwickel ihn nicht wiedererkannte, war das Ganze für die Katz, und es wäre gescheiter gewesen, nach Hause zu fahren und früh schlafen zu gehen.

Die Vinothek schien voll bis auf den letzten Platz, nur am Tresen waren zwei Hocker frei. Zwickels neue Schankhilfe hatte alle Hände voll zu tun. Ihre Ähnlichkeit mit Barbara Freyling überraschte mich und meine Einschätzung des Arbeitsverhältnisses wurde ziemlich erschüttert. Hatte Zwickel eine Schwäche für diesen Frauentyp?

Sein Platz hinter der Theke war leer. Ich suchte den überfüllten Raum nach ihm ab, aber er war nirgends zu sehen. Endlich kam jemand durch den Gang, der zum Telefon und zu den Toiletten führte; ein kleiner, mausgrauer Mensch, einen Bleistiftstummel über dem Ohr, den Arm voller Flaschen, die er in die Regalöffnungen schob. Ich fragte ihn nach Zwickel, er blinzelte in das Licht über der Theke. „Der ist doch donnerstags nie da! Da geht er zum Judo."

Tietze quittierte die Auskunft mit unbeweglicher Miene. Hatte er gewusst, dass Zwickel nicht da war? Die „graue Maus" jedenfalls schien meinen Begleiter nicht zu kennen.

Auf seinen Rat bestellten wir einen Zweigelt aus der Südsteiermark, der neu im Sortiment war, und knabberten dazu Tapas, pikante Häppchen, wie man sie aus spanischen Bodegas kannte. Hier handelte es sich um nach Terpentin schmeckende schwarze Oliven, die den Gaumen irritierten, klobige Salamibrocken und Erdnüsse an der

Schwelle zur Ranzigkeit. Dafür war der Rotwein ausgezeichnet, und ich bedauerte, mich auf ein kleines Glas beschränken zu müssen. Nicht ganz neidlos sah ich zu, wie Tietze, der zu Fuß nach Hause konnte, ein zweites und drittes Glas bestellte, aber ich redete es ihm auch nicht aus. Vielleicht gehörte er zu jenen Feierabendtrinkern, die der Alkohol zu unreflektiertem Reden verleitet. Allerdings musste ich den richtigen Zeitpunkt abpassen, bevor er zu faseln begann und mir die Hand auf den Schenkel legte. Aber ich hatte meine Reize überschätzt, und er entpuppte sich als ausgesprochen trinkfest. Mit einer amüsierten Geste des Bedauerns und absolut sicherer Hand drehte er das Glas auf den Kopf, bestand darauf, dass er zahlte, und verabschiedete sich mit dem Angebot, am nächsten Vormittag nach Dülmen, zu Antje Tüning zu fahren. Er hatte inzwischen herausgebracht, dass sie dort als Anwaltsgehilfin arbeitete.

Es war viertel vor zwölf, als ich, im Pyjama und unter meiner kuscheligen Bettdecke, den Autopsiebefund zuklappte. Gersmanns Kommentar war am Ende abgeheftet und beschränkte sich auf drei stichwortartige Sätze, mit Ausrufungszeichen versehen und akkurat unterstrichen. Die Erinnerung an schnarrende, hasenartige Schneidezähne drängte sich auf: „Glatte Klinge!“, „Keine fransigen Hautränder, sondern einwandfreie Schnittführung!“, „Insgesamt wenig Übereinstimmung mit den bisherigen Fällen!“

Traumloser Tiefschlaf oder Alpträume, eine andere Alternative schien es seit dem zweiten Mordfall nicht mehr zu geben. Diesmal war die zweite Variante dran. Meine grauen Zellen mühten sich mit einem makabren Cocktail aus den Eindrücken der vergangenen Tage ab. Merals Zimmer mit einem Bartresen mittendrin, die blutbefleckte Matratze in Hillys Büro, sie selber schluchzend davor. Sie trug ein Kopftuch mit dem Namen „Laura Biagiotti.“ Sogar meine Notlügen verfolgten mich im Schlaf. Dann fand ich mich im „Kaiser Nero“ wieder und suchte im Gang nach einem Telefon.

Doch das Bedrückendste, an das ich mich unter hämmernden Schmerzen hinter dem Stirnbein erinnerte, war ein Baby, das ich vernachlässigt hatte. War es verhungert? Erstickt? Ich sah mir die Zimmerdecke an und überlegte, was Frau Dr. Hoppe zu meinen Rabenmutter-Syndromen gesagt hätte. Frau Hilbich, die sich ebenfalls gern in Traumdeutungen versuchte, ließ ich aus dem Spiel. Was hätte mich in ihren Visionen erwartet? Ein Weiterleben als Gänseblümchen? Als Sumpfdotterblume? Als Kaktus? Ich trollte mich aus dem Bett und unter die Dusche.

Mittagspause! Noch dazu am Freitag! Ich hatte meinen schlechten Traum zum Anlass genommen, Kerstin für den Samstagnachmittag zum Send einzuladen. Die „Wetterfrösche" prognostizierten spätsommerliches Schönwetter. Doch sie lehnte schnöde ab.

„Aber Mama! Send ist doch tote Hose!"

„Die Geschäfte bleiben morgen bis sieben Uhr offen!" lockte ich.

„Also gut, ich kann dir ja beim Anprobieren zugucken."

Oh Gott! So kannte ich sie ja gar nicht. Ihre Stimme klang unecht. Marion übernahm den Hörer. „Gibt es Probleme?" Das hörte sich an, als witterte sie Undankbarkeit.

„Nein, aber ich verstehe Kerstin nicht. Ich wollte mit ihr zum Send, ich lade sie zum Shopping ein mit allen Konsequenzen für meine Kreditkarte, und sie will nicht!" Der Boykott der Deutschaufsätze fiel mir wieder ein. „Ist in der Schule alles in Ordnung?"

„Alles bestens!" krähte sie. „Und wenn sie nicht will, kann es mir nur recht sein!" Sie lachte. „Du weißt doch, dass ich am Montag eine Vernissage habe, da kann ich sie gut brauchen."

Eine Weile herrschte Schweigen, während Wut und Enttäuschung in mir hoch krochen. „Soll ich Kerstin etwas ausrichten?" fragte sie schließlich.

„Das wäre nett!" fauchte ich. „Sag ihr, dass ich am Samstag in den Zoo gehe und mir Raubtiere ansehe." Damit knallte ich den Hörer auf und stellte mir vor, wie sie jetzt über mich herzogen.

Das Telefon schellte, aber ich ließ mir Zeit, bevor ich abnahm. Es gab Tage, an denen das erträgliche Quantum an Scherereien schon mittags erreicht war.

„Hallo, Mami!" Kerstins Stimme klang erstaunlich schüchtern.

„Aber, Schätzchen! Was ist denn?"

„Es tut mir so Leid!"

Ich konnte nicht anders, ich musste lachen, nach allem, was ich gerade eben erlebt hatte. Und selten hatte ein Lachen so befreiend gewirkt. „Mir auch!"

Sie blieb weiter ernst. „Wie geht es Rollo?"

„Gut geht's ihm. Warum fragst du?"

„Und Red Butler?“

Endlich fiel der Groschen. „Du hast doch nicht etwa Heimweh?“

„Ich weiß nicht.“ Ich hörte, wie sie schluckte. „Mir ist immer so fad. Und dann, eben, nach dem Telefongespräch, hast du mir so Leid getan …“ Jetzt kippte ihre Stimme, sie begann zu heulen.

„Kerstin, red’ keinen Unsinn!“

„Doch!“ schluchzte sie, „ich hab’ mir vorgestellt, wie du allein beim Essen sitzt und abends vor dem Fernseher … Und Rollo und Red Butler, das sind ja nur Tiere …“

„Ich lese beim Essen, Liebes, und Zeit zum Fernsehen habe ich kaum. Ich komme immer erst spät nach Hause. Aber wenn du wieder zurückkommen möchtest …?“

„Ja?“ Das klang sehr erwartungsvoll.

Ich seufzte. „Und wie bringen wir das Marion bei?“

„Die ist doch dran gewöhnt, allein zu sein“, gab sie unbarmherzig zurück.

Gewöhnte man sich daran? Ich hatte es nicht geschafft.

„Sie wird sehr gekränkt sein, wenn du bei ihr ausziehst. Wir müssen uns einen Kompromiss ausdenken.“

„Was ist ein … Kompromiss?“ Ihre Stimme klang misstrauisch.

„Eine Lösung, die alle Beteiligten zufrieden stellt.“ Ich überlegte. „Wie wäre es, wenn du an diesem Wochenende bei mir wohntest und unter der Woche wieder bei Marion?“

„Hm!“

„Ja, genauso machen wir’s“, sagte ich schnell, weil Tietze gerade zur Tür hereinkam. „Pack ein paar Sachen. Kannst du gegen sieben fertig sein? Ich hole dich bei Marion ab. Und wenn du Hausaufgaben machen musst, vergiss deine Schulbücher nicht.“

„Kann ich bis Dienstag bleiben?“

„Ich bringe dich am Sonntagabend zurück! Dann kannst du am Montagnachmittag Marion noch ein wenig zur Hand gehen. Sie braucht dich doch bei ihrer Vernissage!“

„Kann ich ihr das jetzt gleich sagen?“ Sie klang so erleichtert, dass ich meine alte Freundin bedauerte.

„Wir erklären ihr die Sache damit, dass du mal was anderes zum Anziehen möchtest und Schulbücher austauschen musst.“

Erwartungsgemäß schmollte Marion. „Was kann eine alte Schachtel wie ich einem Teenager schon bieten“, sagte sie schnippisch, gab sich aber zufrieden, als ich ihr versprach, zur Ausstellungseröffnung zu kommen.

Ich hatte mit Max verabredet, ihn in der Mittagspause von der Raphaelsklinik abzuholen, zu den traurigen Überbleibseln seiner „Pagode“; ein Unternehmen, bei dem er mehr Trost brauchte als ich derzeit auf Lager hatte. Und trotzdem! Lückmann mal nicht mehr mit bleichem Krankenhausgesicht, schlabberigem Frotteemantel und käsigen Zehen in Gesundheitslatschen, das war ein Grund, sich wieder positiv auf das Leben einzurichten.

Ich war schon am Pförtner vorbei, als er mich zurückrief. „Gerade habe ich jemanden zu Ihnen raufgeschickt.“

„Wen denn?“ Auch Polizeibeamte bekommen gelegentlich Besuch, der ihnen nicht unbedingt willkommen ist.

„Eine Frau …“ er sah in seiner Liste nach, „Funke! Sie hatte eine Visitenkarte von Ihnen, daher dachte ich …“

„Das ist völlig in Ordnung! Danke!“ Ich warf einen Blick auf die Anzeigen der Liftkabinen. Nummer Eins strebte ganz offensichtlich meinem Büro zu, ich nahm den schnelleren Weg durchs Treppenhaus und traf Monika Funke vor unserer Bürotür, ehe sie ihre Neuigkeit bei Tietze abliefern konnte.

Da Hilly etwas von einem Friseurtermin gesagt hatte, schob ich meine Besucherin in ihr Büro. Der Chef war zu einem Arbeitsessen verabredet, so waren wir ungestört. Sie begann sofort zu reden und nestelte dabei etwas aus der Tasche.

„Das ist heute für Barbara mit der Post gekommen!“

Der Briefumschlag war an eine Straße namens „Appelbreistiege“ adressiert gewesen. Jemand hatte die Anschrift durchgestrichen und „Frauenstraße“ drübergeschrieben Der Absender war eine Gynäkologin an der Warendorfer Straße.

„Na, wunderbar! Da haben wir ja den Freund!“

Ihr Blick machte mich vorsichtig.

„Sind Sie mal hingefahren?“ Schließlich lag die Appelbreistiege nicht weit vom Uni-Sportzentrum entfernt.

Ihr Blick verfinsterte sich. „Wieso ich? Ich dachte, ich bring’ das zur Polizei, und Sie machen weiter.“

„In Ordnung.“ Ich steckte das Kuvert ein. Ich war mit Max um zwei Uhr verabredet und konnte vorher im Stadthaus den Namen von

Barbara Freylings Freund heraussuchen lassen. Doch wie ich im nächsten Moment erfuhr, konnte ich mir den Weg sparen. Monika Funke fixierte mich mit zornigen Augen. „Also, wenn es Sie interessiert, warum ich da nicht hingegangen bin: Ich kenne den Menschen, der da wohnt, und wenn Barbara wirklich zu dem gezogen ist …“ Ihre Stimme klang, als hätte sie fünf Kilometer anstrengenden Waldlaufs hinter sich. Ich bot ihr Hillys Besuchersessel an und zog mir den Drehhocker vom Computertisch rüber.

„Wer ist es?“

„Ein Gastdozent, seit dem letzten Semester bei uns. Aber ich hätte wetten können, dass Barbara …“ Ihr Blick flackerte. „Dieser Mensch ist ein totaler Sadist. Läuft nur in Schwarz rum!“

„Hat es mal Beschwerden gegeben, dass er Studentinnen belästigt?“ Ich dachte an die Duschen, vor denen die beiden Freundinnen sich zum letzten Mal gesehen hatten. Barbara war allein gewesen.

„Im Gegenteil! Er hasst Frauen. Mädchen haben überhaupt keine Chance in Prüfungen und so. Jedenfalls wird das behauptet. Und Barbara, also“, sie hatte offensichtlich Mühe, ihre Gedanken zu ordnen. „Sie hatte im August einen mündlichen Termin bei ihm, und er hat sie total fertig gemacht, sie konnte abends nur noch heulen.“

„Wann ist sie bei Ihnen ausgezogen?“

Sie dachte kurz nach. „Die Prüfung war an einem Donnerstag, das weiß ich so genau, weil ich vom Schwimmen kam. Sie saß in der Küche und flennte wie'n Schlosshund. Nur 'ne Vier! Ich habe versucht, sie zu trösten. Dass wir alle mal einen schwarzen Tag haben, und dass sie dagegen protestieren kann, und dass …“

„Ihr Auszugstermin?“, erinnerte ich.

„Auch ein Donnerstag“, sagte sie, „stimmt, genau eine Woche später. Ich kam wieder vom Schwimmen, und sie war weg.“

„Und Sie hatten wirklich keine Ahnung, zu wem?“

Ihr Blick bekam etwas Kuhäugiges. „Wenn ich das geahnt hätte! Micha und ich, wir hätten sie doch da rausgeholt!“

Langsam, aber sicher, kam mir ihr Gehabe hysterisch vor. War das nur Angst, oder spielte vielleicht Eifersucht mit?

Oder war ich tatsächlich auf dem Weg zu einer heißen Spur!

„Haben Sie selbst keine Prüfungen bei diesem …“

„Polker.“ Der Name explodierte wie ein Schimpfwort. „Ich mache keine Biomechanik. An dieser Abteilung unterrichtet er nämlich.“ Als sie weg war, öffnete ich den Umschlag. Drinnen steckten ein Zahlschein und eine Rechnung vom 16. September.

Max hatte den Anblick seiner „Pagode“ mit stummer Verbitterung quittiert. Der Mechaniker brachte ihm die durchgeknabberten Bremsschläuche, aber er sah gar nicht hin. Statt dessen ordnete er mit einer Stimme, die ich an ihm nicht kannte, die Überführung zu einem Schrottplatz in Greven an, und es klang, als wäre die Beisetzung eines nahen Verwandten zu regeln. Jetzt waren wir auf dem Weg zu Sabine, und er hatte sich in hartnäckiges Schweigen zurückgezogen.

„Mensch, Lückmann“, versuchte ich ihn aufzumöbeln, „jetzt mach doch nicht solch ein Drama daraus. Du hättest deine Mutter vor der Intensivstation sehen müssen! Oder Sabine, als sie es erfuhr. Ein Auto ist ersetzbar, ein Menschenleben nicht!“

„Scheiß Marder!“ sagte er nur.

Am unteren Ende der Aegidiistraße setzte ich ihn ab und fragte, ob er noch Hilfe brauche. Jetzt huschte wenigstens der Anflug eines Lächelns über sein Gesicht. Ich fuhr weiter, parkte am Bült, ging in eine nahegelegene Buchhandlung und nahm das Vorlesungsverzeichnis der Uni Münster zur Hand. Dr. Udo Polker lehrte in der Abteilung für Biomechanik. Ich rief dort an und erfuhr, dass Dozent Polker einen vorlesungsfreien Forschungstag habe, vielleicht aber zu Hause erreichbar sei. „Brauchen Sie die Telefonnummer?“ fragte die freundliche Dame.

„Danke, nein, die habe ich.“ Im Vorlesungsverzeichnis waren praktischerweise auch die Privatadressen des Lehrkörpers vermerkt; eine Großzügigkeit, die mir aus München nicht geläufig war.

Am Lambertibrunnen telefonierte ich kurz mit Tietze, der absolut nichts dagegen hatte, dass ich erst später ins Büro kam. Seine Zahnarztsitzungen hatten ihn nachgiebig gestimmt, wenn es um Außerhaus-Termine von Kollegen ging.

Sein Gespräch mit Antje Tüning hatte nichts gebracht. „Die beiden scheinen recht oberflächlich befreundet gewesen zu sein, kein Wort von einer Verabredung, schon gar nicht in dieser Wohnung zum Übernachten!“

„Und der Schmuck, den Meral ihr gezeigt hat?“

„Ein Medaillon“, sagte er.

„Mit einem Foto?“ Ich hielt den Atem an.

„Jawohl, mit einem Foto!“ Seine Stimme wirkte spöttisch. „Von einem ‚alten Knacker‘. So hat sie sich ausgedrückt.“

„Hat Meral ihr nicht gesagt, wer das ist?“

„Nein.“ Mit guten Wünschen fürs Wochenende legte er auf.

- IX -

Die Hausnummer an der Appelbreistiege gehörte zu einem Gebäude mit Flachdach, das auf den ersten Blick wie eine große Garage wirkte, aber auch etwas Turnhallenartiges hatte, was noch durch den Basketballständer in der Hofeinfahrt verstärkt wurde. Das über die ganze Hausbreite reichende Fenster war vergittert und mit vertikalen Lamellen versehen. Die schwere Stahltür trug kein Namensschild, nur eine rostige Klingel. Ich läutete.

Falls dieser Polker zu Hause ist, lässt er sich jedenfalls viel Zeit! dachte ich nach einer Weile grimmig. Ich klimperte mit Barbara Freylings Schlüsselbund, und als hätte man das im Inneren gehört, öffnete sich jetzt die Tür. „Sie wünschen?“

Der Mann war etwa Ende vierzig, sehr groß und von sehniger Statur. Doch was zu allererst ins Auge sprang, waren eine ausgeprägte Adlernase und ein kurz rasierter Schädel.

„Morddezernat Münster. Bitte entschuldigen Sie diesen Überfall, aber in Ihrem Institut …“

„Kommen Sie rein!“

Die Wohnung war nur ein großer Raum: Nackter Estrich, ockerfarbener Klinker, Rigips unter der Decke – kein Zweifel, Dozent Polker liebte das schmucklose Wohnen. Die Stirnwand nahm eine schlichte Küchenzeile ein, auf der sich gespültes Geschirr zum Trocknen türmte. In einer tief ausgesparten Nische daneben sah man die Sanitärausstattung eines Badezimmers. Vor der Dusche ein grauer Gummivorhang, der an die Regenmäntel unserer Kollegen von der Verkehrsüberwachung erinnerte, das Klo hinter einer halb hohen Saloontür. Rechts davor, diagonal gegen die Zimmerecke geschoben, stand ein zusammengeklappter Futon. Die eintönige Flucht der rechten Wand wurde durch hohe Metallspinde, einen Heizkörper und ein Holzregal durchbrochen, die linke verschwand unter der bis zum Boden reichenden Jalousie.

An dem langen Tisch, der die Zimmermitte beherrschte, blieb Polker stehen. Sechs Stühle aus gebürstetem Eisen standen drum herum. Auf dem Boden lagen große Papierrollen, wie Poster oder Lagepläne. Und auch über die Platte aus Drahtglas verteilte sich Papierkram, breit verstreut und trotzdem ordentlich. Wenn ich nicht gewusst hätte, was dieser Mann beruflich machte, hätte ich auf Architekt getippt oder Industriedesigner. Nur das große Zeichenbrett fehlte.

Polker wies auf einen der Eisenstühle, er selbst setzte sich nicht und machte kein Hehl aus seiner Ungeduld. Seine Finger trommelten auf der Glasplatte. „Ist es wegen Barbara?"

Ich nickte und versuchte, in seiner Miene irgendeine Gefühlsregung zu erkennen. Sie blieb neutral.

„Ich war nicht da, als es passierte."

„Wo waren Sie?"

„Bei einer Bekannten, einer guten, alten Freundin."

„Schreiben Sie mir den Namen und die Adresse auf?"

Er nickte und notierte das Verlangte, so akkurat wie bei der korrigierten Anschrift auf Barbaras Brief; dieselben hohen, nach rechts geneigten Buchstaben. Wortlos schob er mir den Zettel hin. Seine Bekannte hieß Ilona Kucks und wohnte im Kuhviertel, gleich neben dem „Knabbelkümpken".

„Was ist Ihre Bekannte von Beruf?"

„Sie ist eine Kollegin."

„Am Sportinstitut, nehme ich an."

„Ich habe nur Kolleginnen am Sportinstitut." Er betrachtete mich, als nähme er mich auf die Schippe. Aber damit würde er nicht weit kommen.

„Ab wann haben Sie Frau Freyling vermisst?"

Er überlegte, dann kam die Antwort, knapp und hart: „Barbara hat seit einigen Wochen bei mir gewohnt. Wir … nun gut, wir hatten eine Beziehung angefangen. Auf ihren Wunsch, wohlgemerkt." Er rieb eine Stelle am Hals. Die Haut reagierte sofort.

„Ich glaube, dass ich ihr einiges an Anregungen bieten konnte, an Bequemlichkeiten …" Nein, sein Blick streifte nicht das karge Riesenzimmer, statt dessen fuhr er fort: „Keine plüschige Wohngemeinschaft, wo jeder reihum mit Kartoffelschälen und Treppeputzen dran ist. Aber sie konnte kommen und gehen, wann sie wollte und wenn sie über Nacht wegblieb, war das kein Problem." Während der letzten Worte war er zur Küchenzeile gegangen.

„Wasser?"

„Wie bitte?"

„Ob Sie Wasser haben möchten?"

„Ich, nein … ja doch … warum nicht?"

„Falls Sie auf Drinks stehen, muss ich Sie enttäuschen, ich habe keinen Alkohol im Haus.“

„Ich bin im Dienst“, gab ich knapp zurück.

Er schenkte uns beiden ein und setzte sich.

„Besitzen Sie ein Motorrad?“

„Eine Honda. Warum?“

Ich erzählte ihm von dem mysteriösen Telefonanruf für Barbara, er schüttelte den Kopf. „Ich hatte keinen Unfall. Ich war bei meiner Bekannten. Als ich gegen halb drei nach Hause kam, war Barbara nicht da. Aber das hatte schließlich nichts zu bedeuten.“

„Und am nächsten Tag?“

„Am nächsten Morgen“ korrigierte er mich, „bin ich in die USA geflogen, nach Iowa City. Eine Einladung der dortigen Universität. Am Sonntagabend flog ich zurück und hielt am Dienstag meine Vorlesung. Erst am Donnerstag hatte ich Gelegenheit, einen Blick in die Zeitungen zu werfen. Da allerdings war ich sehr geschockt. Eine Studentin aus unserem Institut!“ Und seine Geliebte!

„Wieso haben Sie sich nicht bei uns gemeldet?“

„Weil ich bei meiner Bekannten war. Fragen Sie sie doch!“

„Trotzdem hätten Sie zu uns kommen müssen. Schließlich haben Sie die Tote sehr gut gekannt.“

Eine Weile sagte keiner etwas, ich dachte an Barbara und verdrängte den Versuch, mir mein Gegenüber im Bett vorzustellen. Bei einer Aktivität, die aller Lebhaftigkeit zum Trotz immer mit „Schlafen“ umschrieben wird. Mein Verdrängungsmechanismus war erfolgreicher als meine Phantasie! Der Mann in der schwarzen Satin-Bettwäsche, die ich für ihn ausgesucht hatte, hatte kein Gesicht.

„Erzählen Sie mir den Beginn Ihrer Beziehung?“

Seine Gegenfrage klang spöttisch. „Seit wann interessiert sich die Polizei für Bettgeschichten?“

„Seitdem es Morde aus Eifersucht gibt.“

Er nahm einen Schluck. „Jeder, der Vorlesungen hält, kennt das Problem des Blickkontakts. Bei einem Zufallsauditorium ist das kein Thema, aber vor den ewig gleichen Studenten werden Ihre Kontakte bald zur festen Einrichtung. Vor allem, wenn bestimmte Gesichter immer am selben Platz zu finden sind. Wie Sie sich denken können, war Barbara eine feste Einrichtung, das ganze Sommersemester lang. Ein attraktiver Blickfang, aber kein bisschen mehr. Im Juli ließ ich meine Prüfungstermine aushängen, und in der nächsten Sprechstunde saß sie bei mir. Die Termine passten ihr nicht, sie wollte einen eigenen."

Er machte eine Pause, als erwartete er Einwände, aber ich sah weit und breit keine brauchbaren. Also fuhr er fort: „Die schriftliche Prüfung ist, unter uns gesagt, ein Klacks: multiple choice, das besteht jeder. Deshalb konnte ich nicht begreifen, warum sie sich auf Herz und Nieren prüfen lassen wollte."

Auf Herz und Nieren? Auch diese Story lief doch auf die Frage hinaus: Wer hatte verführt? Wer sich verführen lassen?

„Ich gab ihr einen Termin, sie kam und war völlig unvorbereitet. Die Prüfung war ein Desaster und eine Vier das Höchste der Gefühle. Daraufhin jammerte sie mir vor, dass ihr das BAföG gestrichen würde. Und wo sie schon regelmäßig jobben müsse."

„Und dann?"

„Ich habe sie vor die Tür gesetzt!" entgegnete Polker und litt offensichtlich noch jetzt unter der undankbaren Rolle des strengen, aber gerechten Prüfers. „Extratermine und nicht mal vorbereitet!" wetterte er. Noch ein Schluck Wasser, dann hatte er seine Ruhe wieder.

„Eine Woche später stand sie hier, abends um neun."

„Sie haben sie reingelassen?"

„Ja, was hätte ich denn tun sollen?"

„Ein Taxi rufen, zum Beispiel."

„Sie wollte nur mit mir reden."

„Aha! Hatte sie Gepäck dabei?"

„Gepäck?" In seinen Pupillen schien sich ein Riesen-Samsonite zu spiegeln. „Sie hatte einen Rucksack."

„Ihre Freundin hat ausgesagt, sie sei mit ihren Sachen bei ihr ausgezogen. Genau an dem Abend."

„Ach so!" Er sah mit gespielter Neugier nach rechts und links. „Sehen Sie vielleicht weibliche Reizwäsche? Nachthemden?"

Ich schüttelte den Kopf, mir war eine andere Möglichkeit eingefallen: Barbaras Sachen waren in einem Hinterzimmer der Vinothek. Ich zog ihren Hausschlüssel heraus, er nahm ihn kommentarlos.

„Haben Sie jemals den Namen Tom Zwickel gehört?"

„Nein! Barbaras Freund?" Eifersüchtig klang das nicht.

„Herr Dr. Polker, vielen Dank für Ihre Hilfe! Meine Visitenkarte! Falls Ihnen noch etwas einfällt, rufen Sie mich bitte an."

An der Tür blieb ich stehen. „Zeigen Sie mir Ihre Honda?“

„Sie steht in der Garage.“

„Das habe ich mir gedacht! Also?“

„Wenn Sie nicht so ein verdammt gutes Beispiel dafür wären, dass eine Polizistin auch anders aussehen kann als ein Mix aus Knackwurst und Vogelscheuche, würde ich glatt ablehnen.“

„Falls das eine Anspielung auf die Uniform meiner Kolleginnen sein soll, nicht jeder kann bei Versace arbeiten lassen!“

„Jetzt kommen Sie schon mit!“ Er angelte sich einen Schlüsselbund von der Wand, und wir gingen zur Garage. Nichts an der schweren Maschine wies auf einen Unfall hin.

„Zufrieden?“ Er schloss wieder ab, aber im nächsten Moment wurde ich am Jackenärmel gepackt. „Jetzt möchte ich eine Auskunft! Woher hat die Polizei meine Adresse?“

Ich zog das Kuvert aus der Tasche. „Dies’ hier ist heute in der ehemaligen Wohngemeinschaft von Frau Freyling angekommen. Jemand, der gerade mit Kartoffelschälen oder Treppeputzen beschäftigt war, hat es aus dem Briefkasten geholt und zu uns gebracht.“ Die Frage, wer das Kuvert umadressiert hatte, erübrigte sich.

Die schwere Eisentür fand ihren Weg zurück ins Schloss, und während ich mir im Auto Notizen machte, wurde mir klar, wie spärlich meine Erinnerung an Polker war. Eine halbe Stunde waren wir zusammen gewesen. Was wusste ich noch über sein Aussehen? Nichts. Aber wie hatte Monika Funke gesagt? „Ein totaler Sadist! Läuft nur in Schwarz rum.“

„In der Nacht, als seine Studentin umgebracht wurde, war Udo bis etwa zwei Uhr bei mir.“ Ilona Kucks streifte ihre schlanke Damen-Zigarette in dem Aschenbecher ab, der mit Kerzenständer und Tischfeuerzeug ein verspieltes Porzellanset bildete. Falls sie nicht Polkers Ex-Geliebte war, stützte sich ihre „gute, alte Freundschaft“ eher auf geistige Gemeinsamkeiten als auf einen übereinstimmenden Wohn- und Lebensstil: Auf der Chippendale-Kredenz Flaschen wie in einer Hafenkneipe, statt Eisenstühlen auf grauem Estrich ein farbenfrohes Sofa auf einem kräftigen Perserteppich, und das Licht floss auch nicht aus kalten Neonröhren, sondern aus altrosa Lampenschirmchen in Wildseide.

Als ich auf ihre Bemerkung nicht antwortete, fuhr sie fort: „Udo wollte eigentlich schon viel früher nach Hause, weil er am Dienstagmorgen um zehn im Flieger nach Frankfurt sitzen musste, aber“, sie lachte etwas gezwungen, „wir haben uns einfach verquatscht.“

„Wussten Sie von seiner Beziehung zu Frau Freyling?“

„Nein. Es hätte mich auch nicht interessiert. Was diese Geschichten angeht, hatten wir schon lange Schluss gemacht. Und sind trotzdem gute Freunde geblieben. Das gibt es ja öfter.“

Beim letzten Satz wirkte ihr Tonfall etwas aggressiv. Sie stupste die Zigarette ein paar Mal auf den Boden des Aschenbechers und drückte sie dann energisch aus.

„Was hatte Herr Dr. Polker in Iowa City zu tun?“

„Hat er Ihnen das nicht erzählt?“ fragte sie scharf zurück.

„Ich habe ihn nicht darum gebeten.“ Sie zündete eine neue Zigarette an und inhalierte tief. Während sie dem Rauch nachblickte, versuchte ich, ihr Alter zu schätzen. Älter als Polker? Lachfältchen und Krähenfüßchen ließen sie älter wirken. Ihre gut durchtrainierte Figur machte einiges wett, aber sie war zu stark geschminkt. Ich kam gerade zu dem Ergebnis, dass sie etwa doppelt so alt wie Barbara Freyling war, als sie sagte: „Unser Institut hat eine Partnerschaft mit der Uni von Iowa City. Udo fährt von Zeit zu Zeit hin, er ist gern dort. Er hatte drüben einen ‚Sabbatical Leave‘. Kennen Sie das?“

Ich nickte. Dieser meist gut bezahlte Bildungsurlaub war bei Jungakademikern sehr beliebt.

„Wann haben Sie Dr. Polker nach seiner Rückkehr gesehen?“

„Am Mittwoch. Er hatte eine Vorlesung um elf, und danach trafen wir uns zu einem Espresso in der Cafeteria.“

„Wusste er da schon von dem Mord?“

Sie betrachtete die Zigarette in ihrer Hand. „Nein, da wusste er es noch nicht. Er hat mich … warten Sie, das war donnerstagsabends, als er mich anrief. Er hatte gerade die Zeitungen durchgeblättert, die sich in seiner Abwesenheit angesammelt hatten.“

„Aber Sie wussten es. Es stand am Mittwoch in der Zeitung. Warum haben Sie ihn nicht gleich darauf angesprochen?“

Sie blies den Rauch ins Zimmer und sagte mit energischem Kopfschütteln: „Ich hatte keine Ahnung, dass diese … wie hieß sie noch, ein Verhältnis mit Udo hatte. Ich hätte nicht mal auf Anhieb gewusst, dass es eine seiner Studentinnen war.“

Sie schien auf eine Frage zu warten, dann fuhr sie fort: „Er wollte wissen, was er tun solle. Ich sagte: ‚Geh zur Polizei und bring ihnen das, was sie bei dir zurückgelassen hat. Du warst bei mir, als sie umgebracht wurde. Nicht mal der boshafteste Mensch könnte dich in irgendeinen Zusammenhang mit diesem Mord bringen.'"

„Gibt es boshafte Menschen?"

„Wie soll man das wissen?"

„Er ist nicht zu uns gekommen", sagte ich.

„Wahrscheinlich, weil sie nichts dagelassen hat", jetzt klang sie bissig, „keine Zahnbürste, keinen Pyjama. So was hielt er für Überraschungsgäste bereit."

„Gab es diese … Überraschungsgäste häufiger?"

„Wie wäre es, wenn Sie *ihn* danach fragten? *Ich* bin nie unangemeldet gekommen."

„Waren es andere Studentinnen vom Institut?"

Ihre Antwort war ein amüsiert wirkendes Achselzucken.

„Woher wissen Sie von der Zahnbürste und dem Pyjama?"

„Aus seiner Badekoje. Als ich ihn fragte, seit wann er weiche Borsten benützte und Damenwäsche trüge, hat er es mir gesagt."

Hatte ihr das weh getan? Ihr Gesicht mit dem vollen, dunkelrot geschminkten Mund und dem pflaumenblauen Lidschatten verriet nichts davon. War es ihr Tonfall, der mich überzeugte, dass sie die Wahrheit sagte? Bei aller Bissigkeit war sie nicht eifersüchtig. „Udo" war der verzogene Junge, von dessen Eskapaden sie genug hatte. Das Risiko, wegen einer falschen Aussage Ärger zu kriegen, hätte sie für ihn wohl kaum in Kauf genommen. Nur ihr Zögern auf meine Frage, was Polker in Iowa City zu tun gehabt habe, machte mich misstrauisch. Irgendetwas stimmte nicht.

Es war acht Uhr, als Kerstin und ich endlich nach Hause kamen. Ich schob einen Gemüsestrudel in die Mikrowelle und versorgte Rollo mit Hundefutter und Red Butler mit einem weichen Leberwurstbrot, das seinen altersschwachen Zähnen nicht viel Widerstand leistete. Zwischendurch las ich die Nachricht von Frau Hilbich. Der junge Krottmann hatte am Donnerstagabend seine Mutter bedroht. Angeblich war er mit der Flinte jetzt auch auf sie losgegangen. Wieso „auch"? Ich strich den Zettel glatt. Eine halbe Stunde lang hatte Frau Krottmann sich in der Küche verbarrikadiert und um Hilfe gerufen. Doch als die Kollegen aus dem Wachzimmer in Mauritz zur Stelle waren, hatte sich der Junge längst aus dem Staub gemacht. „Und jetzt gibt es natürlich jede Menge Gerüchte!!! Dass er selbst am Tor geschellt hat und seinen Vater auf dem Gewissen hat. Er wird überall gesucht. Aber auch wegen Ihnen mach ich mir so große Sorgen! Meine Träume sagen mir, dass Sie in großer Gefahr sind. Auch Ihr Mann kommt in meinen Träumen vor! Hoffentlich ist alles in Ordnung!"

Ich faltete den Zettel zusammen und hatte wieder das Bild von Hans Krottmann im Schweinekofen vor Augen. Dieses stereotype Streicheln! Dieser sture Blick! Er hatte nicht gewusst, ob das Gatter schadhaft war? Dann fiel mir ein, dass Krottmanns Gewehr am Abend seines Todes beschlagnahmt worden war! Und jetzt hatte der Sohn wieder eine Flinte? Woher? Und von wem?

Ich drehte die Mikrowelle ab und rief nach Kerstin, die in ihrer Mansarde herumkramte. Ein auf volle Lautstärke gedrehter HipHop lärmte durchs Treppenhaus, aber ich war froh, dass es sich überhaupt wieder mit Geräuschen füllte. Dieser ständig hämmernde kakophonische Hintergrund hatte ihr bei Marion wohl gefehlt. Natürlich besaß Marion einen exzellenten Plattenspieler, aber ihr Sortiment begann mit Wagner und endete bei Puccini.

Während wir aßen, tauchten Müdigkeit und Hunger meine Gedanken in einen zähen Nebel. Ich hatte mich auf den Abend gefreut, weil wir endlich wieder über Dinge reden würden, die nicht mit Mord, Unfall, Krankheit zu tun hatten. Ein paar „Lach-Geschichten" aus der Schule wären schön gewesen, aber es gab wohl keine neuen. Und als ich nach den letzten Schulergebnissen fragte, erwiderte Kerstin wortkarg, die Silke hätte auch eine Fünf in Englisch. Ich kaute hungrig weiter und nippte an dem teuren Chablis, den ich mir in einer Trotzaktion in der „Maison de France" neben dem Präsidium gekauft hatte. Und bei all dem beherrschte mich ein einziger Wunsch: Übers Wochenende keine Einladungen zum Essen oder zu Vernissagen. Auch keine Last-Minute-Angebote für Theater- oder Kinobesuche, nichts. Außer dem Ausflug zu den Raubtiergehegen. Auf den freute ich mich direkt.

Das Wort „Last-Minute-Angebote" erinnerte mich an die Remizgil-Brüder. An die Möglichkeit, dass sie vor einer Woche noch in Münster gewesen waren, um einen „Problemfall" in der Familie zu regeln. Wenn das stimmte, waren sie erst nach dem Mord abgereist. Aber auf eine Dienstreise nach Izmir war ich nicht scharf. Die würde Tietze machen müssen. Wenn Merals Leiche am Montag freigegeben wurde, war es meine Aufgabe, die Eltern zu verständigen. Dabei würde ich nach Merals Medaillon fragen und das Foto der Brüder mitnehmen. Offen darum bitten konnte ich nicht, um kein Misstrauen zu wecken. Ich nahm mir vor, zur Beerdigung zu gehen.

Wir spülten das Geschirr und ich brachte die Flasche in den Vorratskeller. Falls sich mein Unterbewusstsein an den Rhythmus der letzten Nächte hielt, war an diesem Abend traumfreies Schlafen angesagt.

„Möchtest du im Ehebett übernachten?" Kerstin lehnte mit der Begründung ab, sie freue sich auf ihr eigenes Bett.

„Und wie wär's mit einem gemeinsamen Frühstück?" Nachdem die „heilige Kuh", das Abendessen, schon danebengegangen war?

Ihre Miene verriet wenig Motivation. „Mal sehen, wann ich wach werde."

„Soll ich dich wecken?" Ich täuschte Munterkeit vor. Dabei war ich müde bis zum Umfallen.

„Ich stell' mir meinen Wecker selber."

Ich sah ihr kopfschüttelnd nach, wie sie in Richtung Bad verschwand. Hatte ich meine eigene Pubertät so gründlich vergessen, dass ich mich nicht mehr in eine Dreizehnjährige hineinversetzen konnte, die mit der Schule nicht viel im Sinn hatte, ihren Vater vermisste und sich bei der Ersatz-Oma langweilte?

Als ich in der Vorfreude auf eine entspannende Dusche gerade das Bad von ihr übernahm, klingelte das Telefon. Franz!

„Bist du immer noch bei Olaf?"

„Schon lange nicht mehr! Ich bin in Cannes." Das klang so entrüstet, als hinge sein Reiseplan in jedem Zimmer an gut sichtbarer Stelle. Dabei war er sich bei der Abfahrt noch nicht schlüssig gewesen: Eine Woche bei Olaf oder doch lieber zwei? Danach an die Corniche oder ins Herault? Bis zur spanischen Grenze oder rauf in die Landes? Er unterbrach meine geographischen Träumereien. „Habt ihr den Täter?"

„Es werden immer mehr. Der junge Krottmann ist mit dem Gewehr auf seine Mutter losgegangen, und jetzt ist er flüchtig!"

„Hör zu! Meine Telefonkarte ist so gut wie leer. Ich habe vor meiner Abreise vergessen, dir etwas Wichtiges zu sagen …"

Und dann hatte er zwei Wochen gebraucht, um sich wieder daran zu erinnern? „Dann sag es mir jetzt!"

„Erinnerst du dich an den Abend vor meiner Abreise? Georg war noch mal da!“ Und ob ich mich erinnerte! Nun mach schon!

„Als ich ihm die Kellerräume zeigte, ist mir aufgefallen, dass das Gitter über dem linken, vorderen Fensterschacht locker ist und der Fenstergriff …“

Na toll! Ich suchte nicht nur einen, sondern mehrere Mörder, der Serientäter konnte mich längst ins Visier genommen haben, unsere Tochter zog wieder bei uns ein und mein Mann teilte mir aus sicherer Entfernung mit, dass seit zwei Wochen ein Kellerfenster kaputt war. Krottmann war im Besitz einer Flinte und irgendwo im Gelände unterwegs, durchgeknallt wie er war …

„Weiß Georg davon?“

„Möglich! Ich habe das Fenster natürlich untersucht. Und er stand direkt daneben. Warum fragst du?“

„Wie könnte es passiert sein? Glaubst du, dass jemand versucht hat einzubrechen?“

„Danach sieht es eigentlich nicht aus, eher nach Verschleiß. Vielleicht erinnerst du dich zufällig, wie sehr ich mich mit dem alten Klumpert abgemüht habe, als wir im Januar eingezogen sind.“ Das schlechte Gewissen machte seine Stimme gereizt. „Herrgott, das Haus hat achtzig Jahre auf dem Buckel! Der Riegel ist ausgeleiert. Und am Gitter hat sich wahrscheinlich eine Schraube gelockert. Ich weiß, ich hätte es längst überprüfen müssen. Aber es war noch so viel zu erledigen bis zum Winter …“

Bis zum Winter? Wir hatten gerade mal Herbst!

„Ich habe heute Kerstin mit nach Hause gebracht.“

„Warum denn das? Wir hatten doch vereinbart …“

„Sie hatte Heimweh! Sie bleibt bis Sonntagabend bei mir, die Woche über wohnt sie dann wieder bei Marion.“

Darauf sagte er nichts, die kostbaren Einheiten klickerten durch die Leitung.

„Gut!“ Meine Antwort klang trocken. Was hätte ich sagen sollen? Ich besaß eine Dienstpistole und einen wachsamen Hund, eine Alarmanlage, einen Bewegungsmelder über dem Hauseingang und einen hohen Gartenzaun. Ich hatte eine grundsolide Ausbildung in Selbstverteidigung mitbekommen und war regelmäßig zu Schießübungen verpflichtet … Irgendetwas vergessen?

„Es ist nicht dramatisch“, sagte Franz. „Aber du solltest es in Ordnung bringen lassen. In der Zeit, wo Georg und Tanja im Haus sind, könnte ein Schlosser kommen und es richten. Aber nimm nur die Firma, die uns die Schlösser eingebaut hat.“

„Ich lasse es machen.“ Im selben Augenblick knackte es in der Leitung, unser Gespräch hatte die letzten Einheiten weggeschluckt. Ich ging runter und sah mir den Schaden an. Es war das Kellerfenster neben der Außentür. Stabiles Drahtglas, aber ein Griff, der sich, anstatt einzurasten, bequem heben und senken ließ. Hatte das Türblatt nicht auch mehr Spiel als letztes Mal, als ich mit Frau Hilbich hier unten gewesen war, um den Kellereingang zu säubern? Ich überprüfte den Gitterrost von außen. Er lag nur lose auf, die Schrauben, die ihn gehalten hatten, waren offenbar in den Schacht gefallen, mitten in den Kehricht aus Spinnweben und trockenem Laub. Ich überlegte, ob ich die Sache mit einem Vorhängeschloss flicken sollte, aber eine dilettantische Reparatur wäre erst recht aufgefallen. Rollo schnupperte neugierig an der Schwelle herum. Aber da er schon bald wieder abdrehte, um seine Nase in einen großen Karton zu schieben, der uns eine Monatsration Hundefutter ins Haus geliefert hatte, gab ich mich zufrieden, löschte das Licht und schloss die Eisentür zum Treppenhaus ab.

Alpträume im Wechsel mit traumlosem Schlafen? In dieser Nacht wurde ich mit einer anderen Spielart konfrontiert, der Schlaflosigkeit. Am Nachmittag war starker Westwind aufgekommen; eine Bestätigung für die Wetterprognose, die einen drastischen Temperaturabfall ankündigte. Die Böen hatten an den Ecken des Präsidium-Hochhauses gejault, jetzt rüttelten sie an unseren Fensterläden und fuhren brausend durch die hohen Bäume, die den Garten zum Werseufer abgrenzten. Ich drehte mich von einer Bettkante zur anderen, schob die Decke ans Fußende, zog sie wieder zum Kinn, knipste das Licht an und teilte meine Unruhe mit Rollo, der auf tapsenden Pfoten auf- und abrannte. Ein paar Mal gab er ein kurzes Blaffen von sich, um im nächsten Augenblick auf seine Decke zurückzuplumpsen. Dann sprang er wieder auf, schlich herum – kurz, er machte mich verrückt. Zwei Wochen lang hatte ich in diesem Haus fest geschlafen, aber jetzt plagten mich Unruhe und Herzklopfen wie im schärfsten Münchner Föhn. Mit Angst vor Einbrechern hatte das nichts zu tun. Trotzdem konnte ich es nicht erklären.

Nachts sieht alles schlimmer aus, sagt man. Sorgen wirken grauer, Ängste schwärzer, Geräusche lauter als am Tag. Ein paar Mal ging ich ins Arbeitszimmer und sah aus dem Erkerfenster, horchte hinauf in den zweiten Stock, wo Kerstin, die nicht nur in diesem Punkt nach Franz geriet, wahrscheinlich wie ein Murmeltier schlief, horchte runter in den Keller und machte mir schließlich ein Glas heiße Milch mit Honig; ein bewährtes Einschlafmittel meiner Kindheit. Die runde Wanduhr zeigte unter behäbigem Ticken viertel vor drei, das Küchenlicht schien warm und weich nach draußen, jeder konnte sehen, dass ich zu Hause war, und Rollos umherhuschende Pfoten waren vielleicht eine weitere Botschaft an die Außenwelt. Schlafen konnte ich trotzdem nicht.

Endlich wurde es hell. Ich machte einen langen Schritt über den schnarchenden Hund auf der Küchenschwelle, kochte Kaffee und schob zwei Graubrotscheiben in den Toaster. Und während ich mich im Bad fertig machte, dachte ich gründlich nach.

Ich brauchte genauso lange, den brennend heißen Kaffee zu schlürfen und mir endlich einzugestehen, dass die Unruhe der vergangenen Nacht nichts mit dem Kellerfenster zu tun hatte – oder nur sehr wenig. Es war die ernüchternde Einsicht, dass Franz, nachdem er sich fast theatralisch geweigert hatte, allein in Urlaub zu fahren, mir zwei Wochen lang nichts von dem defekten Gitter gesagt hatte. Zu Sprechstundenzeiten führen wir ein offenes Haus. Jeder, der sich, aus welchem Grund auch immer, für unsere Sicherheitsstandards interessiert, kann sie ungehindert durchchecken. Frau Hoppes Täterprofil fiel mir wieder ein. Der von ihr favorisierte geistesgestörte Raubkatzenfan war möglicherweise mit Kindern unterwegs, wenn er im Zoo fotografierte. Wer garantierte mir, dass die Haustiere, die zum Impfen oder Entwurmen zu uns gebracht wurden, nicht eine ähnliche Alibirolle spielten?

Hätte man den Urlaub nicht verschieben können? So lange, bis die Mordfälle gelöst waren? Nein! sagte die logischere Hälfte jenes hartnäckigen Duos, das die ganze Nacht in meinem Kopf gestritten hatte. Kerstins „Grüne Woche“ war eine gute Gelegenheit. Und einen Monat später hätte uns Georgs Rigorosum einen Strich durch die Rechnung gemacht. Aber wieso vier Wochen? Warum nicht zwei?

Der Wurm war nun mal drin.

Ich stützte den Kopf in die Hände und grübelte, während wieder die Unruhe der letzten Nacht in mir hoch kroch. Oder wie sollte man es nennen? Enttäuschung, Misstrauen, Zweifel? Hatten wir nicht alles falsch gemacht, was man nur falsch machen konnte, als wir wieder zusammenzogen? Andere Paare ließen sich scheiden und blieben trotzdem gute Freunde. Wir hatten auch noch dieses einsame Haus gemietet? Viel zu teuer für unsere Verhältnisse! Aber es war ja soviel Nostalgie im Spiel gewesen, Tierliebe, „grünes" Lebensgefühl! Dass es Tietze auf Anhieb gut gefallen hatte, machte die Sache auch nicht besser.

Der Toaster warf die nächste Brotscheibe mit einer Entschlossenheit aus der Heizschiene, als wollte er mich in meiner Entrüstung bestärken. Ich strich Butter und Honig drauf, unter meinen Zähnen begann es fett und süß zu knistern. Im gleichen Augenblick spürte ich Red Butler am linken Bein. Er rieb seinen Kopf an meinem Fußknöchel. Sein kokettierendes Blinzeln erinnerte mich an die magere Siamkatze in Frau Hermamets Wohnung. Ich holte eine Schale Katzenfutter aus dem Vorratsschrank und löffelte ein paar Brocken in seinen Fressnapf. Doch er schnupperte nur kurz und wandte sich dann zum Treppenabsatz, wo er einen hohen Buckel machte, bevor er steifbeinig nach unten torkelte. Der nächste Punkt auf seiner Tagesordnung würde darin bestehen, dass er sich nervös leckte und stürmisch Ausgang nach draußen verlangte.

Ich ließ ihm seinen Willen und kehrte zu meinem Frühstück zurück. Zu meiner Grübelei. Und zu Kerstin!

Sie war dreizehn. Nur vier Jahre jünger als Meral. Was hatte die junge Türkin vorgehabt, als sie zu ihrer Verabredung in der Windhorststraße ging? Ich dachte an das Medaillon mit dem „alten Knacker". Für eine Siebzehnjährige wäre selbst Tietze ein „Rentner", trotz seines blendenden Aussehens. Der Mann musste also kein Greis sein. Ich dachte an die Lade mit der Reizwäsche und an Kerstins sportive Bustiers, die das bisschen an Weiblichkeit, das sie bisher entwickelt hatte, konsequent verbargen. Nur ein, zwei Jahre weiter, und sie würde sich abends ihr eigenes Programm machen. Weg vom Provinzleben, das einen so gar nicht „aufgeilt!" Und was, wenn sie uns irgendwann mit der Botschaft kam, sie wolle bei einer Freundin übernachten, die wir nicht kannten? Meral Remizgil hatte eine solche Ausrede benutzt und war umgebracht worden – schwanger im vierten Monat.

In diesem Augenblick polterten Clogs auf der Holztreppe und Kerstin erschien in der Küche. „Hallo, Mama!“ Ein feuchter Kuss landete auf meinem Ohrläppchen. „Gut geschlafen?“

„Und selber?“

„Herrlich!“ Sie streckte sich. „Weißt du, wie laut es bei Marion ist? Die ganze Nacht Autos und dann die helle Laterne!“

„Als wir noch am Prinzipalmarkt wohnten, hat dich das nie gestört. Außerdem kenne ich jemanden, der sich erst neulich über unser Landleben beschwert hat, das einem so gar nichts bietet.“

„Ach, am Prinzipalmarkt, da war ich doch noch jung und anspruchslos.“ Sie löffelte mit spitzbübischem Lächeln ihr Müsli, und mir wurde schon ein bisschen besser. Wir würden uns zwei richtig schöne Tage machen. Auch am nächsten Wochenende!

Als es Zeit für den Wochenmarkt am Domplatz wurde, pfiff ich nach Rollo und öffnete ihm die Ladefläche des Kombi, während Kerstin auf den Beifahrersitz stieg. Der Sturm hatte die angekündigten Regenwolken verjagt. Es war warm und sonnig, und so beschlossen wir, auf dem Markt zu essen und weiter zum Zoo zu fahren.

Wir stockten unseren Vorrat an Heidekartoffeln auf und mein großer Weidenkorb füllte sich mit Boskop und Reinette, mit Packham-Birnen und Muskattrauben. Nachdem wir noch am Holländischen Käsestand und bei unserem Lieblingsvollkornbäcker geduldig Schlange gestanden hatten, war der Mittagssnack an der Reihe. Mit Bratfisch und einer Knackwurst für Rollo zogen wir uns zu dem Mäuerchen am Dom zurück. Lag es an der friedlichen Miene meines Hundes, dass die jungen Mütter, die ringsum ihre Kleinkinder mit Waffelhäppchen oder Apfelstücken fütterten, so bereitwillig Platz machten? Während er über seine Wurst herfiel, hörte ich mir, ebenfalls genussvoll kauend, die kontroversen Erziehungsmethoden an, die rund um uns verbreitet wurden. Erst als sich eine der Mütter etwas lauter als unbedingt nötig über die zunehmenden „Hundeküttel“ auf dem Markt beschwerte, dass ihre Kinder ständig Haufen unter den Schuhsohlen hätten, und mich ein feindseliger Blick traf, sammelte ich Fischpapier und Wursttüte ein, und wir trollten uns.

Der Zooparkplatz an der Sentruper Straße war gerammelt voll, aber wir hatten Glück. Eine Kleinfamilie überließ uns ihre Lücke. Ich nahm Fotoapparat und Hundeleine aus dem Handschuhfach und wir stellten uns an der Kasse an.

Wir waren schon ein ganzes Stück in Richtung Delphinarium unterwegs, als mir weiter vorn ein in Rot-Gelb-Braun-Tönen gemusterter Seidenblouson ins Auge sprang, der mir bekannt vorkam. Alltags dekorierte er von halb neun morgens bis halb acht abends den Kleiderständer im Wartezimmer. Tanja war in Begleitung eines jungen Mannes, sie hielten sich an den Händen, und als er sich ihr zuwandte, wusste ich, mit wem sie unterwegs war. Im selben Moment sagte Kerstin: „Guck mal, da sind Tanja und Georg! Soll ich hingehen?"

„Wir wollen sie doch nicht stören, oder?"

Auch Georg schlenkerte eine Kamera, Tanja hatte einen Rucksack auf, und sie schienen dem gleichen Ziel entgegen zu schlendern wie wir. Als sich der Weg gabelte, schlugen sie ohne Zögern oder Absprache die Richtung zu den Raubtiergehegen ein. Das Gros der Jungfamilien steuerte erwartungsgemäß das Delphinarium an, wo um fünfzehn Uhr die nächste Vorstellung begann.

An der großen Freianlage, in der Sibirische Tiger und Persische Leoparden untergebracht waren, blieben sie stehen. Ich zog Kerstin in den offenen Käfigbereich auf der Rückseite, um nachzusehen, wann die Fütterung begann, und beobachtete die beiden durch das große Fenster. Georg fotografierte Tanja, die sich gegen das Geländer lehnte und ihn anlächelte. Er machte eine ganze Reihe von Aufnahmen, mal mit, mal ohne Tanja und von allen Seiten des Geheges. Dabei versuchte ich, seine Mimik zu erkennen, doch das einzige, was sie verriet, waren Lebensfreude, Verliebtheit und Spaß an diesem verspäteten Abschiedsgeschenk des Sommers.

„Willkommen im Club der Serienkiller, Georg!" dachte ich. „Und falls es dich wundert, wie du da reingekommen bist: Eine übereifrige Polizei-Psychologin und eine durchgeknallte Hauptkommissarin haben dich vorgeschlagen. Obwohl du dir diesmal das falsche Opfer ausgesucht hast. Tanja ist keine Jungunternehmerin mit unübersichtlichem Kundenkreis und nächtlichem Heimweg. Außerdem ist sie viel zu jung!" Ich spielte meinen Einfall weiter durch. Schüller, Wagner und Heinrich in unseren Praxisräumen, auf der Suche nach Beweismaterial. Und dann die Schlagzeilen in der Presse: Kommissarin lebte Tür an Tür mit dem Promenadenmörder!

Wir warteten die Fütterung ab, während Rollo das Unkraut am Zaun systematisch abschnüffelte und alle kleineren Hunde feindselig anbellte. Als sich niemand mit Kamera und minderjähriger Begleitung zeigte, gingen wir zum Elefantenhaus, wo im Mai ein Jungtier zur Welt gekommen war.

Am Löwenhaus war die Fütterung schon vorbei. Satt und schläfrig dösten die Tiere im Schatten der Trauerweiden, von Georg und Tanja keine Spur. Als ein Tierpfleger mit Eimer und Schrubber erschien, schickte ich Kerstin zum nahegelegenen Kiosk, um Eis zu holen. Dann fragte ich den Mann nach den Mardern und Iltissen.

„Haben wir nicht!" Er stützte sich auf seinen Schrubberstiel und signalisierte Gesprächsbereitschaft. Er mochte um die sechzig sein, das graue Haar im Nacken zum Pferdeschwanz gebunden, die nackten Füße in Plastiksandalen. „Und wissen Sie auch, warum nicht?"

Nein, das wusste ich nicht.

„Weil sie so leicht ausbüxen. Die Viecher sind nämlich clever. Und so anspruchsvoll, dass wir sie rund um die Uhr beschäftigen müssten. Deshalb!"

„Stimmt es, dass sie Gummikabel anknabbern?"

„Das tun sie alle. Nur die Eichhörnchen nagen an Telefondrähten, Marder nehmen gern Gummischläuche aufs Korn. Aber nur, wenn sie Rivalen wittern. Dann geht die Zerstörungswut mit ihnen durch."

„Könnte man ein Frettchen auf Autokabel abrichten?"

„Das müssen Sie nicht abrichten, das geht ganz von allein dran. Wie gesagt, wenn ein anderes Männchen in der Nähe markiert hat." Er musterte mich neugierig. „Haben Ihre Feinde ein Auto?"

„War nur eine Frage." Ich lächelte. Auch einem Polizisten macht es Spaß, vorübergehend in den Ruch der Kriminalität zu kommen. Wenigstens, wenn er privat unterwegs ist.

„Alles klar!" Er tippte an die Schläfe, als hätte er eine Dienstmütze auf, und ich ging weiter.

Ein zerbissenes Bremskabel setzte also zwei Tiere voraus. Oder den Geruch eines Rivalen. Gerüche konnte man künstlich herstellen. Gab es vielleicht einen Raumspray Marke „Frettchen"?

Später sahen wir Georg und Tanja noch einmal. Sie hatten sich ebenfalls Eis gekauft und gingen zum Aquarium. Georg hatte seine Kamera weggesteckt.

Zu Hause blinkte der Anrufbeantworter. Franz! Er bedauerte, dass er uns nicht erreichen könne, gab sich alle Mühe, mich wegen des Kellerfensters zu beruhigen, und versprach, wieder anzurufen. Ich stellte mir eine Frankreichkarte mit seiner durch Stecknadelköpfe markierten Route vor: Toulouse, Bordeaux, das Loire-Tal, Chartres, Paris und Reims! Touristisch orientierte Geographie war mein Steckenpferd, deshalb konnte ich auch unserer Tochter ihre miserablen Erdkundenoten nicht verzeihen. Da quengelte sie einem die Ohren voll, dass sie die Welt nicht zu sehen bekäme, und wusste nicht mal, wo die Eifel lag! Ich ließ das Band zurücklaufen und betätigte mit hartem Fingerdruck den Löschknopf. Wie ärgerlich, dass ich nicht zu Hause gewesen war, als er anrief. Er hätte gewusst, worüber Georg promovierte. Wahrscheinlich über Raubkatzen und ihr Verhalten im Gehege.

Weil das Fernsehprogramm absolut nichts brachte, holte Kerstin ihre Englisch-Lektüre, „The Selfish Giant“ von Oscar Wilde, herunter, und ich verkroch mich mit meinem „Ambler“ im Ohrensessel. Nach dem Essen teilte Kerstin mit Red Butler noch ein Becherchen Vanillepudding, wir räumten den Tisch frei und bauten das „Monopoly“-Spielbrett auf. Doch schon bald begann Kerstin zu maulen, dass bei nur zwei Spielern, von denen einer die Bank verwaltete, der andere die Grundstückskarten, keine Spannung aufkäme. Ich musste ihr recht geben. Uns fehlte Franz, der die meiste Zeit im Gefängnis verbrachte und sich so herrlich ärgerte, wenn er verlor. Ich schlug andere Spiele vor, aber sie sprang auf und sagte, sie wolle in ihr Zimmer und im Bett noch etwas lesen. Kurz darauf füllte Britney Spears mit ihrer Kleinmädchenstimme das Haus, und ich verbrachte den restlichen Abend wieder allein. Und doch war es diesmal anders. Ich konnte jederzeit nach oben gehen und hatte meine Tochter vor mir.

In dieser Nacht kehrte mein Unterbewusstsein zu seinem eingefahrenen Rhythmus zurück. Ich träumte nichts. Am Morgen zog, fein wie ein Schleier, ein Nieselregen übers Land.

Wenn man mitten im Berufsstress steckt, denkt man gern an einen faulen, verregneten Sonntag. Wenn man ihn hat, fühlt man sich eingesperrt, möchte nach draußen oder wünscht sich Freunde herbei. Kerstin und Rollo mit ihrem angeborenen Bewegungsdrang machten die Sache nicht einfacher. Ich spielte mit dem Gedanken, Marion anzurufen. Aber dann stellte ich mir ihre Stimme vor: Hibbelig, wie immer, wenn sie unter Zeitdruck stand. Vernissagen nahm sie wahnsinnig ernst. Und wenn ich richtig verstanden hatte, ging es diesmal um einen ernstzunehmenden Künstler aus Gelsenkirchen, der schon in New

York ausgestellt hatte. Ich erinnerte mich dunkel an eine von ihm entwickelte Maltechnik, die mit Asche zu tun hatte.

Am Spätnachmittag teilten sich die Regenwolken. Als sich zwischen den grauen Plumeaus ein leuchtend blaues Fenster zeigte, von jener Farbintensität, wie sie die Deckenmalereien barocker Klosterkirchen besitzen, holte Kerstin die Leine, und ich rief Rollo zu unserem üblichen Dreißig-Minuten-Marsch.

Wir schlugen den Weg zur Dyckburg-Kirche ein, und immer wenn ich die Spuren undisziplinierter Waldbenützer entdeckte, hier eine Coladose, dort eine Lidl-Tüte, die Reste eines Lagerfeuers oder zerbrochene Bierflaschen, dachte ich an Hans Krottmann. Eine Hundestaffel hatte das Gelände durchkämmt, ohne auch nur ein Krümelchen mehr zu finden als diese anonymen Überbleibsel. In den Medien vermutete man, er habe sich in die Niederlande abgesetzt.

Vor der Kirche parkte ein ganzer Pulk jener hohen, immer etwas steif wirkenden Drahtesel, die in unserem Nachbarland gern benutzt werden. Ihre Besitzer, ältere Leute in Regenjacken und Wanderschuhen, erfüllten den Innenraum mit ihren kehligen Rachenlauten.

Wir waren noch nicht weit von der Kirche entfernt, als Rollo plötzlich im Unterholz verschwand und nicht wieder herauszulocken war. Er scharrte und schnüffelte, während mein Magen zu kreiseln begann. Bitte keine Leiche hier im Gebüsch! Nicht vor Kerstins Augen! Und nicht der junge Krottmann! Meine Bitte wurde erhört, Rollo gab seine Suchaktion auf. Wahrscheinlich hatte er einen Fuchsbau entdeckt und festgestellt, dass er nicht reinpasste.

Danach gingen wir eine Weile stumm nebeneinander her, bis sich plötzlich Kerstins warme Hand in meine schob. „Wie habt ihr, der Papa und du, euch eigentlich kennen gelernt?“

„Das habe ich dir doch schon so oft erzählt.“

„Ich hab’s aber wieder vergessen.“

Ich lachte. „Ich bin ihm ins Auto reingefahren.“

„Ein Unfall?“ Und darüber konnte man noch lachen? „Und trotzdem hat der Papa sich mit dir angefreundet?“

„Deswegen!“ korrigierte ich. „Weil ich ihm Leid tat. Sein Auto hatte nur einen winzigen Kratzer an der Stoßstange, meins eine Delle. Ich musste an dem Morgen zu einer wichtigen Prüfung, ich war spät dran und hatte keine Zeit fürs Make-up gehabt. Aber der Prüfer war dafür bekannt, dass er gut aussehende Studentinnen besser benotete.

Und das nutzte man natürlich aus!" Merkwürdig, dass mir dabei wieder Udo Polker durch den Kopf ging!

„Und weiter?"

„Es gab einen Stau, wir fuhren Schritttempo, und ich klappte die Sonnenblende runter, um mir im Spiegel die Wimpern zu tuschen. Der Wagen vor mir bremste, und ich brummte ihm auf die Stoßstange."

„Das war Papa", nickte Kerstin. „Was hat er gesagt?"

„Er hat geflucht und hatte nur Augen für seine Karosserie. Als er sah, dass nicht viel passiert war, hatte er auch Augen für mich und sagte, zur Strafe müsse ich ihn zu einem Eis einladen."

„Ich denke, du hattest eine Prüfung?"

„Das habe ich ihm auch gesagt."

„Hast du bestanden?"

„Ja", sagte ich. „Das haben wir am nächsten Abend gefeiert."

„Hm!" machte sie nachdenklich. Ich wartete darauf, dass sie nach den Eissorten fragte, doch sie scheuerte mit der unteren Zahnreihe über die Oberlippe wie immer, wenn sie angestrengt nachdachte.

„Habt ihr euch wegen dem Unfall gestritten?"

„Da gab es nichts zu streiten. Ich war schuld!"

„Aber manche Leute streiten auch, wenn sie schuld sind."

„Wer denn?"

„Die Yvonne", sagte sie, „die sitzt beim Zeichnen immer neben mir. Neulich hat sie meinen grünen Buntstift abgebrochen, und als ich mit ihr geschimpft habe, ist sie frech geworden und hat gesagt, der Stift wäre ganz großer Mist, und sie hätte viel bessere."

„Warum benutzt sie sie dann nicht?"

„Sie gibt sie der Simone. Die ist die Beste im Zeichnen und malt für sie mit. Deshalb muss Yvonne immer meine Stifte nehmen."

„Dafür kommst du später in den Himmel!" hätte meine Großmutter gesagt, aber solche Argumente zogen bei der heutigen Schuljugend nicht mehr. Viel populärer waren Tipps, wie man sich gegen Nassauerei und Abstaubertum schützen konnte. Nicht umsonst waren im Lukas-Evangelium die „Kinder dieser Welt" den „Kindern des Lichts" immer um eine Nasenlänge voraus.

Kerstin unterbrach meine Gedanken. „Ich bin froh, dass der Papa wieder bei uns wohnt."

„Ich auch."

Danach blieb sie eine Weile stumm, und ich kehrte zurück zu unserem Eisessen. An die Sorten erinnerte ich mich nicht mehr, wohl aber an unsere heißen Blicke. Bei mir hatte es auf Anhieb gefunkt, schon während Franz sich seinen Stoßstangenkratzer besah. Aber dem Eisessen waren nicht viele nachgefolgt, dafür waren wir zu sehr mit dem alten Bauernhof in Altötting beschäftigt, dessen Renovierung er damals gerade plante. Vor meinem inneren Auge tauchten wieder laue Sommernächte auf, draußen die Zikaden, drinnen wir beide in einem leeren großen Zimmer mit ungehobelten Holzdielen, einer Matratze und einem Gartentisch mit bunt zusammengewürfelten Stühlen. Eine Hochzeitssuite im Ritz sah anders aus, aber wir genossen unser junges Glück. Niemand wusste, wo wir steckten. Als mich Franz dann auf seine herzhaft-raue Art fragte, ob ich vielleicht Frau Züricher heißen wollte, stellte ich mir natürlich vor, dass dieses Zimmer unser Schlafraum werden würde. Doch Franz hatte unsere Pläne längst geändert und eine Art Wohnhalle vorgesehen. Und jedes Mal wenn uns Freunde besuchten, befiel mich der Gedanke, dass sie, ohne es zu ahnen, durch unser heimliches Liebesnest stolperten …

Nach der ersten Nacht hatte ich natürlich erwartet, ganz romantisch in seinem Arm aufzuwachen, doch als ich die Augen aufschlug, war Franz verschwunden. Eine Weile hockte ich auf der Matratze und überlegte, ob das ein Wink war, dass er mich loswerden wollte, als ich an der Tür ein heftiges Klappern hörte. Er war in den Ort gefahren und hatte „ein mobiles Frühstück mit Rosen" besorgt. Ich trocknete sie später am Fensterkreuz.

Zwei Jahre später kam Kerstin zur Welt, ein Wunschkind, auch wenn Haus und Familienleben allmählich an unseren Kräften zu nagen begannen – physisch und finanziell. An ein berufliches Weiterkommen war in der Polizeistation von Altötting nicht zu denken. Und so tauchten erste Zweifel auf, Überlegungen, wie man sich arrangieren könnte, ohne einander aus den Augen zu verlieren. Wir beschlossen eine vorübergehende Trennung, Franz vermietete die eine Hälfte des Bauernhauses, um materiell über die Runden zu kommen, Kerstin und ich zogen nach München. Ich gab sie in eine Ganztagsschule, arbeitete im Sittendezernat und pendelte an den Wochenenden hin und her. Noch redeten wir von Kompromissen und Provisorien und doch blieben wir fast fünf Jahre getrennt, auch noch, nachdem ich ins Morddezernat in Münster gewechselt war.

Über dem Versuch, wieder zusammenzuziehen, hatten wir uns die Köpfe heißgeredet. Und genau das, was wir befürchtet hatten, dass irgendein banales Missverständnis uns wieder auseinander brächte, war jetzt eingetreten. Oder vielleicht doch nicht?

Was bist du für ein Schaf! dachte ich. Nur wegen eines Kellerfensters lässt man sich nicht scheiden! Ich dachte an unseren Spaziergang vor der Abreise von Franz und daran, wie sehr ich ihn trotz meiner Arbeit vermisste. Nicht jeden Mann konnte man allein in Urlaub schicken. Die einen riskierten Unfälle oder wachten jeden Morgen mit einem Kater auf, andere legten sich einen Urlaubsflirt zu. Franz würde das nie tun! Es war die letzte Gelegenheit gewesen, wieder zusammen zu finden, und damit Schluss!

So hing jeder seinen Gedanken nach, bis das Haus in Sicht kam. Wir kratzten die Walderde aus den Schuhsohlen und dabei ließ Kerstin eine neue Beschwerde über Marion vom Stapel, die bei jedem Tapser auf ihrem Hochglanzparkett mit feuchtem Küchenkrepp angerannt käme. „Wenn die einen Hund hätte!" sagte sie und sah mir zu, wie ich Rollo das Fell bürstete und ihm nach längerer Zeit mal wieder die Krallen schnitt. Als ich damit fertig war, wurde es Zeit fürs Abendessen.

Als ich später den Tisch abräumte und Kerstin ihre Tasche packte, fiel mir ein, dass dies ein günstiger Augenblick für ein Gespräch mit Frieder Lenz wäre. Ich wusste noch immer nicht, wie Tietzes Frau seit ihrer zweiten Heirat hieß und wie sie zu erreichen war. In seinem Büro bekam man Lenz so gut wie nie ans Telefon, doch an einem verregneten Sonntag war er sicher zu Hause. Ich suchte die Privatnummer heraus, hörte das Rufzeichen und dann eine resolute Frauenstimme, die die waschechte Rheinländerin verriet.

„Mein Mann ist mit den Hunden unterwegs", antwortete sie auf meine Frage hin. „Worum geht es denn?"

Ich erklärte ihr das Nötigste und bat um Frieders Rückruf, sobald er wieder da wäre. Dann legte ich auf und stellte mir vor, wie er, anstatt mit seinen beiden Settern durch Dunkelheit und Regen zu trotten, ganz gemütlich vor dem Fernseher oder einem spannenden Computerspiel saß und seine Frau dazu abgerichtet hatte, ihm jeden Störenfried vom Hals zu halten. Prompt schlug mein schlechtes Gewissen, als ich daran dachte, wie erbarmungslos ich Franz so manches Mal aus dem

Schlaf gerüttelt hatte, weil der Bauer XYZ nach seiner Hilfe verlangte. Oh ja, so einiges würde sich zwischen uns ändern müssen.

Nur zwei Minuten später hatte ich Lenz in der Leitung.

„Ein Kollege aus unserem Präsidium, der die Ex-Frau eines Paderborner Kriminalinspektors geheiratet hat? Hm!" Ich sah ihn vor mir, mit seiner markanten Hakennase und dem vorspringenden Adamsapfel. Seine „Geheimratsecken" hatten sich womöglich noch mehr gelichtet, und bei all dem Stress, der seinen Arbeitstag diktierte, war er sicher noch hagerer geworden. „Weißt du denn nicht wenigstens, wie diese Frau mit Vornamen heißt und in welchem Dezernat ihr Mann beschäftigt ist?"

Da ich nicht einmal wusste, ob der Mann überhaupt im Präsidium arbeitete und nicht in einer der zahlreichen Polizeistationen der Stadt, versuchte ich sein Interesse auf die beiden Kinder zu lenken, die die Frau noch immer mit ihrem geschiedenen Mann teilte. Doch auch jetzt blieb seine Anteilnahme eher mäßig. Er fand das Ganze „reichlich nebulös", was nicht gerade nach angetörntem Spürsinn klang. Aber dann sagte er: „Ich könnte immerhin mal Elfriede fragen. Sie organisiert ab und zu ein Damenkränzchen mit Kollegenfrauen. Und da wird natürlich viel getratscht ... Was sagst du? Ja, ja, schon gut!" Lenz hatte die Hand über die Muschel gelegt, aber nicht schnell genug, um den murmelnden Protest im Hintergrund zu überdecken. Er lachte leise. „Jetzt ist sie sauer! Sie sagt, das sei kein Tratsch. Aber vielleicht kann sie dir weiterhelfen."

„Eine Bitte, Frieder!"

„Und zwar?"

„Wenn du Informationen hast, ruf mich zu Hause an."

„Ganz wie du möchtest!" Das klang unverbindlich. Ahnte er denn nichts? Er verabschiedete sich, nicht ohne Grüße an den „Pinguin", Hilly und „die ganze Truppe" zu bestellen.

Es war halb zehn, als ich Kerstin vor Marions Wohnung absetzte. „Soll ich noch mit rauf kommen?"

„Nein. Marion schickt mich sofort ins Bett." Das klang trotzig.

„Sie meint es gut! Du solltest in der Schule ausgeschlafen sein."

„Das weiß ich selbst! Lass uns noch ein bisschen im Auto sitzen bleiben und reden."

Ich nickte. Auch für mich würde die Woche einsam werden.

„Warum langweilst du dich bei Marion?“ wollte ich wissen. „Sie ist immer im Stress“, klagte sie. „Wenn sie überhaupt zu Hause ist, telefoniert sie stundenlang oder sitzt über irgendwelchen Büchern. Sie sagt, ich soll mit in die Galerie kommen. Aber da ist es noch öder. Nichts darf man anfassen und dauernd kommen Leute, die reden wollen. Ich hab' gedacht, es wäre lustiger bei ihr!“

„Und wenn du nachmittags zu einer Freundin gingest?“

„Nach Wolbeck, zur Silke, ist es so weit“, gab sie zurück. „Die einzige, die in der Nähe wohnt, ist die Yvonne, und die ist so doof!“

„Aber Marion ist nicht da, um dich zu unterhalten“, wandte ich ein. „Das musst du verstehen. Sie hat ihre Arbeit!“

„*Du* verstehst mich nicht! Keiner versteht mich!“

„Oh doch, ich verstehe dich sehr gut. In deinem Alter fuhr ich in den Sommerferien immer zu meiner Großmutter. Sie wollte es gern, weil sie ganz allein war. Bei ihr war es noch viel langweiliger. Sie wohnte auf dem Land und hatte weder Haustiere noch einen Fernseher. Sie hielt Kaffeekränzchen ab, hatte im Haushalt zu tun oder las stundenlang die Zeitung. Und mittags legte sie sich für zwei Stunden ins Bett. Ich hatte meine Oma gern, aber ich hätte sie noch lieber gehabt, wenn es nicht so fad bei ihr gewesen wäre.“ Ich hatte alles deutlich vor Augen. Die Sommerhitze, die in der Küche „stand“, die summenden Fliegen, der Geruch nach saurer Milch, die ländliche Stille, die im ganzen Haus hing, und gähnende, erbarmungslose Langeweile.

Eine Weile schwiegen wir, dann sagte Kerstin plötzlich: „Und wenn wir die Marion anriefen und ihr sagten, dass ich noch eine Nacht bei dir bleibe? Dann kann ich im Ehebett schlafen und wir kuscheln.“ In einem plötzlichen Entschluss startete ich den Wagen und wir kicherten wie die Kobolde.

Montagmorgen. Mein Körper hatte sich eine weitere traumlose Nacht zurückgeholt, ich fühlte mich frisch und ausgeschlafen. Ich würzte den Lindenblütentee mit Honig und schnibbelte Bananen und Birnen in die beiden Müslischüsselchen vor mir. Während ich Joghurt darüber löffelte, fiel mir ein, dass dies der letzte Montag im Oktober war.

Der Regen hatte in der Nacht aufgehört, der Himmel war eine weiß-blaue Flickendecke. Von einem abgeernteten Feld stieg ein dichter Schwarm Stare auf. Sie flogen eine große Kurve nach links, dann eine nach rechts, und ich fragte mich, wer ihnen eigentlich die

Kommandos diktierte. Mein nächster Gedanke war, dass der kommende Montag der erste im November sein würde, und ich spürte eine leichte Gänsehaut.

Bevor wir das Haus verließen, schrieb ich einen Zettel für Frau Hilbich, auf dem ich sie bat, mit Rollo spazieren zu gehen. An diesem hochsensiblen Abend hatte ich etwas anderes zu erledigen.

Tietze saß gut gelaunt am Schreibtisch und wir begrüßten einander mit einem Erfahrungsaustausch über das Wochenende und unser gebremstes Familienleben. Er hatte das prächtige Wetter am Samstag ebenfalls ausgenutzt und war um den Aasee gejoggt. Um neun gingen wir zum „Pinguin", aber die Lagebesprechung fiel wortkarg aus. Der Chef war ein begeisterter Anhänger von Borussia Dortmund, und dieses Wochenende hatte es mit seinen Fußballhelden nicht sehr gut gemeint. Der Verein war um zwei Tabellenplätze abgerutscht und Dr. Gross entsprechend mies.

Zurück am Schreibtisch, rief ich das Institut für Rechtsmedizin an und erfuhr, dass Merals Leiche freigegeben war und der endgültige Autopsiebefund im Lauf des Vormittags ins Präsidium geschickt würde. Also galt das nächste Telefonat der Familie Remizgil. Merals Mutter begann zu schluchzen, als ich sie über die Freigabe informierte. Sie tat mir Leid.

„Ist Ihr Mann zu Hause?"

„Nein, er arbeitet."

„Und Ihre Söhne?"

„Die sind heute Morgen weggegangen, wohin, weiß ich nicht."

„Wäre es Ihnen recht, wenn ich kurz vorbeikäme?"

„Ach!" hörte ich sie ächzen und schämte mich, weil ich mein Charisma überbewertet hatte. Wie konnte ich ihr denn helfen? Aber dann fragte sie: „Dürfen Sie so einfach weg aus Ihrem Büro?"

„Das darf ich jederzeit. Und in einem solchen Fall …"

Eine Viertelstunde später saß ich bei ihr im Wohnzimmer. Sie wirkte sehr blass, was durch die schwarze Kleidung noch unterstrichen wurde. Ich sah mich unauffällig um. Nirgendwo ein Foto von Meral, keine Blumen, nichts!

„Haben Sie schon entschieden, wo die Beerdigung stattfindet?"

„Hier in Münster, natürlich." Sie sah mich scheu an. „Gibt es einen Hinweis auf den Täter?"

„Wir haben einige Spuren, und ich bin überzeugt, dass wir den Mörder Ihrer Tochter finden. Was uns dabei sicher helfen würde, wären Fotos von ihren Freunden …"

„Freunde?" fragte sie unsicher. „Und dieses Passbild?"

„Wir brauchen mehr Anhaltspunkte, Frau Remizgil. Und auch ein Foto von Ihrer Tochter. Wenn sich jemand melden würde, der sie am letzten Abend gesehen hat, könnten wir noch gezielter arbeiten. Ich würde mir auch gern noch einmal das Zimmer ansehen."

„Ja, gut!" Sie stand zögernd auf, aber vor Merals Tür blieb sie stehen. „Gehen Sie bitte allein hinein. Ich … ich schaffe es nicht, verstehen Sie!"

Ich schloss die Tür. Es wäre mir diesmal schwer gefallen, sie vom Zimmer ihrer Tochter fernzuhalten, während ich es durchsuchte. Aber dann hatte ich wieder ihr Gesicht am Tag nach dem Mord vor mir, den Zorn, mit dem sie ihren Mann überschüttete. Sie wusste etwas, und wenn sie nicht redete, musste ich mir meine Fragen eben selbst beantworten.

Nichts im Zimmer schien verändert, alles war an seinem Platz, auch der Sammelrahmen. Ich löste die Klammern und nahm das Foto mit den beiden jungen Männern heraus. Frau Remizgil saß am Wohnzimmertisch. „Haben Sie etwas gefunden?"

Ich zeigte ihr das Bild. „Wer ist das?"

„Das sind unsere beiden Söhne." Sie sah von dem Foto zu mir, als verstünde sie nicht. Ihr Blick heftete sich an meine Hände, als ich das Bild in meine Tasche schob, aber sie blieb stumm.

„Ich brauche auch eine Aufnahme von Meral", erinnerte ich, und sie erhob sich seufzend, kramte lange in einer Schublade und legte mir schließlich ein Schwarzweiß-Foto mit einer größeren Tischrunde hin. Meral war am äußeren Rand zu erkennen, für ein Aktendokument ein bisschen zu klein und zu undeutlich. Ich steckte es trotzdem ein und erkundigte mich nach dem Beerdigungstermin. Sie nannte den kommenden Donnerstag. Als ich schon an der Wohnungstür stand, sagte ich schnell, als hätte ich es vergessen: „Ihre Tochter besaß ein Medaillon mit einem Foto. Haben Sie das noch?"

Ihre Miene wurde misstrauisch. „Woher wissen Sie das?"

„Das hat eine ihrer Freundinnen erzählt. Zeigen Sie es mir?"

Sie murmelte etwas, das ich nicht verstand, ging zurück ins Wohnzimmer, zog eine andere Lade auf und kam mit einer Schachtel zurück. Sie öffnete sie umständlich, und was dann zum Vorschein kam, war ein auf gelbe Watte gebettetes, schön ziseliertes Silbermedaillon. Frau Remizgils Hände zitterten, als sie den Verschluss aufknipste. Ihr Benehmen machte mich neugierig, erschien mir aber umso unerklärlicher, als ich das Foto sah. Es zeigte einen großen Hirtenhund, einen türkischen Akbasch. Ich erkannte ihn an den Hängeohren und dem schneeweißen Fell.

„Sind Sie sicher, dass dieses Bild immer da drin war?"

„Ich … Ich glaube schon." Ihr Blick verriet Angst. Mit Sicherheit kannte sie das ursprüngliche Foto.

„Merals Freundin behauptet, es sei das Bild eines älteren Mannes gewesen. Vielleicht vom Großvater?"

„Dies ist der Hund ihres Großvaters."

„Frau Remizgil, wenn Sie uns etwas verheimlichen oder nicht die Wahrheit sagen, kann das sehr unangenehme Folgen haben. Wir finden heraus, wenn uns jemand belügt!"

Sie blinzelte nervös, aber dann sagte sie fest: „Dieses Hundefoto ist immer in dem Medaillon gewesen. Meral hat das Tier sehr geliebt, bis es von einem Lastwagen überfahren wurde."

„Wie lange ist das her?"

„Meral war sieben, und der Hund war ihr Spielkamerad. In einem Dorf gibt es nicht immer gleichaltrige Kinder. Sie konnte ihn nicht vergessen. Wie er da lag, mitten auf der Straße."

Möglich, dass die Geschichte stimmte, andernfalls war sie eine gute Schauspielerin. Ihre Augen füllten sich mit Tränen. Warum hatte Antje Tüning etwas anderes erzählt?

„Können Sie sich das vorstellen?" fragte ich Tietze. „Das Mädchen wie ausgetilgt, kein Bild, keine Blumen, nichts, das an sie erinnern könnte! Und in dem Medaillon ein Hundefoto?"

„Merkwürdig!" nickte er. „Wie gehen wir jetzt weiter vor?"

Ich schob ihm die Aufnahme von den Brüdern hin. „Mit diesen beiden Herren sollten wir uns mal etwas intensiver unterhalten. Ich werde den Verdacht nicht los, dass sie gar nicht mit dem Auto zu Oma und Opa gefahren sind, sondern mit dem Flugzeug, und auch nicht vor zwei Wochen, sondern erst am Dienstag nach dem Mord."

„Kein Problem!"

„Muss am Eincheckschalter nicht der Pass gezeigt werden?"

Er nickte. „Als ich im Sommer nach Antalya geflogen bin, war es jedenfalls so."

„Na, bestens! Die Namen der Brüder haben Sie?"

Er nickte. „Ich muss um vier zum Zahnarzt. Aber ich denke, dass ich es vorher schaffe."

„Sehen wir uns abends noch?"

„Wahrscheinlich."

Die Vernissage! fuhr es mir durch den Kopf. Laut sagte ich:

„Wie viele Termine haben Sie denn noch?" War genug Mitgefühl in meiner Stimme? Mir fiel es immer schwerer, ihm die Zahnarztgeschichte abzunehmen. Aber was trieb er in der Zeit, die er angeblich mit Behandlungen verbrachte?

Er winkte ab. „Heute ist der letzte. Gott sei Dank. Dann muss ich zwei Wochen lang schmerzfrei bleiben, das heißt, keine Reaktionen auf Heiß und Kalt, und ich habe es geschafft!"

„Herzlichen Glückwunsch! Wie heißt eigentlich Ihr Zahnarzt?"

Er hob in gespielter Ablehnung beide Hände. „Diesen Namen nehme ich nie wieder in den Mund!"

„Warum denn nicht!" Gelang mir meine Mimik genauso gut wie ihm seine? „Wenn er wirklich ein Stümper ist, sollten Sie alle warnen, die ihm noch in die Hände fallen könnten."

Er blieb stur.

„Ist es einer aus Münster?" Wenn er ‚Ja' sagt, dachte ich, mache ich mir sogar die Mühe und rufe alle Dentisten in der Stadt an. 172 waren es, ich hatte sie im Telefonbuch gezählt.

„Er wohnt außerhalb. Reden wir nicht mehr darüber!"

Also musste ich es anders versuchen. „Dann reden wir über den heutigen Abend! Oder gibt es nach einer so langen Behandlung keinen Anlass zum Feiern?"

Hm? Seine Miene wirkte überrascht. Ich warf einen ersten Köder aus, indem ich ihm von Marions Vernissage erzählte, aber seine Miene wechselte auf Ablehnung. „Ich verstehe nichts von Kunst."

„Er ist kein Kleckser! Er hat in New York ausgestellt."

Keine Reaktion.

„Und er hat eine völlig neue Technik entwickelt. Er verbrennt Pinienholz, streicht die Asche durch ein engmaschiges Sieb und verrührt sie mit Wasser. Das ist die Grundlage für seine Bilder."

Tietze blieb skeptisch. „Und man kann sich einfach unter die Gäste mischen? Ich denke, man braucht eine Einladung!“

„Frau Vondembusche ist eine gute Freundin von mir! Sie freut sich, wenn ich Besuch mitbringe. Ich gehe auf jeden Fall hin!“

Er schien sich die Sache zu überlegen, und ich ließ den zweiten Köder raus. „Anschließend gehen wir in ein argentinisches Restaurant. Die besten Spareribs von Handorf haben Sie mir vorgeführt. Die besten von Münster spendiere ich!“ Natürlich sagte ich ihm nicht, dass die Küche im „Mendoza“ extrem langsam arbeitete. Aber was mich sonst auf die Palme brachte, weil ich grundsätzlich nicht gern wartete, schon gar nicht, wenn ich Hunger hatte, war heute von unschätzbarem Vorteil. Vor uns lag ein heikler Abend. Ich musste Tietze bis Mitternacht im Auge behalten, besser noch bis halb eins.

Meinen zweiten Köder schnappte er sich sofort. Den ersten ließ er hängen. Und im Nachhinein fand ich das sogar gut. Kerstin musste ihm nicht unbedingt über den Weg laufen. Wir verabredeten uns für viertel vor neun vor Marions Galerie.

Während er auf dem Weg zu seiner Behandlung war, rief ich die Kollegin in der Telefonzentrale an und fragte sie nach der Nummer des Polizeipräsidiums von Iowa City. Und als ich feststellte, dass es drüben neun Uhr morgens war, meldete ich gleich das Gespräch an. Nur wenig später hatte ich einen, der Stimme nach, sehr jungen Sergeant am Hörer. Ich erklärte ihm, es gehe um eine Alibiüberprüfung in einem Mordfall und bat ihn, so diskret wie möglich im Institut für Biomechanik der dortigen Universität nachzufragen, was der Anlass für Mr. Polkers Aufenthalt gewesen und wann er dort angekommen sei. Der Sergeant versprach, die Sache zu überprüfen, sobald sein Kollege aus der Frühstückspause zurück sei, und sich dann bei mir zu melden. Aber entweder dauerte die Frühstückspause sehr lange oder die Befragung war zeitaufwendiger als gedacht, und so verbrachte ich den restlichen Nachmittag mit zweitrangigem Bürokram, während ich immer wieder ungeduldig auf die Uhr sah, weil ich Marion versprochen hatte, pünktlich zur Vernissage zu erscheinen. Aber auch weil ich gespannt war, ob Tietze meiner Einladung folgen würde. Und wenn er gar nicht kam?

Polker lenkte mich ebenfalls von der Arbeit ab. War der Aufenthalt in Iowa-City lange geplant gewesen oder ein schneller Entschluss? Er hatte von einer Einladung gesprochen, aus dem Mund von Frau Kucks klang die Sache eher nach Eigeninitiative: „Er fährt von Zeit zu Zeit hin, er ist gern dort.“ Wie schnell bekam man überhaupt ein Flugticket?

Ich wartete bis halb acht und hatte schon den Mantel an, als der Rückruf des Sergeant kam. Dr. Polker hatte gar keinen Termin am Sportinstitut gehabt, dafür eine Vorladung ins Präsidium. Nur leider, so teilte mir der Kollege mit, sei der zuständige Chief Inspector in einer längeren Besprechung. Ob er zurückrufen könne?

„Tut mir Leid! Ich bin zu einem wichtigen Termin verabredet. Zu welchem Dezernat gehört der zuständige Chief Inspector?“

„Zur Mordkommission, Madam.“

„Haben Sie einen ungeklärten Todesfall?“

Ich hörte ein Geräusch, als ratschte er ein Streichholz an. Es folgte das typische Ausatmen des Rauchers. „Ich kann Ihnen leider nicht sagen, ob dieser Mr. Polker“ – aus seinem Mund klang der Name wie „Poker“ – „mit der Sache zu tun hat. Eine junge Frau wurde seit einem Jahr vermisst. Jetzt hat man die Leiche gefunden.“

Ich musste schlucken. „Wie ist sie umgekommen?“

„Sie wurde erdrosselt. Die Ermittlungen laufen noch.“

„Wer ist diese Frau?“

„Ich bin nicht befugt, am Telefon Informationen zu geben. Wenn Sie etwas später wieder anrufen könnten?“

„Ja, ich verstehe. Würden Sie den zuständigen Chief Inspector bitten, mir die Unterlagen zu faxen?“

Ich legte in dem Gefühl auf, mit meiner Einladung ins „Mendoza“ einiges falsch gemacht zu haben. Die Tatsache, dass Polker ins Polizeipräsidium von Iowa City zitiert worden war, während seine Freundin mir oder er seiner Freundin etwas von einem „Gedankenaustausch mit seinem Partner-Institut“ vorgefaselt hatte, nahm meinem Misstrauen gegen Tietze die Spitze. Obwohl dies der letzte Montag im Oktober war, überlegte ich kurz, den Tisch abzubestellen und stattdessen mit Tietze auf das Fax aus Iowa zu warten. Dann fiel mir ein, wie vehement er meine Einladung in Marions Galerie abgelehnt hatte. Und so blieben meine Pläne, wie sie waren.

- X -

Obwohl zu Marions Vernissagen nur ein handverlesener Kreis gebeten wurde, war die Galerie mit ihrem tiefgeduckten Kreuzrippengewölbe gerammelt voll. Sogar davor, auf dem Rosenplatz, drängte sich das Bildungsbürgertum: Kunden, Journalisten, Kommunalpolitiker, die mit der Kunstszene zu tun hatten; die „Kulturvollstrecker“, wie Marion sie spöttisch nannte. Dabei wusste sie das Interesse dieser Gruppen sehr zu schätzen. Auch viel junges Volk war geladen: Kollegen, Freunde, Bewunderer des Malers Ulf Moppe. Er selbst stand in verwaschenen Jeans und teuer aussehendem schwarzem Designersakko über dem Rolli mitten im Raum und ließ sich feiern. Seine Bilder waren hinter all den Köpfen kaum zu sehen, aber die professionellen Fotokameras, die sich auf ihn einschossen, versprachen wohlwollende Berichte in Lokalblättern und Privatsendern. Marion strahlte.

Erst jetzt entdeckte ich Kerstin. Sie trug Papptabletts mit Petits Fours auf Tortendeckchen herum und war so in Anspruch genommen, dass es nur zu einem kurzen Kopfnicken reichte.

Marion gab mir ein Glas Sekt und machte mich auf das Häppchenbuffet in der Ecke aufmerksam. Ein paar Gesichter kannte ich von früheren Ausstellungseröffnungen, und so schloss ich mich der einen oder anderen Gesprächsrunde an, aber immer nur kurz, um mich weiter zu schieben durch die mit Tabakrauch und Parfum angereicherte Luft. Ein paar neue Shakehands, dies und das an Fachgesimpel oder City-Tratsch. Natürlich gab es auch Fragen zu der Mordserie, aber ich hielt mich bedeckt und antwortete mit Details, die auch in der Zeitung nachzulesen waren. Außerdem verloren sich meine Gedanken immer wieder nach draußen, weil ich befürchtete, dass Tietze früher als verabredet aufkreuzte, damit der Abend nicht so lang würde. Wenn ich ihn nach dem Espresso noch festhielt, sah das nach Anmache aus.

Gegen halb neun begann sich die Vernissage-Gesellschaft auszudünnen. Das Buffet war abgegrast bis auf ein paar schlappe Petersilienstengel und drei Tomatenachtel, die hilflos auf dem Rücken lagen. Ich fand Tietze Speisekarte lesend vor einer benachbarten Pizzeria, er begrüßte mich mit einem warmen Händedruck und wir gingen, an den dezent beleuchteten Geschäften des Prinzipalmarkts vorbei, zum Marienplatz, wo das „Mendoza“ lag.

Noch bevor ich mit meinen Informationen aus Iowa City beginnen konnte, fing er an, über die Ergebnisse seines Nachmittags zu berichten. Die Brüder Remizgil hatten weder in den Wochen vor dem Mord noch kurz danach einen Flug nach Izmir gebucht. Auch nicht nach Istanbul oder zur Südküste. Tietze hatte sich am Flughafen sämtliche Passagierlisten in die Türkei vorlegen lassen. Entweder stimmte die Aussage der Eltern oder die beiden waren überhaupt nicht weggefahren. Falls die „Herrschaften“, so meinte er dann, das Auto genommen hätten, mache sie das nicht weniger verdächtig, allerdings sei ihnen die Tat schwerer nachzuweisen. Zumindest solange die Familie dichthielt.

„Waren Sie auch in dem Reisebüro, wo die beiden arbeiten?“

„Ja“, sagte Tietze. „Beide haben seit dem 11. Oktober Urlaub und bleiben noch eine weitere Woche weg.“

„Damit wissen wir wenigstens, dass sie in der Woche vor dem Mord nicht zur Arbeit gegangen sind.“

Er nickte. „Aber wie weisen wir ihnen nach, dass sie in Münster geblieben sind? Vielleicht hätte ich den Kollegen nach einem Beweisstück fragen sollen, einer Ansichtskarte, zum Beispiel?“

„Das hätte Oma notfalls erledigen können“, spottete ich. „Sie schreibt ein paar humorige Zeilen, wirft die Karte in den nächsten Briefkasten, und Merals Brüder haben ein wunderschönes Alibi.“

„Und wenn Oma gar nicht schreiben kann?“

„War der Kollege sehr überrascht über Ihren Besuch?“

„Nö“, meinte er leichthin, „aber ich habe es auch elegant angestellt, indem ich mich auf das Nötigste beschränkt habe.“

„Und zwar?“

„Ich habe behauptet, ich wäre letzte Woche mit den beiden verabredet gewesen. Da sie nicht gekommen seien, wollte ich mich erkundigen, ob vielleicht ein Missverständnis vorliege. Und daraufhin sagte er mir, dass Remizgils im Urlaub seien.“

Ich dachte an das Foto der Brüder und dabei wurde auch die Erinnerung an das verwaiste Treppenhaus in der Windhorststraße und die quirlige Fußgängerzone davor wieder sehr lebendig. Ich sah mich schon mit dem Bild herumpilgern und in den umliegenden Geschäften fragen. Wem waren die Brüder aufgefallen? Schülern der Berufsschule? Kunden des Friseursalons? Unwahrscheinlich!

Und Merals Freund? Der Vater ihres Kindes? Schüllers Spurensuche am Zwinger und in der Wohnung von Hermamets führte uns nicht weiter. Der oder die Täter hatten Handschuhe getragen.

Vor uns tauchte die lange Fensterreihe des „Mendoza“ mit ihren schirmartigen schwarzen Lackmarkisen auf. Während wir darauf zusteuerten, sagte ich Tietze, dass es das Beste sei, gleich am nächsten Morgen den Bereich um Hermamets Wohnung engmaschig zu durchkämmen. „Wir werden sehen“, nickte er knapp, hielt mir die schwere, mit schmiedeeisernen Ornamenten beschlagene Eingangstür auf und wir traten ein.

Und wenn wir am nächsten Morgen etwas ganz anders zu sehen bekamen? Wieder eine Leiche, blutige Fetzen, Perverses und Abartiges! Tietze schien sich darüber keine Sorgen zu machen. Dabei kannte er den Paderborner Mordrhythmus besser als ich!

Im „Mendoza“ hat man die Wahl: Entweder den großen, immer von Pseudofolklore erfüllten Hauptraum oder eine der verschwiegenen Kojen. Ich hatte um einen ruhigen Tisch gebeten und so führte uns der Kellner zu einer fast séparéeartigen Nische im Hintergrund, zündete die rote Kerze in der Tischmitte an und kam dann mit den Speisekarten zurück. Als wir einen Apéritif ablehnten, stellte er sich vor das unbesetzte Nachbarséparée und kehrte uns diskret den Rücken zu. Offensichtlich hielt er uns für ein verliebtes Pärchen, das ungestört bleiben wollte.

Die Karte des „Mendoza“ ist eine fast abendfüllende Lektüre, und als ich sah, mit welcher Gründlichkeit Tietze ihr Studium aufnahm, begann ich wieder zu hoffen, dass er mir seine Gesellschaft bis nach Mitternacht gönnte. Noch schien er bar jeden Zeitgefühls, doch wenn dies „sein“ Abend war, er sein Opfer schon ins Visier gefasst hatte oder wusste, wo der Täter unterwegs war, würde er irgendwann unruhig werden. Aber, wie gesagt, die Küche war nicht die schnellste, und es war erstaunlich viel zu tun.

Er war beim Getränketeil angekommen und las noch immer angeregt. Er schien das Lokal als „Entdeckung“ zu empfinden, das machte mich zuversichtlich, was meinen Zeitplan betraf.

Er blätterte zurück, bis in die Mitte der Karte und überlegte sichtlich gut gelaunt. Wie ein kleiner Junge, der zum ersten Mal essen geht! dachte ich. Benahm sich so ein Serienmörder, der in drei Stunden sein nächstes Opfer ins Gebüsch zerrte? Ein kalter Wind jagte mir durch die Knochen, als ich an Dr. Hoppes Täterprofil dachte: Der Mörder ist ein verspielter Typ.

Jetzt sah er mich über den Kartenrand an. „Und wenn wir statt der Spareribs die Seafood-Platte für Zwei Personen bestellten?"

Ich konnte nicht anders, trotz der ernsten Lage prustete ich in meine Serviette. Er reagierte verstört. „Warum lachen Sie?"

„Weil ich jedes Mal, wenn ich mit jemandem essen gehe und mir etwas Bestimmtes vorgenommen habe, zu Krustentieren überredet werde. Mit Marion, mit meinem Mann, mit Lückmann, mit …" Das vierte Beispiel war kein besonders gutes. Es lag schon fünf Jahre zurück, und die Meeresfrüchte waren ausgezeichnet gewesen. Aber sie hatten mit meinem ersten Mordfall in Münster zu tun, und ich wollte uns doch den Abend nicht verderben.

„Wenn Sie kein Seafood mögen!" lenkte Tietze sofort ein, aber ich beruhigte ihn: „Probieren wir's doch mal! Ich gebe zu, dass ich ein gespaltenes Verhältnis dazu habe, aber das ‚Mendoza' hat mich noch nie enttäuscht. Also, lassen wir uns überraschen."

Wir winkten den Kellner heran und bestellten für Tietze den Gemischten Salat, für mich die Maiscremesuppe und danach den „Plato Especial". Beim Wein einigten wir uns auf einen argentinischen Riesling, der, wie die Karte vermerkte, aus der Umgebung von Mendoza stammte. Ich würde Tietze den Großteil der Flasche überlassen und mich an Mineralwasser halten. Erstens musste ich noch Auto fahren, zweitens war es vielleicht für Münsters Frauen von Vorteil, wenn der Alkohol ihn rechtzeitig müde machte.

Während der Kellner der Küche zustrebte, erhob sich Tietze, etwas Undeutliches murmelnd. Aber er verschwand nicht in Richtung Herrentoilette, wie ich vermutet hatte, sondern ging zur Garderobe nahe der Theke und fummelte in seiner Manteltasche.

Sobald er wieder auf seinem Platz war, begann ich, ihn über Verwandtschaft und Freundeskreis der Paderborner Opfer auszufragen; ein Thema, das mich beschäftigte, seitdem ich zum ersten Mal mit Monika Funke geredet hatte. Hatten die Paderborner sich kooperativer mit der Polizei gezeigt oder eher bedeckter?

„Das war von Fall zu Fall verschieden", entgegnete er ausweichend. „Bei der Heilgymnastin, zum Beispiel, konnten wir uns an eine

Zeugin halten, die noch kurz vor dem Mord einen Behandlungstermin hatte. Über die letzten Stunden der Besitzerin des Solarstudios hat eine Stammkundin ausgesagt. Ja, und die Kneipenwirtin …", er zog die Augenbrauen zusammen und überlegte. „Da waren jungen Leute, die vor der Tür auf ein Taxi warteten."

Gut! Das alles kannte ich auch schon aus den Akten. „Aber die Familien! Diese Frauen waren nicht älter als Anfang dreißig. Gab es keine Partner, Eltern, Geschwister? Oder Kinder aus geschiedenen Ehen?"

Sein Gesicht blieb ausdruckslos. „Niemand hatte sie vermisst!"

„Und wer hat die Frauen identifiziert?"

„Eine Nachbarin", zählte er auf, „die Kundin, die Patientin."

„Und das war's?" Ich hatte mir Paderborn anders vorgestellt, plüschiger, familiärer. Vielleicht lag es daran, dass ich den falschen Paderborner vor mir hatte: Mit der Ex-Frau total zerstritten.

Salat und Suppe wurden gebracht. Viel zu früh! Wir begannen zu essen, jeder um seinen eigenen kulinarischen Höhenflug bemüht. Die Suppe war brennend heiß, deshalb löffelte ich sie schön langsam, während Tietze genüsslich Avocadoschnitzel und Scheiben von Chayoten, Palmherzen oder Tomaten auf die Gabel spießte. Kaum waren Löffel beziehungsweise Gabel zur Ruhe gekommen, als man unser Geschirr schon wieder abräumte. Von welchem Turbo wurde dieser Kellner eigentlich angetrieben? Beim letzten Mal, als ich mit Franz hier gegessen hatte, waren wir beinahe an Auszehrung gestorben!

Wir prosteten uns zu. „Wen haben Sie benachrichtigt, als die drei Leichen freigegeben wurden?"

Noch ein Schluck, hastig diesmal, dann ein kurzes Stirnrunzeln.

„Steht das denn nicht in den Akten?"

„Ich dachte, Sie wüssten es vielleicht auf Anhieb."

„Natürlich existierten Angehörige. Aber keiner von ihnen wohnte in Paderborn. Wir hatten sogar eine Adresse in Übersee."

„Aber irgendjemand muss doch die Beerdigung geregelt haben."

„Klar hat das jemand getan. Aber ich weiß nicht, wer."

„Sind Sie zum Begräbnis hingegangen?"

Wieder zog er die Augenbrauen zusammen. „Nein, das hat ein Kollege übernommen."

„Und auf dem Friedhof? Keine Verwandtschaft? Keine Freunde?“ Gab es das wirklich, dass ein Toter nur vom Pfarrer und den Sargträgern bestattet wurde?

„Das weiß ich nicht. Da müssten Sie meinen Kollegen fragen.“

„Haben Sie nie darüber gesprochen?“

Heftiges Kopfschütteln.

„Darf ich fragen, warum?“

„Weil ich mit der Kirche und all diesem Brimborium absolut nichts im Sinn habe!“

Klare Frage, klare Antwort! Bei allem, was er sagte, wirkte er keineswegs unfreundlich, aber seine kühle Sachlichkeit überraschte mich. Drei junge Frauen waren fast enthauptet worden, auf bestialische Weise, von einem perversen Menschen. Aber wir unterhielten uns darüber, als ginge es um das bedauerliche Aussterben irgendeiner Tierart.

In der Pendeltür zur Küche tauchte jetzt wieder unser Kellner auf und schleppte aus der Nachbarnische ein Beistelltischchen heran. Der Mann wirkte nicht gerade kräftig, eher klein, zäh und sehnig. Ich tippte auf Stadtmarathon als Freizeitvergnügen. Mit wachsender Sorge beobachtete ich, wie er eine Warmhalteplatte entzündete und Vorlegebesteck von einem Sideboard nahm. Das sah nicht gut für uns aus. Es war erst halb zehn. Wir würden noch ein Dessert bestellen müssen. Und wenn Tietze ablehnte?

Mein zweites Problem war, dass er so wenig trank. Ich versuchte es mit einem Trick, indem ich mehrfach hintereinander nach meinem Glas griff und so tat, als nähme ich einen Schluck, doch Tietze ging mir nicht auf den Leim, er trank nicht mal Wasser. Als wollte er sich von dem sonst wohl geläufigen Griff zum Glas freihalten, als müsste er fit bleiben für den restlichen Abend.

„Was ist aus dem Arbeitsplatz der Paderborner Opfer geworden?“ fragte ich. Er spielte zerstreut mit dem Salzfässchen. Wachsende Nervosität? „Wie meinen Sie?“

„Gibt es das Sonnenstudio von Frau Günsch noch? Wurde es von jemandem übernommen? Und die Kneipe von Frau Wirtz? Was war das Dritte? Eine physiotherapeutische Praxis und die Inhaberin hieß Gundula Werner, stimmt’s? Es wäre ja denkbar, dass diese Frauen ermordet wurden, weil jemand scharf auf ihr lukratives Unternehmen war.“

Etwas Salz rieselte auf die Tischdecke, er stellte das Fässchen weg.

Ich hatte die Frauennamen absichtlich vertauscht, er korrigierte mich nicht. „Ich weiß nicht, was daraus geworden ist.“

Ich überlegte. Das Paderborner Präsidium lag auf der Höhe des Hauptbahnhofs, hinter der Kreisverwaltung und dem Arbeitsamt, zentral also, aber nicht in der eigentlichen Altstadt. Möglich, dass Tictzcs Weg zum Büro nicht durchs Zentrum geführt hatte. Sollte er vielleicht Umwege machen, um herauszubekommen, wer den Platz der ermordeten Frauen einnahm? Und ob überhaupt? Ich, mit meiner angeborenen Neugier, hätte es gemacht. Aber Tietze war offenbar nicht wissbegieriger als sein Job von ihm verlangte. Ich gab mich mit seiner Auskunft zufrieden.

Ein rascher Blick in Richtung Pendeltür teilte mir das Unvorstellbare mit: Schon wieder unser Kellner, diesmal unter der Last einer großen, offensichtlich sehr heißen Platte. Er stellte sie auf dem Warmhalter ab, befreite zwei Teller aus einer Stoffserviette und begann, sie mit allem möglichen Meeresgetier zu füllen. Ich bekam meine Ration, Tietze die seinige, zufrieden beugten wir uns darüber. Es sah dekorativ aus, da musste man gerecht sein.

Wir teilten uns kollegial ein Baguette-Brötchen, und ich wehrte mich nicht, als er mein Glas auffüllte, weil ihn das endlich dazu animierte, sich selbst nachzuschenken. Wir spritzten Zitronensaft über unsere Teller, probierten die verschiedenen Mayonnaisen und benahmen uns vorübergehend ziemlich albern. Mein Nervenkostüm bekam Löcher!

Irgendwann legte der Kellner nach, fragte, ob er eine neue Flasche öffnen solle, und dann kam der Moment, wo Tietze und ich einander müde ansahen. Oder war seine Müdigkeit vorgetäuscht?

Ein Blick auf die Uhr: Viertel nach zehn! Das schaffte ich nie!

„Einen Nachtisch?“

„Nein, wirklich nicht!“ Ich glaubte es ihm. Der „Spezialteller“ hatte mein Vorurteil gegen Krabben und Co. so ziemlich ausgeräumt, aber jetzt war ich satt bis unter die Achselhöhlen.

„Dann einen Kaffee?“

„Auch nicht!“ Er legte sein Hollywood-Bubenlächeln auf, das ihm immer dann so unnachahmlich gelang, wenn ich etwas Boshaftes mit ihm vorhatte. Oder hatte ich das etwa nicht? Ich fuhr mir verstohlen mit der Hand über die Stirn und war gerade noch geistesgegenwärtig genug, um ihn für den Rest der Flasche verantwortlich zu machen.

„Ich muss noch Auto fahren, es wäre schade um den Wein."

Diesmal ließ er sich überzeugen. Was die ersten, noch harmlosen Promille in seinem Hirn nur angetippt hatten, wuchs sich jetzt entweder zur Trinkergewohnheit aus oder zu dem sprichwörtlichen Beamtengeiz. Keinem Wirt etwas schenken, nach diesem Motto war die Flasche bald leer. Was jetzt, außer der Rechnung? Tietze griff zum Portemonnaie, doch ich fiel ihm ins Handgelenk. „Dieser Abend geht auf meine Kappe! Ich hoffe, es hat Ihnen gefallen!" Ich winkte dem Kellner, zahlte und dann waren wir draußen.

Ich hatte meinen Wagen zwei Seitenstraßen vom Stadtmuseum entfernt geparkt. Wir gingen die Klosterstraße hinunter, in der Gesellschaft vereinzelter Passanten. Auf der Höhe der Raphaelsklinik hätte sich Tietze eigentlich verabschieden können. Aber er kehrte den Ritter hervor.

„Warum gehen wir nicht über die Promenade? Ich begleite Sie bis zum Mauritztor und wir sehen uns ein bisschen um? Heute ist der letzte Montag im Oktober!"

„Schon! Aber sind wir nicht etwas zu früh?"

Darauf antwortete er nicht. Wir bogen in den Fußweg ein, die Kronen der Linden wölbten sich über uns, im Schein der Laternen krustig braun und gelb und schon stark ausgelichtet, und von links fiel Lampenlicht aus den angrenzenden Häusern. Von der hinter uns liegenden Engelenschanze klang das verschlafene Quaken einer Ente herüber und die münstersche Innenstadt wirkte so friedlich und verträumt wie immer. Unserem Mörder blieb ja noch der nächste Montag, auch wenn das ein Feiertag war! Allerheiligen! Geschäfte, Arztpraxen, die eine oder andere Kneipe würden geschlossen bleiben, was die Opferauswahl wesentlich einengte.

In diesem Moment fiel mir ein, dass Franz versprochen hatte, im Lauf des Abends aus Toulouse anzurufen! Verflixt! Wieder keine Gelegenheit, ihn nach Georgs Spezialthemen zu fragen. Warum war ich nach Dienstschluss nicht einfach nach Hause gefahren, um wenigstens diese Frage endlich zu klären?

Weil du Marion bei Stimmung halten musstest, sagte mein Überich. Und weil du auf Mörderjagd bist! Auf der Promenade seid ihr schon mal! Halt dich ran! Lass ihn nicht entwischen!

Wir gingen gerade am Stadtmuseum vorbei, als Tietze meinen schwelenden Ärger unterbrach: „Ich hoffe, es hat Sie nicht gestört."

„Was soll mich gestört haben?“

„Dass das heute Abend so schnell ging mit dem Essen. Normalerweise zelebriere ich ein Menu sehr gern, vor allem, wenn es so ausgezeichnet ist.“

„Und wie haben Sie das hingekriegt?“ Ich spürte, wie neue Wut in mir hoch kroch.

„Ich bin zur Theke gegangen, nachdem wir das Essen bestellt hatten, haben Sie das nicht gemerkt? Ich habe meinen Dienstausweis gezeigt und gebeten, dass sie uns vorziehen. Weil Sie sich doch bei mir beklagt hatten, es dauere immer so lange. Und da ich noch eine andere Verabredung habe …“ Er sah auf die Uhr. „Eigentlich bin ich nicht so ungemütlich, aber ich wollte Ihnen nicht im letzten Moment absagen.“

Also deshalb dieser wie ein aufgezogenes Blechhündchen rennende Kellner! Auf diese Nachricht fiel mir keine Antwort ein. Alles was ich wusste war, dass ich mich ganz bestimmt nicht bei Tietze über die Langsamkeit der Küche im „Mendoza“ beschwert hatte. Mir wurde flau. Was wusste er denn noch?

An der Ecke zur Sonnenstraße drückte ich ihm kurz die Hand und sah ihm nach, wie er in Richtung Mauritztor verschwand. Was hatte er noch vor? Und was hatte mir der Abend eigentlich gebracht? Doch um das herauszubekommen, war es noch zu früh.

Dank sehr kurz geschalteter Ampeln schaffte ich es, vor Tietze an seinem Apartment zu sein. Es lag in einem Neubau; unten ein Tabakladen, oben Privatwohnungen. Ich hatte den Wagen gerade in die enge Parklücke auf der anderen Straßenseite manövriert und die Scheinwerfer abgedreht, als ich ihn kommen sah. Er ging ins Haus und schaltete die Treppenbeleuchtung ein. Ich vermutete, dass ihm die beiden dunklen Fenster im dritten Stock gehörten, die einzigen ohne Licht. Ich wartete zehn Minuten, aber hinter den Fenstern änderte sich nichts. Und da er sich wohl kaum im Dunkeln durch die Wohnung tastete, wohnte er hinter beleuchteten Scheiben. Im ersten Stock hatten zwei von ihnen Jalousien, jemand spreizte die Lamellen und sah hindurch. Ich machte mich unbeweglich wie ein Crashtest-Dummy und stellte mir vor, das Fax aus Iowa träfe gerade im Büro ein.

Um elf Uhr erlosch das Licht in dem linken Fenster, dann auch im rechten. Hatte Tietze es den ganzen Abend brennen lassen oder hatte jemand auf ihn gewartet?

Die Treppenhausbeleuchtung flammte wieder auf, dann erschien er im Hauseingang. Ich erkannte ihn an seinen blonden Haaren, obwohl er den Mantel gegen einen Blouson vertauscht hatte. Er war nicht allein. Ein zweiter Mann, kleiner, fast kahlköpfig und ebenfalls in kurzer Jacke, folgte ihm. Noch im Türrahmen wandte er sich um und zerrte an irgendetwas. Eine Leine? Mit einem Tier, das sich sträubte? Ich zog das Fernglas aus dem Handschuhfach. Tietze und sein Begleiter entfernten sich in Richtung Windhorststraße, ein blassfelliges Wesen im Schlepptau, das die Größe eines jungen Fuchses hatte. Noch kleiner! Ein Iltis oder ein Frettchen.

Ich nahm die Dienstpistole mit und huschte zwischen dem spärlichen Autostrom über die Fahrbahn. Ich hielt einen Sicherheitsabstand und schlich von einem Hauseingang zum nächsten. Jetzt sah ich, dass Tietzes Begleiter eine helle Nylontüte trug, offenbar nicht schwer und mit einem formlosen Inhalt. Noch etwas fiel mir auf, der Mann hatte sehr kleine Füße und Turnschuhe mit weißen Sohlen.

Am Eckeingang zum Hotel „Conti" bogen sie in die Windhorststraße. Das angeleinte Tier trabte jetzt gehorsam mit, und an den Kopfbewegungen der Männer sah ich, dass sie miteinander redeten. Sie überquerten die Engelenschanze und tauchten nach links in die Promenade ein. Vor einer halben Stunde war Tietze hier vorbeigekommen. Er hätte auf seinen Begleiter warten können.

War dies die Verabredung, von der er geredet hatte? Ich konnte mir nicht vorstellen, dass er eine Einladung unter Dampf setzte, bloß um ein Frettchen Gassi zu führen. Erst jetzt erinnerte ich mich an einen „Spiegel"-Artikel, der diesen neuen Haustier-Fimmel aufs Korn genommen hatte. Der Autor ließ sich vor allem über die Perversion mancher Frettchenhalter aus, die das Tier durchs Hosenbein an ihre Weichteile ließen und Wettkämpfe darüber veranstalteten, wer am längsten aushielt. „Und wer soll das aushalten?" hatte Franz grinsend gefragt. „Der Besitzer oder das arme Frettchen?"

In diesem Augenblick knackte es im Gebüsch hinter mir. Ich fuhr herum und blinzelte in das Gegenlicht der Straßenlaterne. Nichts zu sehen. Als mein Blick wieder nach vorn fiel, waren Tietze und Co. verschwunden. Keine Schatten, keine Schritte, keine Stimmen, nichts.

Mist! Da stand ich auf der menschenleeren, spärlich beleuchteten Promenade und überlegte, was ich tun sollte. Und tausend Ideen fuhren durch meinen Kopf.

Variation eins: Das Frettchen gehörte dem Freund. Er wohnte in der Nähe und Tietze begleitete ihn nach Hause. Dann konnte es sein, dass er bald wieder auftauchte.

Zweite Möglichkeit: Das Frettchen gehörte Tietze und die beiden gingen noch auf ein Bier. Dann war langes Warten wahrscheinlich.

Dritter Fall: Die beiden planten den nächsten Mord und als makabres Vorspiel schickten sie ihr Frettchen ins Rennen. Mit anderen Worten, ihr Opfer war angepeilt und eingekreist.

Ich wartete, während mein Herz bis rauf in die Ohren klopfte. Als eine hysterische Frauenstimme die nächtliche Stille durchschnitt, gesellte sich zu meinem hämmernden Puls eine scharfe Portion Adrenalin. Im nächsten Moment kam aus derselben Richtung das Klappen einer Wagentür und das gedämpfte Aufbrummen eines Motors, während die Frau in kreischendes Lachen ausbrach. Andere Stimmen klangen nach Verabschiedung. Ich sah auf meine Uhr: viertel nach elf.

Ich nahm die Waffe fest in die Hand und folgte der Promenade bis zum Aasee und dann zurück bis zum Zwinger. Aber alles, was ich sah, waren leere Rasenflächen und spärlich erhelltes, regungsloses Gebüsch. Dabei war es still, bis auf entfernte Autogeräusche und das Läuten von Kirchturmuhren. Um halb eins gab ich auf und fuhr nach Hause. Wenn es ganze Heere von Polizeibeamten nicht geschafft hatten, fünf Morde zu verhindern, sah ich mich nicht imstande, ganz allein einen sechsten zu vereiteln. Die Promenade war fast sechs Kilometer lang und das heutige Datum nur die Option eines durchgeknallten Spinners, der die Striche in seinem perversen Terminkalender jederzeit ändern konnte …

Stimmt nicht! sagte meine innere Stimme. Fast alle Serientäter halten sich sklavisch an ihr Konzept.

Und Meral Remizgil? fragte ich zurück.

Wieder die innere Stimme: Das ist eine ganz andere Geschichte. Du glaubst doch zu wissen, wer es war!

Auf halbem Weg wurde ich schlagartig müde. Ich brauchte meine ganze Kraft, um mich auf die Fahrbahn zu konzentrieren, während sich meine Augen in die beiden milchigen Scheinwerferkegel bohrten, die das strapaziöse Dunkel um mich herum durchschnitten. Irgendwas an ihrer Einstellung stimmte nicht.

Beim Öffnen der Haustür schoss Red Butler an mir vorbei ins Freie. Wer sich freiwillig in die Kälte begibt, muss damit leben! dachte ich, selbst wenn er ein fünfzehn Jahre alter Kater ist. Ich schob sämtliche Riegel vor und prüfte auch das defekte Kellerfenster in der festen Absicht, vor morgen früh niemanden mehr herein- oder herauszulassen. Dann warf ich den Mantel und die Jacke meines Hosenanzugs übers Treppengeländer, schlich nach oben und machte „Katzenwäsche". Danach kroch ich unter die Decke und schlief sofort ein.

- XI -

Auch in dieser Nacht hatte ich keinen Traum, aus dem mich das Telefon hätte herausschellen können. Als ich cndlich wach wurde, tschilpten die Spatzen auf dem Fensterbrett, die Sonne schien, und auf meiner Uhr war es kurz vor acht. Ich lag völlig unbedeckt mitten auf dem Bett, in der Unterwäsche vom vergangenen Tag und einer zerknitterten Pyjamajacke. Verstört taumelte ich ins Arbeitszimmer und sah drei Nachrichten auf dem Anrufbeantworter. Wie viele waren es letzte Nacht gewesen?

Ich spulte das Band zurück. Mein Göttergatte teilte mir frohgemut mit, dass er planmäßig Toulouse erreicht habe. Die Reise sei „ganz große Klasse“, aber langsam freue er sich wieder auf zu Hause. Allein schon wegen der Schmutzwäsche. Es folgte jenes nervöse Lachen, das ich an ihm nur dann ertrug, wenn ich selbst gut drauf war. Und das war ich nicht, ich hatte verschlafen!

Die zweite Nachricht: „Guten Morgen! Grundmann hier! Leider können wir Sie nicht erreichen. Würden Sie bitte zurückrufen? Oder den Kollegen Tietze kontaktieren?“ Der Bereitschaftsdienst des Präsidiums! Hatte die dritte Meldung auch damit zu tun?

Wieder der Piepston, dann Tietzes Stimme: „Hallo, Sieglinde! Ist alles in Ordnung bei Ihnen? Kommen Sie so schnell wie möglich zum Kanonengraben. ‚Er‘ hat wieder zugeschlagen!“

Allmächtiger! Ein paar Sekunden lang starrte ich auf den flachen, schwarzen Kasten vor mir, der sich diesen bösen Scherz erlaubte. Dann hatte ich wieder die nächtliche Szene vor Augen: Tietze und sein Begleiter in der Engelenschanze, das Frettchen … Aber die Erinnerung wurde sofort wattig weich und unwirklich wic durch eine Milchglasscheibe. Das einzig Reale war der Promenadenmörder, der sein nächstes Opfer zur Strecke gebracht hatte. Ich wählte Tietzes Handynummer, und er meldete sich prompt.

„Tut mir Leid! Ich hab’ verschlafen, in einer halben Stunde bin ich da. Wer ist vor Ort?“

„Alle!“ Seine Antwort versetzte mir einen Stich. Alle, außer mir!

Diesmal verzichtete ich auf Orangensaft oder ähnliche Magenstimulantien. Dafür löffelte ich meinen Tieren Futter in die Fressnäpfe und wechselte das Wasser aus. Als ich gerade fertig war, kam Tanja zur Tür herein. Sie hatte Red Butler auf dem Arm. Bei ihrem Anblick fiel mir ein, dass ich den Schlosser wegen des Kellergitters noch immer nicht bestellt hatte.

„Oh, Frau Züricher! Sie sind noch da?" Ich gab ihr zu verstehen, dass ich gar nicht mehr da sein durfte, und raffte meine Tasche von der Treppenstufe. Mir schien, als blickte sie mir nach, aber ich hatte keine Zeit für Erklärungen. Ich schloss den Kombi auf und jagte davon.

Ein Student, der in dem Viertel um den Kanonengraben Zeitungen austrug, hatte kurz nach fünf im Gebüsch über dem niedrigen Eisengeländer etwas blinken gesehen. Er war der Entdeckung nachgegangen und hatte zuerst ein dünnes, goldfarbenes Armkettchen entdeckt und dann die unbekleidete Leiche einer Frau. Nachdem der erste Schock überwunden war, hatte er zum Handy gegriffen. Inzwischen war er längst unterwegs zu seiner Frühvorlesung, das Protokoll über seine Aussage bekam ich als erstes.

Wieder ein Laken, das einen zurückgebogenen Hals mit durchtrennter Kehle bedeckte, gefesselte Schenkel, zwischen denen eine herausgeschnittene Zunge klemmte. Keine Hämatome wie im Fall Remizgil und anders als bei Freyling fehlte die Kleidung.

Die Frau hatte ein junges, hübsches, sehr fein gezeichnetes Gesicht, das jetzt entstellt war von Entsetzen und Todesangst. Ihre dunklen Augen starrten auf einen Punkt hoch über dem Kopf, der verkrustete Mund stand offen und auch über Wangen und Schläfen hatte das Blut Rinnsale gebildet, bevor es in den dunkelbraunen, krausen Haaren versickert und in einer Lache unter dem Kopf zusammengeflossen war.

Das Goldkettchen und eine unauffällige Uhr mit schwarzem Lederarmband waren wohl ihr einziger Schmuck gewesen, und sie hatte keine Papiere bei sich. Das einzige was zu ihrer Identifizierung beitragen konnte, war ein Streichholzheftchen, das in ihrer Umhängetasche steckte, zusammen mit Papiertaschentüchern, einem Portemonnaie und einem Schlüsselbund. Das Heftchen gehörte zu einer Pizzeria jenseits der Antoniuskirche.

Der Fundort lag vor dem „Zweilöwenclub"; eine dichte Rhododendrenhecke, die, rechts und links von zwei Zerreichen begrenzt, bis runter zum Kanonengraben reichte. Die Nachbarhäuser des Clubs sahen nach Privatadressen aus; ein weißes, schmiedeeisernes Tor vor dem linken, ein Parkplatz, der das rechte Haus flankierte. Nicht nur in der Toreinfahrt, auch vor dem Parkplatz hatten sich Menschen versammelt. Mitleid und Bestürzung stand in ihren Gesichtern, aber auch Empörung war zu lesen. Dies war jetzt schon der dritte Mord, und die Polizei kam wieder nur, um die Leiche wegzubringen.

Die Kollegen von der Spurensicherung waren fürs Erste mit der Arbeit fertig. Ich sah Tietze mit Schüller reden, der in seinem Utensilienkoffer kramte, bevor er ihn mit resoluter Geste schloss. Heinrich packte seine Fotoausrüstung ein. Als Begrüßung hatten sie mir ein karges Nicken rübergeschickt.

„Habt ihr mit den Anwohnern geredet?"

„Haben wir." Tietzes Gesicht wirkte genauso angespannt und konzentriert wie Schüller und Heinrich. Die Nachricht hatte alle aus dem Bett geschellt, man hatte sich notdürftig zurechtgemacht und war auf schnellstem Weg hergekommen. Jetzt warteten wir auf die Ergebnisse, mit der Dr. Robbing die ärztliche Leichenschau beenden würde.

„Und? Hat die Nachbarschaft etwas gehört? Oder gesehen?"

„Jemand will einen Schrei gehört haben." Tietze zog, als befürchtete er, dass ich ihm nicht glauben würde, einen Notizblock aus seinem Ledermantel, „gegen viertel nach zwölf. Das müssen wir natürlich mit den Autopsieergebnissen vergleichen. Wenn der Todeszeitpunkt in etwa damit übereinstimmt …? Aber weiterbringen tut uns das auch nur, wenn sich herausstellt, dass die Frau regelmäßig um diese Zeit unterwegs war."

Genau das war der Punkt! Unsere Blicke kreuzten sich, dann schob er den Notizblock zurück in die Manteltasche.

„Kennt jemand die Frau?"

Einmütiges Kopfschütteln. Wir standen also ein weiteres Mal vor dem Rätsel, wie der Täter es schaffte, in einer bestimmten Nacht und auf einer bestimmten Strecke ein Opfer anzupeilen. Überließ er es doch dem Zufall oder lauerte er seiner Beute auf? Barbara Freyling hatte die Promenade wahrscheinlich als Abkürzung benutzt, zu einer Zeit, in der sie sonst arbeitete. Über den Heimweg der Paderborner Frauen wussten wir auch nicht mehr, als dass sie in der Nähe ihrer Arbeitsstelle gewohnt hatten. Aber was sagte das schon aus über ihre Gewohnheiten?

Dr. Robbing hatte seine Untersuchung mit der Bemerkung abgeschlossen, er schätze die Todeszeit auf die Stunde zwischen halb zwölf und halb eins. Bis der Leichenwagen kam, machte ich einen Abstecher zur anderen Seite des Kanonengrabens. Das Ufer dort bildete ein Podest ähnlich einer Anlegestelle, die, durch ein Holzgeländer gesichert, in den Teich hinausragte. Das Gebüsch, wo die Leiche gelegen hatte, wirkte flach gedrückt und zerrupft. Darunter paddelten Enten und Blesshühner, die, wenn sie das hektische Treiben der Spurensicherung überhaupt aufgeschreckt hatte, längst wieder in ihre Idylle zurückgefunden hatten. Die Möwen, die über ihnen kreisten, hatten Hunger und sonst gar nichts! Das Gebüsch würde sich wieder aufrichten, der Frieden zurückkehren, jedenfalls oberflächlich! Münster hatte seinen dritten Mordfall.

In diesem Moment fiel mein Blick auf Tietze. Er schlug gerade das Laken auf und fotografierte die Leiche mit einer Sofortbildkamera. Das war an sich nichts Aufregendes, auch Max hatte Polaroid-Aufnahmen von Mordopfern gemacht, es war der Pantomime Tietze, der mich stutzig machte, als er sich jetzt zum Wasser drehte und das Foto herauszog. Die Art, wie er es dann unter den Ärmel klemmte, hatte etwas Besitzergreifendes und beinahe Andächtiges. Auch das Laken hatte er mit einer fast liebevollen Bewegung gelüftet.

Schnell ein Foto von ihm! dachte ich. So, wie er da steht! Ich zog meine eigene Polaroid-Kamera aus der Tasche, ein fester Bestandteil des „Notgepäcks", und drückte ab. Aber sein Gesicht würde unscharf bleiben und nichts Beunruhigendes zu erkennen sein. Und sobald wir uns dann im Büro gegenübersäßen und über neue Strategien redeten, wären meine Zweifel verpufft, ad absurdum geführt von dem Eindruck des Monströsen, den jeder Mordverdacht gegen einen Kollegen hinterlässt. Vor allem seitdem ich wusste, dass Polker nicht die Wahrheit sagte, kam ich mit meinem Misstrauen gegen Tietze nicht mehr klar.

Er holte das Foto unter seinem Ärmel hervor und zog die Folie herunter. Er warf einen Blick darauf und ließ es in die Manteltasche gleiten. Wenig später hatte ich mein eigenes.

Auf dem Rückweg ging ich am westlichen Ende des Wassergrabens vorbei und entdeckte den Spielplatz. Fast die gleiche Ausstattung wie an der Kreuzschanze; eine Rutsche, Wippspiralen, ein Klettergerüst, leicht verwitterte Holzbänke für die wartenden Mütter. Ich erreichte Schüller gerade noch am Auto.

„Habt ihr Proben vom Sand?"

„Ein paar feuchte Flecken! Ich weiß, wie Hundeurin riecht.“

„Sperma?“

„Hundeurin!“ wiederholte er. Und weg war er.

Eine Viertelstunde später machten wir uns ebenfalls auf den Weg. Tietze, der zu Fuß gekommen war, öffnete die Beifahrertür meines Kombis. „Cacharel pour l’homme“ streifte meine Nase.

„Wer geht mit dem Streichholzheftchen zu der Pizzeria?“ fragte er, während ich zum Stadtgraben abbog, „soll ich das machen?“

Ich sah auf die Uhr. Vom „Mendoza“ wusste ich, dass Restaurants ab zehn Uhr ansprechbar sind. Also in etwa einer halben Stunde. „Ich könnte in der Mittagspause vorbeigehen.“

„Okay.“ Er gähnte herzhaft und brachte dabei seine Kieferknochen zum Knacken.

„Schlechte Nacht gehabt?“

„Auf der Bahnhofstraße ist es sehr laut“, klagte er. Ich dachte an meinen Beobachtungsposten vor seiner Wohnung: Mäßiger Verkehr und nur wenige Passanten, die es eilig gehabt hatten. Ich konnte seine Behauptung nicht bestätigen.

„Wurde randaliert?“

„Ein paar angetrunkene Rowdies sind immer unterwegs.“

„Sie scheinen in Paderborn idyllischer zu wohnen.“

„Am Stadtrand“, bestätigte er.

Ich beschloss, das Thema zu wechseln. Seine Anschrift am Paderborner Stadtrand konnte mir ziemlich gleichgültig sein.

„Es sieht so aus, als hätte Herr Dr. Polker uns nicht die ganze Wahrheit gesagt.“

„Wann haben Sie denn das erfahren?“

„Gestern Abend. Kurz bevor ich zur Vernissage fuhr, kam ein Fax aus dem Präsidium in Iowa-City. Ich wollte im ‚Mendoza‘ darüber reden, aber dann fand ich das, was Sie über die Remizgil-Brüder zu berichten hatten, interessanter. Die Geschichte mit Polker wird ohnehin erst akut, wenn wir mehr Details von den amerikanischen Kollegen haben.“

„Was hätte dieser Polker uns wahrheitsgemäß sagen sollen?“ fragte Tietze und ich versuchte herauszuhören, wie er diese Neuigkeit einschätzte: Endlich eine heiße Spur, die uns weiter brachte? Oder eine falsche Fährte, die weg führte von ihm?

„Dass er in Iowa City einen Termin im Morddezernat hatte, anstatt bei der Biomechanik. Möglich, dass er Kollegen besucht hat, aber der eigentliche Grund war diese Vorladung."

Darauf pfiff er so scharf durch die Zähne, dass ich sekundenlang glaubte, Max säße neben mir. „Wann erfahren wir Genaueres?"

„Wenn wir Glück haben, liegt das Vernehmungsprotokoll schon im Büro. Ich habe es angefordert."

„Wissen Sie", Tietze schenkte mir ein mokantes Lächeln, „dieser Sportheini ist mir gleich unglaubwürdig vorgekommen. Allein dieses Alibi! Welche Mieze würde denn nicht aussagen, dass ihr Lover bei ihr im Bett gewesen ist. Da kann er noch so verdächtig sein."

„Diese Art von Alibis haben wir nicht gern", stimmte ich zu. „Allerdings ist Frau Kucks nicht Polkers Mieze und ihre Aussage klingt glaubwürdig. Warten wir die Antwort aus Iowa ab."

Vor uns tauchte das Präsidium auf. Bevor ich mich bei Dr. Gross blicken ließ, musste ich wenigstens einen rudimentären Arbeitsplan in der Tasche haben. Er erwartete zu Recht, dass man mit eigenen Ideen kam, auch wenn er sie sofort mit bissiger Skepsis unterminierte oder mit ätzendem Spott übergoss. Am liebsten hätte ich den Menschen, der so süffisant lächelnd und aufdringlich nach Parfum riechend neben mir saß, aufgefordert, auszusteigen und zu Fuß ins Präsidium zu gehen oder meinetwegen nach Hause, zu seinem renitenten Frettchen, damit ich in Ruhe nachdenken konnte. Über das strapaziöse Wechselbad aus Gefühlen, zum Beispiel, das er ständig bei mir auslöste, oder über eine Arbeitsteilung, in der er den Fall Remizgil übernahm und ich Barbara Freyling und „unsere Leiche des Tages", wie Schüller die Tote vom Kanonengraben zynisch genannt hatte. Allerdings rechnete ich damit, dass Tietze nur einem Konzept zustimmen würde, das ihm in allen drei Fällen genügend Freiraum für Eigeninitiativen ließ. Ich war kein bisschen erstaunt, als er prompt protestierte. „Warum arbeiten wir nicht zusammen?"

„Weil es mir so sinnvoller erscheint", sagte ich stur.

„Es könnten sich aufschlussreiche Parallelen ergeben. Aber wenn jeder sein eigenes Süppchen kocht, fallen sie niemandem auf."

„Natürlich fallen sie auf! Weil wir uns nämlich über unsere bescheidenen Erfolgserlebnisse regelmäßig unterhalten werden."

Darauf sagte er nichts, aber die Art, wie er auf dem Sitz herumrutschte, verriet, dass er an meinem Vorschlag zu knabbern hatte.

Ahnte er den Grund für diese strikte Aufgabenteilung? Weil ich ihn aus den Morden an Kreuzschanze und Kanonengraben so weit wie möglich heraushalten wollte? Weil ich, zu Recht oder Unrecht, befürchtete, er würde versuchen, mögliche Ergebnisse durch Fehlinformationen und Irreführungen zu verschleiern?

Ich schlug einen versöhnlichen Ton an. „Wir müssen die Situation nutzen, solange Sie in der Windhorststraße und vor Remizgils Imbissbude ein unbekanntes Gesicht sind. Wenn ich dort auftauche, weiß jeder, woher ich komme. Sie können Informationen sammeln, ohne sich Lügen anzuhören, wie man sie der Polizei nun mal gern auftischt, wenn man was zu verbergen hat." Als er weiter schwieg, fuhr ich eine Spur freundlicher fort: „Das letzte Wort hat sowieso der Chef. Er muss unseren Arbeitsplan absegnen. Kommen Sie mit zur Lagebesprechung?" Er nickte, aber im Grunde war es mir egal, ob er mitging oder nicht. Wenn ich in seiner Gegenwart nicht mit meinem Verdacht herausrücken durfte, konnte ich es in seiner Abwesenheit genauso wenig. Aus dem einfachen Grund, weil Dr. Gross mir nicht geglaubt hätte. Noch nicht!

Das Fax war da! Chief Inspector Harold Schneider teilte uns mit, dass Mr. Udo Polker im Mordfall Amy Field zu einem DNA-Test herangezogen worden sei, weil sich einige private Gegenstände der jungen Frau in seinem Apartment gefunden hätten. Polker hatte zugegeben, sie an zwei Abenden bei sich gehabt zu haben, allerdings ohne dass es zu Intimitäten gekommen wäre. Und dass er die Sachen, die in seiner Wohnung liegengeblieben seien, nicht als ihre hätte identifizieren können. Er hatte möbliert gewohnt, eine Putzfrau beschäftigt und sich nie die Mühe gemacht nachzuprüfen, ob zu all dem „Nippes", der das Apartment dekorierte, etwas Neues dazugekommen sei. Amy Field, eine dreiundzwanzigjährige Sportstudentin, war vor drei Wochen, ein Jahr nach ihrem rätselhaften Verschwinden, im Zuge einer größeren Rodungsaktion in einem Waldstück entdeckt worden. Kleidungsreste und Röntgenaufnahmen vom Zahnarzt hatten sie identifiziert. Auf den Kleidungsresten waren Spermaspuren sichergestellt worden und Haare, die nicht von der Toten stammten. Jetzt überprüfte man systematisch den Bekanntenkreis. Falls wir an einer Weiterleitung des Ergebnisses interessiert waren, bat der Chief Inspector um eine kurze Mitteilung.

„Na, also!“ Tietze legte das Fax mit sichtlicher Genugtuung zurück. „Worauf warten wir noch? Fordern wir das Ergebnis der DNA-Analyse doch sofort an!“

Ich nickte, wandte allerdings ein, das Mädchen aus Iowa City sei erdrosselt worden und einem Sexualverbrechen zum Opfer gefallen. Das war eindeutiger nachgewiesen als in unseren Fällen. „Große Hoffnungen mache ich mir nicht, dass Polker unser Täter ist.“

Tietze teilte meine Skepsis nicht, aber das hatte ich erwartet. „Was wissen wir über die Gegenstände in seiner Wohnung?“

„Ich werde den Kollegen Schneider danach fragen.“ Von Barbara Freyling, wollte ich noch hinzufügen, hatte es keine „Gegenstände“ bei Polker gegeben, obwohl sie drei Wochen lang bei ihm ein- und ausgegangen war. Doch er konnte die Sachen weggeschafft haben, um sich jene Schwierigkeiten zu ersparen, die ihm in Iowa City einen DNA-Test eingebrockt hatten.

Es wurde höchste Zeit, das Pensum für den Tag festzulegen: Die Überprüfung der Aussagen über die Brüder Remizgil, die Suche nach Augenzeugen in der Windhorststraße und nach Merals Freund. Ich dachte noch einmal darüber nach, was Barbara Freyling und Meral Remizgil miteinander gemeinsam hatten. Wenn man über die brutale Tötungsart hinwegsah, waren die Fälle nicht vergleichbar, das dritte Opfer entsprach dagegen wieder dem Paderborner Schema. Das Alter stimmte und das Datum. Wenn die Frau nicht in der Pizzeria gearbeitet hatte, sondern selbständig gewesen war, wenn sie nicht zufällig über die Promenade gegangen war, sondern sich auf dem üblichen Heimweg befand, dann hatte möglicherweise der Serientäter wieder zugeschlagen.

Hilly sah uns mit sorgenvoller Miene entgegen. Seitdem ich sie kannte, reagierte sie auf die Mordfälle, die doch ihr Arbeitsleben bestimmten, so als hätte der Täter sie im Visier gehabt.

„Wisst ihr schon, wer die Tote ist?“

Tietze schüttelte den Kopf.

„Dass diese Leute aber auch nie Papiere bei sich haben!“ Sie rührte bingelnd in ihrer Teetasse. „Das macht es euch doch wieder unnötig schwer, oder?“

In diesem Augenblick drang die Stimme des „Pinguins“ durch die halboffene Verbindungstür. Er saß am Schreibtisch mit schwelender

Zigarre und nur unwillig weggelegter Morgenzeitung. Es folgte ein Gespräch von fünf Minuten, dann waren wir an unsere Schreibtische entlassen. Dr. Gross hatte sich mit jenem leicht schläfrigen Blick, der bei ihm genau das Gegenteil, nämlich höchste Konzentration verriet, angehört, was wir vom Kanonengraben zu berichten hatten, und dann zu meinem Vorschlag, die Mordfälle zwischen Tietze und mir aufzuteilen, genickt. „Machen Sie das!"

Ich hatte die Hand schon auf Hillys Türklinke, als ich noch einmal kehrtmachte. „Könntest du uns einen Gefallen tun?"

Sie hatte sich zu einer ihrer Schreibtischschubladen gebückt, wie sich herausstellte, auf der Suche nach einem Müsliriegel.

„Natürlich, was ist es denn?"

„Wir brauchen Informationen über Dr. Udo Polker, Gastdozent am Institut für Sportwissenschaft, Abteilung Biomechanik. Vielleicht haben die Kollegen von der Verkehrswacht mal mit ihm zu tun gehabt. Oder das Wirtschaftsdezernat, Drogen, Sitte, du weißt schon. Könntest du mal nachprüfen, seit wann er in Münster unterrichtet? Wo er früher beschäftigt war? Und ob es mal Unregelmäßigkeiten gab?" Sie nickte kauend.

„Ich weiß, du hast viel Arbeit, aber Tietze und ich sind mit drei Mordfällen ziemlich überfordert. Wenigstens, was diese Routinearbeiten betrifft."

Der Name meines Kollegen möbelte sie erst richtig auf. „Aber selbstverständlich helfe ich euch", säuselte sie.

Während Tietze das Antwortfax an Chief Inspector Schneider aufgab, ging ich zu Schüller. Ich brauchte das Streichholzheftchen. Auf halbem Weg fiel mir ein, dass ich etwas viel Brauchbareres hatte: Tietzes Polaroidfoto von der ermordeten Frau.

Die Streichhölzer waren schon untersucht worden, mit dem Ergebnis, dass die Fingerabdrücke von der Toten stammten. Als ich Tietze dann nach dem Foto fragte, zog er es aus seiner Manteltasche. Er schien kein bisschen überrascht, dass ich davon wusste, und entschuldigte sich sogar für die schlechte Qualität.

„Ich weiß, wie Sofortbilder aussehen können", gab ich knapp zurück, „es gibt schlechtere."

Allerdings kaum abstoßendere! Tietzes Nahaufnahme zeigte Gesicht und Hals der Toten bis zum Brustansatz. Wir einigten uns darauf, dass ich am Vormittag in der Pizzeria und in der Nachbarschaft des „Zweilöwenclubs“ Informationen einholte, während er nach der Mittagspause seine Runde durch die Bahnhofsgegend machen wollte, um die Sache Remizgil voranzutreiben. Sehr optimistisch waren wir beide nicht.

Wie immer bei Innenstadtterminen, nahm ich das Fahrrad und stellte es unter der Leuchtschrift „Bella Napoli“ ab. Das Lokal war zu dieser frühen Stunde leer bis auf einen älteren, sehr mageren Mann, der hinter der Theke Gläser spülte. Der Gastraum war eng, aber sehr geschmackvoll eingerichtet. Keine dilettantischen Ölbilder oder farbintensiven Poster vom Vesuv, keine wachsübertränten Chiantiflaschen, sondern ein unterkühltes Design im High-Tech-Stil. In der Luft hing ein dünner Film aus Oregano, Knoblauch und würzigem Käse.

Der Mann hatte das Gläsertuch weggelegt. „Sie wünschen?“

Wo war mein Dienstausweis? Wo das Foto der Toten? Ich kramte beides aus meiner Tasche. „Kennen Sie diese Frau?“

Unmöglich, dass jemand ein so elementares Entsetzen inszenieren konnte, es war echt. „Dio Bambino! Wer ist das?“

„Sie hatte Ihre Streichhölzer bei sich. Haben Sie viel Stammkundschaft?“

Er zögerte. „Schon. Aber diese Frau …“

„Vielleicht in der Begleitung eines Mannes?“

Der Blick, mit dem er das Foto streifte, verriet Angst. „Eher nicht!“

„Sehen Sie ganz genau hin!“

Jetzt nickte er zaghaft. „Doch! Könnte sein, dass sie manchmal herkommt … herkam.“

„Kam sie immer an einem bestimmten Tag?“

„Gestern …“, begann er. „Ja, sie kamen immer montags. Sie haben einen Tisch bestellt. Sechs Frauen.“

„Auf wessen Namen wurde der Tisch bestellt?“

„Moment!“ Er kramte unter der Theke. Ein Tischkalender kam zum Vorschein, sein Zeigefinger fuhr die Sparten ab. „Hier, das müsste die Bestellung sein. Immer montagsabends, um zehn. Für sechs Personen, auf den Namen Michaelis.“

„Ist das der Name der Toten?“

„Das weiß ich nicht.“

„Aber die Bestellung lief immer über diesen Namen?“

Er nickte.

„Und gestern Abend waren sie hier? Nur Frauen. Wie lange?“

„Um zwei habe ich zugemacht. Da waren sie schon eine Weile weg.“

Ich tauschte das Foto gegen meine Visitenkarte aus. „Falls Sie etwas hören oder Ihnen noch was einfällt, rufen Sie mich an?“

Seine Antwort war ein hastiges Nicken. Erst jetzt sah ich das Gesicht in dem Türspalt hinter ihm. Eine Frau, etwa im gleichen Alter wie er. Als ich ihrem Blick begegnete, schloss sich der Spalt.

Auf dem Rückweg ins Büro kam ich auf die Idee, mir Tietzes Wohnungstür anzusehen. Erster Stock, rechte Hausseite. Für den Fall, dass kein Name dran stand, hoffte ich, dass die Auswahl an Türen nicht allzu groß wäre. Zehn Minuten später wusste ich mehr. Die beiden Fenster, hinter denen das Licht erloschen war, bevor Tietze mit Freund und Frettchen weggegangen war, gehörten einem gewissen Albert Speer. Tietze hatte seine Visitenkarte an der Schelle befestigt. Und als ich den Mann im Zigarrenladen nach Herrn Speer fragte, erfuhr ich, dass er in Münster eine Werbeagentur betrieben und irgendwann Pleite gemacht hatte. Seitdem hielt er sich mit Vermietungen über Wasser.

„Gehören ihm hier im Haus mehrere Wohnungen?“

„Hier nur die eine. Aber er hat noch mehr.“

„Wann ist da oben der letzte Mieter eingezogen?“

Er rückte sich die hasenhafte Halbbrille auf der Nase zurecht. „Keine Ahnung! Hier geht’s doch zu wie im Taubenschlag.“

„Ist es länger als einen Monat her?“

„Das weiß ich nicht. Herr Speer vermietet auch wochenweise. Das Apartment ist komplett möbliert. Und die Nähe zum Bahnhof lockt viele an, die sonst ins Hotel gehen müssten. Aber warum reden Sie nicht mit dem Mieter? Abends ist er immer da.“

„Können Sie mir sagen, wie ich Herrn Speer erreichen kann?“

Jetzt glitzerte Misstrauen in seinen Augen und seine Brille begann wieder zu rutschen, als schwitzte er. Ich fragte zuviel, das machte ihn nervös. „Wollen Sie vielleicht ’ne Wohnung mieten?“

Seine Frage brachte mich auf eine Idee. Warum war ich nicht gleich drauf gekommen. „Wie groß ist sie denn?“

„Ich weiß nicht, wann die hier im Haus frei wird. Aber ich hätte eine andere. Auch in der Innenstadt. Sehr günstig.“

„Und wie groß ist die Wohnung da oben?“

„Zwei Zimmer hat sie mindestens.“

Ich fragte, ob man Haustiere halten dürfe, und sein Blick wurde verschwörerisch. „Also, der da oben hält sich vielleicht was Merkwürdiges. Könnte ein Marder sein oder ein Iltis. Was die Leute sich so alles einfallen lassen."

„Haben Sie ihn schon damit gesehen?"

„Hm. Samstags. Dann geht er mit dem Tier spazieren."

„Und wann war das erste Mal?"

„Ich erinnere mich nicht. Als mir dieses Viech auffiel, wohnte er wohl schon länger dort."

„Andere Leute halten sich einen Alligator", gab ich zu bedenken. Und er nickte kichernd. „Oder 'ne Schlange."

„Kriegt er viel Besuch?"

Seine Miene wurde wieder brummig. „Warum wollen Sie das wissen?"

„Ich meine nur, wenn er solch ein Tier in der Wohnung hat."

„Ach so! Ich weiß nicht, ob er viel Besuch kriegt. Tagsüber ist er weg, und um sieben mache ich meinen Laden zu."

„Vielleicht ist er Zoohändler?" fragte ich, in der Hoffnung, ihm mehr Information zu entlocken. Aber er sah mich nur noch unfreundlicher an und knurrte: „Ich rede viel zu viel."

„Kauft er ab und zu bei Ihnen?" fragte ich mit einem Rundblick durch seinen Laden, das Eldorado für jeden Raucher.

„Na ja, das eine oder andere hat der junge Mann schon von mir bezogen. Er raucht Pfeife."

„Sehr gesund für das Frettchen! Und die Adresse von Herrn Speer haben Sie wirklich nicht?"

Er schüttelte energisch den Kopf, und ich gab auf. Auch so hatte ich einiges erfahren. An der Tür rief er mich zurück: „Also, wenn Sie die andere Wohnung interessiert. Ich könnte Ihnen …"

Ich sah erschrocken auf meine Armbanduhr. „Oh, mein Termin! Ich muss mich beeilen! Ich komme noch mal vorbei."

„Dann ist die Wohnung weg", sagte er unbarmherzig. „In Münster muss man sich schnell entscheiden." Das Glockenspiel an seiner Ladentür klimperte, als ich auf die Straße trat.

Ich ging ein paar Meter und nahm vor einer spiegelnden Schaufensterscheibe den kleinen schwarzen Wollhut und die Brille ab; zwei Utensilien, die ich ständig in der Tasche hatte, wenn ich ungestört reden wollte. Tietze saß am Schreibtisch und wirkte ungeduldig. Sein neuer „Fragebogen“ für die Anrainer der Windhorststraße lag fertig vor ihm, er brannte darauf, mit seinen Recherchen zu beginnen.

„Und in unserem neuesten Fall“, er zeigte auf einen Zettel neben meinem Telefon, „hat sich eine Frau gemeldet. Sie meinte, es wäre besser, wenn wir zu ihr nach Hause kämen. Es schien dringend zu sein.“ Der Vorwurf in seiner Stimme war kaum zu überhören, als er fortfuhr: „Da Sie strikte Arbeitsteilung verlangen, musste ich sie damit vertrösten, dass Sie erst mittags zu erreichen wären.“

Der Name kam mir bekannt vor. „Kämmerling? War das nicht …?“

„Die Frau, die den Schrei gehört hat“, nickte Tietze. „Offenbar wurden ihre kleinen grauen Zellen erst richtig aktiv, als wir schon weg waren.“ Sein Wunsch, selbst mit ihr zu reden, sprach deutlicher aus seiner Mimik, als es alle Worte gekonnt hätten.

Ich wartete, bis er sich auf den Weg gemacht hatte, dann rief ich Frau Kämmerling an und vereinbarte einen Termin für achtzehn Uhr. „Es tut mir Leid, dass ich Ihnen den Weg nicht ersparen kann“, sagte sie, „jetzt wo Sie doch sicher alle Hände voll zu tun haben. Aber ich bin gehbehindert, und am Telefon, wissen Sie …“

„Das geht schon in Ordnung.“ Mit etwas Glück würde ich den Weg mit einem Besuch bei Jutta Michaelis verbinden, die, wenn meine Vermutung stimmte, den Tisch in der Pizzeria bestellt hatte. Es gab sieben Telefonanschlüsse mit dem Namen Michaelis, aber nur diese Teilnehmerin wohnte in der Nähe der Antoniuskirche. Ich hinterließ auf ihrem Anrufbeantworter die Bitte, sie solle gegen halb sieben in ihrer Wohnung sein.

Um drei brachte Heinrich die Fotos vom Kanonengraben, ich legte sie patienceartig auf dem Schreibtisch aus. Die Position der Toten war die gleiche wie bei den anderen Frauen. Schmuck und Geld waren auch diesmal am Tatort geblieben, aber warum fehlte die Kleidung? Ich zog die Aufnahmen über den Fall Freyling aus ihrer Plastikhülle und betrachtete die über das Gebüsch verteilten Stücke: Blutverschmierte Jeans, ein fleckiges T-Shirt, die Leinenjacke. Auch der Sockel der Droste-Statue war zu sehen.

Wozu diese Schmierereien? Ich überlegte, welche Angriffsflächen sich am Kanonengraben boten, und erinnerte mich an zwei steinerne Löwen vor dem Club. Sie, die Stufen zum Eingang und die weiße Kassettentür waren sauber gewesen. Mit dem Club hatte der Mord nichts zu tun. Auf einem Foto von der ganzen Häuserzeile entdeckte ich Graffiti an einer der Hofeinfahrten. Nach Blut sahen auch sie nicht aus.

Hatte die Tote vom Kanonengraben etwas angehabt, das den Täter verraten konnte? Oder hatte er ihre Sachen zusammengerafft, um sie zu zerfetzen, zu verbrennen, zu vergraben, in der Absicht, auch die letzte Spur dieser verhassten Existenz auszulöschen? Wie kam man zu einem solchen Zerstörungswahn?

Den restlichen Nachmittag verbrachte ich bei Gersmann, der mich mit der Nachricht begrüßte, unser drittes Opfer habe mit derselben Tatwaffe „Bekanntschaft gemacht" wie das von der Kreuzschanze. Zumindest durchs Mikroskop betrachtet.

Sein Mittagessen hatte wieder aus Tramezzini bestanden. Ein Petersilienblättchen klemmte zwischen seinen oberen Schneidezähnen.

„Demnach ähneln sich Fall Eins und Fall Drei, während Fall Zwei eine Ausnahme darstellt?"

„Rein oberflächlich betrachtet, ja, verehrte Frau Kollegin! Wie gesagt, die genaue Laboranalyse steht noch aus, die Ränder der Schnittwunde, nicht wahr? Und auch etwaige Reste unter den Fingernägeln könnten unser Ergebnis noch kurzfristig verändern. Aber nach diesem ersten check-up …"

„…würden Sie den Paderborner Serientäter zumindest nicht ausschließen!"

„So ist es!"

„Wann können wir mit dem Endergebnis rechnen?"

„Fragen Sie am Donnerstagabend mal nach."

Als Tietze um sechs Uhr von seiner Odyssee durch das Bahnhofsviertel noch nicht zurück war, stellte ich unsere Telefonanschlüsse auf das Wachzimmer um. Ich parkte auf einem der Plätze, die für die Lehrer der Annette-Schule reserviert waren, und durchquerte die Promenade. Es wurde schon dunkel, die Straßenlaternen brannten, und jene Spaziergänger, die das leidlich warme Wetter bis in die Dämmerung genutzt hatten, verließen fluchtartig das Gelände. Die Angst ging um, und Angst prägte auch das Gesicht der alten Frau, die mir ihre Tür öffnete. Sie verriegelte sofort wieder, warf sicherheitshalber noch einen Blick durch den Spion und verschwand mit meinem Mantel, um ihn an einer obskuren Stelle unterzubringen. In einem Zimmer ihrer geräumigen Wohnung, das offenbar dem Essen und Fernsehen vorbehalten war, saß eine zweite Frau, ebenso weißhaarig wie Frau Kämmerling, aber größer und fülliger als sie. Sie stellte sich als Nachbarin vor und fragte, ob es mich störe, wenn sie da bliebe. War es ein Wunder, dass die Bevölkerung besorgt, aber auch neugierig reagierte, wenn vor ihrer Haustür ein brutaler Mord geschah, schnell, spurenlos, lautlos?

Dabei fiel mir der Schrei wieder ein. Um viertel nach zwölf hatte Frau Kämmerling ihn gehört. „Die Stimme einer Frau?"

Sie zögerte. „Deshalb wollte ich Sie so dringend sprechen. Nachdem Sie heute Morgen weggefahren waren, ist mir eingefallen, dass ich den gleichen Schrei später noch einmal gehört hatte. So gegen halb sieben. Deshalb denke ich, dass es vielleicht ein Tier war. Ein Vogel drüben vom Wassergraben. Ich habe deswegen sogar meinen Enkel angerufen. Er studiert Zoologie und er meint, es könne auch eine Katze gewesen sein. Bestimmt hat er das gesagt, um mich zu beruhigen, aber vielleicht ist ja doch etwas dran."

Ihr Blick fiel erwartungsvoll auf mich, und ich wusste, was sie dachte. Der Schrei einer um ihr Leben kämpfenden Frau würde schwer auf ihr lasten, der eines Tieres wäre schnell wieder vergessen.

Als ich schwieg, drängte sie weiter. „Die Gerichtsmediziner können doch die Todeszeit genau feststellen, nicht wahr? Wenn sich nun herausstellte, dass diese Frau schon um zwölf gestorben ist, wäre das, was ich gehört habe, doch völlig belanglos. Oder?"

„Ja, natürlich. Es ist gut möglich, dass Sie ein Tier gehört haben." Zwecklos, ihr klarzumachen, dass durch eine Autopsie die Todeszeit nur annähernd bestimmt werden konnte. Fand man Leichen erst nach Wochen, betrug der Ermessensspielraum mehrere Tage.

Sie lächelte erleichtert. „Ach, da bin ich aber froh. Wissen Sie, je länger ich über diesen Schrei, oder was immer das war, nachdenke, desto weniger glaube ich, dass der Mord zu dieser Zeit passiert ist. Schließlich waren ja noch Leute auf der Promenade unterwegs."

„Sie haben jemanden gesehen? Um viertel nach zwölf?" Ich war auf der Hörster Promenade unterwegs gewesen.

„Um halb eins", korrigierte sie, „ein Pärchen."

„Ein Mann und eine Frau?"

Sie nickte. „Sie waren sehr schnell unterwegs. Ich habe noch gedacht, wie blöd es ist, ein Haustier zu halten. Jede Nacht raus!"

„Was für ein Tier war es?"

„Na, ein Hund nehme ich doch an."

„Klein? Groß?"

„Winzig", sagte sie, „aber störrisch! Die Frau, die die Leine hielt, musste immer wieder stehen bleiben. Na, ich sage Ihnen, mitten in der Nacht muss ich das nicht haben!"

„Hatte er ein helles oder dunkles Fell?"

„Das weiß ich nicht mehr", murmelte sie.

„Waren Sie längere Zeit am Fenster?"

„Nein! Dieser Schrei hatte mich aufgeschreckt. Und wenn ich erst einmal wach bin, schlafe ich schwer wieder ein … Ja, wo war ich? Also, jemand hatte geschrieen, aber vielleicht war es ja auch nur ein Tier … Jedenfalls bin ich sofort aufgestanden und habe aus dem Fenster geguckt."

„Und da sahen Sie das Pärchen?"

„Nein, da noch nicht! Erst als ich nicht wieder einschlafen konnte, bin ich noch mal aufgestanden. Und dann sah ich sie."

„Um halb eins?" Da war ich gerade zurück am Auto, müde und frustriert, weil der Abend nichts gebracht hatte.

Sie nickte, sichtlich zufrieden, dass sie mit so exakten Angaben behilflich sein konnte. „Ich habe auf der Bettkante noch gedacht: Jetzt hast du schon wieder eine Viertelstunde Schlaf verloren. Nur wegen diesem blöden Schrei. Oder was sonst das war."

„Haben Sie nicht daran gedacht, die Polizei zu verständigen?"

Ihr Blick wurde unsicher und streifte die Nachbarin. „Ja, ich weiß nicht. Hätte ich das tun müssen? Aber bis jemand gekommen wäre … Sie haben ja selbst gesagt, es könnte ein Tier gewesen sein. Und deshalb die Polizei rufen …" Ihre Augen hinter den dicken Brillengläsern sahen hilflos aus. Wie so oft bei Zeugenaussagen steuerte unser Gespräch in die Sackgasse.

„Zeigen Sie mir Ihr Schlafzimmerfenster?"

„Kommen Sie mit." Sie griff nach ihrem Stock.

Natürlich trippelte auch die Nachbarin hinterher, ob das Frau Kämmerling nun gefiel oder nicht. Die Hausherrin umrundete mit energischen Schritten ein ausladendes Doppelbett, das in mir entfernte Erinnerungen an das Schlafzimmer meiner Großmutter weckte. Ein massives Bettgestell mit hohem Rand, dessen rechte Hälfte zugedeckt blieb, weil sie dem im Krieg gefallenen Großvater gehört hatte. Ein altarartiger Kopfteil aus demselben düsteren Holz, dazu passende Nachttische und die Frisierkommode unter dem blind gewordenen Spiegel. Auf der Glasplatte das übliche Trio: Bürste, Kamm, Kristallzerstäuber mit seidiger Troddel.

Vor den Sprossenscheiben bauschten sich blickdichte Gardinen. Frau Kämmerling raffte sie beiseite.

„Da unten am Wasser sind sie hergegangen." Auch die Nachbarin reckte die Nase.

„In welche Richtung?"

„Nach rechts."

Also zum Ludgeriplatz, zum Bahnhofsviertel. Jetzt konnte ich nur hoffen, dass Frau Kämmerling gute Augen hatte.

„Können Sie die beiden beschreiben?"

„Ist das von Bedeutung?"

„Es könnten wichtige Zeugen sein."

„Na ja, zu diesem Zeitpunkt wusste ich ja nicht, was sich da drüben abspielen würde. Obwohl mich der Schrei natürlich sehr beunruhigt hatte. Aber Sie haben Recht, vielleicht haben die beiden etwas gehört oder gesehen. Und um sie zu ermitteln, müssen Sie wissen, wie sie aussehen."

Sie zog die Gardine wieder zu, wir kehrten ins Esszimmer zurück und sie schloss die Augen wie eine Wahrsagerin, die sich auf ihre Kristallkugel konzentriert. „Die Frau", begann sie, „war …", sie musterte mich streng, „kleiner als Sie. Und hatte langes Haar. Der Mann war größer als Sie, aber …" Ihr Kopfschütteln deutete an, dass sie mit ihrem Latein schon am Ende war.

„Hatte die Frau blondes Haar?"

Wieder musste sie überlegen. „Ja, und sie hatte es zusammengefasst mit einem Gummi oder Band …"

„Und der Mann?"

„Der war auch blond."

„Erinnern Sie sich an die Kleidung?"

„Die Frau hatte etwas Helles an. Einen Mantel."

„Ist Ihnen noch etwas aufgefallen?"

Jetzt wanderte ihr Blick nachdenklich über die Tischplatte. Ihre Hand strich geistesabwesend darüber, dann betrachtete sie prüfend die Fingerkuppen. Zufrieden mit dem Ergebnis, entgegnete sie: „Warum machen Sie keinen Aufruf, dass sich diese Leute bei Ihnen melden sollen? Wenn jemand um diese Zeit am Kanonengraben unterwegs war, erinnert er sich doch später daran. Und als Augenzeuge hat er doch nichts zu befürchten, oder?"

„Im Gegenteil, wir sind sehr dankbar für Hinweise aus der Bevölkerung." Damit verabschiedete ich mich, setzte mich ins Auto und machte mir über dem Lenkrad ein paar Notizen.

Jetzt hatten wir also zwei Zeugenaussagen über auffällige Personen, die nach Mitternacht auf der Promenade unterwegs gewesen waren, allein, paarweise, blond, langhaarig, in Rosa oder dunklen Farben. Die eine Person groß, die andere klein und immer mit dem winzigen, störrischen Vierbeiner … Ich packte meinen Notizblock weg und fuhr weiter.

„Wir hatten Yoga-Unterricht bei ihr!"

Mehr hatte ich bisher aus Jutta Michaelis nicht herausbekommen. Obwohl wir uns schon länger gegenüber saßen, ich in einem abgewetzten Ohrensessel, sie in der Ecke eines Sofas mit cremefarbenem Bouclébezug. Sie hatte das Kinn in die Hand gestützt und ließ ihren Tränen freien Lauf, während sie mit beinahe rhythmischen Bewegungen ein Taschentuch zerknüllte.

Sie wirkte klein und mager in ihrer dunklen Stretchhose und dem knapp sitzenden Häkelpullover. Ihr Haar war strähnig und ihr blasses Gesicht, das jetzt zusätzlich durch die Tränen entstellt war, machte ihr Alter schwer bestimmbar. Achtzehn Jahre waren genauso wahrscheinlich wie achtundzwanzig.

Da sie weiter auf den fleckigen Parkettboden starrte, ließ ich meinen Blick durchs Zimmer wandern. Es passte in seiner Kargheit zu der Bewohnerin. Die gardinenlosen Fenster ließen das kalte Licht der Straßenlaterne herein, und auch die Deckenleuchte warf nur ungemütliche Helligkeit über das in Schwarz und Weiß gehaltene Mobiliar: Ein vollgestopftes Bücherregal, ein kleiner Tisch, auf dem eine Schreibmaschine mit eingespanntem Bogen stand, der alte Sessel, den sie mir zugewiesen hatte, das Sofa, auf dem sie selber hockte, mit untergezogenen Füßen, als wäre ihr kalt; ein Eindruck, der allmählich auf mich übergriff. Die Fensterbank beherbergte weitere Bücher, Geschirr und den leeren Glaskrug einer Kaffeemaschine.

„Sie waren zu sechst in der Pizzeria", begann ich, da ich nicht ewig so sitzen bleiben konnte. Begreiflich, dass die Frau schockiert war, aber wenn wir den nächsten Mord verhindern wollten, brauchten wir jemanden, der redete, anstatt sich hinter wortloser Verzweiflung zu verschanzen. Der Blick, mit dem sie zu mir zurückkehrte, wirkte plötzlich sehr wach.

„Richtig! Vier Kursteilnehmer, die Annegret und ich."

„Annegret?"

„Unsere Lehrerin", nickte sie. „Annegret Luther."

„Wie lange hat das Essen gestern gedauert?"

„Als ich an der Kirche vorbeikam, war es Punkt zwölf."

„Haben Sie sich immer erst so spät getroffen?"

Sie schnäuzte sich. „Der Kurs dauert von acht bis halb zehn, wer danach noch Zeit hat, geht mit zum Essen." Ich ließ mir die Namen der vier anderen geben. Der Kurs hatte in Frau Luthers Wohnung in der Schützenstraße stattgefunden. Da wir die Schlüssel hatten, stand einer Durchsuchung nichts im Wege. Und falls es eine Kartei mit den Teilnehmern gab, konnten wir gezielt suchen. Eine Frau, die aus beruflichen Gründen regelmäßig spät unterwegs war, zu überprüfbaren Zeiten? Das passte ins Bild. Dann dachte ich an die Kartei der Heilgymnastin. Und auch Frau Günsch hatte über ihre Stammkunden Buch geführt, ohne dass die Paderborner Kollegen deshalb einen Schritt weiter gekommen wären. Die schrille Stimme von Frau Michaelis schreckte mich aus meinen Gedanken auf. „Wer bringt so was fertig?" wimmerte sie, wie aus einer Trance wachgerüttelt. „Sie hat doch keinem was getan! Im Gegenteil, sie … wusste alles, sie war so perfekt! Sie beherrschte schon den Bhakti Yoga. Wahrscheinlich hatte sie längst den Samadhi erreicht …" Heftiges Weinen erstickte den Rest ihrer Worte.

„Ich kann mir vorstellen, dass sie eine gute Lehrerin war."

„Das war sie! Und dann kommt irgend so ein perverses Schwein und schlitzt ihr die Kehle auf. Man sollte ihm … da unten alles wegschneiden!" Ihre Stimme gurgelte. Nachdem ich sie bisher nur lethargisch erlebt hatte, überraschte mich ihr Gefühlsausbruch, so verständlich er im Grunde auch war.

„Seit wann besuchen Sie den Kurs?"

Sie antwortete widerwillig. „Seit Anfang Juli." Eine Kollegin hatte sie darauf aufmerksam gemacht.

Wieder ein Name, den ich mir notierte. Die Adressen waren in der näheren Umgebung angesiedelt, die am weitesten entfernte lag im Geistviertel.

„Darf ich fragen, was Sie beruflich machen?“

„Ich habe Anglistik und Geschichte studiert. Momentan arbeite ich in einem Antiquariat am Bispinghof.“

„Gibt es auch Männer in Frau Luthers Kurs?“

Sie nickte. „In den ersten Stunden, bei denen ich mitgemacht habe, waren zwei Männer dabei. Aber die haben bald aufgehört.“

„Wie groß ist die Gruppe?“

Sie überlegte kurz. „Zwölf, vielleicht vierzehn?“

„War der Montagskurs der einzige, den Frau Luther gab?“

„Der einzige, den sie privat gab“, korrigierte sie. „Sie unterrichtete auch an der Volkshochschule.“

„Gab es einen Grund, weshalb die Männer aufhörten?“

„Nein, sie sind nicht mehr gekommen, das war alles.“

„Können Sie die beiden beschreiben?“

Eine leichte Falte bildeten sich zwischen ihren fast farblosen Augenbrauen. „Meinen Sie damit …?“

„Ich meine gar nichts. Jeder, der Frau Luther gekannt hat, kann ein wertvoller Informant sein. Deshalb frage ich. Wissen Sie die Namen?“

„Irgendwas wie Peter und Paul. Später, als ich die anderen besser kannte und mit Vornamen anredete, waren die beiden schon nicht mehr dabei.“

Ich fragte nach ihrem Aussehen und sie knetete wieder ihr Taschentuch. „Also, der eine war ziemlich groß und sehr schlank, der andere eher klein und untersetzt. Der Große war blond, der Kleinere dunkel, brünett, glaube ich. Aber sonst …“

„Wie alt?“

„Vielleicht Mitte Dreißig. Oder Anfang Vierzig.“

Auf Tietze und seinen Begleiter konnte das passen, auf Polker nicht! Aber Altersangaben waren erfahrungsgemäß das schwächste Glied in einer Beweiskette.

„War einer von ihnen vielleicht Brillenträger?“

„Ich glaube nicht.“

Ich zog mein Polaroidfoto von Tietze aus der Tasche. „Könnte einer von den beiden dieser Mann gewesen sein?“

Sie kniff die Augen zusammen. „Er ist nicht sehr gut zu erkennen, ich weiß nicht … Nein. Er war jünger, und dann die Haare …“

„Haben Sie ihn vielleicht mal in der Pizzeria gesehen?“

Eine vage Kopfbewegung. „Die Aufnahme ist zu unscharf.“

„Okay, lassen wir das. Kamen und gingen diese beiden Männer immer zusammen?“

„Nein. Der eine, zum Beispiel, kam regelmäßig zu spät.“

Das konnte natürlich Absicht sein. „Hatten Sie den Eindruck, dass die beiden sich kannten oder sogar befreundet waren?“

Wieder Kopfschütteln.

„Aber sie haben zum gleichen Zeitpunkt aufgehört?“

Sie sah mich verwundert an. „Nein! Der Blonde ist vielleicht drei-, viermal gekommen, der Dunkle sogar noch etwas länger.“

„Wurde geredet, als sie aufhörten? Gab es Bemerkungen, wegen mangelnden Durchhaltevermögens oder schlechter Motivation?“

„Nein“, entgegnete sie fast schroff, und jetzt mischte sich Überzeugungsarbeit in ihren Blick. „Bei den Übungen wird überhaupt nicht geredet, da konzentriert sich jeder auf sich selbst. Und im ‚Bella Napoli‘ wird nicht über den Kurs gesprochen, das ist tabu. Die restliche Gruppe nimmt sowieso ihr Privatleben mit nach Hause.“ In ihre haselnussbraunen Augen war ein eigentümlicher Glanz getreten, als müsse sie eine elitäre Gemeinschaft verteidigen.

„Gab es dieses Essen auch schon früher?“

„Nein. Erst seit Anfang Juli.“

„Das heißt, seitdem Sie dabei waren. Von wem kam die Idee?“

„Von einem der beiden Männer.“

„Hatte er einen konkreten Vorschlag? Ein bestimmtes Lokal?“

„Nein“, entgegnete sie, „eigentlich ging es nur darum, irgendwo ein Bier zu trinken. Es war damals ziemlich heiß. Nach längerem Hin und Her wurde das Essen beim Italiener daraus.“

„Ist dieser Mann zum Essen mitgegangen?“

„Ja, ein-, zweimal.“

„Der blonde?“

„Nein, der kleine, dunkelhaarige.“ Jetzt begann sie, nervös herumzurutschen. „Warum fragen Sie immer nach diesen Männern?“

„Weil ich denke, dass wir alle weiblichen Kursteilnehmer überprüfen können. Bei den Männern dürfte das schwieriger sein.“

„Und warum müssen Sie die überprüfen?“

„Frau Luther ist auf ihrem üblichen Heimweg ermordet worden. Nahm sie regelmäßig die Abkürzung über die Promenade?“

„Schon, aber sie fuhr mit dem Rad. Gestern Nacht musste sie es allerdings schieben.“

„Gab es einen Platten?“

„Nein. Jemand hatte das Bremskabel durchgeschnitten.“

„Könnte es nicht ein Tier gewesen sein?“

„Ich hab's doch selbst gesehen. Ein glatter Schnitt war das! Das Marderproblem kenn' ich auch. Dies sah anders aus!“

„Wie hat sie reagiert?“

„Sauer! Wahrscheinlich hatte jemand versucht, es zu klauen, und als er es nicht schaffte, war Vandalismus angesagt. Sie sind doch von der Polizei! Ist das bei Einbrüchen nicht genauso? Wenn die Typen nichts finden, hauen sie alles kurz und klein.“

„Ist es ein teures Rad?“

„Ein Rabeneick. So was zieht natürlich die Ganoven an.“

„Hat sie mal von Männerbekanntschaften erzählt?“

„Nein, warum sollte sie?“

„Sie sagten eben, dass alle, die nicht mit ins ‚Bella Napoli‘ gingen, ihr Privatleben mit nach Hause nahmen. Heißt das, dass Sie in der Pizzeria viel über sich redeten?“

„Das war nichts Wichtiges. Annegret hat nie von sich erzählt.“

Eine Weile schwiegen wir. Als sie dann fragte, ob ich einen Tee haben wolle, lehnte ich dankend ab und verabschiedete mich.

Auf dem Heimweg wartete ich gerade vor der Ampel an der Kreuzung Hohenzollernring-Warendorfer Straße, als mir einfiel, dass inzwischen eine Antwort aus Iowa City gekommen sein müsste. Also fuhr ich ins Präsidium und schloss den kleinen Raum an der anderen Seite unseres Korridors auf, wo neben einem großen Regal mit allem möglichen Büromaterial auch das Faxgerät stand. Seine Ablage war leer. Schneider musste Tietzes Brief morgens, bei Dienstantritt, gefunden haben, und wenn das Testergebnis vorlag, hätte eigentlich seine Antwort da sein müssen.

Hatte Hilly sie gefunden und abgeheftet? Nein, auch in dem Ordner zum Fall Freyling steckte keine Nachricht. Bei den wenigen Personen, die unsere Post in die Hände bekamen, war das keine angenehme Vorstellung! Ich dachte daran, dass Hilly sich erst kürzlich über Dr. Gross beklagt hatte, der sie ständig auf die Suche nach überfälligen Faxbriefen schickte. Hilly war klug und aufmerksam; an einen Brief mit Informationen zu jenem Dr. Polker, auf dessen Fährte ich sie gerade geschickt hatte, hätte sie sich erinnert.

Und Tietze? Warum kam ich von dem Gedanken nicht los, dass er den Serienmörder kannte, wenn nicht sogar selbst …? Der Rest des Gedankens war wie eine Bordsteinkante, über die ich regelmäßig stolperte, obwohl ich sie längst entdeckt hatte.

Also dann ein neuer Anruf nach Übersee! Die Telefonzentrale war um diese Zeit nicht mehr besetzt, daher ging ich runter ins Wachzimmer der uniformierten Kollegen und hoffte, dass Schneider nicht wieder in einer Besprechung saß oder in der Kantine. Bei ihm war es jetzt kurz vor halb zwei.

Er war sofort am Apparat, aber das war auch schon das einzig Erfreuliche. Schlecht gelaunt, wie es schien, teilte er mir mit, die Antwort sei am Vormittag abgeschickt worden, mit einer Auflistung der bei Mr. Polker gefundenen Gegenstände und dem Ergebnis des DNA-Tests, bei dem er um besondere Diskretion bat.

„Wann ist es bei Ihnen rausgegangen?"

„Ich habe meine Sekretärin damit beauftragt." Er redete mit jemandem im Hintergrund. „Also, Sally ist sich sicher, dass es vor dem Lunch war. Sagen wir mal, gegen halb zwölf."

Das war halb sieben nach unserer Ortszeit, ich hatte im Wohnzimmer von Frau Kämmerling gesessen.

„Dann verstehe ich nicht, warum es hier nicht angekommen ist."

„Sorry? Aber wie werden vertrauliche Mitteilungen in Ihrem Office eigentlich behandelt?" Seine Stimme klang unfreundlich.

Ich wurde rot, obwohl er mich gar nicht sehen konnte. Aber wie sollte ich ihm eine solche Schlampigkeit auch erklären?

Er schien Ähnliches zu denken, denn jetzt hörte er sich versöhnlich an. „Solche Informationen lässt man schließlich nicht offen herumliegen. Bestimmt hat einer Ihrer Kollegen unser Schreiben gefunden und unter Verschluss gebracht."

Obwohl er es natürlich anders meinte als ich, musste ich ihm Recht geben. Das war ja gerade meine Befürchtung! War Tietze am Abend noch ins Büro gekommen?

„Ich schicke es ein zweites Mal ab", Mr. Schneiders Stimme klang herablassend. „Aber bevor ich das tue, bestätigen Sie bitte noch einmal Ihre Faxnummer."

„Können Sie mir das Testergebnis am Telefon sagen?“ drängte ich. „Wir hatten heute Morgen einen neuen Mordfall. Ich müsste dringend ein Alibi für die vergangene Nacht überprüfen.“

Entweder ließ er sich mit der Antwort Zeit oder er machte seine Zimmertür zu. Ich glaubte ein leises Quietschen zu hören. Dann kam die Antwort: „Ich kann Sie beruhigen. Er war es nicht.“

Damit beruhigte er mich ganz und gar nicht. Wenn man Polker im Fall Amy Field entlastete, befreite ihn das nicht zwangsläufig von unserem Verdacht, aber es machte ihn unwahrscheinlicher.

Und mein Verdacht gegen Tietze? Einbildung? Hysterie?

Ich dankte dem Chief Inspector, legte ernüchtert den Hörer auf und kehrte zurück ins Büro. Wo steckte das verdammte Fax? Mein Blick wanderte über die Schranktüren und mir fiel der kleine, graue Gegenstand wieder ein, den Tietze ein paar Mal hastig und verstohlen in seinem Spind versteckt hatte. Da er jedes Mal frisch gekämmt ausgesehen und nach „Cacharel“ gerochen hatte, hatte ich angenommen, dass er von der Toilette kam. Das Maniküreset war es nicht, das hatte seinen angestammten Platz auf der Fensterbank nicht mehr verlassen. Was nahm Tietze mit aufs Klo? Und was versteckte er in seinem Spind, den er immer so sorgfältig verschloss? Langsam, wie unter Zwang, stand ich auf, zog seine Schreibtischschubladen auf und fand den Spindschlüssel in der untersten, unter einem Stapel von Reiseprospekten. Ein Einbruch in Tietzes Privatsphäre? Allerdings! Aber auch eine Überprüfung von möglichen Indizien in mehreren Mordfällen.

Wenn man gelegentlich mit Wohnungsdurchsuchungen beschäftigt ist, lernt man, systematisch vorzugehen. Aus dem obersten Fach hob ich Zeitschriften heraus; die September- und Oktobernummer einer populären Autozeitschrift, darunter mehrere Exemplare des „Playboy“ mit besonders freizügigen Titelblättern. Die Lektüre eines normal entwickelten Mannes? Nervös fuhr ich mit der Hand über den Fachboden, da war noch etwas! Ich traute meinen Augen nicht, als ich Schneiders Antwortschreiben fand, abgeschickt um elf Uhr zwanzig Ortszeit. Ich legte es auf den Schreibtisch und stöberte weiter. Eine Etage tiefer fand ich Gläser, eine angebrochene Flasche „Black and White“, mehrere Tütchen Knabbergebäck. „Der Wolf, der sogar backen kann!“ Der Wolf im Schafspelz? Auf Besuch war er jedenfalls vorbereitet. Ein Ascher kam zum Vorschein und das Zubehör des Pfeifenrauchers. Er hatte die Sachen wohl am ersten Tag mitgebracht, in Unkenntnis des Rauchverbots im Präsidium.

Hinter dem Tabakpäckchen entdeckte ich einen Sack mit Murmeln und eine kleine Dose aus braunem Bakelit. Drinnen lag ein schmuddeliger Kloß mit Einbuchtungen wie von Fingerabdrücken. Knetgummi! Das Spielzeug eines normal entwickelten Mannes?

In diesem Augenblick begann das Fax-Gerät zu arbeiten. In Schneiders neuer Antwort fehlte der kollegiale Gruß des ersten Briefs, sonst war der Wortlaut gleich: Mr. Polkers DNA-Analyse war negativ ausgefallen und bei den in seinem Apartment sichergestellten Gegenständen handelte es sich um einen Ohrstecker in Form eines fünfeckigen Türkissternchens, der in die Tiefen der Sofaecke gerutscht war, einen Lippenstift, den das Mädchen auf der Waschbeckenablage vergessen hatte, und ein goldfarbenes Feuerzeug. Amy Fields Zimmernachbarin im Campus hatte die Sachen wiedererkannt. Sein quirliges Freundinnen-Roulette hatte es Polker wohl unmöglich gemacht, Vergessenes zu identifizieren, sofern er es überhaupt zur Kenntnis nahm. Amy Field war letztes Jahr am 8. Oktober von ihrer morgendlichen Joggingtour nicht zurückgekehrt. Die Untersuchung der fast völlig skelettierten Leiche hatten einen deformierten Kehlkopf, ein zerquetschtes Zungenbein und damit Erdrosselung als Todesursache ergeben. Angetrocknete Spermaflecken auf ihrer Hose verrieten die Vergewaltigung. Der Fall passte nicht in unser Konzept. Trotzdem beschloss ich, zu Polker zu fahren. Sofort.

Ich kopierte beide Briefe, legte den zuerst angekommenen zurück in Tietzes Fach und stellte den Zustand beider Fächer so her, wie ich ihn in Erinnerung hatte. Den zweiten Brief und seine Kopie heftete ich ab, die Kopie des ersten steckte ich ein. Danach verschloss ich alles und fuhr zur Appelbreistiege.

Ich ließ den Wagen bei den Gerichtsmedizinern stehen, in deren oberen Stockwerken es bläulich flimmerte, als sähe man sich zu so später Stunde noch Röntgenbilder an. Bei Polker brannten helle Deckenstrahler. Die Jalousien waren zur Seite gezogen, und als ich läutete, stand er sofort im Türrahmen.

„Ach, Sie schon wieder!“

„Ich weiß, es ist schon spät. Aber ich hatte drüben in der Pathologie zu tun. Und als ich bei Ihnen noch Licht sah …“ Zwar hatte ich schon immer was gegen das Lügen gehabt, weil ich selbst nicht angeflunkert werden wollte, aber wie hätte ich ihm diesen Überfall sonst erklären sollen?

„Und wenn ich gerade eine Freundin da habe?“ Es klang amüsiert; nicht so, als müsste man mit dieser Möglichkeit rechnen, und ich antwortete locker: „Wir müssen nicht reingehen.“

„Jetzt kommen Sie schon!“

Er war allein. Der große Raum war grell ausgeleuchtet und erfüllt von einer fast kakophonischen Klangwolke aus Streichern und Orgel. Während ich am Tisch stehen blieb, ging er zur Küchenzeile und drehte die Stereoanlage leiser. Das Lichtorchester ließ er an.

„Nehmen Sie Platz.“ Er setzte sich ebenfalls. Ein bisschen sehr auf Tuchfühlung, wie ich fand. „Worum geht's?“ Er rieb sich die Handflächen, als hätte er etwas Klebriges berührt. Oder war er nervös? Seine Stimme klang noch immer gut gelaunt.

„Wo waren Sie letzte Nacht?“

Jetzt verschränkte er die Arme vor der Brust, senkte den Blick und kaute an seiner Unterlippe, als wäre ich minderjährig und seine Antwort nichts für unschuldige Ohren. Ich kannte dieses Machogehabe, seitdem ich männliche Zeugen oder Verdächtige befragte.

„Eine Nacht ist lang!“ gab er salbungsvoll zurück.

„Natürlich! Tut mir Leid, dass ich nicht präziser gefragt habe. Ich meine ganz konkret die Zeit zwischen elf und eins.“

„Ich war hier. Im Bett.“

„Entschuldigen Sie meine Neugier. Waren Sie allein?“

„Ich war allein“, gab er gereizt zurück. „Aber falls Sie auch hier nach Dingen suchen wollen, die einer meiner Freundinnen gehören, bitte schön!“

Dazu hatte ich nicht das Recht, vorläufig nicht. „Es wundert mich, dass Sie so offen über Ihre Vorladung in Iowa City reden. Warum haben Sie dann nicht gleich mit offenen Karten gespielt?“

Weil ich nicht in denselben Rattenschwanz von Untersuchungen gezogen werden wollte wie bei diesen übergeschnappten Sheriffs! Diese oder ähnliche zynische Antworten hätte ich erwartet, statt dessen gab er noch zynischer zurück: „Es war doch viel reizvoller, Sie zappeln zu lassen! Wobei ich natürlich weiß, dass die neunmalkluge Polizei alle Antworten bekommt, die sie haben will.“ Sein Knie drängte sich an meins, angewidert zog ich das Bein zurück.

„Wir haben eine dritte Frauenleiche, Herr Dr. Polker.“

Sofort nahm er sein Knie weg, sein Entsetzen wirkte überzeugend. „*Was* haben Sie?"

„Eine dritte Leiche. Ein ganz ähnlicher Fall wie Barbara Freyling, heute Morgen wurde sie entdeckt …"

Er schüttelte langsam den Kopf, als glaubte er mir nicht. „Ich bin gestern früh schlafen gegangen, weil mir übel war. Muss was Falsches gegessen haben. Fragen Sie Frau Kucks, die weiß es, ich habe es ihr erzählt."

„Wann haben Sie ihr das erzählt?"

„Gegen sieben. Sie wollte mit mir ins Konzert gehen, aber …"

„Wie ich sehe, geht es Ihnen wieder gut", stellte ich fest und suchte mit einem schnellen Blick nach Indizien, die eine Magenverstimmung bestätigen konnten. Eine offene Tüte Zwieback, eine Teekanne auf der Spüle. Aber die Küchenzeile war aufgeräumt, der Futon zusammengeklappt, auf dem Boden lag ein Hochglanz-Magazin.

„Gibt es noch andere Zeugen? Hat Sie jemand besucht?"

Er grinste, dann fuhr seine Zungenspitze über die obere Zahnreihe und erzeugte ein saugendes Geräusch. „Hätten Sie Lust auf Sex, wenn Ihnen kotzübel ist?"

„Auf andere Gedanken kommen Sie bei weiblichem Besuch wohl nicht!"

Frauen mit dieser Veranlagung nannte man nymphoman. Wie hieß ein Mann, der derartig gestrickt war? Die Bezeichnungen, die mir einfielen, klangen zwar weniger wissenschaftlich, dafür aber vergleichsweise harmlos bis schmeichelhaft: Casanova, Don Juan, Schürzenjäger, vielleicht sogar Herzensbrecher?

Er unterbrach meine Überlegung mit mokanter Stimme: „Dachten Sie, es wäre jemand mit Kamillentee vorbeigekommen oder mit einer Wärmflasche? Oder nur so, zum Händchenhalten?"

„Was sagt Ihnen der Name Annegret Luther?"

„Gar nichts! Ist das die Frau?"

Ich gab auf. Dieser Mensch war ein geiler, misogyner Kotzbrocken, aber wahrscheinlich kein Serienkiller. Trotzdem sagte ich: „Bleiben Sie bitte so lange in Münster, bis Sie eine Nachricht erhalten, dass wir Sie nicht mehr brauchen."

Er hob beide Hände: „Ich bleibe, solange Sie mich brauchen."

Morgens früh hatte ich keine Zeit gehabt, den Anrufbeantworter zu löschen, jetzt, am Abend, blinkten fünf Nachrichten. Die drei ersten kannte ich, die vierte stammte wieder von Franz, der sich gutgelaunt aus Bordeaux meldete. Erst die fünfte ließ mich aufhorchen. Frieder Lenz bat um einen Rückruf.

„Ich glaube, wir haben die Frau, die du suchst“, sagte er nach einer kurzen Begrüßung. „Sie heißt Beate Holzmann, hat zwei kleine Kinder und ist mit einem Kollegen aus dem Wirtschaftsdezernat verheiratet. Der Mann stammt aus Paderborn und hat sich im Frühjahr nach Köln versetzen lassen.“

„Na, bestens! Das müsste sie sein.“ Ich rechnete damit, dass er für seine Schürfarbeit eine professionelle Begründung erwartete, und prompt fuhr er fort: „Ich bin ein neugieriger Mensch. Haben deine Kontaktwünsche zufällig mit den Mordfällen zu tun?“

Als ich darauf nichts erwiderte, sagte er: „Der Kollege Holzmann ist ein ausgesprochen netter Mensch.“

„Ich hatte eigentlich nicht vor, ihn zu verdächtigen. Aber dieses massive Lob macht mich natürlich sehr misstrauisch.“

„Also geht es um den Ex-Gatten!“ Man konnte Lenz nicht nachsagen, dass er schwer von Begriff war. „Frau Holzmann stammt auch aus Paderborn, nicht wahr?“

„Das nehme ich an“, gab ich knapp zurück.

„Was wirst du jetzt tun?“

„Schleunigst Verbindung mit ihr aufnehmen. Ich komme für einen Tag nach Köln und versuche, mit ihr zu reden.“

„Mit der Billigung des Chefs? Entschuldige, ich möchte mich nicht einmischen, aber …“

„Ohne seine Billigung! Die Fahrt nach Köln frisiere ich als Privatangelegenheit, familiäre Probleme, eine Erbschaftssache, irgendwas wird mir schon einfallen.“

„Glaubst du, dass sie viel reden wird? Wenn dein Verdacht begründet ist, wird sie die Aussage verweigern, weil sie Angst hat. Und wenn sie keinen Grund zur Angst hat, wüsste ich zumindest nicht, was ich von ihr erfahren wollte.“

Sein Widerstand tat gut. Er brachte jenes Pfadfindergefühl hoch, das mich in meiner Jugend zum Durchhalten angestachelt hatte, wenn ich mit wenig Beistand rechnete. Ich kehrte den Igel nach außen. „Ich versuche es trotzdem!“

Er nannte mir die Telefonnummer.

„Noch eine Bitte, Frieder!“

„Und zwar?“

„Wenn du diesen Holzmann so gut kennst, könntest du ihn nicht auf dezente Weise nach Tietze ausfragen? Besonders interessant wäre, ob er mal Probleme mit Prostituierten hatte.“

Lenz atmete hörbar aus. „Und wie begründe ich diese Neugier?“

„Dir fällt doch immer was ein!“

Er lachte. „Das Kompliment hebe ich mir für schlechte Zeiten auf.“

„Aber bitte auch diese Informationen nur an mich privat!“

„Alles klar! Ruf mich an, sobald dein Reisetermin feststeht. Wenn ich eben Zeit habe, hole ich dich am Bahnhof ab.“ Noch bevor ich mich bedanken konnte, hatte er aufgelegt.

Ich sah auf die Uhr: Halb elf. Trotzdem beschloss ich, es noch bei Schüller zu versuchen.

In seinem Fernseher johlten Fußballfans, aber er stellte die Übertragung sofort leiser. „Was gibt's?“

„Habt ihr am Kanonengraben ein Citybike gefunden? Marke Rabeneick?“

„Nee.“ Er gähnte.

„War ja nur eine Frage.“

„Und warum fragst du?“

„Das wäre das Rad der Ermordeten. Sie war Montagnacht damit unterwegs, allerdings musste sie schieben, das Bremskabel war durchgeschnitten. Fällt dir was auf?“

„Klar, ein Marder wie bei Lückmann. An der Promenade gibt es regelmäßig welche. Im Frühjahr gehen sie an die Vogelnester und im Herbst an die Autokabel.“

„Bei Max könnte es ein Marder gewesen sein. Aber der Schlauch an dem Fahrrad war nicht angeknabbert, sondern glatt durchtrennt.“

„Woher weißt du das so genau?“

„Von einer Schülerin des Opfers. Marderartige Tiere hinterlassen Löcher oder zackige Ränder.“

Darauf murmelte er etwas, das wie „Gute Nacht“ klang, und ich legte auf.

- XII -

Als ich am Mittwoch um halb acht ins Büro kam, war Tietzes Platz noch leer. Ich zog den Ordner über den Fall Freyling heraus und blätterte die letzten Seiten auf. Der zweite Faxbrief und seine Kopie waren noch da. Ich zog Tietzes unterste Schreibtischlade auf, dann die oberste und, noch nervöser, die mittlere; der Schrankschlüssel war weg. Reichlich spät kam ich auf die Idee, dass ich mir seine genaue Position hätte merken müssen. Wenn Tietze wusste, dass ihn jemand benutzt hatte, war ich für ihn die erste Adresse.

Ich dachte wieder an das Knetgummikästchen mit den Fingereinbuchtungen, versuchte mir sein Gesicht vorzustellen, wenn er knete und rieb, Murmeln in der Hand rollte und sich vielleicht Gefühlen überließ, die bei mir Übelkeit auslösten.

Natürlich war ich im Zuge meiner Ausbildung auch mit verschiedenen Kapiteln der Psychologie konfrontiert worden. Was wusste ich noch über den Unterschied zwischen Neurotikern und Psychopathen? Dass der Psychopath seine Krankheit häufig als selbständige Bewusstseinssysteme abspaltet, die ihm Wahnbilder oder Stimmen vorgaukeln, während der Neurotiker, auch wenn Zusammenhänge und Ursachen meist im Dunkeln bleiben, über seine Probleme Bescheid weiß. Daher der Wunsch, Zwangshandlungen geheim zu halten. Schloss sich Tietze deshalb mit dem Knetgummi in der Toilette ein? War diese warme, gefügsame Masse ein sexuelles Stimulans? Und welche Befriedigung verband er mit dem harten, gläsernen Klicken der Murmeln?

Um mich abzulenken, und weil ich keine Antwort fand, vielleicht im Unterbewusstsein gar nicht finden wollte, schrieb ich meinen Bericht über das neueste Gespräch mit Polker. Ich war fast fertig, als mir die Schulpsychologin in Kerstins Gymnasium einfiel. Ihr Mann war ebenfalls Tierarzt in Handorf und teilte sich mit Franz den Bereitschaftsdienst. Wir waren gelegentlich zusammen essen oder spazieren gegangen, und ich schätzte sie als kompetente Person mit einem ausgewogenen Urteilsvermögen. Ich schloss die Tür zum Flur, wählte die Nummer des Gymnasiums und ließ mich zu ihrem Büro durchstellen. Erfreulicherweise hatte sie gerade nicht viel zu tun.

„Wie würden Sie", fragte ich nach kurzer Begrüßung, „einen Mann beurteilen, der im Büroschrank einen Sack Murmeln und ein Kästchen mit Knetgummi versteckt hält? Er nimmt es mit aufs Klo." Natürlich war mir klar, dass diese Frage aus dem Mund einer Polizeibeamtin naiv klang, aber ich wollte ihre spontane Auskunft, und die wäre vielleicht weniger spontan ausgefallen, hätte ich ihr meine eigene Meinung aufgedrängt.

Sie wollte sein Alter wissen. „Da *Sie* mich danach fragen," fuhr sie fort, „nehme ich nicht an, dass er an Durchblutungsstörungen leidet. Ich denke eher an einen Fall von Sublimierung. Das Reiben und Kneten von Gegenständen kommt als Abwehrmechanismus vor, ähnlich wie das zwanghafte Händewaschen oder der ‚Putzfimmel'. Dass er die Sachen mit aufs Klo nimmt, zeigt, dass er sich seiner Neurose bewusst ist. Er will nicht erwischt werden und diese Sicherheit hat er nur hinter der Toilettentür."

Als ich darauf schwieg, erklärte sie: „Es muss nicht zwangsläufig sexuelle Hintergründe haben, wenn er sein Knetgummi mit aufs Klo nimmt, was natürlich nicht ausschließt, dass er gestört ist. Hat er Probleme mit Frauen?"

„Nur mit einer bestimmten Gruppe. Mit Prostituierten."

„Er sollte sich behandeln lassen, bevor er in Schwierigkeiten kommt, die sich nicht mehr mit Knetgummi lösen lassen."

Darauf sagte ich nichts, weil ich auf dem Flur Schritte hörte. Sie fuhr fort: „Ich muss Ihnen ja wohl nicht erzählen, wie viele Nachbarn oder Familienangehörige, die jahrelang nur eine kleine Macke hatten, plötzlich straffällig werden."

„Ich weiß."

„Oder ist es jemand aus Ihrem Arbeitsbereich?"

Als ich auch dazu schwieg, sagte sie: „Okay, ich habe verstanden. Seien Sie vorsichtig." Sie fragte noch, wie es Kerstin gehe, klagte, dass ihr Mann so oft nachts herausgerufen werde, und weil Tietze gerade zur Tür reinkam, fragte ich nach ihren Plänen für die Weihnachtsferien. Dann beendeten wir das Gespräch.

Tietze hängte grußlos seinen Ledermantel auf, zog einen Schlüssel aus der Manteltasche und verstaute eine Brötchentüte im Schrank. Bisher hatte er sein Frühstück immer im Schreibtisch untergebracht. Ich hätte gerne sein Gesicht gesehen, doch er wandte mir den Rücken zu und fragte schroff: „Möchten Sie Kaffee?"

„Danke, nein! Ich möchte keinen Kaffee. Ich möchte wissen, wo das Schreiben vom Kollegen Schneider geblieben ist, die Antwort auf Ihr Fax. Ich habe gestern Abend noch mal nachgehakt, und das war mir ganz schön unangenehm. Die Kollegen drüben müssen ja denken, wir benutzten ihre Briefe als Toilettenpapier!"

„Unsere Kollegen drüben sind offenbar nicht von der schnellen Truppe." Tietze schüttelte mit theatralischer Missbilligung den Kopf und löffelte Kaffeepulver in den Filter. „Dabei hatte ich um eine schnelle Rückantwort gebeten. Wenn dieser Polker …"

„Polker ist unschuldig. Jedenfalls in Iowa City."

Jetzt fuhr er herum, und sein Gesicht war eine Maske aus Harmlosigkeit und freudiger Überraschung. „Dann ist die Antwort da?"

Seine Dreistigkeit verschlug mir die Sprache, nur mühsam konterte ich: „Wollen Sie mir vielleicht erzählen, dass die Heinzelmännchen das Fax in Ihr Fach gelegt haben? Nachdem es um achtzehn Uhr vierzig angekommen war!"

Ich rechnete damit, dass er toben würde, weil ich in seinem Schrank geschnüffelt hatte. Meine Antwort würde lauten, es sei in unserer Abteilung nicht üblich, Dokumente verschwinden zu lassen. Doch wie sich herausstellte, konnte ich mir meine Antwort an den Hut stecken. Tietze widmete sich weiter der Kaffeemaschine und sagte leichthin: „Ich nehme es Ihnen nicht übel, Frau Züricher, dass Ihre Nerven allmählich blank liegen. Sie sehen Gespenster. Hier war kein Fax. Nicht in meinem Schrank und erst recht nicht im Faxgerät!"

„Und woher wissen Sie das so genau?"

Er guckte sich die Wand über der Kaffeemaschine an. „Ich war gestern Abend hier, bis sieben. Nichts ist gekommen!"

Ich sprang so heftig auf, dass mein Drehsessel vor die Wand rollte. „Ich frage Hilly", war das einzige, was ich herausbekam.

Nein! Auch Hilly hatte kein Fax aus Iowa City gesehen! Sie warf mir einen mitleidigen Blick zu. „Du bist ferienreif, Sieglinde. Das Gefühl habe ich schon lange."

„Wie steht es mit deinen Informationen über Udo Polker?" fragte ich, um das Thema zu wechseln. Und sie tippte sich an die Stirn und murmelte, dass ich wohl nicht die einzige sei, der ein bisschen Urlaub gut täte. Dann zog sie ein Blatt unter einem Aktenstapel hervor, das ich, auf ihrer Schreibtischkante sitzend, las.

„Woher hast du das alles?“ fragte ich schon nach wenigen Sätzen, und sie gab reichlich kryptisch zurück: „Von einer Kegelschwester, die im Personalreferat der Uni arbeitet. „Na ja, ein bisschen betteln musste ich schon, damit sie die Unterlagen heraussucht. Aber eine Hand wäscht die andere.“

„Wie meinst du denn das?“

Sie kicherte. „Dafür kriegt sie regelmäßig die Hotelprospekte, die ich für den Chef besorge. Die meisten pfeffert er in den Papierkorb, und ich hole sie wieder raus. Für Renate und ihren Mann! Von der tollen Anlage auf Borkum, zum Beispiel, mit den pulsierenden Wasserbetten und den srilankischen Masseusen, waren die beiden so was von angetan, dass ich noch ganz andere Geheimnisse aus ihr rauskitzeln könnte, wenn ich nur wollte.“

Ich las weiter. Polkers Vita war nicht spektakulär, jedenfalls nicht, bevor er eine US-amerikanische Studentin mit türkisfarbenen Ohrsteckern in sein Apartment eingeladen hatte.

Geboren 1952 in Otmarsbocholt, Studium der Sportmedizin und Sportwissenschaften in Münster, dann an der Deutschen Sporthochschule in Köln-Müngersdorf. Dort war er angenehm aufgefallen, er hatte nach dem Diplom eine Stelle als Wissenschaftliche Hilfskraft und ein Dissertationsstipendium in München bekommen. Sein Thema: Körpererfahrung beim Brustschwimmen. Dem Rigorosum war eine Assistentenstelle gefolgt. Doch dann gab es einen blinden Fleck in Herrn Polkers Leben, einen Ortswechsel, der vielleicht mit der Deutschen Wende zu tun hatte. Jedenfalls war er 1990 in Leipzig gelandet. Aber warum war das nicht im Lebenslauf vermerkt, sondern nur in der Personalakte? Und auch dort nur mit dem kurzen Vermerk: „Drei Jahre Aufenthalt in Leipzig“? Wie hatte er seine Brötchen verdient? Vielleicht mit Traineraufgaben? Dann würde man die eine oder andere Dopinggeschichte überprüfen müssen, immerhin hatte man ihn in den Westen zurückgeschickt, und sein Schicksal war erst wieder mitteilenswert, als er im September 1993 eine Dozentenstelle in Hamburg annahm, was ihm, nach fünfjähriger Tätigkeit ohne Beförderung, im vergangenen Frühling einen „Sabbatical Leave“ in Iowa City eingebracht hatte. War er belohnt oder weggelobt worden? Im März dieses Jahres war er zurückgekommen und hatte im April als Gastdozent in Münster angefangen.

„Dreh mal um“, sagte Hilly, als ich das Blatt sinken ließ.

Aus den Bemerkungen auf der Rückseite ging hervor, dass Polker kurz vor seiner Abreise in die USA vors Hamburger Finanzamt zitiert worden war, wegen zu großzügiger Auslegung des Steuerfreibetrags, was man, weniger großzügig, auch als Steuerhinterziehung bezeichnen konnte. Zur gleichen Zeit waren ihm im Verkehrszentralregister wegen Geschwindigkeitsübertretung drei Punkte aufgebrummt worden. Da sich sein Konto dadurch auf neun erhöhte, gab es eine Verwarnung. Doch Hillys Kegelschwester hatte auch anerkennende Worte für Polker gefunden: Außer Englisch spreche er fließend Spanisch, spiele Golf mit einem Handicap von zwölf und führe grundsätzlich mit dem Fahrrad zum Institut. Und seine Studenten „vergötterten" ihn!

Ich schenkte Hilly den dankbaren Blick, den sie erwartete. Lobenswert, was sie geleistet hatte.

Danach fuhr ich runter ins Büro der uniformierten Kollegen. Sie hatten gerade mit einem aufgebrachten älteren Mann zu tun, dem in der Linie 9 die Brieftasche gestohlen worden war, aber Schäffer öffnete wenigstens ein halbes Ohr für mich.

„Ob Herr Tietze gestern Abend noch mal im Haus war?" gab er meine Frage an den Kollegen Strauss weiter. „Bei uns gemeldet hat er sich jedenfalls nicht." Nein, auch sein Auto war nicht gesehen worden. „Is' was?"

Danke, nichts war! Außer dass einer in unserem Team verrückt spielte und versuchte, mich in seinen Irrsinn reinzuziehen. Aber ich war nicht urlaubsreif! Kein bisschen!

Auf dem Weg nach oben ging ich zum Waschraum, klatschte mir kaltes Wasser ins Gesicht und versuchte, klar zu denken. Was brachte jemanden dazu, ein Dokument verschwinden zu lassen, wenn er wusste, dass wir es reklamieren würden? Die logische Antwort war, dass dieser Jemand auf eine gewisse Schlampigkeit spekulierte und drei, vier Tage herausschinden wollte. Um sich abzusetzen? Ich erinnerte mich an Tietzes Touristikprospekte in der Schublade, wo auch der Schlüssel gelegen hatte. Aber diese Hefte verwahrte auch Lückmann auf, lange, bevor er in Urlaub ging.

Tietze war nicht im Büro, ich nutzte die Gelegenheit, um mit Max zu telefonieren. Ich bat ihn, alles über Albert Speer und seine Werbeagentur in Erfahrung zu bringen, danach wählte ich Frau Holzmanns Nummer, aber sie meldete sich nicht.

Ich versuchte es bei Frau Kucks und erreichte sie unter ihrer Büronummer. „Herr Dr. Polker hat mir da eine ziemlich wilde Geschichte erzählt." Sie reagierte erstaunt: „Inwiefern?"

„Was hat er denn vorgestern und gestern gegessen?"

„Ach, Gott ja! Wie hat der arme Kerl mir Leid getan! Sogar während unseres Gesprächs musste er zur Toilette."

„Hätte man ihm nicht helfen müssen?" Männer, das behaupteten jedenfalls die so munter-aggressiv geschriebenen Power-Frauen-Romane, brachten ja nicht mal Wasser zum Kochen. Und Kräutertee hatten sie auch nie im Haus!

„Ich habe mich angeboten. Allerdings hatte mir eine Freundin zwei Konzertkarten geschenkt, und eine verfallen zu lassen, hätte ich schade gefunden. Es waren teure Plätze."

„Darf ich fragen, wo?"

„Im Erbdrostenhof", kam es nicht mehr ganz so willig zurück. „Darf ich fragen, weshalb die Polizei das interessiert?"

„Alles klar, Frau Kucks!" Eigentlich hätte sie mein Lächeln durchs Telefon sehen müssen. Ich zog das Veranstaltungsprogramm des Kulturamts aus der Schublade. Das Konzert hatte um Zwanzig Uhr begonnen: Vivaldi, Corelli, Bach.

Während ich auf Tietzes Rückkehr wartete, blätterte ich die Tageszeitungen durch. Beide brachten auf der ersten Lokalseite die Nachricht von dem Mord am Kanonengraben. Aber die Artikel waren sehr knapp gehalten. Man wusste zu wenig, um die Sache spektakulär aufzuziehen.

Tietze kehrte zurück, und auch jetzt fiel kein Wort über den auf so rätselhafte Weise verschwundenen Brief aus Iowa. Auf dem Weg zur „Lagebesprechung" schwiegen wir uns hartnäckig an.

Ich ließ ihm den Vortritt, und er berichtete Dr. Gross ausführlich über seine Befragungen rund um die Wohnung der Hermamets. Aber wie zu befürchten gewesen sei, seien die Resultate gleich Null. Weder habe jemand die Brüder Remizgil erkannt, noch sei das Mädchen selbst gesehen worden.

„Die Windhorststraße ist ein belebtes Pflaster", sagte er, „da ist es fast unmöglich, Augenzeugen zu finden." Dr. Gross pflichtete ihm mit ungeduldigem Kopfnicken bei.

„Was werden Sie jetzt weiter tun?"

„Heute Nachmittag nehme ich mir noch einmal die Gegend um Remizgils Schnellimbiss vor und das Haus, in dem sie wohnen. Nachbarn, Stammkundschaft und seinen Mitarbeiter. Irgendjemand muss doch wissen, wer diese Türkin geschwängert hat!“

„Am Donnerstag wird sie beerdigt.“

Er wich meinem Blick aus. Ich wusste doch, dass er nicht zu Beerdigungen ging! „Spielt das eine Rolle?“

„Wenn ich es zeitlich schaffe, gehe ich hin“, sagte ich und dachte dabei an die Fahrt nach Köln.

Tietze nickte. „Es wäre sicher gut, wenn sich einer von uns dort blicken ließe. Ich“, er fuhr sich nervös übers Haar, „werde alles tun, um endlich den Liebhaber des Mädchens zu finden.“

„Dann halten Sie sich mal ran!“ Dr. Gross klang plötzlich schroff, während er uns dunkelgrauen Zigarrenrauch um die Ohren blies. Ich hustete demonstrativ. Seine herbe Kritik galt auch mir.

„Wäre es nicht angebracht, Herr Dr. Gross, dass Herr Tietze und ich auch mal ein aufmunterndes Wort zu hören bekämen? Wir schlagen uns jetzt mit drei Mordfällen und zwei Tätern herum und zwar unter ausgesprochen ungünstigen familiären Bedingungen! Mein Kollege verzichtet auf Familie und Freunde, ich musste meinen Urlaub verschieben. Ein bisschen Anerkennung in dieser Lage würde ihre Wirkung sicher nicht verfehlen.“

Einen Augenblick lang wirkte der „Pinguin“ wie versteinert. Aber auch Tietze reagierte mit Schweigen. Er sagte nichts zu seiner Verteidigung, und mein Verdacht, dass er die Zusammenarbeit mit Paderborn absichtlich so schleppend gestaltete, gewann allmählich wieder die Oberhand.

Und trotzdem! Dr. Gross hatte den Frust und Stress zu hören gekriegt, der uns tagein, tagaus begleitete, und das tat gut! Obwohl ich ihn in einem Winkel meines Herzens sehr gern hatte. Aber ich traute ihm zu, dass er allen Ernstes glaubte, unsere Morde im Schnellverfahren zu klären, mit nur zwei Mitarbeitern an der Nase des Paderborner Sonderkommandos vorbei.

„Es hat erst gestern wieder ein zweckdienliches Verhör in Paderborn gegeben. Leider mussten sie den Mann laufen lassen, weil er ein Alibi hatte. Sie, Frau Kollegin, haben überhaupt nichts vorzuweisen!“ Seine quäkende Stimme und eine ungeduldige Handbewegung scheuchten mich aus meinen Gedanken auf. Während ich meinen Bericht über die Recherchen im Fall Polker ablieferte, wanderte mein Blick immer wieder zu Tietze, sein Gesichtsausdruck wirkte neutral.

„Da wir die Schlüssel der Toten vom Kanonengraben haben," sagte ich, „sollten wir einen Hausdurchsuchungsbefehl beantragen."

„Haben wir schon gemacht", nickte der „Pinguin" eine Spur freundlicher. „Besorgen Sie sich Schüller oder Wagner und fahren Sie noch heute Vormittag hin. Und suchen Sie die Verwandten. Jemand muss sie identifizieren." Er zog sich die Zeitung heran und gab uns damit zu verstehen, dass das Gespräch zu Ende war.

Unter dem Vorwand, mit den Kollegen vom Ermittlungsdienst einen Termin abzusprechen, trennte ich mich von Tietze und rief seine Ex-Frau von der öffentlichen Telefonzelle neben dem Haupteingang an. Diesmal war sie zu Hause und reagierte erwartungsgemäß sehr kühl auf meine Bitte um ein Vier-Augen-Gespräch.

„Ich bin von Henning geschieden. Ich wüsste nicht, was es da noch zu reden gäbe."

„Das möchte ich Ihnen nicht unbedingt am Telefon erklären. Wann wäre es Ihnen recht, übermorgen, zum Beispiel?"

„Vormittags habe ich keine Zeit", gab sie, noch immer unfreundlich, zurück. „Ich arbeite halbtags. Und überhaupt, warum fragen Sie Henning nicht selbst?"

„Weil er auf meine Fragen wahrscheinlich anders antworten würde als Sie."

„Wollen Sie unsere Aussagen gegeneinander ausspielen?" fragte sie scharf. „Und um welche Informationen geht es überhaupt?"

„Sie werden verstehen, dass ich nicht am Telefon darüber sprechen möchte." Als sie darauf schwieg, fuhr ich fort: „Sie müssen auch nicht alle Fragen beantworten. Trotzdem wäre ich Ihnen sehr dankbar, wenn Sie mir helfen könnten."

„Also gut. Ich kann aber nur nachmittags."

„Wo treffen wir uns? In einem Café?"

„Nein, warten Sie … Um drei hole ich unseren Sohn vom Kindergarten ab. Kennen Sie sich in Köln aus?" Noch bevor ich antworten konnte, wurde im Hintergrund eine Stimme laut.

„Rufen Sie mich wieder an", sagte sie leise, „ich muss auflegen. Nach acht können Sie mich erreichen." Das Besetztzeichen kam.

Frau Luthers Wohnung lag im dritten Stock eines Backsteinhauses mit Blick auf die Annette-Schule. Wir betraten eine Diele mit einer Reihe Haken an der Wand, an denen sich wohl Mäntel und Jacken gedrängt hatten, wenn sie ihre Kurse gab. Darunter stand ein Paar einsame, helle Leinenschuhe. Die Wohnung hatte drei Zimmer und das größte diente als Übungsraum. Die wenigen Möbel waren zur Seite geschoben oder zusammengeklappt. Eine auf dem Boden zwischen den beiden Fenstern zusammengefaltete Kamelhaardecke markierte den Platz der Lehrerin. Die Wände waren sonnengelb gestrichen und die hohen Fenster von gelb-weiß gestreiften Vorhängen eingerahmt. Der Sekretär in der Ecke war verschlossen, aber nach längerem Probieren fand Schüller den Schlüssel an dem Bund, den die Tote bei sich gehabt hatte.

Offenbar führte sie keine Kartei über ihre Kursteilnehmer. Alles, was wir fanden, waren ein dicht beschriebenes Adressbuch, ein gut gefüllter Terminkalender und das Herbst/Winter-Programm der Volkshochschule Münster mit Randnotizen zu einzelnen Veranstaltungen. Im Kalender war der Montagsunterricht mit einem goldenen Papierstern markiert, wie man ihn als Weihnachtsaufkleber verwendet, und die Kurse, die sie an der Volkshochschule hielt, mit der jeweiligen, nach Wochentagen wechselnden Raumnummer. Private Ereignisse und Verabredungen hatte sie verschlüsselt. „Geburtstag von F.", „Einladung bei H. und M." oder „I. anrufen!" Aber diese Kürzel würden sich anhand der Eintragungen im Adressbuch identifizieren lassen.

Neben dem Übungsraum wirkte das winzige Schlafzimmer überladen. Unter dem Fenster stand ein schmales Bett, auf dem sich Kissen türmten, daneben ein Rattanregal mit Büchern und ein Schrank. Ein Bistrotisch mit zwei Stühlchen aus verschnörkeltem Schmiedeeisen ersetzte den Nachttisch und ragte bereits mitten ins Zimmer. Die Enge wurde noch betont durch großformatige Landschaftsposter in Schwarz-Weiß an den Wänden und ein heruntergezogenes Rollo vor dem Fenster. Als hätte sich die Frau, die hier schlief, beobachtet gefühlt. Dafür sprachen auch die drei Schlösser, die ihre Eingangstür sicherten.

Der dritte Raum enthielt ein Sofa und einen Korbsessel, eine Stehlampe und ein Sideboard, in dem Geschirr, Tischwäsche und Besteck aufbewahrt wurden. Der Esstisch stand in der Küche, und erst hier wurde mir klar, dass in dieser Wohnung vor kaum mehr als dreißig

Stunden ein Mensch hantiert hatte, um wenig später wegzugehen und nie wiederzukommen. Eine Tupper-Box mit Müsli, eine Teedose, ein Keramikbecher standen vergeblich fürs Frühstück bereit. Auf der Spüle war abgewaschenes Geschirr abgestellt und an der Kühlschranktür klebte ein großes Post-it mit einer Einkaufsliste.

Während Heinrich die Einrichtung fotografierte, suchten Schüller und ich nach persönlichen Papieren. Das Ergebnis war mager. Ein Geheimfach im Küchenschrank enthielt, neben Kontoauszügen, einem gesperrten Sparbuch, Rechnungen und etwas Schreibpapier, wenig aussagekräftige Urlaubsgrüße vom Sommer. Die Absender waren Frauen. Das Büchersortiment bestand aus Titeln zu Psychologie und Esoterik, ein paar Lyrikbändchen und Reiseführern. Außerdem hatte sie sich für modernen Ausdruckstanz interessiert. Wir entdeckten noch ein Album, aber die Fotos waren unbeschriftet und stammten, wie Kleidung und Frisuren verrieten, aus den fünfziger und sechziger Jahren. Da war Annegret Luther noch gar nicht auf der Welt.

Zurück im Büro, begann ich mit dem Versuch, die Kürzel im Terminkalender mit Hilfe des Adressbuchs zu entziffern. Sobald ich einen Namen entschlüsselt hatte, rief ich die angegebene Nummer an, und auf diese Weise identifizierte ich eine Tante der Toten, ein Ehepaar, mit dem sie sich regelmäßig getroffen hatte, und eine Cousine. Die Tante hatte geglaubt, sie sei im Urlaub, das Ehepaar hatte sie noch am Freitagabend gesehen, die Cousine am Sonntagvormittag mit ihr telefoniert. Da die Tante schwerhörig war, bat ich die Cousine und das Ehepaar, ins Institut für Rechtsmedizin zu kommen, um zu bestätigen, dass die Tote Annegret Luther war.

Ich erwartete sie unter dem pompösen Nazi-Backsteingiebel. Das Ehepaar, beide weit in den Sechzigern, kam zuerst und bestürmte mich mit Fragen. „Warum ausgerechnet sie?“ fragte die Frau fassungslos. „Sie war ein so netter Mensch!“

Wie man sich kennen gelernt hatte? Ganz einfach! Seit Jahren ein Abonnement im Kleinen Haus, die Plätze nebeneinander. „Irgendwann kommt man ins Gespräch, verbringt die Pause zusammen, regt sich über Misslungenes auf, freut sich über gute Inszenierungen. Letzten Freitag hatten wir dieses Tanzstück ‚Hinter der Nacht‘. Annegret hat es gefallen, sie konnte mit modernem Tanztheater mehr anfangen als wir alten Semester.“ Als würde ihr erst jetzt wieder bewusst, weshalb wir vor dem düsteren Portal mit seiner ausgemergelten Adlerskulptur standen, fuhr sie fort: „Mein Gott! Und jetzt ist sie tot!“

„Wurde sie nach der Vorstellung mal abgeholt?“

Nein. Sie war immer allein weggegangen. „Wir wohnen in Hiltrup“, sagte der Mann. „Wir hätten sie vor ihrer Tür absetzen können. Aber sie bestand darauf, den Heimweg zu Fuß zu machen.“

Eine junge Frau steuerte auf uns zu und stellte sich als Annegret Luthers Cousine vor. Wir gingen rein.

Am Abend verabredete ich mich mit Frau Holzmann für Freitag, halb drei, auf dem Spielplatz im Kölner Volksgarten und rief dann Lenz an. Gegen meinen Willen zwar, weil es so aussah, als spekulierte ich auf Abholung, aber er hätte meine Reise als Heimlichtuerei missverstanden, wäre er nicht informiert worden.

„Ich nehme den IC um zehn Uhr fünf und fahre noch abends zurück“, sagte ich. „Nur zu deiner Information!“

„Am Freitag passt es mir gut! Was sagt der Chef?“

„Den überrasche ich erst morgen mit der Nachricht. Einen Tag wird er mich wohl entbehren können.“

„Wenn dein Zug um zehn Uhr fünf geht“, überlegte Lenz, „bist du elf Uhr fünfzig in Köln.“ Offenbar hatte er den Bundesbahnfahrplan im Kopf. „Also in meiner Mittagspause! Und bevor du zurückfährst, kocht uns Elfriede etwas Gutes.“

„Nein, Frieder! Wenn ihr euch schon Zeit für mich nehmt, gehen wir essen. Ich lade euch ein.“

„Keine Widerrede!“ Damit legte er auf.

Das ist noch nicht das letzte Wort! brummte ich ihm nach, während ich Sabines Nummer wählte. Ich erzählte Max von meinem Plan und bat ihn, Tietze am Freitag im Auge zu behalten.

„Vielleicht kriegst du ja Sabines Wagen? Tietze isst mittags in der Stadt. Finde heraus, ob er eine Verabredung hat! Möglich, dass er eine Reise plant.“ Ich dachte wieder einmal an die beeindruckende Zahl von Zahnarztterminen, die man nicht überprüfen konnte. Warum wollte er den Namen des Arztes nicht nennen? „Gibt es schon Informationen über Albert Speer?“

„Moment!“ Der Hörer wurde hingelegt und die Tür energisch zugemacht. Demnach hatte Max etwas gefunden, das nicht einmal Sabine hören durfte. „Hör zu! Der Mann ist aktenkundig!“

„Ich höre zu!“

„Heute Nachmittag war ich bei den Jungs von der Sitte. Du weißt, ich bin noch immer krank geschrieben und darf die Kur nicht gefährden, die man mir in Aussicht gestellt hat. Aber ich wollte dir doch ein klares Ergebnis vorlegen.“ Ich wollte mich bedanken, aber er redete schon weiter: „Der Kollege Wülfering erinnerte sich im Zusammenhang mit Speer an eine sehr unschöne Geschichte. Er hat beim Landgericht Dortmund angerufen und die Kumpels sind prompt fündig geworden.“

„Was hat der Mann angestellt?“

„Nachdem er mit seiner Werbeagentur gestrandet war, hatte er es in Dortmund mit einem Videoverleih versucht.“ Aus Lückmanns Mund klang das nicht so, als wären bei Herrn Speer nur Märchenfilme über die Theke gewandert. „Irgendwann“, fuhr er im gleichen Tonfall fort, „mischte sich jemand von der Dortmunder Staatsanwaltschaft unter die Kundschaft. Und dann hat der Bursche gesessen. Erst seit diesem Frühjahr ist er wieder draußen.“

„Weißt du über die Videos Genaueres?“

„Natürlich. Du, das ist ’ne ganz komplizierte Geschichte, und so am Telefon …“

„Ich verstehe. Wann können wir uns treffen?“

„Morgen Mittag? Im Otmar?“

Ich überlegte kurz. Die Beerdigung von Meral war um elf Uhr und von Lauheide bis in die Innenstadt brauchte ich zwanzig Minuten. „Um halb eins bin ich da!“

Die Beisetzung hatte schon begonnen, als ich das Haupttor des Waldfriedhofs erreichte. Das Trauerhaus war leer, also ging ich ins Verwaltungsbüro, um mir den Weg zum Grab erklären zu lassen.

Schon von weitem sah ich das zusammengedrängte Grüppchen vor einem schmalen, durch Erdwälle begrenzten Rechteck. Quer über der Grube lagen drei Eisenstangen, und auf ihnen ruhte der Sarg. Nur wenige Blumen schmückten das helle Holz: Gerbera, Chrysanthemen, Nelken. Sorten, die ich als unpersönliche „Besuchsblumen“ empfand. Es gab auch keine Taftschleifen mit aufgedruckten „Letzten Grüßen“ oder einem „Unvergessen!“

Als mich nur noch wenige Gräber von der Gruppe trennten, blieb ich stehen. Eine kräftige Zuckerhutfichte gab mir Schutz, ohne die

Sicht zu nehmen. Niemand bemerkte mich. Ich erkannte Merals Eltern, die Brüder und den jungen Mann aus dem Schnellimbiss. Die übrigen waren wohl Freunde und Nachbarn.

Gerade wurde der Sarg an zwei Hanfseilen in die Tiefe gelassen, begleitet von einem rumpelnden Geräusch und dem unterdrückten Weinen von Frau Remizgil. Ich sah die Hand ihres Mannes über ihren Mantelärmel wandern, während sich ihre Schultern zu versteifen schienen, als sträubte sie sich gegen die Berührung.

In diesem Augenblick näherte sich vom anderen Ende der langen Gräberreihe her völlig geräuschlos ein junger Mann, etwa Zwanzig, hellblond und kräftig. Er kam direkt auf mich zu, sah mich aber nicht, weil sein Blick auf die Trauergruppe gerichtet war. Im Schutz der halb hohen Hecke, die die Gräber zum Weg hin abschloss, blieb er stehen und beobachtete das Geschehen. Als er den Kopf wandte, um sich zu vergewissern, wer sonst in der Nähe war, entdeckte er mich und drehte in plötzlicher Panik ab. Er schlug den Hauptweg zum Ausgang ein und setzte sich in Trab, sobald er ihn erreichte. Ich rannte ihm nach, aber er war sehr schnell. Erst auf der Höhe des Verwaltungsgebäudes war ich ihm dicht auf den Fersen. Doch er legte noch ein letztes Mal zu, schlüpfte durchs Tor und schwang sich auf den Beifahrersitz einer BMW-Maschine, die mit laufendem Motor wartete. Der Fahrer, ebenfalls ein junger Mann, schwenkte vom Parkplatz in die Lauheider Straße und donnerte davon. Ich schrieb das Kennzeichen auf.

Auf dem Rückweg in die Innenstadt fuhr ich am Präsidium vorbei und ging zur Bereitschaftswache. „Würden Sie bitte den Halter dieses Motorrads ermitteln?“

Grundmann warf einen Blick auf meinen Zettel. „Gestohlen?“

„Nein. Der Beifahrer hatte keinen Helm auf, und der Fahrer war mit mindestens hundert Sachen unterwegs.“

Der Blick, mit dem er mich fixierte, wirkte plötzlich brummig. „Waren Sie bisher nicht im Morddezernat?“

„Richtig! Und ich brauche die Nummer im Zusammenhang mit unseren Frauenmorden.“ Daraufhin sah er sich den Zettel noch einmal an und griff zum Telefonhörer.

Ich fand Max an der Sushi-Bar. Er hatte seine Stäbchen ausgepackt und stocherte in dem „Großen Sushiteller“. Der Schaum auf der Pilstulpe war zusammengefallen. „Schmeckt es dir nicht?“

Ein träumerischer Blick streifte mich und das Vegetarische Sandwich, das ich aus seiner Zellophanhülle wickelte, sobald ich saß. Viel Zeit zum Essen blieb mir nicht. Um zwei musste ich Tietze ablösen, der sich eine weitere „Befragung auf Herz und Nieren“ in Remizgils Nachbarschaft aufs Programm geschrieben hatte.

Ob er an diesem hochsensiblen Beerdigungstag mehr Auskunft bekam, würde sich am Abend herausstellen.

Inzwischen hatte Lückmann die Highlights seiner Platte abgeräumt, jetzt pickte er im Reis herum. Sabine, so hörte ich ihn grunzen, habe ihm einen kapitalen Schnupfen vererbt, der alle Geschmacksnerven lahm lege. „Ich schmecke überhaupt nichts mehr! Probierst du mal?“

Zwei Stäbchenenden näherten sich, zwischen ihnen etwas Shrimpsfarbenes, vielleicht auch japanischer Flusskrebs. Ich zuckte zurück, nicht nur vor dem Schnupfen, der mit dem Essen eine herzhafte Symbiose eingegangen war. „Max, du weißt, Seafood und ich, wir gehen uns aus dem Weg, wenn wir können!“

Er grinste, während ich mich an den Abend im „Mendoza“ erinnert fühlte und an den Grund, weshalb wir hier saßen.

„Ich hoffe, Sabine fühlt sich durch unsere Verabredung nicht ausgeschlossen“, sagte ich und grub meine Zähne hungrig in die weiche, pastellfarbene Masse meines Sandwiches. Der Frischkäse war mit Kresse angemacht und angenehm schwach gesalzen.

„Sabine“, Max schob die Platte zur Seite und wischte sich den Mund ab, „hat eine Geschäftsfête. Die Kollegin, diese dunkle, mollige, hat ihren Dickschädel durchgesetzt und geheiratet.“

War es über dieser Neuigkeit zwischen ihm, dem eisernen Junggesellen, und Sabine zum Streit gekommen? Seine Miene blieb undurchdringlich. Ich zerknüllte das Zellophan und schnipste es auf seine Platte. „Kommen wir zur Sache! Hast du ein Foto von Speer?“

Max langte in die Jackentasche und zog die Kopie des Personalbogens heraus, den der Dortmunder Ermittlungsdienst angelegt hatte. Speer sah aus wie Ende dreißig und war nach der Kopfgröße zu urteilen eher klein. Sein Schädel war fast kahl bis auf einen dunklen Haarkranz. Der Blick war starr – aber das konnte an der wenig schmeichelhaften Aufnahme liegen –, der Mund klein und knopfartig, die Augenbrauen dicht. Im Profil erkannte man zusätzlich einen großen Leberfleck an der rechten Halsseite.

Ich steckte das Blatt ein. „Hast du herausbekommen, weshalb er seine Werbeagentur schließen musste?“

Lückmann nickte. „Der Junge hatte sehr erfolgreich begonnen, und zwar mit einer ziemlich verrückten Idee. Du kennst diese Plastikkettchen für Hals oder Handgelenk? Sieht aus wie aufgemalt. Nachdem irgendwelche wilden Emanzen herausgefunden hatten, dass weibliche Adelige, deren Männern man in der Französischen Revolution den Kopf abgehackt hatte, ein rotes Band um den Hals trugen, galt es als schick, ein solches Kettchen um die Kehle zu haben. Das hat mir Sabine erzählt. Speer machte sich diesen Tick zunutze, als er für eine norddeutsche Modefirma Plakate drucken sollte. Girliemode! So weit, so schön! Aber dann verließ den Mann der gute Geschmack, und es kamen Poster in Umlauf, auf denen die Models mit verdrehten Augen auf dem Rücken lagen und aussahen, als hätte man ihnen die Kehle durchgeschnitten. Es gab einen Prozess, den Speer verlor. Den Auftrag hatte er schon vorher verloren, und den Rest brauche ich dir nicht zu erzählen.“

„Wie lautete die Anklage?“

„Das ist ja das Makabre!“ Max rutschte hitzig auf seinem Hocker herum. „Nicht etwa wegen Erregung öffentlichen Ärgernisses oder Verletzung der Menschenwürde! Die Klage lautete auf Diebstahl geistigen Eigentums. Und Kläger war auch nicht etwa die Staatsanwaltschaft, sondern eine Werbeagentur in Mailand, die angeblich diesen Einfall schon viel früher gehabt hatte.“

„Wie lange ist das her?“

„Im Sommer waren es drei Jahre. Ich glaube, du warst gerade in Altötting. Im Herbst machte sich Speer auf nach Dortmund und eröffnete seine Videothek.“

„Was weißt du über die?“

Er sah sich vorsichtshalber um. „Mal was von Snuff-Filmen gehört?“

„Natürlich.“ Es gab nicht nur Verbrecher, die vergewaltigten oder mordeten, manche waren pervers genug, die Tat vor laufender Kamera zu begehen. Andere Perverse sahen sich die Filme an.

„Und so etwas hatte er in seinem Sortiment?“

Lückmann nickte. „Nur für treue Kunden, versteht sich. Trotzdem gab es eine undichte Stelle, und so bekam die Staatsanwaltschaft Dortmund Wind von der Sache.“

Eine Weile sagte keiner was. Ich aß mein zweites Brot und trank Erdbeerbuttermilch aus dem Tetrapack. Dann sagte Max: „Speer ist im Frühjahr rausgekommen. Wegen guter Führung vorzeitig entlassen. Gibt es eine Verbindung zu unserer Serie?“

„Das weiß ich nicht. Alles, was ich weiß, ist, dass er sich mit Vermietungen über Wasser hält. Einer seiner Mieter ist Tietze.“

„Hat Tietze dir das erzählt?“

„Nein. Der behauptet, ein Schulfreund hätte ihm die Wohnung überlassen, ein Heilpraktiker, der im Ruhrgebiet arbeitet.“

„Und wer hat dir von Speer erzählt?“

Ich berichtete Max von dem Mann im Tabakladen. „Als ich nach Speers Adresse fragte, ging seine Redseligkeit schlagartig flöten. Ich konnte die Sache nur retten, indem ich vorgab, auf Wohnungssuche zu sein.“

„Scheint ein bisschen versponnen zu sein, dieser Tietze“, murmelte Lückmann. Ich überlegte, ob ich ihm die Sache mit dem Fax erzählen sollte. Aber sie wäre ihm so unglaubwürdig erschienen, dass sie lange Spekulationen über das Warum und Weshalb ausgelöst hätte, und meine Mittagspause war eigentlich schon längst vorbei. Daher sagte ich nur: „Ich bin neugierig, ob seine Ex-Frau zu demselben Ergebnis gekommen ist.“

Wir verabredeten, dass er Henning am Freitag im Auge behalten und ich ihm nach meiner Rückkehr von dem Gespräch mit Frau Holzmann berichten würde. „Am Samstagmittag?“

Er nickte: „Wenn's dir recht ist, wieder hier.“

„Und noch eins, Max. Könntest du ein Foto von Tietze machen?“

„Fürs Erinnerungsalbum?“

„Quatsch! Ich brauche eins für den Bekanntenkreis von Freyling und Luther. Wenn Tietze öfter in der Pizzeria oder im „Kaiser Nero“, war, kannte er den Tagesablauf der Opfer. Oder er benutzte das Sportgelände am Horstmarer Landweg, wo Barbara Freyling trainierte.“

Lückmann nickte. „Das Foto bekommst du. Verlass dich drauf! Aber wie erkenne ich ihn?“

Ich schob ihm die Polaroidaufnahme vom Kanonengraben hin. „Sie ist nicht gut, aber als Anhaltspunkt reicht sie wohl.“

Wir standen schon auf der Ludgeristraße, als er plötzlich sagte: „Sabine hat sich erkundigt. Seepferdchen sind absolut kein Renner. Dann schon eher Hasen.“

„Wieso gerade Hasen?"
„Wir befinden uns im Jahr des Hasen – chinesisch betrachtet."

Am Nachmittag passierte dann etwas, das meine Tour nach Köln fast verhindert hätte. Wie ich erst jetzt erfuhr, hatten morgens gegen halb sieben zwei Kollegen von der Funkstreife einen Stadtstreicher eingeliefert, in dessen spärlicher Habe sich eine blonde Perücke befand, eine Hundeleine und ein rosafarbener Trenchcoat. Jetzt saß der Mann im Vernehmungszimmer. Wachtmeister Nordhäger hatte einen Bogen in die Maschine gespannt und unterbrach seine Fragen, betont lässig, durch regelmäßige Schlucke aus seiner Kaffeetasse.

Name: Günter Seidel, Geburtsdatum: 22. 11. 1954, letzter gemeldeter Wohnsitz: Emdener Straße 17. Beruf: Lagerarbeiter, seit fünf Jahren arbeitslos ... Da ich das Verhör schlecht unterbrechen konnte, ohne vor dem Mann einen Kompetenzstreit mit einem Kollegen vom Zaun zu brechen, rückte ich mir einen Stuhl unters Fenster und hörte zu. Vor allem beobachtete ich.

Der Obdachlose war groß und dürr, hatte einen Siebentagebart und ein eingefallenes Gesicht mit stumpfen Augen und so genannten „Lacklippen"; Symptome von Auszehrung, Leberzirrhose oder einer anderen schweren Krankheit. Sah so ein Serienmörder aus, der Frauen überfiel? Seine Kleidung bestand aus einer abgewetzten Cordhose und einer flusigen Wolljacke, an der die Knöpfe fehlten. Quer über die Stirn zog sich ein Striemen aus verkrustetem Blut.

Eine Frau hatte ihn gefunden, als sie ihren Hund auf der Promenade ausführte. Auf der Höhe des Hörster Friedhofs war ihr eine, wie im Protokoll vermerkt war, „hilflose Person" aufgefallen, ein Betrunkener mit einer Platzwunde am Kopf. Da sie nicht wusste, wie sie ihm helfen sollte, hatte sie den Vorfall im Wachzimmer am Alten Steinweg gemeldet. Nach einer „angemessenen medizinischen Versorgung und einer Ausnüchterungsphase" – auch dies der Wortlaut des Protokolls – machte man sich jetzt daran, die Herkunft von Perücke und Trenchcoat zu klären.

Aus einer Mülltonne, gab Seidel störrisch Auskunft.

Nordhäger zog die Augenbrauen hoch. „Wo genau?"

Der andere antwortete mit Achselzucken.

„Es wäre aber besser, wenn Sie das wüssten. Wie lange haben Sie die Sachen denn schon?" Der Wachtmeister streifte die Gegenstände mit einem verächtlichen Blick. Der Mantel war zusammengefaltet, die Perücke ausgebreitet wie in einer Friseurvitrine, die Leine zum Knäuel gewickelt.

„Seit …“ Seidel kratzte an der Stirnwunde, er hatte kurze, dicke Finger mit abgekauten Nägeln, die nicht zu seiner Statur passten. „Seit Mitte der Woche. Sie steckten im Mülleimer.“

„Aha. Aber wo, das wissen Sie nicht mehr!“

„Sagte ich doch schon!“

„War's ein öffentlicher? Oder ein privater?“

Seidel schwieg.

„Waren die Sachen eingepackt?“

„Ja, in den schwarzen Sack, den Ihre Leute mir auch weggenommen haben.“

„Haben Sie gezielt gesucht? Oder war's Zufall?“

„Ich suchte etwas Essbares. Leere Flaschen wären auch gut gewesen, manchmal ist Pfand drauf!“

Nordhäger nickte heftig. Nicht zu viel Druck auf die Tränendrüse, wenn's geht! sollte das heißen. „Und weiter?“

„Ich habe den Sack rausgezogen.“

„Und sofort reingeguckt?“

Seidel nickte. „Natürlich. Ich dachte, es wäre eine Mütze. Die hätte ich im Winter gut brauchen können.“

Nordhäger grinste. „Schlafen Sie an der Promenade?“

Wieder nickte Seidel.

„Haben Sie einen festen Platz?“

„Nein, ich suche mir jeden Abend was Neues.“

„Ist Ihnen mal ein Typ mit dieser Perücke aufgefallen?“

„Nein.“

„Natürlich nicht!“ Jetzt brüllte Nordhäger. „Weil Sie das selbst sind. Der Spinner, der den Frauen die Kehle durchschneidet.“

„Nein, das war ich nicht, niemals!“ Seidels Stimme zitterte.

„Na, wunderbar! Sie wissen ja von der Sache!“

Der andere schluckte. „Stand doch in der Zeitung.“

„Jawohl! Und dort stand auch, dass der Täter eine Perücke und diesen …“ – seine Hand fuchtelte in Richtung Tisch – „rosa Fummel trägt. Warum haben Sie die Sachen nicht sofort zu uns gebracht?“

„Ich habe an den Mord gar nicht gedacht“, murmelte der andere.

„Die einzigen Fingerabdrücke, die wir gefunden haben, waren Ihre. Was haben Sie denn dazu zu sagen?“

Der Mann murmelte ein Wort, das wie „abgewischt“ klang.

„Wo waren Sie am letzten Montagabend?“

„Da, wo ich immer bin. In irgendeinem Promenadenabschnitt.“

„Genauer!“

„Es könnte am Zwinger gewesen sein.“

„Zeugen?“

„Nein.“

Nordhäger langte in die Schreibtischschublade und zog ein Foto heraus. Eine Aufnahme der ermordeten Barbara Freyling.

„Kennen Sie diese Frau?“

Seidel schluckte. „Nie gesehen.“

„Und die?“ Jetzt hatte Nordhäger ein Foto vom Kanonengraben. „Schöner Anblick, was?“

Seidel reckte den Kopf und schüttelte ihn dann in panischer Angst.

„Na, gut!“ Der Wachtmeister zog das Blatt aus der Maschine. „Sie kommen zurück in Ihre Zelle“, bellte er, ohne sein Gegenüber anzusehen, „bis der Untersuchungsrichter Zeit für Sie hat.“

Als Seidel abgeführt worden war, fauchte ich: „Was wird hier eigentlich gespielt? Wenn sich jemand mit diesem Mann unterhalten sollte, dann doch wohl wir vom Morddezernat!“

Nordhäger zuckte die Achseln. „Oberinspektor Tietze wollte, dass ich die Vorarbeit übernehme. Sie waren ja nicht da.“

„Ich war erreichbar. Jederzeit! Ich hatte mein Handy dabei.“

„Aber Oberinspektor Tietze meinte, sofort wenn der Mann ausgenüchtert sei, solle man mit der Vernehmung beginnen. Ohne wertvolle Zeit verstreichen zu lassen. Er selbst hatte einen wichtigen Termin außer Haus, da hat er mich beauftragt.“

Einen wichtigen Termin? Er hatte irgendwelche Schüler befragt, die sich regelmäßig Remizgils Döner-Burger reinzogen, um der häuslichen Erbsensuppe zu entgehen. Warum hatte Tietze das nicht verschoben, um selbst mit dem Obdachlosen zu reden?

Da ich keine Antwort gab, fuhr er hitzig fort: „Am ersten Tatort gab es Spermaspuren. Ein Speicheltest, und wir haben den Dreckskerl überführt!“

„Die Spermaspuren waren mit Sand vermischt und absolut nicht eindeutig“, widersprach ich, „Und warum haben Sie, wenn es schon so pressierte, keinen Bluttest angeordnet, als der Mann ärztlich versorgt wurde? Dann wären wir noch ein bisschen flotter mit unserem Ergebnis!" Ich kochte, aber ich gab mir Mühe, es nicht zu zeigen, nahm das Protokoll vom Tisch und ging.

Ich war schon im Treppenhaus, als mich ein Gedanke durchfuhr. Die Kleidung! Warum war ich nicht früher darauf gekommen? Bei Annegret Luther hatte die Kleidung gefehlt! Weil der Täter seinen Sexualtrieb nicht erst auf dem Spielplatz abreagiert hatte, sondern bereits über dem Opfer. Es hatte Flecken gegeben.

Dr. Gross war nicht da, das sah ich durch die offene Verbindungstür. Eine Besprechung in der Präsidenten-Etage.

„Bist du sauer?" Hillys Blick wirkte schrill. Also, bitte, wenn sie eine Antwort haben wollte!

„Dieser blöde Tietze!" Ich knallte das Vernehmungsprotokoll auf den Tisch. „Da machen wir eine ausgeklügelte Arbeitsteilung, und dann geht er hin und pfuscht mir in meine Recherchen!"

„Er hat es sicher gut gemeint!" säuselte sie.

„Dieser Seidel war's doch nicht!"

„Man hat die Verkleidung bei ihm gefunden."

„Ja!" nickte ich höhnisch, „und woher hat er sie? Aus dem Mülleimer! Diese Penner ziehen von einer Tonne zur nächsten und fischen sich raus, was sie brauchen können. Ein Mantel und ein Fummel, der aussieht wie 'ne Wollmütze, das ist doch was!"

„Und wenn er's nicht gefunden hat?"

„Hilly!" Ich setzte mich auf den Drehhocker vor ihrem Computer. „Dieser Seidel war betrunken, als man ihn fand. So betrunken, dass er sich den Schädel aufgeschrammt hat, ohne es zu merken. Glaubst du wirklich, so einer schneidet Frauen die Kehle durch und geht dann noch bis zum Spielplatz um zu onanieren; so beschickert, wie der regelmäßig ist?"

„Und was wäre deine Erklärung?"

„Der Täter hat das Zeug weggeworfen, damit es einer von diesen armen Teufeln wieder rauszieht und auffällt. Und solange sich die Polizei mit der falschen Fährte herumschlägt, kann er sich ein neues Opfer suchen." Nein, Henning Tietze! dachte ich. Das war kein Meisterstück! Und dann das Ganze dem Bereitschaftsdienst zu überlassen, anstatt selbst dranzugehen!

Hillys Gesicht verschloss sich, dann wurde es prompt weich. „Macht das mal morgen in aller Ruhe untereinander aus!“ Genauso gut hätte sie sagen können: Kinder, vertragt euch wieder!

Ich stand auf. „Morgen habe ich frei. Ich fahre in einer Familienangelegenheit nach Köln.“ Damit war ich wieder draußen.

Als nächstes rief ich Kerstin an. Natürlich hatte sie fest damit gerechnet, dass ich sie am Freitag wieder mit nach Hause nähme. Als sie erfuhr, dass ich verreisen musste, war sie enttäuscht, und als sie hörte, dass die Reise nach Köln ging, wütend. Hauptsächlich, wie ich jetzt meinerseits erfuhr, wegen eines amerikanischen Klamottenladens, der GAP hieß und „total spacig“ war.

„Kann ich nicht mitfahren?“

„Und die Schule?“

„Ach, die ist doch nicht so wichtig!“

Sekundenlang zögerte ich, dann fiel mir das Essen mit Lenz ein. Unser Gespräch war nichts für Kerstins neugierige Ohren, doch der Gedanke, sie abends in einer Großstadt sich selbst zu überlassen, passte mir noch weniger. Die früheste realistische Rückreisemöglichkeit war ein Interregio um zehn nach zehn.

„Das ist eine Dienstreise“, entgegnete ich hart, „ich bin mit einem Kollegen verabredet. Und ganz nebenbei finde ich, dass du mit deinen miserablen Noten es dir nicht leisten kannst, in der Schule zu fehlen.“ Es fiel mir schwer, das zu sagen, aber ich hatte keine Wahl. Sie war faul, und ich fuhr nicht zum Vergnügen nach Köln!

Eine Weile herrschte Schweigen. „Am Montag ist schulfrei“, fuhr ich dann fort. „Wir haben noch einen Tag zusammen.“

„In Ordnung, Mami.“ Sie wisperte wie ein Mäuschen. „Und ich kriege bessere Noten. Ich versprech’s dir!“

Ich fragte sie, ob ich ihr etwas mitbringen solle, aber sie lehnte mit den Worten ab, das hätte sie ja dann wohl nicht verdient. Ihre unerbittliche Konsequenz gab mir einen Stich. Ich schlug ihr vor, sie am Samstagmittag von der Schule abzuholen, damit beendeten wir das Gespräch.

Am Freitag schlief ich aus. Als ich wach wurde, war es halb acht. Nicht das Geschwätz der Spatzen hatte mich geweckt, sondern pladdernder Regen. Ich dachte an die Verabredung mit Frau Holzmann auf dem Spielplatz im Volksgarten und sah uns schon unter tropfenden Schirmen auf- und abgehen.

Während ich frühstückte, ging mir der vergangene Nachmittag durch den Kopf. Ich war noch immer wütend auf Tietze, aber ich erkannte auch, dass er mir, falls er der Täter war, ungewollt neue Argumente in die Hand gegeben hatte. War die Person mit der Perücke und dem Mantel Albert Speer? Mal angenommen er war es, warum hatten sie die Verkleidung weggeworfen? Bedeutete das, dass sie aufgaben? Standen sie mit dem Rücken zur Wand? Das war ein Gedanke, der mir nicht gefiel. Ein Serienmörder gab nicht ohne weiteres auf, nicht ohne eine letzte Botschaft, ein spektakuläres Verbrechen, das ihm nicht mehr schadete als das, was er bereits angerichtet hatte, und mit dem er trotzdem ein Zeichen setzte.

Viertel nach neun! Es wurde Zeit für den Weg zum Bahnhof. Ich spülte das Frühstücksgeschirr und warf einen letzten Kontrollblick in die Aktentasche. Alles drin! Tanja würde mich zum Zug bringen, Frau Hilbich die Tiere versorgen.

- XIII -

Auf dem Bahnsteig in Köln herrschte ein solches Gedränge, dass Lenz und ich aneinander vorbeiliefen. Ich registrierte eine markante Nase, einen vorspringenden Adamsapfel, da war er schon weiter gerannt und ich hinter ihm her. „Hier bin ich, Frieder! Schön, dich zu sehen!“

Er griff nach dem Bügel meiner Tasche. „Das Auto steht am Hinterausgang.“ Zwei Küsschen „à la francaise“ besiegelte unser Wiedersehen nach über einem Jahr.

„Ach, übrigens“, begann er, während er sich vor einem Kleinbus in die Spur zwängte, „Elfriede lässt sich entschuldigen. Sie musste ihre Stunden mit einer Kollegin tauschen. Normalerweise hat sie samstags keinen Unterricht, aber so …“

„Ich hatte sowieso vorgeschlagen, dass wir essen gehen!“

„Auch da wird sie leider nicht mitmachen. Sie muss die Stunden heute Abend vorbereiten.“

„Ich verstehe. Schade, ich hätte mich gefreut, sie kennen zu lernen. Aber der Beruf geht natürlich vor.“

„Nächstes Mal!“ Lenz ging an einer roten Ampel scharf in die Bremse. Von unseren Wegen durch Münster hatte ich seinen rasanten Fahrstil noch gut in Erinnerung, aber jetzt schien er mir hektischer als je zuvor. Nicht mein Besuch war ihm suspekt, sonst hätte er mich nicht abgeholt und den gemeinsamen Abend vorgeschlagen. Der Anlass war es, der ihm gegen den Strich ging.

Wir fuhren am Rhein entlang, in südlicher Richtung. Die Fahrbahn glänzte regennass, aber der Himmel hatte sich aufgehellt.

„Ich würde ja gern mit dir zu Mittag essen.“ Lenz scherte nach links, und ich sah im Seitenspiegel, wie sich sein Hintermann an die Stirn tippte. „Aber ich habe um eins einen Termin.“

„Was schlägst du für heute Abend vor?“

„Meine Stammkneipe in Rodenkirchen. Wir sind auf dem Weg dorthin, dann kennst du dich heute Abend aus. Willst du wirklich noch zurück nach Münster?“ Jetzt fummelte er am Radio und suchte das „Mittagsmagazin“. Zwischen den Nachrichten gab er ein nervöses Hüsteln ab, das er früher nicht gehabt hatte. Nachdem wir die schlechte Wetterprognose gehört hatten, verfiel er in brummiges

Schweigen, auf das ich mit einem Frontalangriff antwortete: „Hast du mit dem Kollegen Holzmann geredet?“

Genau in diesem Augenblick erreichten wir die Kneipe, in einer Sackgasse gelegen, die zum Rheinufer führte.

Lenz stoppte ein paar Meter vom Eingang entfernt. Seine großen, knochigen Hände trommelten ungeduldig auf dem Lenkrad.

„Hör zu, Sieglinde. Ich würde gern verhindern, dass du dich in eine Sache verrennst, in der du allein nicht gewinnen kannst.“

Okay, er hatte sich vorgenommen, den Großen Onkel zu spielen. „Ist das nicht mein Problem? Hast du mit ihm gesprochen?“

„Er hat wohlwollend und kollegial über Tietze geredet.“

„Warten wir das Gespräch mit seiner Frau ab“, schlug ich vor. „Wenn du später Zeit für mich hättest, wäre ich sehr dankbar.“

„Du wirst nichts erfahren. Nichts, das deinen Verdacht erhärtet. Du hältst ihn für den Serienmörder?“

„Ja“, sagte ich.

„Ich bin blond“, hatte Frau Holzmann auf meine Frage, woran ich sie erkennen könne, gesagt. „Und ich trage einen roten Mantel.“

„Ich habe eine Dienstmarke“, hatte ich geantwortet.

Ich sah sie schon von weitem. Sie und ihre Tochter waren fast die einzigen auf dem großen Spielplatz. Nur ein junger Mann in jeansfarbener Latzhose und leuchtend gelbem Hemd, ein „Hausmann“ vielleicht oder alleinerziehender Vater, kletterte mit zwei kleinen Jungen auf einem hohen Gerüst herum, das die Form eines pyramidenförmigen Spinnennetzes hatte. Ihr Rufen und Johlen beherrschte die Szene, während man sich auf der dem Weiher zugewandten Seite schweigsam gab. Tietzes Tochter saß auf einer Schaukel, ihre Mutter gab ihr Schwung. Als sie mich kommen sah, ließ sie das Brett los und steuerte auf eine der Bänke zu. Sie rieb die Sitzfläche mit einem Papiertaschentuch trocken.

„Mama!“ Das Kind drehte sich um. Es hatte große Ähnlichkeit mit seinem Vater.

„Gleich, Melanie. Schaukle ein bisschen allein. Ich komme wieder.“ Sie sah mich an: „Was wollen Sie wissen?“

Ich war überrascht, wie jung sie wirkte. Ein bisschen wie das kleine Mädchen, das sich weigert, erwachsen zu werden. Meergrüne Augen, ein etwas zu breiter Mund, aber mit mokkafarbenem Konturenstift gut korrigiert, nervöse, zarte Nasenflügel. Der Typ von Kindfrau, der in den Männern Beschützerinstinkte weckt und sie dann mit ihren Launen herumdirigiert.

Ich hatte mir auf dem Weg mein Gespräch zurechtgelegt, jetzt versuchte ich mich vergeblich zu erinnern, wie ich beginnen wollte.

„Ich arbeite seit einigen Wochen mit Henning zusammen“, sagte ich, „er wird länger bleiben, weil mein Kollege in Kur geht. Ich hätte gern ein paar Auskünfte, um ihn besser zu verstehen.“

„Und was verstehen Sie an ihm nicht?“ Ihre Stimme klang verwundert, fast abweisend.

„Er ist so … eigenbrötlerisch. Man beschließt etwas gemeinsam, und er hält sich nicht dran! Verstehen Sie mich nicht falsch, er ist ein guter Kollege, er hat viel Erfahrung, aber manchmal geht sein Berufseifer mit ihm durch. Er stellt einen vor vollendete Tatsachen, obwohl es nicht vorher abgesprochen war!“

„Er ist sehr verschlossen“, nickte sie. „Aber so ist er nun mal.“

„Erzählen Sie mir von ihm. Mir liegt an einer guten Zusammenarbeit. Aber das geht nur, wenn ich ihn etwas besser kenne.“

Die Frau reagierte genauso, wie ich befürchtet hatte, mit Spott und Ablehnung. Sie hatte sich scheiden lassen, die Kinder waren das letzte Bindeglied, wozu also über ihn reden? „Wollen Sie vielleicht seine Schuhgröße wissen? Oder was er gern zum Frühstück isst? Die Erbkrankheiten in seiner Familie?“

Da half nur eine klare Gegenfrage. „Wie war seine Kindheit?“

„Ja, richtig, seine Kindheit! Die habe ich ganz vergessen. Was sind denn Ihre Kriterien für eine glückliche Kindheit?“

Als ich nicht antwortete, fragte sie weiter: „Geld? Oder viele Geschwister? Großer Luxus oder Liebe und Harmonie?“ Als ich auch jetzt nichts sagte, fuhr sie fort: „In Hennings Familie regierte das Geld. Seine Mutter besaß eine Kosmetikfirma. Und nur die zählte.“

Seine Mutter! Sie gab mir genau das Stichwort, das ich brauchte. „Wie ist das Verhältnis zu seiner Mutter?“

„Sie lebt nicht mehr, sie ist vor zwei Jahren an Krebs gestorben. Sein Verhältnis zu ihr? Sie steckte ihm zu, was er haben wollte, dafür hatten wir regelmäßig am Sonntag bei ihr zu erscheinen, um die Hofschranzen zu spielen.“ Sie sah zu ihrer Tochter hinüber, die auf der Schaukel Selbstgespräche hielt. „Und jedes Mal mussten wir ihr eine langstielige Rose mitbringen, eine echte Baccara, in Folie verpackt! Es war ein lächerlicher Auftritt!“

Ich folgte ihrem Blick, der wieder zur Tochter wanderte. „Sie war eine schöne Frau“, fuhr sie fort, „die beste Reklame für ihre eigenen Produkte, aber sie war auch kalt, egoistisch und eitel.“

„Gab es keinen Vater?“

„Die Eltern trennten sich, als Henning fünf war. Danach kam der Vater in seinem Leben nicht mehr vor. Angeblich hat er sich nach der Scheidung mit leichten Mädchen abgegeben, aber auch das weiß ich nur von Hennings Mutter. Er wurde finanziell abgefunden und galt von da an als Versager.“

„Henning blieb also bei ihr?“

„Und er war viel allein“, ergänzte sie, „was nicht heißt, dass er vernachlässigt wurde, aber seine Mutter hatte nie Zeit für ihn. Anfangs war er bei der Großmutter, später bei Au-Pair-Mädchen. Sie kaufte sich von ihm frei. Er bekam reichlich Taschengeld, alles was er sich wünschte, wurde angeschafft, aber …“

„Mama!“ Der Tonfall der Tochter hörte sich klagend an, als wollte sie die Mutter daran hindern, so viel über den Vater zu reden. Und prompt nahm sie sich zurück.

„Trotzdem ist er ein guter Vater. Ich muss ihn oft ermahnen, dass er die Kinder nicht so verwöhnt! Es ist nicht gut, ihnen das Gefühl zu geben, Geld spiele keine Rolle.“

„Hat Ihr Mann mal eine Therapie gehabt?“

„Wie kommen Sie darauf?“ Erst jetzt sah sie mich wieder an.

„Leidet er unter bestimmten Ängsten oder Zwängen?“

„Er kam mir oft sehr nervös vor und …“

„Manchmal braucht er Knetgummi, um sich abzureagieren. Oder Murmeln.“

Sie schien erschrocken, aber ihre Stimme blieb fest. „Solange wir verheiratet waren, hat er keinen Therapeuten gebraucht.“

„Und bevor Sie heirateten?“

„Ich weiß nicht, ob er mir das erzählt hätte.“

„Und nach Ihrer Scheidung?“ bohrte ich weiter.

„Keine Ahnung! Fragen Sie ihn selbst.“

„Henning ist ehrgeizig, stimmt’s?“

Sie nickte. „Erfolg zählt für ihn mehr als alles andere. Auch unsere Bekannten beurteilte er nach ihren Titeln und ihrem Bankkonto.“ Sie überlegte einen Moment. „Vielleicht, weil er selbst, in den Augen seiner Mutter, nicht genug geworden ist."

„Was sollte er denn werden?"

„Sie hätte gern einen Rechtsanwalt aus ihm gemacht, aber das Studieren lag ihm nicht. Für seine Mutter blieb er deshalb der ‚kleine Henning'. Das hat ihn sehr gekränkt. Dabei liebt er seinen Beruf, machte Überstunden und verzichtete freiwillig auf seinen Urlaub. Auch wenn die Familie darunter gelitten hat."

„Der Polizistenjob ist kein familienfreundlicher", wandte ich ein, „mein Mann musste auch allein in Urlaub fahren."

Darauf gab sie keine Antwort.

„Macht er viel Sport?"

„In Paderborn joggte er viel. Und dann?" Sie zuckte die Schultern. „Schwimmen, das Fitnessstudio, Tennisspielen …"

„Gibt es in Paderborn dafür ein bestimmtes Gelände?"

„Zum Joggen fuhr er zu den Fischteichen. Und fürs Tennisspielen ging er in seinen Club."

„Immer am selben Wochentag?"

Natürlich überraschte sie die Frage, trotzdem antwortete sie ohne Argwohn: „Immer am Montag. Er hatte eine Jahreskarte fürs Schwimmbad, einen Zehnerblock für das Fitnesszentrum und wenn er dazu keine Lust hatte, dann joggte er."

„Ich hasse Hallenbäder", sagte ich. „Allein der Chlorgeruch!"

„Das, wo Henning immer hinging, ist ganz in Ordnung. Ich bin sogar mit unseren Kindern da gewesen."

„Wo liegt das?"

„Nahe beim Dom."

„Sie sind berufstätig?"

„Ich bin Krankenschwester, aber nur halbtags, und ich mache auch keinen Nachtdienst, wegen der Kinder."

„Haben Sie in Paderborn auch gearbeitet?"

„Henning war dagegen. Aber da waren die Kinder noch klein."

„Wenn Sie es gewollt hätten, hätte er es Ihnen verboten?"

Sie zögerte. „Ich glaube schon. Er wollte ihnen das ersparen, was er selbst erlebt hatte. Ich sollte nur für die Familie da sein. Er wollte auch nie, dass ich mich schminke. Ich sähe aus wie eine Nutte, sagte er dann."

„Was für ein Unsinn! Diese Lippenstiftfarbe steht Ihnen!"

„Mama!“ klagte das Mädchen. Es hatte sich mehrmals um die eigene Achse gedreht und mit Hilfe des aufgewickelten Seils zurückschwingen lassen, wie eine kleine, dicke Hummel. Jetzt war ihm schwindelig oder langweilig oder beides.

„Gleich!“ sagte Frau Holzmann. Es klang müde, als wäre es ihr inzwischen völlig egal, was sie mir erzählte.

„War Henning ein Einzelkind?“

„Er hat zwei Schwestern, beide erheblich älter als er.“

„Wo waren sie, als sich die Eltern trennten?“

„Im Internat. Später haben sie die Firma übernommen. Auch für sie war Henning immer nur der kleine Bruder. Sie haben ihm einen lächerlichen Anteil ausbezahlt, zu bestimmen hatte er nichts.“

„Hat sein Verhältnis zu Frauen darunter gelitten?“

Sofort wurde ihr Blick wieder scharf. „Wie meinen Sie das?“

„Wenn ich mir das so überlege: Die übermächtige Mutter, die beiden erfolgreichen älteren Schwestern. Also, wenn ich ein Mann wäre, würde mich eine solche Situation wahnsinnig reduzieren.“

„Unsere Ehe ist jedenfalls *daran* nicht gescheitert.“

„Sondern?“

„Sie sind so neugierig“, gab sie abweisend zurück. „Aber bitte, wenn es Ihnen hilft, mit Henning besser klarzukommen: Wir hatten finanzielle Probleme. Er wuchs im Überfluss auf, aber mit einem gefühlsmäßigen Defizit. Bei mir war es umgekehrt. Ich bin die jüngste von vier Schwestern, mein Vater war Beamter bei der Stadtverwaltung, meine Mutter machte den Haushalt. Ich musste die Sachen meiner Geschwister auftragen, dafür hatten wir Liebe und Geborgenheit. Wenn ich meine Mutter oder meine Schwestern brauchte, waren sie da. Damit hatte ich eine Lebensgrundlage gewonnen, die Henning nicht kannte. ‚Mit Geld lässt sich alles regeln. Und was man braucht, das kauft man sich!‘ Mit diesen Slogans war er groß geworden. Irgendwann wurde es ihm zu dumm, regelmäßig Geld von seiner Mutter zu nehmen, aber sein Gehalt reichte für seine Ansprüche nicht aus. Ich durfte nicht arbeiten, obwohl ich es gern getan hätte, und so standen wir schließlich vor einem Schuldenberg, für den ich nicht verantwortlich war. Verstehen Sie?“ Sie hatte sich in Fahrt geredet. Es tat ihr offensichtlich gut, ihre Geschichte loszuwerden. Ich nutzte das für den spitzesten Pfeil, den ich im Köcher hatte.

„Ist Henning mal handgreiflich geworden?“

„Nein!“ Ein flammender Blick und gleichzeitig ein spontaner Griff zum Hals, als wäre es doch so gewesen.

„Sagt Ihnen der Name Albert Speer etwas?“

Sie sah auf ihre Uhr. „Ich muss den Kleinen abholen.“

„Kennen Sie ihn?“

„Wer soll das sein?“

„Ein Freund Ihres geschiedenen Mannes.“

Sie schüttelte den Kopf. „Können Sie bei Melanie bleiben, bis ich zurück bin? Sie …“ ein hastiger Blick streifte das Kind „hat die Röteln gehabt, deshalb darf sie nicht mit in den Kindergarten, aber allein lassen möchte ich sie auch nicht. Erst vor vier Wochen ist hier im Park ein Kind belästigt worden.“

„Aber sicher!“ sagte ich. Und Beate Holzmann ging zu ihrer Tochter, redete kurz mit ihr, worauf die Kleine mir einen feindseligen Blick zuwarf, das Schaukelbrett verließ und sich widerstrebend neben mich setzte.

Erst als ihre Mutter außer Hörweite war, sah sie mich wieder an. „Sind Sie von der Polizei?“

„Ich arbeite mit deinem Vater zusammen. Mit dem, der Henning heißt. Soll ich ihm Grüße von dir bestellen?“

Sie wippte mit den Beinen und betrachtete dabei die Schuhspitzen. „Nein!“

„Warum nicht? Glaubst du nicht, dass er sich freut?“

„Weil ich’s nicht will! Außerdem holt er uns morgen ab.“

„Und warum willst du es nicht?“

„Papa war nicht nett zu Mama.“

„Was heißt ‚nicht nett‘?“

„Er hat sie gehauen.“

Nach ihrer anfänglichen Skepsis war ich überrascht über diese plötzliche Offenheit. „Woher willst du das wissen?“

„Weil ich es gehört habe. Die Mama hat geweint.“

„Wann war das?“ Obwohl ich Hemmungen hatte, das Kind so scharf auszufragen, hoffte ich auf mehr Details.

„Das ist schon lange her.“

„Warst du schon in der Schule?“

„Ja, wir haben einen Ausflug gemacht, aber die Mama konnte mich nicht zum Bus fahren und der Papa wollte nicht.“

„Und wie bist du dann zum Bus gekommen?“

„Die Mutter von meiner Freundin hat mich mitgenommen."
„Warum konnte deine Mutter nicht fahren?"
„Weil ihr der Arm wehtat. Sie hatte einen blauen Flecken."
Wieder schaukelte sie mit den Beinen. „Dein Vater", sagte ich, „hat einen Freund, der Albert heißt. Kennst du ihn?"
„Der Albert, den ich kenne, hat mir mal ein Video geschenkt."
„Welcher Film war das?"
„Ein Schweinchen namens Babe. Kennen Sie den?"
„Ich habe davon gehört. Gehst du öfter ins Kino?"
„Nein. Mama hat dafür keine Zeit und allein darf ich nicht."
„Und in den Zoo?"
„Manchmal, am Wochenende, wenn der Papa uns abholt."
„Und welche Tiere siehst du dir am liebsten an?"
„Die Delphine", sagte sie. Das Thema Zoo schien ihr zu gefallen. „Und die Schimpansen. Der Markus will immer zu den Bären, aber die sind so langweilig, die liegen nur faul herum."
„Und wohin will Henning?" Frau Holzmann tauchte auf, einen kleinen Jungen an der Hand. Sie ging sehr schnell.
„Der macht das, was wir wollen."
„Geht ihr oft zu den Raubtieren?"
„Nein, die mögen wir nicht, die stinken so. Und einmal hat ein Löwe so laut gebrüllt, dass der Markus an zu heulen fing."
„Seht ihr euch auch die Marder und die Frettchen an?"
Sie krauste die Nase. „Was ist das? Das kenne ich nicht!"
„Das sind kleine Raubtiere, ähnlich wie Nerz und Hermelin. Aber vielleicht trägt deine Mutter keine Pelze?"
Jetzt musterte sie mich misstrauisch. „Sie sind gar nicht von der Polizei, sondern von Green Peace. Sie wollen mich aushorchen, aber meine Mama trägt keine Fellmäntel. Lassen Sie uns in Ruhe!"
„Welcher Zoo gefällt dir besser?" fragte ich, um sie beruhigen. „Der Paderborner oder der Kölner?"
„In Paderborn gibt es keinen Zoo", belehrte sie mich. „Aber der in Münster ist schön."
„Fahrt ihr extra nach Münster, um euch den Zoo anzusehen?"
„Nein, Henning hat doch die Wohnung."
„Und vorher, als er noch in Paderborn arbeitete?"
„Da hatte er die Wohnung auch schon."
„Geht er mit euch auch zum Spielplatz?"

„Nee. Er sagt immer, Spielplätze sind nicht sauber." Wieder wippten ihre Beine. Frau Holzmann war noch schätzungsweise zweihundert Meter von uns entfernt.

Ich fragte weiter: „Wie sieht dieser Albert aus? Nein, sag nichts, lass mich raten. Er ist so groß wie Henning und auch blond. Und er trägt eine Brille."

„Falsch", sagte Melanie, „er ist klein und hat einen richtigen Kullerbauch. Und viel Haare hat er auch nicht mehr, aber ganz dicke, buschige Augenbrauen. Und am Hals ist so'n komischer brauner Fleck. Aber warum wollen Sie das wissen?"

„Das ist nur ein Spiel", wehrte ich ab. „Findest du nicht auch, dass man manchen Leuten ihren Vornamen ansieht? Unter Albert stelle ich mir jemanden vor, der blond und groß ist."

„Ich weiß nicht", murmelte sie. „Dieser Albert ist klein."

„Danke, dass Sie gewartet haben." Frau Holzmann wirkte abgehetzt. „Haben Sie noch Fragen?"

„Nein, Sie haben mir sehr geholfen."

Sie nutzte einen kurzen Augenblick, während die Geschwister sich über einen Gegenstand beugten, den der Kleine wohl aus dem Kindergarten mitgebracht hatte, um leise zu sagen: „Henning und ich, wir haben uns einmal sehr gern gehabt. Er sollte nicht das Gefühl bekommen, ich intrigierte gegen ihn."

„Von diesem Gespräch erfährt er nichts, verlassen Sie sich drauf." Ich gab ihr die Hand und sie schlug ein, aber ihr Blick blieb skeptisch.

„Sie beide suchen diesen Frauenmörder, nicht wahr?"

Diese Frage spukte noch durch meinen Kopf, als ich schon längst in einer Straßenbahn den Ring entlang fuhr.

Natürlich hatte ich Pläne für den restlichen Nachmittag, Tipps aus Stadtführern und von Marion, die sich häufig in der vitalen Kölner Galeristenszene aufhielt. Auch Kerstins Teenie-Klamottenkiste stand auf dem Programm. Ich begann mit dem Dom, löste dann eine Karte für das Römisch-Germanische Museum, das unmittelbar daneben lag, sah mir das berühmte Dionysos-Mosaik an und das über zwei Stockwerke reichende Poblicius-Mausoleum und wanderte an Vitrinen mit altrömischem Spielzeug, antikem Schmuck, dem berühmten Diatretglas und den Schlangenfadengläsern vorbei. Doch als ich mich immer öfter bei Grübeleien über das Gespräch im Volksgarten ertappte, beschloss ich, mein Crash-Programm aufzugeben, kaufte bei GAP ein T-Shirt in Kerstins neuester Lieblingsfarbe Hellblau und setzte mich danach auf eine Bank am Rheinufer. Das laute Rumpeln und aggressive Machogehabe der halbstarken Skateboardfahrer, die die Treppen entlang der „Philharmonie" als Sprungschanze benutzten, machte das Nachdenken mühsam, dafür bot die abwechslungsreiche Flusslandschaft mit ihren unentwegt vorbei tuckernden Schleppern das richtige Panorama für meine Überlegungen. Trotzdem brauchte ich lange, um mir einzugestehen, dass die Unterredung viel zu wenig gebracht hatte, enttäuschend wenig. Das reichte nicht für einen Haftbefehl. Nicht mal die Baccara-Rose wäre ein überzeugendes Beweisstück. Jetzt hoffte ich auf die Fotos, die Lückmann versprochen hatte, und darauf, dass sich mit ihrer Hilfe jemand erinnern würde, Tietze in der Nähe der beiden Mordopfer gesehen zu haben.

Lenz lehnte entspannt am Tresen, vor sich ein Glas Bier, und unterhielt sich mit der Wirtin. Als er mich entdeckte, straffte sich seine Haltung, während er der üppigen Blondine einen koketten Blick zuwarf. „Jetzt geht's zum Arbeitsessen."

„Na, dann viel Spaß!" Sie kicherte und zupfte an ihrer wasserstoffsuperperoxydgebleichten Frisur. Offenbar galt es wieder als schick, sich die Haare zu toupieren.

Die Kneipe hieß „Zum Treppchen", weil sich an warmen Sommerabenden das Publikum lieber draußen auf den Steinstufen zusammenzwängte als in den Innenräumen. Doch an diesem kühlen Abend wirkten sie, eng und mit kleinen Fenstern, wohltuend warm. An den Wänden reihten sich die Fotos prominenter Gäste, und wir versuchten, die Autogramme zu entziffern. Als der Kellner nur eine Karte brachte, rückte Lenz näher und dolmetschte ins Hochdeutsche.

„Also, ein ‚Hämmchen' ist das, was die Bayern ‚eine Surhaxe' nennen würden."

Ich winkte ab: Zu fett und zu schwer! „Was nimmst du denn?"

„Immer de Rievkooche!" posaunte er, „de sin escht lecker!" Er schnitt eine Grimasse in der Annahme, dass ich seine Dialektimitation auch nicht ganz gelungen fand. Er war in Wolbeck groß geworden, während seine Elfriede aus Köln-Nippes stammte.

Ich schüttelte den Kopf. „Zu schwer und zu fett! Aber wie ich sehe, gibt es einen ‚Halven Hahn'. Bei uns zu Hause wird nur Geflügel toleriert. Hühner ahnen nicht, dass sie geschlachtet werden. Schweine sollen sensibler sein. Und Kalb oder Lamm kommt überhaupt nicht auf den Tisch. Das ist Kindermord."

Lenz nickte teilnahmsvoll, aber in seinen Augenwinkeln glomm ein amüsierter Zug auf, der mich hätte warnen sollen. Der Kellner nahm seinen Bleistiftstummel hinter dem Ohr weg und notierte die Bestellung, während Lenz sich händereibend zurücklehnte und die übrigen Gäste inspizierte. Ich wunderte mich, dass er niemanden kannte. In der „Post" in Altötting hätte Franz keine fünf Minuten sitzen können, ohne dass eine Pranke auf seiner Schulter gelandet wäre. „Na, Züricher Franz, wie geht's?"

Das Bier wurde gebracht, wir prosteten einander zu. Das Essen kam, und Lenz grinste hämisch: Auf seinem Teller lagen drei Reibeplätzchen, ein Klecks Preiselbeeren und eine große Scheibe Räucherlachs. Meinen füllten eine mächtige Käsescheibe, ein Roggenbrötchen und ein Senftupfer. Ein Missverständnis?

„Ein uralter Kölscher Witz", korrigierte Frieder. „Ich hoffe, du magst alten Gouda."

„Auf dem Wochenmarkt stehe ich dafür sogar Schlange."

„Jeder Kölnbesucher muss mal drauf reingefallen sein," lachte er „So wie man getauft wird, wenn man den Äquator überquert. Rat' mal, was du bekommst, wenn du „Kölsch Kaviar" bestellst?"

„Kaviar hätte ich niemals bestellt!"

„Du hättest ihn auch nicht bekommen! Kölsch Kaviar ist Blutwurst mit Senf. Aber sie heißt nicht ‚Blutwurst', sondern ‚Flönz'. So, jetzt hast du deine Köln-Lektion abgekriegt!" Seine Lachfältchen um die Augen verschwanden. „Wie war dein Gespräch?"

Ich begann mit Frau Hoppes Täterprofil und berichtete Lenz, in welchen Punkten Tietze damit übereinstimmte. Viel war es nicht, wie ich im Nachhinein noch einmal feststellte. Seine Miene blieb skeptisch, als ich ihm von der Rose erzählte und von den Spielplätzen, die Tietze konsequent mied. Als ich Albert Speer ins Spiel brachte, sagte er: „Eine Freundschaft mit einem ehemaligen Knasti ist doch kein Delikt."

Ich nickte trübselig. „Und Speer hat seine Strafe abgesessen. Schade, ich war mir sicher, dass Tietze unser Mann ist."

Eine Weile aßen wir schweigend, dann nahm er die Unterhaltung wieder auf: „Da wäre noch etwas, das wir besprechen müssten, und ich hoffe, du bist jetzt nicht böse auf mich. Ich habe dir nicht alles gesagt, was mir Holzmann anvertraut hat."

Ich stellte mit hartem Ruck mein Bierglas ab. Was sollten denn diese Kindereien? Warum legte er die Karten nicht offen? Oh ja, ich war böse! „Dann sag es mir bitte jetzt!"

„Ich dachte, du wärest vielleicht nicht mehr objektiv, wenn du das gewusst hättest, was ich von Holzmann erfahren habe."

Der Große Onkel! Die Rolle schien ihm wirklich zu gefallen.

„Sollte ich das nicht selbst entscheiden? Also, Frieder, wirklich, das ist kindisch! Womöglich hätte ich Frau Holzmann ganz andere Fragen gestellt, wenn ich gewusst hätte, was du weißt."

Er tätschelte meinen Unterarm. „Ich hätte es dir auf jeden Fall heute Abend gesagt. Ich wollte abwarten, was du von der Frau zu hören kriegst. Also, pass auf." Er sah sich um, aber die Gäste an den Nachbartischen waren inzwischen gegangen. „Gegen Tietze gab es ein Disziplinarverfahren, weil er mehrmals eine Kollegin belästigt hatte. Das war noch in der Zeit, als er Streife fuhr. Die Kollegin saß bei ihm im Auto."

„War er schon verheiratet?"

Lenz grinste. „Er heiratete, während das Verfahren lief. Ob aus Zufall oder aus Berechnung, wissen die Götter. Für das Gericht war es ein Grund, ihm keine Geldstrafe aufzudrücken. Man begnügte sich mit einer Warnung, in dem Glauben, dass er sich als frischgebackener Ehemann etwas zurücknehmen würde." Noch ein anzügliches Grinsen. „Das ist der eine dunkle Punkt im Leben des Herrn Tietze. Der andere", wieder sah er sich um, „sieht noch übler aus. Vor zwei Jahren verklagte ihn eine Prostituierte, sie geschlagen zu haben. Das war das Ende seiner Ehe. Behauptet Holzmann! Was sagst du nun? Kannst du damit was anfangen?"

Ich nickte, während ich an meiner Wut weiterkaute. Hätte er mir das doch früher gesagt! „Weißt du mehr über die Sache?"

„Es ist nicht im Dienst passiert. Demnach hat er privat mit der Nutte angebandelt. Er habe sich pervers und abartig aufgeführt, deshalb habe sie ihn nicht bedienen wollen. Und daraufhin sei er ausgerastet. So lautete jedenfalls ihre Version."

„Und seine?"

„Die klang natürlich ein bisschen anders. Selbstverständlich habe er nicht vorgehabt, ihre Liebesdienste in Anspruch zu nehmen. Sie sei ihm aufgefallen, weil sie sich ‚exhibitionistisch zur Schau gestellt‘ hätte. Wahrscheinlich hatte sie'n Tanga an und dazu hohe Stiefel. Unten zu viel und oben zu wenig, das kennt man ja! Tietze, wie gesagt, nicht im Dienst, spricht sie an und sie wird frech.“

„Und wo hat er sie geschlagen? Auf der Straße?“

„Sie behauptet, im Auto. Er hätte sie reingelockt und versucht, aufs Kreuz zu legen. Als sie sich gewehrt hätte, sei er handgreiflich geworden. Er wiederum hat ausgesagt, sie auf den Beifahrersitz ‚gebeten‘ zu haben, um ihr klar zu machen, dass auch ein Strichmädchen sich so nicht in der Öffentlichkeit zeigen könne. Daraufhin habe sie sich an ihn rangemacht.“

„Wie ist er aus der Sache herausgekommen?“

Lenz steckte sich die letzte Reibekuchenecke in den Mund, kratzte die Preiselbeeren zusammen und schob den Teller zur Seite.

„Wie er rausgekommen ist? Ganz einfach! Es gab keine Zeugen, Aussage stand gegen Aussage. Und da hat man einem Oberinspektor eben mehr Glauben geschenkt als einem Freudenmädchen. Vor allem, als sich die Frau in Widersprüche verwickelte …“

„In welche Widersprüche?“

„Ob er sie geschlagen hat oder nicht.“

„Frau Holzmann hat die Scheidung verlangt. Hat ihr Mann durchblicken lassen, wie Tietze darauf reagierte?“

„Wie ein Verrückter“, sagte Lenz. „Er beschimpfte sie am Telefon, lauerte ihr auf. Sogar mit Selbstmord soll er gedroht haben.“

„Hat Holzmanns Antrag auf Versetzung damit zu tun?“

Er nickte. „Nicht auszuhalten sei es gewesen, sagt er, und völlig irrational.“

„Irrational? Nein, Tietze hat seit frühester Kindheit eine panische Angst, verlassen zu werden. Seine Mutter schob ihn ab, erst zur Oma, dann von einem bezahlten Au-Pair-Mädchen zum nächsten. Wohlgemerkt, die Betonung liegt auf dem Wort ‚bezahlt‘. Von da bis zur Prostituierten war es in seiner verkorksten Phantasie nur ein Schritt! Sein Vater hatte sich angeblich mit leichten Mädchen getröstet. Aber vor allem waren es Frauen, die ihn enttäuschten. Ihn im Stich ließen, mit billigen Sprüchen vor die Tür setzten, auslachten. Wie seine Schwestern, die selbständig und erfolgreich waren. Beate Holzmann durfte nicht arbeiten, sich nicht einmal schminken. Sie hätte ja Erfolg am Arbeitsplatz haben und von anderen Männern beachtet werden können, weil sie hübsch und tüchtig ist. Dann ließ auch sie ihn im Stich! Klingelt da bei dir nichts? Tietze führte sich auf wie ein Haremsbesitzer. Du hättest ihn sehen sollen, als er in Hillys Büro über seine Scheidung redete. Niemand hatte ihn danach gefragt, aber er musste es loswerden. Weil er Angst vor dem Verlassenwerden hat. Und Angst schlägt leicht in Aggression um. In Hass! In Mord!"

- XIV -

Ursprünglich wollte ich ja Privatdetektiv werden", sagte Lückmann, „aber wenn ich sehe, was für'n ätzender Job das ist, bin ich froh, dass nichts daraus geworden ist."

„Wieso ätzend?" fragte ich.

Er verdrehte grotesk die Augen. „Außer Spesen nix gewesen!"

Es war Samstag, kurz nach zwei. Kerstin stöberte in den Läden der Ludgeristraße nach einem langen Rock, der zu ihrem neuen T-Shirt passte, Lückmann und ich saßen im Otmar. Unser Gesprächsauftakt machte mich nicht gerade optimistisch, was die Ergebnisse seiner Aktion betraf. „Schieß los!" sagte ich.

Tietze, so berichtete er daraufhin, sei am Freitagmorgen um Punkt acht im Präsidium erschienen und gegen halb eins wieder herausgekommen, um Mittagspause zu machen.

„Zu Fuß?"

„Das dachte ich auch, aber dann hielt gerade eine 16, er ist reingesprungen, als hätte er eine Monatskarte, und ich konnte zusehen, wie ich ihm auf den Fersen blieb."

„Wie weit ist er gefahren?"

„Bis zum Tibusplatz. Er ist die Bergstraße runtergegangen, und ich hatte Glück, dass vor der Münsterschen Zeitung gerade eine Parklücke frei wurde. Ich habe ihn wieder aufgespürt, als er aus einer Apotheke an der Bogenstraße rauskam."

„Und dann?"

„Er hat in einer Buchhandlung am Prinzipalmarkt geschlagene zwanzig Minuten in Reiseführern geblättert."

„Wie spannend! Konntest du sehen, wohin die Reise gehen soll?"

„Nach Paris", sagte er düster. „Und mir knurrte der Magen, dass man es oben, an der Kasse, hören konnte."

„Ist er gar nicht essen gegangen?"

„Doch. Ins ‚Extrablatt'. Ich musste mich zu zwei plüschigen Kaffeetanten an den Tisch klemmen, um ihn zu beobachten. Er bestellte ein Selters und sagte der Bedienung, er wolle noch auf jemanden warten. Ich ließ mir den Fitnessteller kommen und habe sofort bezahlt, damit ich jederzeit hinter ihm herlaufen konnte. Ich war längst damit fertig, als Speer erschien. Ich habe ihn erst gar nicht erkannt, weil er eine Brille trug."

„Hast du gehört, was sie geredet haben?"

Er nickte. „Paris kam mehrmals vor, von Apex-Tarifen war die Rede und wie lange die Fahrt mit dem Auto dauert."

„Und was passierte noch?"

„Sie bestellten beide das gleiche, die ‚Baguette extrasatt', aßen ziemlich wortkarg, dann sagte Tietze, er müsse wieder an die Arbeit. Ich bin, so schnell ich konnte, raus und habe auf dem Ständer vor Salamander die Sonderangebote durchgefummelt. Tietze verschwand in Richtung Lambertikirche."

„Und Speer?"

„Der fuhr mit dem Rad die Salzstraße runter. Da hatte er die Brille abgenommen. Als wäre sie 'ne Art Verkleidung."

„Und abends?"

„Um sechs war ich wieder auf dem Posten, ‚Stern' und ‚Spiegel' neben mir auf dem Sitz. Tietze hat bis halb acht gearbeitet, ist dann nach Hause gefahren, hat den ganzen Abend in seiner Wohnung verbracht und den Fernseher laufen lassen."

Ich nahm noch einmal die Fotos zur Hand. Henning zweimal von vorn, einmal von rechts, einmal von links. „Super!" sagte ich, und Max lächelte geschmeichelt: „Meine Kamera zoomt bis auf 115 mm. Da kannst du dir alles ranziehen und zwar gestochen scharf."

Am Ergebnis änderte das nichts. Als hätte er geahnt, dass ihm jemand auf den Fersen war, hatte Tietze sich völlig unauffällig benommen. Er hielt die Mittagspause korrekt ein und traf sich mit einem Freund. Nicht mal gegen Reisepläne war etwas einzuwenden, solange er seine Arbeit tat. Vielleicht sogar meine? Ich beschloss, im Büro nachzusehen, ob es etwas Neues gab. Den Namen des Motorradhalters, zum Beispiel. Ich rief Kerstin auf ihrem Handy an und verabredete mich mit ihr um vier am Verspoel.

Lückmann sah auf die Uhr. „Wenn du mich nicht mehr brauchst, mach' ich mich davon. Sabine hat frei, und wir wollen uns Gebrauchtwagen ansehen." Er machte traurige Hundeaugen, und ich wusste, was er dachte. Die Summe, die die Versicherung ihm für den alten Wagen gezahlt hatte, reichte hinten und vorne nicht für einen anständigen Neubeginn.

Unsere Bürotür war vorschriftsmäßig abgeschlossen, alle Aktenschränke zu, die Kaffeemaschine ausgespült. Sogar meine Azalee hatte Tietze begossen. Sein Spindschlüssel lag in der untersten

Schublade. Ich suchte hinter den Pfeifenutensilien. Das Bakelitkästchen und die Murmeln waren weg.

Neben meinem Telefon entdeckte ich einen Umschlag, den ich ungeduldig aufriss. Etwa ein Abschiedsbrief von Henning?

Es waren die Kollegen vom Bereitschaftsdienst, die mir mitteilten, der Motorradbesitzer heiße Helmut Fasching. Ich blätterte im Telefonbuch und fand zwei Teilnehmer: Einen Burkhardt Fasching in Hiltrup und eine Frau, die Renate Fasching hieß. Als ich ihre Adresse las, traute ich meinen Augen nicht; es war die Anschrift von Hermamets in Sankt Mauritz. Zufall?

Zu blöd, dass Samstag war! Das Einwohnermeldeamt hatte zu bis Dienstagmorgen. Aber dann fiel mir ein, dass Frau Hermamet in ihrem Laden war und ich die Möglichkeit hatte, ungestört mit Renate Fasching zu sprechen. Falls ich sie zu Hause antraf.

Ihre Wohnung lag im zweiten Stock einer zart grün gestrichenen Villa mit schmiedeeisernen Fenstergittern. Im Erdgeschoss und im ersten Stock lebten Kerim und Margret Hermamet.

Frau Fasching kam mir auf dem Treppenabsatz entgegen; eine hochgewachsene Frau um die siebzig. Sorgfältig frisiertes, schlohweißes Haar, ein Hemdblusenkleid mit Spitzenkragen.

„Polizei?“ fragte sie beunruhigt, „was ist passiert?“

„Nichts Ernstes. Ich habe nur eine kurze Frage.“

Sie wies mir einen Stuhl am Esstisch zu und setzte sich selbst.

„Sind Sie und Hermamets verwandt?“

Sie nickte. „Meine Tochter und mein Schwiegersohn.“

„Haben Sie einen Enkel, der Helmut heißt und ein Motorrad besitzt?“

„Ich habe zwei Enkel, die Söhne meines Sohnes“, korrigierte sie. „Es ist doch hoffentlich kein Unfall passiert!“

„Nein!“ beruhigte ich sie. „Heißt Ihr Sohn Burkhardt Fasching und wohnt in Hiltrup?“

„So ist es.“

„Wie alt sind Ihre Enkel?“

„Neunzehn und einundzwanzig, aber ich verstehe nicht …“

„Hatte einer der beiden mal eine Freundin, die Meral hieß und deren Familie aus der Türkei stammt?“

„Nein. Roberts Freundin heißt Christiane und sie ist Deutsche. Die von Helmut? Wenn ich jetzt wüsste, wie die heißt. Jedenfalls nicht … Meral?“ Sie stutzte. „Ist das nicht das Mädchen …?“

„Ja. Und das Motorrad Ihres Enkels stand während der Beerdigung vor dem Friedhof. Demnach kannte er sie.“

„Darüber kann ich Ihnen nichts sagen.“

„Gut.“ Ich stand auf. „Vielleicht ist er ja auch nur aus Neugier gekommen. Oder er hat seine Maschine jemandem geliehen.“

Vom Auto aus rief ich Tietze an. Ich durfte nicht den gleichen Fehler machen wie er und ihm in seinen Fall pfuschen. Aber warum hatte er sich auch geweigert, zur Beerdigung zu gehen? Wo jeder weiß, dass unter Trauergästen gelegentlich Leute sind, die der Polizei gern weiterhelfen. Auf seinem Handy landete ich in der Sprachbox, unter seiner Festnetznummer auf dem Anrufbeantworter und mir fiel ein, dass er seine Kinder zu Besuch hatte. Ich hinterließ eine Nachricht, er solle mich nach sechzehn Uhr anrufen, und fuhr zum Teppichhaus.

Ich hatte mir überlegt, dass die einzige Methode, Frau Hermamet zu einer Aussage zu bringen, die schonungslose Attacke war. Eine Fehlanzeige und damit ein Anschnauzer des „Pinguins“, schien mir das kleinere Übel, verglichen mit der Möglichkeit, dass sie sich eine Ausrede zurechtlegte. Ich war mir sicher, dass sie mehr wusste, als sie zugab.

Sie bot mir keinen Platz an, obwohl ein zweiter Stuhl zusammengeklappt in der Ecke stand. Ich schloss die Tür und lehnte mich dagegen. Dass ich mir dabei das Inventar des Räumchens nicht besser merkte, sollte ich noch bereuen.

„Woher kannten Ihre beiden Neffen Meral?“

Sie schraubte umständlich die Füllfeder zu, legte sie in die kleine Porzellanschale mit Bürokrimskrams, nahm die Brille ab – kein Zweifel, sie wollte Zeit gewinnen. „Ich verstehe nicht!“

„Möglich, dass Sie das nicht verstehen! Tatsache ist, dass ein junger Mann während der Beerdigung hinter einer Hecke gestanden und zugesehen hat. Ein anderer wartete am Haupteingang auf einer BMW-Maschine mit laufendem Motor. Der Friseurlehrling der Tante wird ermordet und die Neffen gehen zum Friedhof? Ist das nicht ein bisschen viel Anteilnahme?“

„Vielleicht hat er sein Motorrad verliehen?“

„Auch gut! Dann kennt er jemanden, der Meral kannte.“

„Wie soll ich das wissen? Rufen Sie die beiden an!"

„Erst möchte ich mit Ihnen reden. Wir wissen, dass Meral in Ihrer Wohnung umgebracht wurde. Unter den Fingernägeln waren keine Erdpartikel wie bei den Promenadenopfern und die Spuren auf der Matratze passen auf Merals Blutgruppe. Null negativ. Sie wurde mit Teppichschaum erstickt, dabei starb auch das Kind, das sie erwartete. Noch immer kein Feedback? Gut! Dann nehme ich mir jetzt Ihre beiden Neffen vor, aber das machen wir im Präsidium. Vielleicht ist einer der beiden der Vater des Kindes."

„Bleiben Sie!" Sie war kalkweiß geworden. „Ich … Meine Neffen haben nichts damit zu tun. Lassen Sie sie in Ruhe."

Ich schloss die Tür wieder, und sie redete.

Das Ganze war ihre Idee gewesen. Das Firmenjubiläum im Juli sollte groß gefeiert werden: Eine Musikergruppe, ein Wasserpfeifenraucher, eine Bauchtänzerin. Dabei war ihr Meral eingefallen: Gute Figur und angenehmes Gesicht. Das Mädchen hatte ihrem Mann mehrmals vorgetanzt, abends, nach Ladenschluss, während sie zu Hause für die alte Mutter sorgte.

„Dann dieser Termin beim Friseur. Meral behauptete, sich den Magen verdorben zu haben. Ich habe meinen Mann zur Rede gestellt und versucht, das Mädchen zur Abtreibung zu überreden."

„Wussten ihre Eltern von der Sache?"

„Keine Ahnung. Ich hatte nie Kontakt zu Merals Eltern."

„Wir haben in ihrem Zimmer Designerwäsche gefunden. Sicher nicht von ihr finanziert."

„Das ist mir doch egal!" fauchte sie.

Ich wartete darauf, was sie weiter sagen würde. Sie sah sich in dem engen Büro um, als litte sie plötzlich an Klaustrophobie.

„Wer hat Meral umgebracht?"

„Sie wollte das Kind nicht haben. Aber mein Mann", ihre Stimme wurde spitz, „wollte es, und damit wurde die Geschichte kompliziert. Wir haben keine Kinder, unser Geschäft geht an meine Neffen, aber Kerim verrannte sich in die Idee, sein eigener Nachkomme würde die Firma weiterführen. Seine Gene, seine Intelligenz hatten sich fortgepflanzt. Auch wenn die Mutter eine Hure war."

„Haben die beiden sich in der Wohnung getroffen?"

„Gleich der nächste Termin meiner Putzfrau brachte es ans Licht. Ein Unterhosenfummel hinter dem Klappbett!"

„Was passierte am Mordabend?“

„Robert hat sie angerufen. Sie solle in die Wohnung kommen. Simpel gestrickt wie sie war, fiel sie drauf rein.“

„Wer wäre darauf nicht reingefallen? Und dann?“

„Ich wartete hinter der Tür. Sie hatte einen Schlüssel und kam herein. Muss ich … weiter erzählen?“

„Hat Ihnen jemand geholfen?“

Sie zögerte. „Nur beim Wegbringen. Als es … vorbei war, habe ich Robert angerufen. Er hatte das Auto um die Ecke geparkt. Wir haben sie zum Zwinger gebracht. In einem Müllsack.“

„Wo ist die Tatwaffe?“

„Tz“, machte sie abfällig. „In der Küchenschublade. Sorgfältig abgewischt natürlich, aber ein guter Pathologe weiß doch, wie sie aussehen müsste, oder?“

„Das weiß er“, nickte ich. „Wo ist Ihr Mann?“

In diesem Augenblick wurde die Tür aufgerissen. Als ich herumfuhr, traf mich ein harter Schlag am Kopf. Ich fühlte noch eine entsetzliche Übelkeit, dann wurde mir schwarz vor den Augen.

Irgendwann weckten mich Dunkelheit und Stille. Ich drückte den Leuchtzifferknopf an meiner Uhr, es war halb fünf. Fast eine Stunde hatte ich im Nichts verbracht, ein Grottenmolch in seiner Höhle. Und warum rief Kerstin nicht an? Wo war mein Handy überhaupt?

Meine nächste Handbewegung galt dem Kopf. Links pochte eine dicke Beule, aber ich spürte kein Blut. Nase, Mund und Zähne waren intakt. Vorsichtig tastete ich mich in die Höhe, stieß mit der Schulter gegen die Schreibtischklappe und fluchte leise. Ich suchte den Lichtschalter, drückte ihn, aber es blieb dunkel. Sie hatten die Glühbirne rausgedreht. Als ich das Ohr an die Tür legte, glaubte ich, ein Summen wie von einer Klimaanlage zu hören. Ich tastete das Parkett nach meiner Tasche ab, fand sie und durchwühlte sie in wachsender Panik; mein Mobiltelefon war weg.

Ruhig bleiben! dachte ich. In diesem Raum gibt es ein Telefon. Dabei glitten meine Hände über die Schreibtischplatte und ertasteten die Station eines Schnurlosapparats, leider leer! Sie hatten auch das Telefon mitgenommen. Also suchte ich weiter auf dem Fußboden, doch meine Hände stießen ins Leere. Wenn diese Ganoven mein Handy eingesteckt hatten, konnte ich in dem luft- und lichtlosen Raum verschimmeln. Vielleicht spekulierten sie darauf, dass ich meine Gefangenschaft nicht überleben würde, andernfalls würden sie wiederkommen und nachhelfen. Ich dachte an den Teppichschaum und wie dezent man eine Leiche verschwinden lassen konnte.

Aber noch waren wir nicht so weit!

Ich hockte auf dem Boden und wehrte mich gegen erste Anfälle von Klaustrophobie. Wenn es nur nicht so dunkel gewesen wäre! Und so muffig! Aber war zwischen dem schwülstigen Rosenaroma der Teppichfrau nicht auch Zigarettenrauch? Und hatte auf dem Sekretär nicht ein Aschenbecher gestanden? Dann gab es Streichhölzer oder ein Feuerzeug. Wieder tastete ich durch die Dunkelheit und versuchte, mir die Gegenstände zu merken: Die Beine des ausgeklappten und des zusammengefalteten Stuhls, die Fußleisten und die Türschwelle, die Innenfächer des Sekretärs. In einem von ihnen geriet ich an einen rechteckigen, glatten Gegenstand mit einem kleinen Metallrad. Es klickte leise und ein hellblaues Flämmchen glomm auf. Das Handy fand ich auch jetzt nicht, aber wenigstens hatte ich Licht. Ich überlegte, wer da draußen auf die Idee kommen könnte, dass ich hier gefangensaß. Die Auswahl war klein. Wenn ich Glück hatte, war Kerstin zur Polizeistation am Alten Steinweg gegangen, Marion delektierte sich an dem Büffet einer Familienfeier in Rotenburg an der Wümme, Max besichtigte mit seinem Herzblatt Autoträume, während sich Tietze mit seinen Kindern vielleicht einen Drei-Stunden-Film ansah und sie zum Pizzaessen ausführte, bis ihnen die Augen zufielen. Ich lehnte mich an die Wand und hoffte, dass mir nicht das Gleiche passierte.

Wer verbraucht mehr Sauerstoff, jemand der schläft oder jemand, der wach ist? War die Luft inzwischen nicht noch schwerer geworden? Es war wohl das Beste, zu schlafen, bis Frau Hermamet oder ihr Türsteher zurückkam, zur letzten Abrechnung. Wenn ich dann nicht fit war, würden sie schnell fertig sein mit mir.

Ich schreckte aus meinem Dämmerzustand auf. Bloß nicht die Kontrolle verlieren! Um wach zu bleiben, erzählte ich mir meine Lebensgeschichte auf Italienisch. Sono nata a Bad Tölz, nel anno sessantadue. I miei genitori sonno un avvocato ed una maestra. Ho un fratello più gióvane, che si chiama Paolo. Ho studiato legge a Mònaco … Mein magerer Wortschatz machte die Sache bald ermüdend, also gab ich auf und sagte alle berühmten lebenden Pianisten auf, die mir spontan einfielen. Dann versuchte ich es mit Geigern, danach mit Cellisten. Als mir auch dazu nichts mehr einfiel, graste ich außereuropäische Hauptstädte ab. Doch es war wie mit dem Schäfchenzählen. Der Sauerstoffmangel und die Stille lullten mich ein, und als ich wieder auf die Uhr sah, war es viertel nach sechs. Ich hatte doch geschlafen. Ich malte mir ein Horrorszenario aus: Kerstin in Tränen aufgelöst bei den Kollegen vom Bereitschaftsdienst, die keine Ahnung hatten, wo ich steckte. Montag war Feiertag! Bis dahin wäre ich an Teppichschaum erstickt, wenn mir nicht schon längst vorher die Puste ausgegangen war.

In diesem Augenblick klimperte draußen ein Schlüsselbund. Ich riss mich hoch, und das Erste, was ich auf der Schreibplatte zu fassen kriegte, war der Kristallascher. Ich nahm ihn in beide Hände und versteckte ihn hinter dem Rücken. Die Tür flog auf, blendende Helligkeit traf meine maulwurftrüben Augen, dann zeichnete sich Tietzes Kopf im Gegenlicht ab. Mit schweißnasser Hand stellte ich den schweren Aschenbecher zurück.

„Sieglinde! Sind Sie in Ordnung?“

Ich konnte nur nicken. Hinter Tietze war jetzt Grundmann aufgetaucht. „Na, Sie machen uns ja Freude!“

„Wie haben Sie mich gefunden?“

„Sie hatten mich doch um einen Rückruf gebeten. Als Sie sich nicht meldeten, habe ich im Präsidium nachgefragt. Dort wusste man, dass Ihre Tochter Sie seit zwei Stunden vermisst. Und dann habe ich scharf nachgedacht. Haben Sie ein Geständnis?“

„Nur ein mündliches“, sagte ich, „sofort danach kriegte ich eins über den Kopf. Außerdem wird sie ihre Aussage widerrufen.“

An der Ecke zur Voßgasse wartete ein Streifenwagen. Im Fond, hinter der heruntergedrehten Scheibe, saß Kerstin mit bleichem Gesicht. Wir umarmten uns stumm, Grundmann bot sich an, sie zu Hause abzuliefern. Sekundenlang dachte ich daran, dass sie vielleicht bis in die Nacht allein bliebe, während Speer in Münster unterwegs war, dann schob ich den Gedanken beiseite. Wir mussten den Fall endlich abschließen.

Auf Tietzes Vorschlag hin fuhren wir nach Sankt Mauritz. Die hellgrüne Villa lag im Dunkeln. Als sich auf unser Schellen nichts rührte, läuteten wir bei Frau Fasching. Sie erschien im gestreiften Bademantel auf dem Treppenabsatz und beteuerte, keine Ahnung zu haben, wo ihre Tochter steckte.

„Und Ihr Schwiegersohn?“

„Der ist in Istanbul.“

„Seit wann?“

Sie überlegte. „Seit zwei Wochen. Er ist an einem Sonntag geflogen.“ Am Montag danach hatte seine Frau Meral ermordet.

Also ging es weiter zu Burkhardt Fasching. Er war ein bulliger, aber aalglatt wirkender Kerl und sein Haus ein Paradebeispiel für dick aufgetragene Geschmacklosigkeit. Alles vom Feinsten, aber nichts passte zusammen. Er sei allein zu Hause, entgegnete er auf unsere Frage nach seinen beiden Söhnen. Frau und Kinder seien am Freitagmorgen zur Ostsee gefahren, in die Ferienwohnung. „Nur übers Wochenende. Ein bisschen nach dem Rechten sehen.“ Er lachte nervös, gab uns aber bereitwillig die Adresse.

„Ein lange geplanter Ausflug?“ fragte Tietze. „Oder kam es überraschend?“

„Bei denen kommt alles überraschend“, knurrte Fasching. Aber dann korrigierte er sich schnell: „Irgendwas in der Wohnung musste repariert werden. Der Hausmeister hatte uns verständigt. Deshalb sind meine Söhne mitgefahren.“

„Wo können wir Ihre Schwester erreichen?“ Tietze sah sich neugierig im Wohnzimmer um, als wäre sie hier versteckt. Und Fasching tapste prompt in die Falle. „Die wollte doch nach Istanbul. Noch heute Abend. Erklären Sie mir endlich mal, was los ist?“

„Wann geht die Maschine?“

„Keine Ahnung! Damit habe ich nichts zu tun.“

Vorläufig mussten wir ihm das glauben.

An der Neubrückenstraße hielt inzwischen Grundmann Wache. In der Nacht würde er zwei Kollegen in Zivil an die Ausgänge des Teppichhauses stellen. Wir jagten weiter zum Flughafen, auf die Gefahr hin, einer gerade gestarteten Maschine hinterher zu blicken. Die Anzeigentafel blinkte mit einem reichhaltigen Angebot an Destinationen, doch Istanbul war nicht dabei. Also stellten wir uns am Eincheckschalter an, vor uns eine Großfamilie mit quengeligen Kindern, die partout nicht einsehen wollte, dass man die verpasste Maschine nach

Frankfurt nicht umtauschen konnte, gegen die Sonntagfrühmaschine, zum Beispiel.

„Da geht doch eine um zehn Uhr zwanzig!“ insistierte das Familienoberhaupt, ein stiernackiger Enddreißiger mit eisenbeschlagenem Ledergürtel um die strammen Lenden, einer eintätowierten Schlange auf dem Oberarm und einem dornenbewehrten Armband, wie ich es als Halskrause für Kampfhunde kannte. Auch die Kinder führten sich auf, als gehörten sie eigentlich in einen Zwinger.

„Tut mir Leid! Die Maschine ist ausgebucht.“

„Scheiße! Und die nächste Fuhre?“

„Nehmen Sie doch den Zug, dann können Sie jederzeit umsteigen.“ Der Blick der Stewardess überzog sich mit der Glätte und Kälte eines Eiszapfens, das wirkte. Die Familie trollte sich.

„Manche kapieren’s nie!“ Ihre Augen folgten der Kundschaft misstrauisch, dann waren wir an der Reihe. Neue Reklamationen?

„Eine Personenüberprüfung“, sagte ich und nannte Frau Hermamets Namen und die Destination. Die Stewardess las meinen Dienstausweis, als enthielte er meine ganze Lebensgeschichte, und begann dann, ihren Computer zu bearbeiten.

„Auf der Passagierliste neunzehn Uhr fünfzehn nach Frankfurt finde ich den Namen nicht“, sagte sie, „und von Frankfurt nach Istanbul…?“ Diesmal suchte sie länger, demnach handelte es sich um einen Airbus. „Nein, die Person ist nicht gebucht.“

„Gibt es einen früheren Flug nach Frankfurt?“ fragte Tietze.

„Um dreizehn Uhr fünfundvierzig.“

„Danke!“

Sie antwortete, indem sie energisch das blaue Nickituch am Hals zurechtrückte und ihren Posten verließ.

„Hätten Sie jemanden in der Stadt, bei dem Sie und Ihre Tochter übernachten können?“ fragte Tietze auf der Rückfahrt.

„Ich möchte nach Hause. Unsere Tiere müssen versorgt werden.“

„Die Hermamet ist offenbar noch in Münster, und selbst wenn sie auf Tauchstation geht, was ist mit dem Komplizen?“

„Erst mal muss er wissen, wo ich wohne.“

Darauf lachte er nur.

„Und dann muss er reinkommen. Unser Haus ist gut gesichert und Rollo sehr wachsam.“ Daraufhin lachte er nicht mehr, ich wechselte das Thema.

„Sind Ihre Kinder allein?" Warum sollte ich den Spieß nicht umdrehen?

„Nein. Jemand kümmert sich um sie."

Der Freund mit dem Frettchen? Eine einzige gezielte Frage und ich hätte mehr erfahren. Aber ich war an diesem Abend nicht sehr einfallsreich. Wer Todesangst erlebt hat, braucht Zeit, um zur Normalität zurückzukehren. Und wieder klar zu denken.

Tietze war da besser dran: „Also gut. Sehen wir nach, ob bei Ihnen zu Hause alles in Ordnung ist."

War es dieser apodiktische Befehl? Irgendetwas brachte meinen Verdacht gegen ihn zum Schweigen. Er war besorgt um meine Sicherheit, und er hatte mir mit großer Wahrscheinlichkeit das Leben gerettet, daran war nicht zu rütteln.

„Nur, wenn Ihre Kinder unter Kontrolle sind."

Kopfnicken.

„Ihre Kinder sind wichtiger. Wenn die Blödsinn machen …"

„Die machen keinen Blödsinn. Ein Freund von mir ist bei ihnen, liest ihnen Märchen vor und jetzt", er zog seine Uhr heraus, „schlafen sie längst."

„Ich kenne jemanden, der in Münster dringend ein Apartment sucht. Könnten Sie Ihren Freund fragen?"

„Wann braucht er es?"

„Mitte nächsten Jahres."

„Tut mir Leid. Es ist ausgebucht, bis … ich weiß nicht."

„Geben Sie mir trotzdem seine Adresse?"

„Ich sagte Ihnen ja: Nichts zu machen."

„Also fahren wir!" entgegnete ich.

„Ihr Haus ist exzellent gesichert", lobte Tietze, als er sich wieder verabschiedete. Er hatte sich alles genau angesehen, ohne dass ich ihn daran hindern konnte. Nur von der Mansarde hatte ich ihn ferngehalten, und dass das Kellerfenster kaputt war, hatte er auch nicht mitgekriegt. Als er weg war, sah ich nach. Aber so wie überall im Haus war auch die Lage im Keller unauffällig. Ich hatte am Montagmittag unsere Schlosserfirma angerufen, doch wie mir die muntere weibliche Stimme des Anrufbeantworters mitteilte, war man im Urlaub bis Mitte November. Und für einen x-beliebigen Unternehmer aus den „Gelben

Seiten“ war mir die Angelegenheit zu heikel. Ich ging in die Mansarde und fand Kerstin wach, mit einem Buch.

„Wer war der Mann, der mit dir gekommen ist?“ Ihre Stimme zitterte. Ich setzte mich auf die Bettkante.

„Der Vertreter von Max! Er ist weg. Möchtest du runterkommen ins Ehebett?“

„Vielleicht?“ überlegte sie. Dann sprang sie auf und zog ihr Bettzeug über die Treppe in unser Schlafzimmer. Wenig später lagen wir, kurz aneinandergekuschelt, dann weit auseinander gedriftet und gleichermaßen bemüht, endlich Schlaf zu finden.

„Schnarcht der Papa eigentlich immer?“ fragte sie plötzlich in die Stille hinein.

Ich tat erstaunt. „Er schnarcht doch gar nicht!“

„Geh!“ Sie knuffte mich ausgelassen in die Seite. Dieser Nachmittag hatte auch an ihren Nerven gezerrt! „Und wie er schnarcht! Aber richtig aufgefallen ist es mir erst, als ich bei Marion geschlafen habe. Die flötet und pfeift, und der Papa röchelt. So!“ Sie grunzte wie ein Schwein und dann saßen wir im Bett und gackerten. Es war die Erleichterung, die uns so albern machte; Kerstin hatte mehrere Stunden in einem einsamen Haus verbracht, ich mindestens zwei in einem stickigen, dunklen Kabuff.

Gleich morgens um sieben telefonierte ich mit dem Bereitschaftsdienst. „Alles ruhig und unauffällig!“ verkündete Grundmann. „Die beiden Kollegen hatten die Eingänge die ganze Nacht unter Kontrolle. Diese Teppichfritzen haben vor, Sie weich zu kochen.“

„Wie gehen wir weiter vor?“

„Also, Sie lassen sich mal überhaupt nicht blicken! Jedenfalls nicht vor Dienstagmorgen. Bringen Sie Ihrem Opa ein paar Blümchen aufs Grab oder gehen Sie spazieren. Aber in der Nähe des Tatorts tauchen Sie bitte nicht auf.“

Tatort? Wurde ich schon als wandelnde Leiche gehandelt?

„Ist sowieso Tietzes Fall“, gab ich zurück. Etwas später, ich war gerade beim Gemüseputzen, ging wieder das Telefon. Marion!

„Alles in Ordnung?“

„Danke, und bei dir?“

„Alles bestens!“ Sie war nicht mehr eingeschnappt wegen der „Halbierung“ unserer Tochter. „Ich habe für morgen Abend drei Karten fürs Kleine Haus gekriegt. ‚Biedermann und die Brandstifter'. Kerstin könnte bei mir übernachten."

Ich überlegte: Der erste Montag im Monat. Ich hatte Hausverbot für den Umkreis des Teppichladens, und das Stadttheater lag nebenan, aber nicht mal der Polizeipräsident konnte mich dazu verdonnern, auf ein Kulturereignis zu verzichten. Wir verabredeten uns für viertel nach sieben vor dem Eingang.

Frenetisches Klatschen und Pfiffe füllten den Zuschauerraum, als das Stück zu Ende war. Der Applaus schwoll erwartungsgemäß zu ohrenbetäubendem Skandieren, als „Schmitz" und „Eisenring" herauskamen, die beiden ulkigen Zündler, die das Publikum so in Ekstase versetzt hatten. Aber womit? Mit einem heimtückischen Manöver, um das vermiefte, autoritätshörige Kleinbürgertum zu entlarven, wie es im Programmheft stand? Parabelhaft werde das Versagen konformistischen Denkens gegenüber dem Bösen demonstriert. Der hasenherzige Biedermann überließ den Pyromanen, die die Stadt in Asche legten, seinen Dachboden, lud sie zum Essen ein und regte sich auch nicht auf, als sie Benzinfässer und Lunten lagerten und um Streichhölzer baten.

Max Frisch hatte den Plot politisch angelegt, als Attacke gegen feige Mitläufer, die totalitäre Regime erst möglich machten, und das Publikum, überwiegend junge Leute, klatschte sich die Hände wund angesichts dieses Wortwitzes, dieser Schauspieler-Kapazitäten. Doch je länger ich mitklatschte, desto schaler wurde der Beigeschmack. Biedermann und seine Frau – ein seltenes Event, dass man das „Nachspiel" in der Hölle zeigte – hatten, um selbst verschont zu bleiben, zwei Ganoven zu einem Inferno verholfen.

Und ich? Ich hatte einem Menschen, dem zu misstrauen ich alle Gründe hatte, mein Haus vorgeführt, einschließlich unserer ausgeklügelten Sicherheitssysteme. Hatte ihm Gelegenheit gegeben, sich mit unserem Wachhund anzufreunden. Hatte mich von ihm einladen lassen, damit er mich aushorchen konnte. Ihn meinerseits eingeladen und ihm ein Alibi verschafft. Mir wurde schlecht, als ich darüber nachdachte. Hätte ein offenes und energisches Wort mit Dr. Gross den Mord an Annegret Luther verhindert? Ich hatte wieder Rollo vor Augen, wie er Tietzes Hände abschnupperte, während jener ihm den Kopf tätschelte. Ein Willkommensblaffen, mehr war von unserem Hund nicht zu erwarten, falls Tietze bei mir aufkreuzte. Obwohl es den ganzen Abend nicht nur im übertragenen Sinne heiß hergegangen war, wurde mir kalt, als wir auf die Straße traten. Trotz der warmen Jacke.

„Du bist so still!“ sagte Marion, „hat es dir nicht gefallen?“

„Es war sehr lehrreich! Aber jetzt bin ich müde.“

„Die Inszenierung wird sehr gelobt! Aber, sieh mal!“ Sie fasste mich am Ärmel. „Was ist da vorne los! Da vor dem Teppichhaus?“

Zwei Streifenwagen blockten die Neubrückenstraße ab. Der junge uniformierte Kollege, der so neu im Dienst war, dass wir einander nicht kannten, wies uns zurück. „Gehen Sie bitte außen rum!“

„Sieht nach Einbruch aus!“ knurrte Marion. Sie dachte wohl an ihre eigenen Schätze.

„Übermorgen steht alles in der Zeitung! Und jetzt Gute Nacht!“

Sie hatten den Türsteher festgenommen. Als er im Schutz der Dunkelheit den Hintereingang aufschloss, war ihm Schäffers Kollege gefolgt. Der Türsteher war zielstrebig zum Büro gegangen und dann panikartig getürmt. Wenig später klickten die Handschellen.

„Aber von Frau Hermamet keine Spur!“ Tietze trommelte nervös auf seine Schreibtischplatte.

„Vielleicht fliegt sie mit einem Privatjet nach Istanbul?“

Ich hatte das spöttisch gemeint. Doch gelegentlich kommt es vor, dass eine zufällig hingeworfene Bemerkung, ein an sich belangloses Wort beim Gesprächspartner eine erstaunliche Kettenreaktion in Gang setzt. In diesem Fall war es das Wort „Privatjet“, das bei Henning völlig unvermutet die Assoziation von Ferien auslöste, von Segelfliegen, Surfen, Tauchen … Damit war er an der Ostsee.

„Mensch, Sieglinde! Die Ferienwohnung von Faschings! Wir sollten die Kollegen in Timmendorfer Strand verständigen! Ich gehe jede Wette ein, dass Hermamets dort auch ein Apartment haben. Allein aus Prestigegründen!“

Im Lauf des Nachmittags war die Wohnung ausfindig gemacht, eine Durchsuchungserlaubnis ausgestellt und an die Kripo Lübeck abgeschickt. Noch am Dienstagabend saßen Frau Hermamet und ihr Neffe in Handschellen im Vernehmungszimmer der Timmendorfer Kollegen. Dort legten sie auch ihr Geständnis ab.

„Darauf gehen wir einen trinken“, entschied Tietze.

„Und wohin? ‚Kaiser Nero‘ hat Ruhetag.“

„Gleich um die Ecke ist ‚Pinkus Müller‘!“

„Wie geht es jetzt weiter?“ fragte er, nachdem wir beide einen ersten Schluck kühles Bier genommen hatten.

„Wie bisher. Der eine hält die Stellung im Büro, der andere geht auf Tour. Wir sind noch nicht am Ende, und wir finden den Täter!“

„Bestimmt!“ Tietze wischte sich den Schaum vom Mund.

- XV -

Auch an diesem ersten Mittwoch im November übernahm ich die Vormittagstour. Sie würde mich zu Frau Funke und Frau Michaelis führen und zu dem Wirt des „Bella Napoli“. Tietze nickte zustimmend zu meinen Plänen. Er wusste nicht, dass mein allererster Weg dem Büro für zentrale Kriminalitätsbekämpfung galt.

Ich wählte aus dem Strafregister vier Passbilder, schob sie durch den Scanner und druckte sie aus. Zwei hatten Ähnlichkeit mit Tietze beziehungsweise Speer, die anderen wichen völlig ab. Der eine Ganove hatte ein mandrillähnliches Konterfei mit eingezogenen Nasenflügeln und hohen Backenknochen, der andere ein rundes Pfannkuchengesicht. Auch die Fotos von Henning und Speer wanderten durch den Scanner, und so wirkten alle Aufnahmen wie aus einem Guss. Ich steckte sie in meinen Shopper und fuhr zur Frauenstraße. Das Glück war auf meiner Seite, nur zehn Minuten wartete ich neben der Haustür, bis Monika Funke vom Einkaufen zurückkam.

„Haben Sie einen dieser Männer schon mal gesehen?“

Sie sah sich die Gesichter lange an, besonders das von Henning. Dann kam die erhoffte Antwort.

„Also, wenn der da keine Brille aufhätte … Und … ja, die Haare trug er auch anders.“

„Wer?“ Mein Herz begann wie rasend zu schlagen.

Sie sah zu mir hoch. „Damals wohnte Barbara noch bei uns. Irgendwann fing sie an, von einem Typen zu schwärmen, der zur gleichen Zeit wie sie Tennis spielte. Er sehe so gut aus. Sie träumte davon, ihn mal im Doppel zu haben. Sie kriegte ja regelmäßig, was sie wollte. Als ich sie abends vom Platz abholte, hat sie ihn mir gezeigt.“ Wieder fiel ihr Blick auf das Foto, „ich bin mir eigentlich sicher, der war’s. Ist was mit ihm?“

„Wann hat sie zum ersten Mal von ihm erzählt?“

„Das müsste Anfang Juli gewesen sein, eine Woche später sind mein Freund und ich nämlich in Urlaub gefahren. Nach Spanien.“

„Gab es einen bestimmten Tag für ihr Tennisspiel?“

„Der Dienstagabend. Da machen sie einen Sonderpreis, weil weniger los ist.“

„Hat sich zwischen den beiden etwas abgespielt?“

„Das weiß ich doch nicht! Barbara redete ja nie! Und Micha und ich waren eine Zeitlang nicht da. Nach unserer Rückkehr fing sie diese Kiste mit dem Polker an, ich glaube nicht, dass sie es mit zweien zur gleichen Zeit hatte."

„Okay. Vielleicht brauche ich Sie demnächst noch mal."

Mein nächstes Ziel war das Antiquariat von Jutta Michaelis. Ihre Auskunft kam nicht ganz so spontan, aber ihr war mehrmals ein sehr ähnlich aussehender Mann in der Pizzeria aufgefallen.

„War er allein?"

„Ja", sagte sie fest. Jetzt hoffte ich natürlich auf eine Bestätigung durch den Besitzer des „Bella Napoli" und erhielt sie prompt. Tietze war kein Stammgast gewesen, hatte auch nie einen Tisch bestellt, sondern nur gelegentlich montagabends dort gegessen. Allein und unauffällig.

„Unauffällig? Wieso erinnern Sie sich dann so genau?"

Der Mann schmunzelte. „Da müssen Sie meine Frau fragen. Sie behauptet immer, er sähe aus wie dieser … na, helfen Sie mir! Dieser Typ aus Hollywood."

„Vielleicht Ronald Reagan?"

„Ach, doch nicht der!"

„Rock Hudson? Robert Redford?"

„Genau. Beide zusammen! Seitdem wir verkabelt sind, steht der Fernseher in der Küche, damit meine Frau keinen Spielfilm verpasst. Wir arbeiten bis in die Nacht." Er kam näher und drohte mit dem Zeigefinger. „Haben Sie eine Ahnung, was diese Schauspieler für einen Film abkassieren? Millionen! In Dollar! Das Präsidentengehalt vom Reagan soll ein Klacks gewesen sein, verglichen mit den Filmgagen. Das soll mal einer kapieren."

„Sie hätten eben Schauspieler werden sollen", sagte ich unbarmherzig und steckte meine Fotos ein. „War dieser Mann zufällig am letzten Montag da?"

„Moment", murmelte er, „das weiß meine Frau."

Sie erschien im Türspalt und schüttelte den Kopf.

Als ich mir abends dann noch Tom Zwickel vorknöpfte, wurde mein bescheidener Optimismus zur Euphorie. Unser Schauspielerdouble hatte regelmäßig mit Barbara Freyling geflirtet.

„Warum haben Sie das nicht gleich gesagt?"

Er zog die Nase kraus. „Was ist so schlimm daran?"

„Ihre Aussagen müssen stimmen! War er an dem Abend da, als Frau Freyling ermordet wurde?“

„Ja. Ich hatte zum ersten Mal einen österreichischen Zweigelt auf der Karte. Mike und ich haben uns drüber unterhalten.“

„War dieser … Mike noch da, als Frau Freyling ins Krankenhaus gerufen wurde?“

„Keine Ahnung. Wollen Sie damit etwa andeuten …?“

„Ich brauche Augenzeugen, Herr Zwickel! Deshalb meine Fragen!“ Damit verabschiedete ich mich.

Am Donnerstag kam Tietze nicht zum Dienst. Keine Entschuldigung, er sei krank, kein Lebenszeichen zu Hause, nichts.

Ich packte meine Unterlagen zusammen, ganz obenauf die Aussagen von Funke, Zwickel, Michaelis und dem Inhaber der Pizzeria. Mit Speers Foto hatten sie nichts anfangen können, was meine Theorie bestätigte, dass er den Handlanger gespielt hatte. Ich ging ins Chefbüro und ließ, wie man so schön sagt, die Katze aus dem Sack. Dr. Gross hörte mit unbewegter Miene zu, aber ich vermisste den schläfrigen Blick, mit dem er für gewöhnlich zu verstehen gab, dass er besonders aufmerksam war. Und als ich fertig war, legte sich ein Schweigen über den Raum, das, je länger es andauerte, umso mehr Unheil verkündete. Dann endlich landete seine Faust in einem dröhnenden Schlag auf der Schreibtischplatte.

„Ja, sind Sie denn von allen guten Geistern verlassen?“

Ich war auf Protest gefasst. Aber dass er so lospoltern würde …

„Einen Kollegen dermaßen zu beschuldigen? Nein, nein“, jetzt fuchtelte sein Zeigefinger vor meiner Nase herum, „kommen Sie mir nicht mit weiblicher Intuition! Sie haben nicht mal den blassesten Schimmer, wer der Täter ist, und da fällt Ihnen nichts Gescheiteres ein als Ihren Kollegen zu verdächtigen! Wenn Sie ihn schon in den Schmutz ziehen, dann liefern sie auch die Beweise!“

„Die habe ich, Herr Dr. Gross! Tietze kannte beide Opfer.“

„Na und? Münster ist schließlich nicht New York, wo Millionen Menschen rumlaufen. Ich kenne auch das ganze Volk, das täglich den Prinzipalmarkt rauf- und runterrennt.“

„Und warum hat er uns das nicht gesagt?“

„Warum sollte er? Ist es ein Verbrechen, jemanden zu kennen?“

„In Paderborn liefen zwei Verfahren gegen ihn.“

„Eins wurde eingestellt, für das andere gab es eine Warnung. Sexuelle Belästigung“, fuhr er in erregtem Ton fort: „Dass ich nicht lache! Wahrscheinlich hat das Mädchen ihn mit seiner offenen Bluse provoziert. Und dann jammern diese Weiber und reden von Belästigung. Sind wir hier in den USA, oder wo?“

„Gibt eine offene Bluse jemandem das Recht, reinzugreifen?

Er ignorierte den Einwand. „Und was dieses Freudenmädchen angeht, da war der Sachverhalt völlig unklar. Lauter Widersprüche seitens der Klägerpartei. Nein, nein, Frau Kollegin, kommen Sie mir nicht mit solchen Geschichten! Das ist Schnee von vorgestern.“

„Sein Vermieter hat wegen der Verbreitung sogenannter Snuff-Filme gesessen.“

„Sein Vermieter“, wiederholte Dr. Gross süffisant. „Würden Sie sofort ausziehen, wenn Sie erführen, dass der Eigentümer Ihrer Wohnung ein ausgemachtes Schwein ist? Ich betone noch einmal, wenn Sie mit einem so ungeheuerlichen Verdacht kommen, müssen Sie handfeste Beweise bringen.“

Ich atmete tief durch und holte mein letztes Atout heraus. Wenn das nicht zog, war ich endgültig gescheitert. „Er hat ein gestörtes Verhältnis zu Frauen und hält in seiner Wohnung ein Frettchen. Ein Frettchen wurde auch bei der Person mit der Perücke gesehen. Er hat von einem Tattoo geredet wie es Barbara Freyling auf dem Bauch hatte. Er weiß Dinge, die er theoretisch nicht wissen kann, weil sie auf den Fotos nicht zu sehen sind. Und er nennt sie im Zusammenhang mit Prostituierten, die er verachtet.“

War ich laut geworden oder gaukelten mir meine ramponierten Nerven diesen energischen Auftritt vor? Dr. Gross hatte angefangen, einen Ordner durchzufleddern, nur um mir zu zeigen, dass ihn meine Worte absolut nicht beeindruckten. Jetzt ließ er ihn los und sah mich scharf an. „Woher wissen Sie das? Wem hat er was erzählt?“

Ich redete über den Sonntags-Spaziergang, über Frau Hoppes Täterprofil und die Übereinstimmungen mit Tietze: Verachtung und Hass gegenüber Frauen, Angst von Frauen verlassen zu werden. Der „Pinguin“ nuckelte unschlüssig an seiner Zigarre.

Noch immer nicht überzeugt?

Erst als die Rose ins Spiel kam, die Tietze auf Barbara Freylings Grab gelegt hatte, während wir ihn beim Zahnarzt vermuteten, sprang er vom Sessel. Anlügen ließ auch er sich nicht gern: „Wo steckt Tietze?“

Ich blieb lange im Büro. Obwohl ich den Abschlussbericht zum Fall Remizgil fertig hatte, fuhr ich nicht nach Hause. Eine vage Ahnung sagte mir, dass er kommen würde. Ich telefonierte mit Grundmann und bat ihn, das Gelände vor dem Präsidium und den Parkplatz dahinter im Auge zu behalten. Jedes Mal wenn der Aufzug klickte, fuhr ich nervös zusammen, aber es war nur die Reinigungsmannschaft. Nachdem sie ihr geschäftiges Treiben beendet hatte, wurde es still im Haus, und schließlich packte ich meine Sachen, Red Butlers klagendes Jaulen ebenso deutlich im Ohr wie Rollos empörtes Gebell. Noch zwei Nächte und Franz wäre wieder da, Kerstin käme zurück, der Schlosser würde das Kellerfenster reparieren und das Familienleben zu seinem chaotischen, aber normalen Rhythmus zurückfinden. Ich freute mich.

In den Praxisräumen brannte Licht. Hatte Frau Hilbich, die Gute, wieder Überstunden gemacht und die Tiere versorgt?

Es war Georg. Er saß am Schreibtisch hinter einem Bücherstapel und sah mir blinzelnd entgegen.

„Schönen Abend, Frau Züricher!“

„Sie sind noch da?“

„Morgen ist mein letzter Tag, und Ihr Mann hat so fantastische Bücher. Ich würde gern noch ein bisschen schmökern.“

„Lesen Sie, solange Sie möchten!“ Damit zog ich die Tür ins Schloss und ging nach oben. Eigentlich hätte ich mich wohlfühlen müssen mit männlicher Gesellschaft im Haus. Aber was wussten Franz und ich eigentlich von Georg? Er hatte sich über einen Aushang am Schwarzen Brett der Uni Hamburg gemeldet, einen Monat lang mit Franz in der Praxis gearbeitet, eine Doktorarbeit geschrieben, und er brauchte Geld. Das waren seine Referenzen.

Ich öffnete die Tür noch einmal. „Georg?“

Er sah hoch, den Finger im Buch eingeklemmt, um sich die Seite zu merken. Eine leichte Röte zog über sein Gesicht. Ich finde Sie attraktiv! schien sein Blick zu sagen.

„Wenn Sie durch den Keller rausgehen, schließen Sie bitte gut ab.“ Er verließ das Haus meistens durch den Keller, weil sein Motorrad gleich um die Ecke, an der Garage stand.

„Mach ich!“ Er hatte sich schon wieder seinem Buch zugewandt. Sein Gesicht verriet Ahnungslosigkeit, die Röte war verschwunden.

Da ich keine Lust hatte, mir noch ein Abendessen zu machen, setzte ich mich ins Wohnzimmer und blätterte die Zeitung durch. Im Lokalteil erfuhr ich, dass Lagerfeuerreste und eine halbverkohlte Brötchentüte als Lebenszeichen von Krottmann interpretiert worden seien.

So wie man ein bis dahin unbekanntes Gemälde einem bestimmten Künstler zuordnet, dachte ich. Obwohl das ein bisschen zuviel Ehre für diesen versprengten Feuerkopf war. Bei dem Gedanken an Künstler fiel mir die CD ein, die ich mir schon vor Tagen gekauft hatte: Bachs Goldberg-Variationen mit Glenn Gould. Während ich sie heraussuchte, klopfte es an unserer Wohnungstür. Georg!

„Tschüss, Frau Züricher! Ich mach’ mich auf den Heimweg! Und das mit der Kellertür geht klar!“ Damit war er verschwunden.

Die Goldberg-Variationen erfüllten das Zimmer mit ihren zwischen perlendem und staccatohaftem Spiel wechselnden Klängen. Diesem Reichtum an Paraphrasen und kontrapunktischen Möglichkeiten über ein einziges kleines Thema. Ich hatte die elfte Variation erreicht, die ich das Glockenturm-Spiel nenne und besonders mag, weil ich mir beim Zuhören vorstelle, wie Anna Magdalena leichtfüßig den Kirchturm runterklettert, nachdem sie ihrem Johann Sebastian gemeldet hat dass die Suppe fertig ist. Plötzlich mischte sich in die Pianotöne ein hässliches Kratzen. Da leistete man sich die teuerste Aufnahme ... Verärgert löste ich mich aus dem tiefen Ohrensessel, um das Gerät abzustellen, für Sekunden kehrte Stille ein, dann war das Geräusch wieder da. Nicht Glenn Gould oder seine Aufnahmetechniker waren die Urheber, sondern jemand unten im Haus. Ich horchte an der Wohnungstür, und jetzt war es still. Rollo, der auf der Küchenschwelle gedämmert hatte, drängte sich neben mich und schob seine Schnauze in das finstere Schweigen. Er bellte nicht, knurrte nicht einmal. Gerade als ich die Tür wieder zumachen wollte, weil der Hund sich ruhig verhielt, kam das Schurren und Schrammen zurück, und es kam aus dem Keller. Im selben Augenblick fiel mir ein, dass ich Georgs Motorrad nicht gehört hatte; seine schwere Harley-Davidson, die immer bis in die Wohnung dröhnte, wenn er startete. Die überraschende Röte in seinem Gesicht fiel mir wieder ein, seine Verlegenheit, als fühlte er sich bei einem bösen Plan ertappt. Aber ich dachte auch an die Spuren, die den Weg des jungen Krottmann zeichneten. Irgendwo in dieser Gegend war er unterwegs.

Ich schloss die Nachttischschublade auf, entsicherte die Pistole und schlich ins Erdgeschoss. Dabei hielt ich Rollo am Halsband fest, obwohl das gar nicht nötig gewesen wäre. Er benahm sich, als stände ein Freund vor der Haustür. Kurzerhand schloss ich ihn ins Wartezimmer. Wenn der Freund zur Bedrohung wurde, würde Rollo das für einen Spaß halten.

Auf Zehenspitzen ging es weiter in den Keller. Ich horchte an der Außentür, drehte lautlos den Schlüssel und presste mich gegen das offene Türblatt, die Pistole schussbereit. Es war windig, eine scharfe Böe fuhr durch die Büsche oberhalb der Treppe zum Garten und jagte Wolken über den Mond. Auch das Geräusch war wieder da. Gleichzeitig raschelten im Laub die emsigen Pfötchen einer Maus oder eines anderen Nachttiers. Ein sicheres Zeichen, dass kein Mensch in der Nähe war.

Trotzdem blieb ich noch stehen. Georg besaß auch einen Haustürschlüssel. Ich sah ihn vor mir, wie er Fotos von den Raubtierkäfigen machte. Hatte er mit Tanja angebandelt, um mehr über unsere Lebensgewohnheiten zu erfahren?

Ich schlich die Gartentreppe hoch, und dabei entdeckte ich, dass der Wind bei jeder Böe die Zweige unserer Haselnuss gegen die Hauswand drückte. Der Busch war im Sommer kräftig gewachsen, aber weil Südwind im Münsterland selten ist, war mir das Geräusch nie aufgefallen. Es war das Schaben und Kratzen, das ich im Wohnzimmer gehört hatte. Erleichtert schloss ich die Kellertür, um Rollo aus seinem Gefängnis zu erlösen und schlafen zu gehen. Aber ein letzter Blick aus der Haustür konnte nicht schaden. Ich würde besser schlafen, wenn ich wusste, dass Georg weg war!

Der Wind hatte die Wolken vertrieben, ungehindert fiel das Mondlicht auf das Eingangspodest, die Trittsteine im Rasen und den Schwengel der Wasserpumpe. Ich stand auf der untersten Stufe, von der man die Garageneinfahrt sieht, als eine Hand im harten Lederhandschuh von hinten meinen Hals packte und mir den Kopf in den Nacken drückte, während eine zweite meine rechte Hand, die die Pistole hielt, auf den Rücken drehte.

„Jetzt gehen wir ganz brav ins Haus!“ Die Stimme klang verzerrt, trotzdem kam sie mir bekannt vor. Ich kriegte kaum Luft, aber mein

Gegner war stärker als ich. Alles was ich sah, war der Sternenhimmel und ein Stück Hausgiebel hoch über mir. Ich versuchte es mit einer Drehbewegung, und der Mann lockerte seinen Griff ganz kurz, dafür stieß er mir die Pistole aus der Hand und zerrte mich rücklings ins Haus. Die Tür flog zu, der Knall schreckte Rollo auf, und er begann wie rasend zu bellen.

Mein Feind kannte sich aus. Er zog mich zielstrebig über die Treppe nach oben, während er unverständliches Zeug brabbelte. Ich versuchte, ihn am Geruch zu erkennen. Tietze hätte sein Eau de Toilette verraten oder Pfeifenrauch, Georg seine Lederjacke, ich roch nichts. Und selbst diese kurze Kopfbewegung beantwortete der Mann, indem er meine Kehle noch härter packte. Er schwenkte ab in die Küche und stieß mich so heftig hinein, dass ich vor die Schrankzeile flog. Er schloss die Tür, zog die Handschuhe aus, dann flammte die Deckenbeleuchtung auf.

„Henning! Sind Sie wahnsinnig geworden, was soll das?"

Er sah mich nicht an, knöpfte seinen Blouson auf und langte in die Innenseite. Langsam, wie bei einem Ritual, streifte er Latexhandschuhe über, griff wieder in die Jacke und förderte ein langes Messer zutage, vielfach gezahnt, die Klinge abwechselnd glatt und im Wellenschliff. Er legte es auf den Tisch, fuhr mit der gleichen öligen Gebärde in die Außentasche und zog ein Heftchen mit Rasierklingen heraus. Dabei hielt er die Augen halb geschlossen und zuckte mit Kopf und Lippen, als hielte er Selbstgespräche. Es war still in der Küche, nur Rollos wütendes Gekläff drang gedämpft durchs Treppenhaus.

Ich hatte mich, während Tietze seine Utensilien auf dem Tisch verteilte, nach links geschoben, wo die Schublade begann, in der ich meine eigenen scharfen Messer aufbewahrte. Er hob den Kopf und sah mich zum ersten Mal an. „Keine Bewegung. Bleib, wo du bist. Sonst fessle ich dich auch noch!"

„Schon gut!" sagte ich. So wie es aussah, wollte Tietze mich auf dieselbe Art töten wie seine anderen Opfer, kein Argument würde ihn davon abbringen. Wahrscheinlich hatte er sich schon in jene pseudoerotische Raserei gesteigert, die ihm die Hemmungslosigkeit für seine Morde lieferte. Aber vielleicht half das Gegenteil von gutem Zureden: Das Schimpfen? Wenn er in seinen Opfern die eigene Mutter sah, ließ er sich bestimmt einschüchtern.

„Dein Schuhband ist offen, du Idiot!“ sagte ich streng. Das gab mir einen Aufschub von Sekunden. Sein Mund zuckte, als wollte er etwas erwidern, dann sah er nach unten. Ich nutzte das, um die letzten Zentimeter nach links zu rücken, bis ich den Schubladengriff im Kreuz fühlte. Schnell verschränkte ich meine zitternden Hände auf dem Rücken und umklammerte ihn. Noch ein Ablenkungsmanöver und ich hätte ein Messer in der Hand.

„Keine Bewegung hab ich gesagt!“ brüllte Tietze. Er schob das Messer nach rechts und betrachtete das Arrangement mit schief gehaltenem Kopf. Als nächstes zog er eine Rasierklinge aus dem schwarzen Heftchen und legte sie neben das Messer. Rollo meldete sich wieder aus dem Untergrund. Er hatte eine wohltuende Pause eingelegt, sein neuerliches Gekläff machte mich fast wahnsinnig.

Tietze fuhr jetzt mit der Kuppe des Mittelfingers abwechselnd über das Messer und die Rasierklinge, als wäre er sich über die Vorgangsweise noch nicht klar, zwischendurch ließ er die Finger spielen, wie um sie geschmeidig zu machen. Der Latex knisterte. Und bei allem, was er tat, hatte ich den Eindruck, eine Fremde für ihn zu sein. Sein umnebelter Zustand teilte ihm lediglich mit, dass er ein Beutestück vor sich hatte, fertig zum Liquidieren.

Im nächsten Augenblick geschah etwas völlig Unerwartetes. Rollos Gebell wurde noch lauter, schallte durchs Treppenhaus, kam näher. Tietze hob den Kopf, ich riss die Schublade auf und griff nach dem nächstbesten Messer, während er sich auf mich stürzte.

„Sieglinde! Aus dem Weg!“

Woher kam die Stimme? Instinktiv warf ich mich zur Seite, im gleichen Moment explodierte ein Schuss.

Hennings Gesicht, eben noch als wütende Fratze vor mir, wirkte mit einem Mal erstaunt. Sein Kopf begann zu pendeln, dann ging ein Zucken durch seinen Oberkörper. Er stützte sich auf die Tischplatte, während die andere Hand nach dem Brustkorb tastete. Ein Blutschwall sprudelte aus seinem Mund, er sackte unter den Tisch. Nur die eine Hand blieb an der Kante. Sie rutschte weg, dafür tauchte die andere auf, um eine rote Fingerspur zu hinterlassen. In der Tür stand Georg mit meiner Pistole. Er japste.

„Alles in Ordnung mit Ihnen?“ Ich nickte.

„Was ist mit … ihm?“

Gemeinsam beugten wir uns über Tietze. Sein Puls schlug schwach und ungleichmäßig, aber er schlug. Auf dem Hemd, in Magenhöhe, bildete sich ein nasser, dunkler Fleck.

„Isser das?" fragte Georg rau. Ich nickte. „Na, dann rufen wir mal den Notarzt. Schweine wie das da überleben immer."

Während Rollo aufgeregt blaffend seinem verletzten Freund das Gesicht leckte, holte ich einen Druckverband. Wir versorgten die Wunde, brachten Tietze in die stabile Seitenlage, und während wir auf Hilfe warteten, fing Georg an zu erzählen.

Drei, vier vergebliche Versuche hatte er gemacht, um sein Motorrad zu starten. Als das nichts half, hatte er sich die Maschine angesehen, aber keinen Fehler gefunden. Erst als er sich über das Zündkabel beugte, entdeckte er, dass es durchtrennt war.

„Natürlich dachte ich sofort an den Frauenmörder", sagte er, „weil das doch seine Masche ist. Als ich mich wieder aufrichtete, kriegte ich einen Schlag auf den Kopf, der nicht von schlechten Eltern war. Mir wurde schwarz vor den Augen." Eine ganze Weile war er bewusstlos liegen geblieben, bis sich Rollos Gebell in sein Unterbewusstsein drängte. Aber auch da hatte er keine Ahnung gehabt, was eigentlich passiert war.

„Irgendwann", fuhr er fort, „hatte ich das Gefühl, dass dem Hund die Luft ausginge, wenn ich nichts unternahm. Der Bursche war kurz vorm Herzinfarkt. Ich rappelte mich hoch und entdeckte Ihre Pistole. Danken Sie dem Mond, ohne den hätte ich sie nicht gesehen. Die Haustür war offen, mein Schlüssel weg, der Hund eingesperrt, und als ich nach Ihnen rief, kriegte ich keine Antwort."

Am Freitagmorgen, während Tietzes Magen geflickt wurde, war Franz wieder da. Nicht der überquellende Schmutzwäschesack hatte ihn heimgeführt, sondern die Drohung französischer Frächter, übers Wochenende alle grenznahen Autobahnen zu blockieren. Jetzt lagen wir uns in den Armen und ich heulte hemmungslos in seinen nagelneuen, sandfarbenen Cordsakko. „Was ist das für eine Jacke?"

Er streichelte mir übers Haar. „Aus einem DesignerOutlet in Cannes. Spielt das eine Rolle?"

„Wo du überall gewesen bist!" weinte ich völlig zusammenhanglos. Ich hatte einen Schock, aber seitdem Franz unseren Kombi in die Hofeinfahrt gesteuert hatte, ging es mir besser. Am Samstag würden wir

Kerstin holen, aber vorher gab es noch einiges, das der Nachwuchs nicht unbedingt mitbekommen musste.

„Und diese Bestie hat überlebt?“ Franz schüttelte sich.

„Das ist besser so. Die Polizei steht immer in ungünstigem Licht, wenn sie den Täter erschießt. Tietze hat einen Magendurchschuss, aber bis zum Prozessbeginn ist er wieder auf den Beinen.“

„Hat er denn gestanden?“

„Franz! Er hat versucht, mich auf dieselbe Weise umzubringen wie seine anderen Opfer. Und diesmal gibt es einen Zeugen und die Tatwaffe, dieses zweischneidige Messer.“

„Ich kenne nur zweischneidige Schwerter“, knurrte er.

„Ach, nenn’ es doch, wie du willst.“ Ich schob die Nase wieder in seine Jacke, sie roch süß und warm, wir gingen ins Haus.

Am Mittwoch der folgenden Woche saß ich abends noch im Büro, um den Abschlussbericht der Fälle Freyling und Luther zu schreiben. Am Dienstagmorgen war Dr. Gross in die Uni-Klinik gefahren, um Tietze zu verhören. Am Abend hatte man Albert Speer in einer Pension in Montmartre festgenommen. Der achtzigjährigen Wirtin war der Name aufgefallen, weil Hitlers Reichsbauminister genauso geheißen hatte. Auf Nazis reagierte sie immer noch allergisch. Mittlerweile war Speer auf dem Weg nach Münster.

Trotzdem zuckte ich zusammen, als der Aufzug auf unserem Flur hielt und sich kräftige Schritte über den Flur näherten. Dann stand Max in der Tür. Sein Blick wirkte verlegen.

„Ich wollte mich verabschieden. Morgen beginnt meine Kur. Und du musst deinen Urlaub noch einmal verschieben. Tut mir Leid, aber Mitte Dezember bin ich zurück.“

Ich lächelte ihm aufmunternd zu. „Schon gut. Aber Mitte Dezember gehe ich nicht gern in Urlaub. Und wenn sie endlich eine Methode gegen deine Gleichgewichtsstörungen finden, ist uns doch beiden geholfen, oder?“

Er setzte sich an den Schreibtisch und begann, all seine privaten Sächelchen an ihre gewohnten Plätze zurückzustellen. Tietze hatte einiges durcheinander gebracht.

„Deine Schrankhälfte ist wieder frei“, sagte ich. „Hilly und ich haben am Montag gründlich Ordnung gemacht.“ Hilly hatte die Aktion bemerkenswert kühl hinter sich gebracht. Dafür, dass sie den Mann so ins Herz geschlossen hatte!

„Haben die beiden gestanden?"

„Was blieb ihnen anderes übrig? Es gibt einen Zeugen und die Tatwaffen lagen auf unserem Küchentisch."

Max wackelte nachdenklich mit dem Kopf. „Also, *das* Sündenregister möchte ich nicht haben: Fünf Morde, Freiheitsberaubung, Sachbeschädigung! Welche Rolle spielte Speer?"

„In der Nacht, als Barbara Freyling starb, nahm er sein Frettchen an die Leine. Als Gassigeher, der mögliche Augenzeugen ablenken sollte. Er war es auch, der ihr am Telefon die Geschichte von dem verunglückten Freund erzählt hat. Tietze wartete, bis sie die Vinothek verlassen hatte, dann ging er ihr nach."

Eine Weile schwiegen wir. „Die Mordserie hier in Münster war eine ganz perfide ausgeheckte Sache zwischen Tietze und Speer", fuhr ich fort. „Als dem Einen das Paderborner Pflaster zu heiß unter den Sohlen wurde und er eine neue Bleibe suchte, lockte der Andere ihn mit einer kostenlosen Wohnung in Münster. Tietze war finanziell am Ende und griff zu."

„Was ist aus dem Frettchen geworden?"

„Sie haben es umgebracht", sagte ich, dabei würgte mich noch jetzt die Erinnerung an den Tierkadaver in der blutbespritzten Badewanne.

„Aber warum denn?"

„Als sie es auf Annegret Luthers Fahrrad ansetzten, hatte es keinen Appetit auf Gummikabel. Speer musste zum Messer greifen, mit demselben Messer hat er sich an dem Frettchen gerächt."

„Noch ein Anklagepunkt für Speer!"

Ich zuckte die Schultern. „Was zählt vor Gericht schon ein armes Frettchen, wenn fünf Menschen sterben mussten?"

Er warf einen Blick auf die beiden Akten vor mir. „Und das alles hat euch Tietze erzählt?"

Ich nickte. „Freundschaft unter Ganoven führt nicht weit. Pack schlägt sich, Pack verträgt sich! Jetzt wissen wir auch, wer in diesem perversen Gespann die Frau gespielt hat. Mit Perücke, Baskenmütze und rosafarbenem Mantel."

„Der Mann, der wie eine Frau tanzt, die sich wie ein Mann bewegt, oder so ähnlich." Wir mussten beide lachen.

Dann stand er abrupt auf. „Tschüss! Bis in sechs Wochen!"

■ Ursula Meyer

Der Tod kennt keinen Stundenplan

Sieglinde Zürichers siebter Fall

2006, 320 Seiten, br., 12,70 €
ISBN 3-8309-1600-0

Aschermittwoch in Münster. Während die städtische Reinigung den Unrat der drei tollen Tage in die Gosse fegt, wird draußen vor der Stadt die Leiche von Olaf Degenhart, dem Geschäftsführer eines exklusiven Lyrikverlags, aus der Werse gezogen. Auch der rätselhafte Tod seiner Frau vor acht Jahren wirft wieder lange Schatten. Fiel Degenhart einer späten Rache zu Opfer, einer Palastrevolte in seinem Verlag oder einer unbeglichenen Rechnung in seiner Nachbarschaft? Eine Dienstreise nach Paris und ein altes Video bringen Licht ins Dunkel.

■ Ursula Meyer

… brenne auf mein Licht

Sieglinde Zürichers sechster Fall

2004, 304 Seiten, br., 12,70 €
ISBN 3-8309-1313-3

Vor drei und vor sechs Jahren ist während eines Martinszuges ein Kind aus einem Münsteraner Pfarrkindergarten entführt und ermordet worden. Trotz intensiver Ermittlungen wurde der Täter nicht gefasst. Und nun kündigt ein unmissverständlicher Drohbrief einen dritten Fall an. Für Hauptkommissarin Sieglinde Züricher wird die Zeit eng, denn der Täter gibt der Polizei nur vierzehn Tage Vorsprung.

■ Ursula Meyer

Das Haus am Maikottenweg

Sieglinde Zürichers fünfter Fall

2003, 286 Seiten, br., 12,70 €
ISBN 3-8309-1414-8

Der Tod der aus New York stammenden Bildhauerin Charlotte Campbell trifft Sieglinde Züricher besonders schwer. Sie kannte die junge Frau gut, die heimtückisch mit einer japanischen Steinlaterne erschlagen wurde. Im Laufe der Ermittlungen zeichnet sich aber ein völlig neues Bild der Amerikanerin. Sieglinde sucht nach dem wahren Grund für Charlottes Aufenthalt in Münster. – Ein spannender Fall, in dem nichts so ist, wie es scheint.

■ Ursula Meyer

Rosen aus Münster

Sieglinde Zürichers dritter Fall

2001, 252 Seiten, br., 12,70 €
ISBN 3-89325-920-1

Eine Tote im Pool, eine mit ihrem Kopfkissen erstickte Frau, ein mysteriöser Sturz von der Treppe – im Seniorenstift „Haus Nettelbeck“ fängt die Vorweihnachtszeit nicht gerade besinnlich an.
Der Todesfall der Rosenzüchterin Helene Abraham stellt Sieglinde Züricher, Hauptkommissarin bei der Münsteraner Polizei, zunächst vor ein großes Rätsel und eine schweigsam-verbohrte Altenclique. War es am Ende doch ein Selbstmord? Aber welchen Grund gab es, eine alte Frau in ihrem Bett zu ersticken? Je mehr Sieglinde recherchiert, desto klarer wird, dass das Motiv in der Vergangenheit zu suchen ist, einer Vergangenheit, an die keiner mehr rühren wollte.

■ Ursula Meyer

Endstation Aasee

Ein Münsterkrimi mit Sieglinde Züricher

1998, 292 Seiten, br., 12,70 €
ISBN 3-89325-650-4

Leblos hängt der Körper des Münsteraner Prominenten Rudolf Rehberg über dem Steuer seines Mercedes. Tod durch Zyankali. Sieglinde Züricher, Hauptkommissarin und soeben von der Münchener zur Münsteraner Polizei übergewechselt, steht vor einem verwirrenden Fall. Handelt es sich bei dem Mord an Rehberg um einen Racheakt, oder ist er die Folge eines familiären Dramas, dem auch sein Sohn Christian zum Opfer gefallen ist …?

■ Georg Veit

Tödliches Erbe

Ein Krimi aus dem Münsterland

2005, 184 Seiten, br., 9,90 €
ISBN 3-8309-1500-4

Wieder bricht die ungeliebte Welt in das Leben von Peter-Paul Pfühl ein. Diesmal in Form eines kleinen Jungen, der Kaffee trinkt und Pepas Tomaten mag. Als der Vater des Kleinen tot aufgefunden wird, winkt Pepa ab. Diesmal nicht! Doch die Wirklichkeit holt ihn ein. Seine abenteuerlustige Perle Gertrud und Heinz, hoch motivierter Kommissar a.D., lassen ihn nicht entweichen. Und so findet sich der Studienrat Pfühl inmitten einer merkwürdigen Verstrickung von kleinstädtischer Politik, sozialer Not und einem alten Weihnachtsbuch wieder. Dass ihm ein eiskalter Fiesling in die Quere kommt, spornt ihn allerdings an. Denn Pepa weiß mit Faust und Pistole umzugehen …

Waxmann

MÜNSTER · NEW YORK · MÜNCHEN · BERLIN

■ Andreas Busch

Sundermann und der Tote ohne Herz

Ein Münsterkrimi

2001, 238 Seiten, br., 12,70 €
ISBN 3-8309-1090-8

Eine Wasserleiche an sich ist schon kein appetitlicher Anblick, erst recht nicht, wenn es sich dabei um den ehrenwerten Landesminister Mühlberger handelt. Auf die Suche nach dem Mörder begeben sich der Polizist Richard Kamphorst und der Liebesbriefautor Christian Sundermann, zwei Menschen, wie sie gegensätzlicher nicht sein können.
Die chaotische Jagd führt sie von Münster bis nach Berlin. Immer wieder kommt es zu Begegnungen der eher seltsamen Art. Am Ende führt die Spur dorthin zurück, wo sie begonnen hat …

■ Andreas Busch

»Ich komm von Münster her …«

Eine Geschichte um Liebe und Verbrechen aus der Zeit des Dreißigjährigen Krieges

2005, 132 Seiten, br., 7,90 €
ISBN 3-8309-1618-3

Thomas Dusentschur, Schriftsetzer und am ersten Tag des Dreißigjährigen Krieges geboren, liebt die protestantische Schwedin Lisa. Die beiden sind glücklich, doch ganz allmählich zieht sich ein unsichtbarer tödlicher Ring um das Paar. Thomas und Lisa ahnen nicht, dass ihr Glück Neid, Missgunst und Hass hervorruft. Die Gefahr kommt nicht von Soldaten und Plünderern, sondern aus einer ganz anderen Richtung …